COLLECTION FOLIO

Régis Debray

# Un candide en Terre sainte

Gallimard

Régis Debray est philosophe et écrivain.

*À François Maspero.*

*À Jacques Chirac.*

*Il y a trois choses que l'on ne peut ni conseiller ni déconseiller : le mariage, la guerre et le voyage en Terre sainte. Elles peuvent bien commencer et mal finir.*

EBERHARD LE BARBU,
comte de Wurtemberg.

*Nous sommes un fil et nous voulons savoir la trame. Contentons-nous du tableau, c'est aussi bon.*

GUSTAVE FLAUBERT.

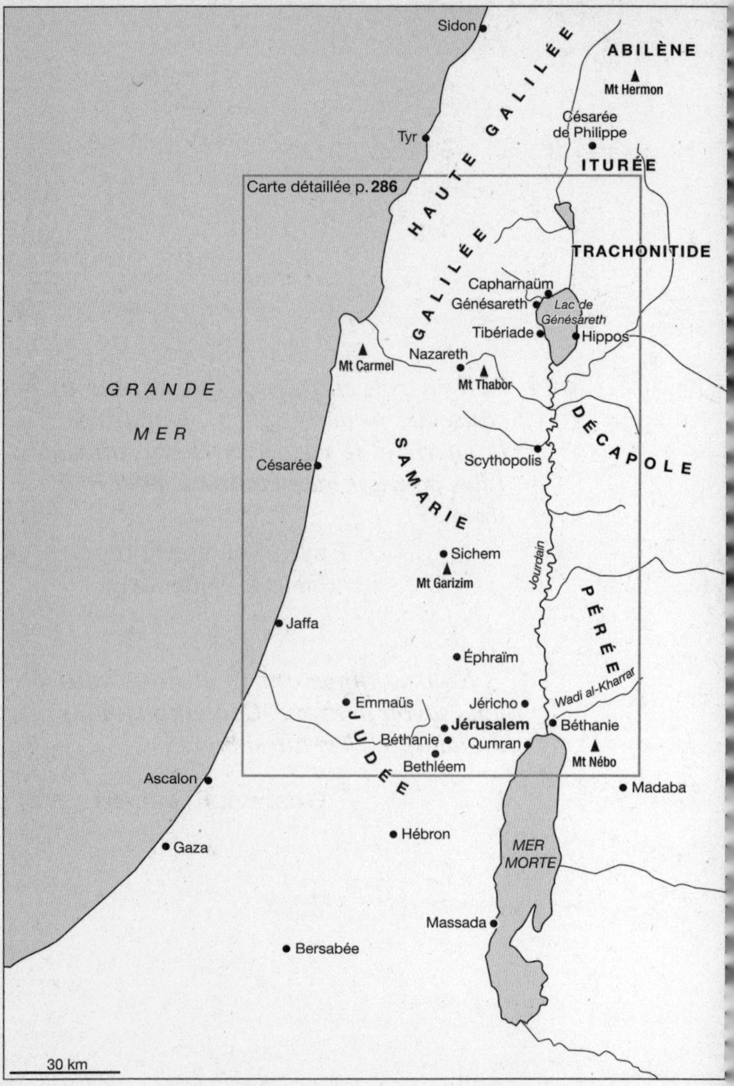


**Carte 1. La Terre sainte au temps de Jésus**

**Carte 2. Frontières actuelles**

*Un déjeuner d'août, à Belle-Île, ciel pommelé, soleil cru, vent frisquet, nous rêvions à voix haute, entre deux verres de rouge, mon vieil ami François Maspero et moi. « Il y a une enquête que j'aurais bien aimé écrire, me dit tout à trac l'auteur des* Passagers du Roissy-Express *et de* Balkans-Transit, *mais pour l'heure j'ai renoncé : aller sur les pas de Jésus, et voir ce qui en résulte, quel goût a sur place l'Évangile aujourd'hui. Pourquoi ne le ferais-tu pas, ce voyage ? — Parce que je n'ai ni ton talent, ni ta patience, ni tes scrupules, lui répondis-je, et c'est bien dommage. L'idée était belle. — Penses-y tout de même. Tu serais à ton affaire. Jésus, un itinéraire... — Je n'oserai jamais. » Puisse cet appel du pied me servir de circonstance atténuante, sinon d'alibi. Il ne m'évitera pas les rigueurs de la loi, mais je mentirais si je n'avouais que ce jour-là, en l'an 2006, j'eus l'impudence de me mettre en route, d'abord par la lecture à travers maintes chroniques, puis sur place, à pied et en jeep, vers les portes étroites.*

Nos grands frères savent d'instinct, mieux que nous, ce qui nous hante et nous appelle, par-delà nos manques.

Je ne suis ni enquêteur ni journaliste, et encore moins spécialiste du Proche-Orient. Chrétien d'éducation, je n'ai plus d'autre religion que l'étude des religions. Si j'ai des souvenirs de latin et de grec, que je ne lis plus couramment comme je le faisais à vingt ans, je ne comprends ni ne lis l'hébreu ni l'arabe (ce qui éloigne malheureusement des « gens ordinaires », en orientant un peu trop vers les notables francophones et anglophones). Un incrédule ne part pas à la rencontre du Christ vivant, pas plus qu'un goy ne monte en Eretz Israël, ou qu'un kaffir ne va s'agenouiller sur les tapis bleu et blanc d'al-Aqsa. Sans doute ne suffit-il pas d'être aussi peu juif que mauvais chrétien et piètre musulman pour atteindre à l'innocence de L'Idiot chez Dostoïevski, mais ces handicaps, me suis-je dit pour me remonter le moral, auraient au moins l'avantage de réduire mes a priori au minimum vital. N'ayant de comptes à régler avec aucun passé personnel, aucune foi vécue là-bas, au moins n'aurais-je à brûler ni encens ni drapeau. La candeur de l'ignorant donne une certaine liberté d'esprit. Elle incite plus au vagabondage qu'au réquisitoire. De quelle façon on se dévergonde le moins, en badaud nez au vent ou en thuriféraire, je me le demande encore.

D'après les Évangiles, et dans sa courte vie tant

*cachée que publique, le Galiléen s'est rendu, sans visa ni carte d'identité, en Israël, en Palestine, en Jordanie, à Gaza, au Liban, en Égypte et en Syrie. Je me suis faufilé dans tous ces pays, il y faut plus d'un passeport et des détours. Ces États en son temps n'existaient pas. Les peuples, oui, et les pays. Judée, Idumée, Samarie, Phénicie, Décapole, Pérée et Syrie, déjà, désignaient des provinces qu'aucun poste frontière ou douanier ne séparait les unes des autres. Le rideau de fer levé, il y a un itinéraire en ligne brisée mais continue de l'Albanie au sud de l'Ukraine, et l'on peut suivre le cours du Danube sans rupture de charge de sa source à l'embouchure, d'Autriche en Roumanie. Les rideaux de fer sont passés d'Europe au Proche-Orient. Nazareth est en Israël, comme Emmaüs, Bethléem en Palestine, comme Jéricho. Jérusalem entre les deux. Tyr et Sidon sont au Liban, Césarée de Philippe en Syrie, Béthanie et Gadara en Jordanie. Jésus pouvait traverser la mer de Génésareth, aller « au-delà du Jourdain », et revenir le lendemain sur l'autre rive. Ce n'est plus possible. On ne va plus directement de Jérusalem en Syrie, comme il est indiqué en Matthieu, XV, 21, encore moins peut-on revenir sur ses pas quand on a passé la frontière ; et de Galilée en Phénicie, d'Israël au Liban, la route est coupée. Voilà disons pour la difficulté technique des tribulations. Il en est d'autres, bien sûr, et de plus sévères. Le Christ, juif lui-même, a grandi parmi les siens, croisé beaucoup de païens, mais jamais de chrétiens. Il y en a aujourd'hui, dans toutes les contrées où il a mis les pieds, et qui se réclament diversement et non sans contradictions de son passage ou de sa parole. Il y a surtout des musulmans, qui reconnaissent sa qualité de prophète mais non de Dieu fait homme. La coexistence est devenue plus problématique, les allées et venues également. Aussi ce voyage au bout de la haine d'un flâneur des deux rives n'a-t-il pu s'effectuer d'un seul trait.*

*On peut être candide, on n'en reste pas moins médiologue, avec sa petite roue dans la tête : comment a-t-on pu glisser du sermon des Béatitudes aux moines-Kalachnikov libanais ; de l'hospitalier Abraham au colon tirant sur un voisin arabe venu cueillir des olives dans son propre champ ; de Mahomet, guerrier se battant contre des guerriers, aux* human bombs *tuant femmes et enfants ? L'envie de découvrir le devenir des Écritures au pays des Écritures, de saisir* in vivo *ce qui arrive à l'Éternel quand on le mêle de près à nos affaires, a finalement levé mes inhibitions. Où mieux satisfaire cette indiscrète curiosité, que je ne crois pas malsaine, qu'au point de réception du divin message, là où trois rêves dans un même lit tournent au cauchemar politique ? L'encrassage d'une utopie nous concerne tous, tant cette métamorphose eut de duplicata. On ne l'élucidera pas en relisant pour la énième fois Isaïe ou saint Jean, et sans préférer aux routes bibliques déjà bien balisées leurs accotements séculiers, au risque de quelques embardées. Le pèlerin veut se transporter deux mille ans en arrière pour retrouver sa foi et lui-même ; à force de remonter le temps, il oublie de le redescendre, pour voir à quoi ressemble, dans les bas-côtés des Hauts Lieux, le vilain et vivace aujourd'hui. Du Jésus de l'histoire, le presque rien que nous savons s'apprend dans les livres. Pour découvrir l'histoire issue de Jésus, pour démêler les intrigues du neuf et de l'ancien, force est d'aller fureter sur des chemins de traverse, loin des voies royales de la compilation.*

*Un carnet de route est saugrenu. La girouette manque de dialectique. Elle tourne au vent des choses vues et entendues, de la bonne ou mauvaise humeur du moment, de songeries trop intimes pour ne pas être indécentes. Le vice du paradoxe à chaud ou de l'observation glanée en passant, c'est le ni queue ni tête et le méli-mélo. Dirai-je à ma décharge que le mélange des genres, religieux et séculier, auquel se refuse l'exégète habilité constitue justement le nœud du problème ? Que la Terre sainte est décousue, mosaïque en lambeaux, et qui s'ignorent les uns les autres ? La tradition entend par ce terme convenu le territoire que Jésus a visité, qui l'a vu naître, grandir et mourir, ou qu'il a lui-même sanctifié par le toucher ou par la vue. Cette terre à cœur, cette terre à douleurs est un mémorial aux bords flous, dont l'appellation, ignorée des Évangiles, remonte au* IVe *siècle, à l'empereur Constantin. La notion est désuète, sans unité géographique, puisqu'elle va des sommets neigeux du*

*Hermon au climat subtropical du Jourdain, et sans réalité politique, puisque embrassant des pays en guerre, mais elle continue de parler à l'imagination. L'Occident au dernier siècle a eu ses messianismes qui avaient l'homme pour principe et pour fin. Ceux qui ensanglantent le Proche-Orient procèdent de Dieu. C'est la version originale des premiers.*

*Peut-être le fait d'avoir tâté dans ma jeunesse d'une religion du salut temporel (le socialisme révolutionnaire) me prédisposait-il à cette attitude quelque peu brutale et déplacée, juger l'arbre à ses fruits, et où le mieux faire que là où il fut planté ? Elle jure avec les douceurs de l'exégèse à laquelle s'adonnent les plus hautes autorités religieuses. C'est une chose étrange, pour autant qu'un laïque peut en juger, que de célébrer l'Incarnation, saluer l'entrée effective de Dieu dans le temps des hommes, soutenir à juste titre, comme Benoît XVI dans son* Jésus de Nazareth, *que « l'histoire, le factuel, fait partie de l'essence même de la foi chrétienne », pour se contenter par après d'une subtile paraphrase de paraboles datant d'il y a deux mille ans, sans un regard pour les faits survenus depuis lors à Nazareth ou dans les environs. Est-ce une attitude évangélique que de fermer les yeux sur le sort des pécheurs après l'arrivée de la Bonne Nouvelle ? Le tropisme des chimères ne compense certes pas l'inculture théologique qui est la mienne, mais un ancien engagement « idéologique » n'est pas un fil à la patte pour observer les avatars d'une grande promesse. Qu'on ne vienne pas m'opposer qu'après avoir, orphelin de l'histoire, quêté des seigneurs, je me serais mis, orphelin du bon Dieu, en quête du Seigneur. J'ai simplement cherché à savoir, non, à regarder et écouter comment les hommes vivent ce qu'ils croient et quels changements apporte le monde aux idées qui ont changé le monde. L'épreuve de réalité est l'épreuve du feu, toutes les mystiques tombées ou non du Ciel s'y sont brûlées un jour ou l'autre, mais si elles n'avaient pas pris le risque de déchoir en politique, elles seraient parties avec le vent. À l'heure où il semble n'y avoir plus sur la planète que des luttes d'intérêts pour le pétrole, les marchés ou la propriété des entreprises, il peut apparaître inutilement pittoresque de s'attarder sur le dernier endroit où des humains de sept à soixante-dix-sept ans s'acharnent à mourir et à tuer pour une fantasmagorie (les* human bombs *pouvant être des grand-mères comme des bambins). Je doute qu'un lecteur des* Échos *ou du* Financial Times *prenne au sérieux des entités aussi improbables que le paradis, l'Élection, la résurrection des morts ou l'*oumma. *Chacun ses billevesées, et il n'est pas sûr que le parti pris du* matter of fact *se révèle à la longue le plus raisonnable, mais enfin, les choses ont ainsi tourné, en Amérique, en Europe et en Chine. Elles rendent sans doute exotique, sinon morbide, un genre de préoccupations qu'un yuppie ayant les pieds sur terre réserverait plutôt* *à un musée des aberrations ou à une chronique des temps mérovingiens. Il aurait tort, me semble-t-il, de chanter trop tôt victoire. Le voyage en Terre sainte n'est pas une excursion dans le passé. Et l'on ne donne pas cher des futuristes qui estiment révolu le temps où le* sapiens sapiens *acceptait de se sacrifier non seulement pour de la nourriture, des femelles ou un territoire de chasse, mais aussi pour une idée aussi obscure qu'impérieuse, et en tout cas contraire à ses intérêts biologiques immédiats. Si fâcheux que soit au regard de l'espérance moyenne de vie ce trouble de la conduite (qui semble épargner éléphants, tatous et cétacés), il paraît prudent de garder à l'esprit qu'il fait partie du bagage génétique de notre espèce.*

✧

*Notre ancien président de la République en dédicataire pourra surprendre. Qu'on ne mette pas cette gratitude au compte d'un opportunisme retardataire ou d'une flagornerie un peu distraite (il m'arrive de lire les journaux). Ce livre est par certains côtés le rapport que je n'ai pas eu le temps de lui remettre avant la fin de son mandat. En me confiant une mission sur l'état des « coexistences ethno-religieuses » au Proche-Orient, en me demandant « une démarche sans exclusive, conduite auprès de tous les secteurs d'opinion », et en me délivrant à cet effet ce qu'on eût autrefois appelé une lettre de corsaire,*

*Jacques Chirac, l'un des rares hommes d'État occidentaux conscients qu'il y a de l'Orient sur la planète, et de l'autre à côté du même, m'a considérablement facilité cette divagation. Centrée au départ sur les chrétiens d'Orient, elle ne pouvait que s'étendre, par la force des choses, aux relations qu'entretiennent* in situ *l'étoile de David, le croissant et la croix. Que soient remerciés à travers lui les services diplomatiques et culturels français qui m'ont, sur place, sinon mâché le travail, du moins généreusement informé, parfois escorté et jamais découragé.*

*Chaque métier ses démons. J'ai été philosophe. Qu'on ne s'étonne pas du chaos de mes notations tout au long du parcours. L'âge venant, le commentaire de texte et le concept en chambre m'inspirent un invincible ennui, s'ils ne s'exposent pas aussitôt aux risques du courant d'air et des mauvaises rencontres. L'impressionnisme est ma philosophie. Je mets mon chevalet dehors, et cogite comme on peignait jadis : sur le sujet. À petites touches, entre deux averses. Il eût fallu faire équipe, beaucoup de sciences, et de longues années pour combler le souhait de François Maspero. Sans doute moins pour remplir la mission, plus simplement d'actualité, fixée par l'ancien chef de l'État. Ne forçons point notre talent... Qu'on ne cherche ici ni enquête exhaustive, ni synthèse mûrie, ni explication générale. Tout au plus quelques croquis préalables pour l'étude de main d'un paysagiste à venir.*

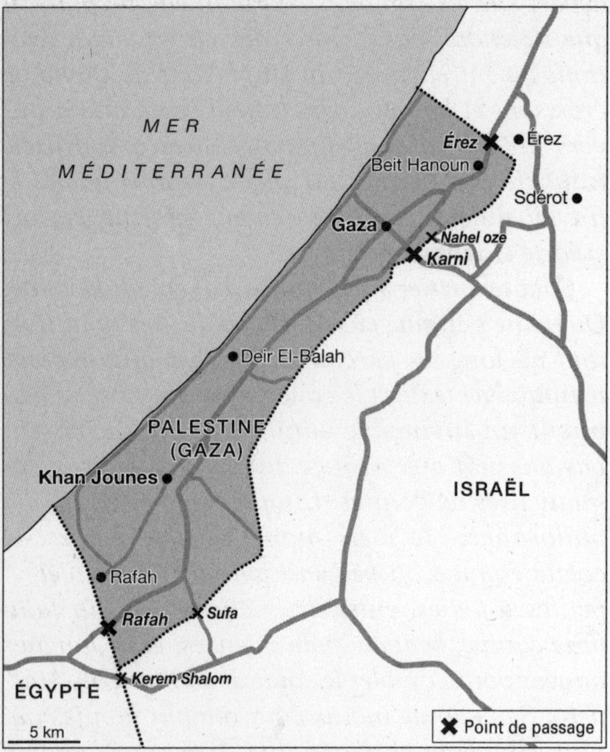


**Carte 3. Gaza aujourd'hui**

# I

# *Naissance et vie cachée*

*Une voix clame : Frayez dans le désert la route de Iahvé ! Tracez dans la steppe une chaussée pour notre Dieu !* Isaïe[1] XL, 3.

1. Les citations bibliques se réfèrent, pour l'Ancien Testament, à l'édition d'Édouard Dhorme, Paris, Gallimard, « Bibliothèque de la Pléiade », 2 vol., 1956 et 1959, et, pour le Nouveau Testament, à celle de Paul Gros, Jean Grosjean et Michel Léturmy, Paris, Gallimard, « Bibliothèque de la Pléiade », 1971.

## 1. L'optique des synoptiques

> *Livre des origines de Jésus Christ fils de David fils d'Abraham. Abraham engendra Isaac, Isaac engendra Jacob, Jacob engendra Judas et ses frères. [...] En tout donc, d'Abraham à David quatorze générations, de David à la déportation de Babylone quatorze générations, de la déportation de Babylone au Christ quatorze générations. Et voici les origines de Jésus Christ. [...]* Matthieu, I, 1-18.

Ainsi s'ouvre le Nouveau Testament, par une grosse de notaire. Est-ce le timbre « Mille et une nuits » du *muezzin* d'à côté ? Le parfum des orangers, le pépiement d'un colibri, la résine de pin qui entrent avec l'air tiède par ma fenêtre entrebâillée ? Rouvrant, à peine arrivé à Jérusalem, dans ma chambre de l'École biblique, les Évangiles dont je me souvenais, enfant, comme du plus bel Orient, me voilà aussitôt défrisé par l'aspect comptable et déshydraté, façon biscuit sans beurre. Brillance du sujet, matité du rendu. Matthieu nous invite au soyeux sur un ton plutôt rêche. La révolution de velours dans la révolution monothéiste n'a pas d'emblée trouvé un coulant, un suave à sa mesure. Par l'ampleur et le souffle, la deuxième version, abrégée, de la Révélation fait historiette à côté de la grande histoire, rocambolesque et haute en couleur, avec ses carnages, son érotisme, ses monstres sacrés, ses rois truculents, ses prophètes déjantés, son Iahvé interventionniste, incorrect en diable (et qui passerait aujourd'hui en correctionnelle pour incitation à la haine raciale et apologie de crimes de guerre). Sous l'angle romanesque, le Dieu de colère et des armées montre plus de caractère que le Père plus bénin, mais singulièrement taiseux, d'un Fils qui ne se tourne vraiment vers Lui, sans succès, qu'aux dernières extrémités.

On devrait à Marc, m'a confirmé un bibliothécaire d'ici, le *first draft*, vers l'an 70, repris dans la foulée par Luc, en direction des Juifs hellénisés, et par Matthieu, en direction des Juifs de tradition. Dans les trois, chaque épisode est recadré, indexé, répertorié, étiqueté, certifié conforme à la tradition. Un peu lourdingue, pas très pattes de colombe, dirait-on chez un éditeur en comité de lecture. La volonté d'établir que le rabbi Yeshoua ben Iosef, fils de David, fils d'Abraham, etc., est bien celui que la Loi et les Prophètes avaient annoncé sans plus de précision obligeait à ouvrir le parapluie avec force attestations. « Téléphonée », chaque indication de lieu ou de parentèle est un clin d'œil pour *happy few*. Pourquoi Bethléem ? Parce que patrie du roi David. Pourquoi l'Égypte ? Parce que « d'Égypte j'appelai mon fils » (Osée, XI, 1). Pourquoi le pedigree donné par Matthieu en introït, avec ses trois fois quatorze générations en partant d'Abraham ? Parce que quatorze est le chiffre symbolique de David, et pour écarter le soupçon de bâtardise pesant sur un quidam venant d'une Galilée malfamée en haut lieu. « Notre patron est de bonne lignée, vous n'avez rien à craindre. » En filigrane : tout ce qu'on vous raconte s'est produit dans les règles. Conformément au programme. *Cacher*. Sans doute fallait-il mettre tactiquement tous les atouts de son côté pour faire passer la pilule d'un Dieu suant, pissant et saignant. Pour arrondir les angles et minimiser l'écart entre l'Ancien et le Nouveau. Pour rassurer les huiles.

Comme s'il fallait faire ventre avec la moindre miette. Quitte à sacrifier le juteux à l'édifiant — et l'exact au significatif (*douze* apôtres, *quarante* jours, etc.). L'ennui, demandez aux artistes, cinéastes, romanciers, c'est que passé un certain point d'excellence, le héros perd sa succulence (comme l'aloyau trop cuit tourne au cuir bouilli). Le Christ a si bien digéré Jésus que nous connaissons mille fois mieux la vie de Socrate que celle du Nazaréen, et un as du rendement moral comme Plutarque (Napoléon et Kléber, en Égypte, avaient les *Vies parallèles* dans leur paquetage) donne plus d'épaisseur à ses parangons de vertu que les quatre évangélistes au leur. Jamais Maître de vie n'en eut moins. Jamais un ressuscité n'eut aussi peu de couleurs, jamais une sainte histoire n'eut moins de géographie.

Aller sur les pas de Jésus... Par où exactement ? Une seule convergence se dégage des quatre récits : il fait son entrée par le Jourdain, sa sortie par Jérusalem. Entre les deux, la tradition est reine et labile. *The tracing of Jesus*, comme disent les Anglo-Saxons, relève de la gageure. La Terre sainte est une Terre-Livre, dont le Livre, hormis quelques points de capiton, ne dit pas grand-chose. Il a des excuses, bien sûr. Outre que la géographie est en général un souci et une science plus tardive et moins considérée que l'histoire, la sensation de toucher à la fin des temps — « Oui, je vous le dis, cette génération ne passera pas, que tout ne soit arrivé » (Matthieu, XXIV, 34) —, au prochain *shabbat* ou à la prochaine lune, n'incitait sans doute pas la troupe de romanichels avec bâton, sac et outre en cuir autour des reins à faire une pause pour contempler des petites fleurs et de pauvres hères qui ne seraient plus là le lendemain. Mais qu'on puisse à ce point raconter sans décrire... La localisation évasive l'est d'ailleurs de plus en plus à mesure qu'on se rapproche du dénouement. La période galiléenne du jeune Jésus est la plus paysagère, chez Marc et Matthieu, après quoi l'événement semble devoir se suffire à lui-même. Les enfants de la Bible apprennent leur géographie au même titre que l'hébreu, ceux de l'Évangile se contentent de *l'histoire* (sainte). Autant le *quand* du Christ continue de passionner les savants, autant son *où* indiffère. La Faculté laisse ce pittoresque aux voyagistes ou aux guides professionnels. Nous sommes tous rassurés de savoir que Jésus a péri en l'an 30, et gênés de ne connaître de l'apôtre Paul ni sa date de naissance ni celle de sa mort, à dix ou quinze ans près (converti en 35 ? mort en 64 ?). En revanche, ne pas pouvoir localiser Cana avec exactitude, ni repérer sur une carte « le » désert, « la » montagne n'ont jamais empêché de gloser sur la symbolique du vin et des solitudes. Laïques ou non, les sciences religieuses discutent datation, très rarement localisation (le sociologue de la mémoire Maurice Halbwachs ayant fait exception avant la guerre avec sa topographie des Évangiles, non rééditée depuis). À la première, la chaise curule ; à la seconde, un tabouret. C'est peut-être, pour un chrétien, une sage précaution. Quand on lit que « Jésus ressortit du territoire de Tyr et vint, par Sidon, vers la mer de Galilée » (Marc, VII, 31), mettant donc cap au nord pour se rendre au sud, ou qu'il jette une flopée de porcs démoniaques du haut de Gerasa dans le lac de Tibériade, distant de cinquante kilomètres, le soupçon nous vient que Marc et Matthieu, pour ne rien dire de Jean, furent tout ce qu'on veut, librettistes talentueux, paroliers percutants, tout sauf des témoins oculaires et directs. À moins que les compagnons de route, arrivés à destination, n'aient oublié la carte.

J'entends bien que les évangélistes faisaient l'impasse sur le Goncourt et l'agrégation de géographie. Et si me heurte l'abrupt de cet *abstract*, c'est par anachronisme : je n'y retrouve pas le mélodieux, le moelleux qu'a ajouté la postérité à ce *patchwork* de paraboles à méditer où la morale réduit la fable à presque rien. Autant juger d'un opéra sur le livret. Prises à la lettre, sans les vibratos de l'exécution, les Écritures nous arrivent dépouillées des frissons en clair-obscur que cent oratorios, passions et requiems, que mille Fra Angelico, Caravage, Rembrandt et Rouault ont introduits entre les lignes et qui font danser en farandole les Rois mages, la montée au Temple ou la pêche miraculeuse. Les noms dorés de Gaspar, Melchior, Balthazar ne figurent pas dans le texte. C'est nous, ou nos ancêtres, qui les avons inventés. Comme nous avons ajouté l'âne et le bœuf dans la crèche, un sourire de vierge préraphaélite à une jeune accouchée, une barbe bien coupée au vieux Joseph, et une blondeur d'*escort boy* à son beau-fils. Le temps et nos songes ont fait ensuite leur besogne de prestidigitateur. Comme les savates de Cendrillon en chaussons de vair, les spartiates de l'apôtre ont grandi en mule du pape, la tiretaine coupée au genou s'est transformée en damaltique d'argent fin, et la ronde fastueuse des couleurs liturgiques — blanc, rouge, vert, violet, noir — escamote la laine bise du pêcheur à l'épervier. Défiant les lois de l'équilibre, une intimidante et parfois décourageante pyramide de saints, de chants, de dogmes, de rites et d'icônes s'est édifiée base en l'air, sur une tête d'épingle : l'anodine crucifixion d'un guérisseur, sur le moment inaperçue des témoins et contemporains. De tous les titres dont s'est paré Jésus, nul n'est plus prémonitoire, mieux validé *a posteriori* par un perpétuel engendrement, une incessante incarnation, que celui qui revient le plus fréquemment dans sa bouche : *Fils de l'Homme*. Fils de sa mort, du récit de sa mort, des Évangiles et des eucharisties. N'est-ce pas notre enfant, ce spectre insaisissable qui a attendu de mourir pour s'habiller de chair, de notre chair à nous, venu, ou plutôt mis, remis, transmis au monde par deux mille années de psalmodies, d'oraisons et d'enluminures ?

Sans les repeints de l'autosuggestion, sans tous ces cadeaux de la tendresse et du désir humains, il n'est pas sûr que le Christ de la foi l'emporterait encore sur le Yoshua de l'histoire, et que nous ne buterions pas aujourd'hui, à la place du premier, sur le rabbi extravagant que certains passages nous laissent entrevoir un peu imprudemment : un énergumène qui s'y croit déjà, d'une immodestie rare (Dieu n'est pas mon cousin), engueulant ses auditeurs (« engeance de vipères »), désobligeant pour ses disciples (« ce n'est pas vous qui m'avez choisi, c'est moi qui vous ai choisis »), dissuadant celui-ci d'aller à l'enterrement de son père, enjoignant à celui-là de haïr sa famille, soupe au lait, cassant, odieux avec sa maman (« femme, qu'y a-t-il de commun entre toi et moi ? »), méchant avec la bonne (quasiment à tes casseroles, ma pauvre Marthe), bref, un de ces caractériels « qui n'ont rien d'évident » et dont on répond prudemment dans un dîner en ville, quand on est de leurs amis, « qu'ils gagnent à être connus ». Socrate interroge, répond, écoute, discute poliment. Jésus remet sèchement à leur place ses contradicteurs. Des deux maîtres antiques, qui ont le plus frappé notre imagination, condamnés à mort l'un et l'autre pour forfanterie et impiété par un tribunal de concitoyens, le plus antipathique n'est certainement pas le sagace boute-en-train du *Banquet*.

Le squelette narratif a pris avec le temps de la pulpe et des couleurs. Tant mieux pour nous si le populaire a ajouté bonhomie, fraîcheur et suavité, et si les Pères et docteurs de l'Église ont apporté subtilités et complications. L'ornementation a ravi les cerveaux sophistiqués et les cœurs simples. Couvrant l'Europe forestière d'un blanc manteau d'églises, et d'une nappe ondoyante de mots chanteurs et subtils, sans équivalent chez le frère aîné et non plus en islam. Puisant à tous les râteliers les sucs nutritifs nécessaires, la tradition *Nova et vetera* a peu à peu enrobé ces grains un peu secs, telle une huître perlière, de couches de nacre superposées, et nous voilà avec cette perle de culture au fond de notre auge de mécréants. Un patrimoine dont quelques-uns font encore héritage.

« La lampe du corps c'est l'œil », lit-on chez Matthieu (VI, 22). Que n'a-t-elle dessiné le cadre et les contemporains ! Jésus est un invisible que l'on écoute. La foi entre par l'oreille. Aussi peut-on le reconnaître à l'accent — bien qu'il n'ait pas défrayé la chronique ni essuyé les feux de la rampe (aucune trace dans les archives judiciaires et politiques de l'époque). Mais le voir, lui, se représenter une dégaine, cerner une silhouette — impossible. Le Christ n'a pas de physionomie, le Verbe s'est incarné en s'évanouissant. Point d'enfance ni d'adolescence. Trente années de mûrissement, les quatre cinquièmes d'une vie, expédiées par une cheville, « et Jésus avançait en sagesse, en âge et en grâce » (Luc, II, 52), pour en arriver aux derniers quarante jours, quand l'exercice, si l'on peut dire, va devenir profitable. *La* haute montagne, *la* tentation au désert, *le* chemin : lesquels ? Le soir ou le matin ? En croisant qui ? Sous la pluie ou le soleil ? Comme si le paysage se fondait en passage ; comme si trop de visées sur l'avenir des âmes interdisaient de prêter attention au superflu des corps : les bruits de la rue, le goût du pain, la forme d'un lit, la semelle de cuir ou le pied nu... Pas d'allusion au temps qu'il fait, à l'heure de la journée, aux jambes lourdes, aux distances parcourues. La fuite en Égypte ? Ni Marc ni Jean n'en soufflent mot. À pied ? À dos de mulet ou de chameau ? Avec quels bagages ? Combien de jours ? Par quelles oasis ? Qu'est-ce qu'on mange ? Comment on se couvre le soir ? La tentation au désert ? Lequel ? Les blancs du récit nous en diraient sans doute autant que les pleins, mais le besoin de *marquer le point* a gommé les entre-deux. Cet aspect manuel pratique — le salut de votre âme en dix leçons —, qu'on retrouverait de nos jours, révérence parler, chez Virgin au rayon « Développement personnel », entre un Luc Ferry et un Comte-Sponville *(Qu'est-ce qu'une mort réussie ?)*, explique que ce vade-mecum ait pu devenir le best-seller de l'Antiquité tardive, et rester sur les gondoles deux mille années durant.

Allons, pas d'ironie facile. Ce qui serait faiblesse aux yeux d'un critique littéraire ou d'un prof de philo fut autant de points forts. Le flou du fascicule a permis à chaque époque de régler ses lentilles pour l'accommoder à sa vue. Les best-sellers sont rarement des chefs-d'œuvre. Le *moralitaire* évacue le circonstanciel et l'interstitiel, tel un *Power Point* sans fioritures. Aurait-il eu cette postérité sans le schématique du synopsis ? « Y a de l'idée là-dedans mais pas assez d'images. Remplissez-moi les pointillés. » Des légions successives de scénaristes se sont relayées au porte-plume et au pinceau durant des siècles pour compliquer l'affaire — donnant peu à peu relief, caractère, individualité à des seconds et troisièmes rôles à peine esquissés dans le traitement original du Ier siècle : Joseph, la Vierge Marie, Marie Madeleine, Nicomède, Judas... Les frères du Christ, faisant désordre, n'ont pas eu droit à la même élaboration. Enfants d'un premier lit de Joseph, pourquoi les abandonner sur la route ? Fruits de son remariage avec Marie, *quid* de l'âge canonique du barbon ? Et le « médiateur unique du salut » peut-il avoir des petits frères ? Aussi peu « raccord » que possible, les frères de la Sainte Famille recomposée sont passés à la trappe dans la version grand public. Elle a plutôt gagné à ce découpage.

Et puis, le parler obscur, par apophtegmes ou paraboles, appelle le doctorant — qui a fait la fortune universitaire et posthume d'un Héraclite et d'un René Char (sans aphorismes, le glosateur est au chômage). L'allusif du compendium évangélique l'a rendu *élastique*, adaptable, tous publics, au gré des nefs et des préaux. Les péricopes sont courtes, pour être mémorisées ; les lieux imprécis, donc transportables ; les dates incertaines et réactualisables. Le fidèle peut venir se glisser dans ces silhouettes en creux, comme chez un photographe de foire. Les clercs peuvent broder sur cette œuvre ouverte, que chaque vie peut remplir à sa guise. « Rien de mieux pour nous », m'a rappelé un frère prêcheur (j'aurais pu y penser plus tôt), que des Samaritains, saintes femmes, aveugles et publicains estompés et remaniables à volonté comme de lointains souvenirs d'enfance.

Pour diaphane qu'il soit, le pouvoir d'accroche d'un livre dépend en définitive de tout ce dont il nous *délivre*. Une œuvre vaut autant par ce qu'elle éclaire en nous que par ce qu'elle laisse dans l'ombre ; et les questions embarrassantes dont elle nous exonère la rendent souvent plus attractive que les réponses qu'elle nous suggère. L'histoire de la Résurrection prend chaque mortel au lasso en le soulageant rien de moins que de la mort, de l'angoisse du chemin à inventer et du hasard d'être né, sans raison, et pourquoi ici plutôt qu'ailleurs. D'où je viens ? D'un spermatozoïde en goguette. Où vais-je ? Aux asticots. Que m'est-il permis d'espérer ? Rien. Ni récompenses ni châtiments. Le trou noir. Nous détourner de ce *set* de questions-réponses amoindrissant mérite déjà reconnaissance. Quant à l'aspect marche sur les eaux et anges vêtus de blanc, il nous exempte des migraines qu'exige toute enquête sur la structure des choses physiques, logiques, cosmologiques et historiques. Ce délestage cérébral (hémisphère gauche au repos) a dû apparaître bien reposant aux lecteurs d'Épicure, de Platon ou d'Aristote, raisonneurs un peu barbants et non joueurs de violoncelle. Dans un parlez-moi d'amour, pas de casse-tête. Un maximum de frissons pour un minimum d'équations : la formule Kleenex. Ou Margot. Infaillible.

À moi donc de changer de lunettes. Les Évangiles n'appellent pas une critique de style mais une rencontre intérieure. C'est la différence entre le scribe et « l'homme qui a autorité ». Le premier a des arguments, le second une façon d'être. Platon est un nom à l'Université pour dix mille docteurs, Jésus, une personne vivante pour un milliard d'humains. Sa doctrine est de celles qu'on épouse avant de les comprendre, mieux, qui peuvent se comprendre sans être proprement conçues. Il n'est pas seul à bénéficier de ce *plus* d'existence — récompense d'un *moins* de théorie. Pensons à l'aura d'un Bouddha ou d'un Confucius, voire d'un Gracchus Babeuf ou d'un Che Guevara. Il y a une pléiade de figures stellaires dans notre culture dont les idées ou les actes comptent moins que la silhouette qui s'est gravée en nous : cet album d'Épinal peut aller du chevalier Bayard et de saint François d'Assise à Rimbaud, Breton ou Malraux, selon les goûts et l'époque... Pourquoi donc exiger d'un *livre à vivre*, comme il y en a si peu, les qualités d'un livre à lire, comme il y en a tant et trop ?

Et si la feuille de route est imprécise, le fil directeur est là : les étapes qui ont scandé le chemin du Crucifié, sur quoi s'accordent les synoptiques. Si nul ne peut dire avec exactitude les routes qu'a empruntées le marcheur inlassable, on sait d'où il vient, la Galilée, où il a prêché, Samarie et Judée, quels voyages il a faits à la périphérie, Syrie et Phénicie, et où il a rendu l'âme, Jérusalem.

## 2. L'enfant de Nazareth

> *Le sixième mois, l'ange Gabriel fut envoyé de Dieu dans une ville de Galilée appelée Nazareth [...].* Luc, I, 26.

« Les haines religieuses, a noté Renan, qui détestait Jérusalem la sectaire, sont à Nazareth moins vives qu'ailleurs. » Quand l'auteur de *La Vie de Jésus* séjourna dans cette bourgade, nulle part mentionnée dans l'Ancien Testament mais favorablement connue depuis pour son Annonciation, son climat salubre et la joliesse de ses femmes, il en estima à trois ou quatre mille âmes la population. La ville de la Vierge Marie en compte soixante-dix mille à présent, plus cinquante mille dans sa banlieue résidentielle. « Dieu, les belles femmes qu'il y avait à Nazareth ! » se souvient Flaubert de son côté. Sans faire injure au bon renom de l'endroit où l'ange Gabriel vint délivrer certain message à « une vierge fiancée » à un vieux monsieur bien sous tous rapports, chef d'une petite entreprise de construction, à la fois maçon et architecte, nommé Joseph, le passé est le passé. Ou ai-je les yeux dans les poches ? Finis les culottes bouffantes serrées à la ceinture, la marmotte à franges d'où pendaient les pièces d'argent et les manteaux de soie brodée. Le *blue-jean* est moins pittoresque, et la *junk food*, fatale pour la ligne dans les pays du Sud. Les bonnes sœurs, elles, traversent les siècles avec une silhouette inaltérée, et ici elles sont chez elles.

La capitale de la Galilée est la première ville chrétienne et la plus grande cité arabe d'Israël. Les Arabes chrétiens — à peu près un tiers de la population — côtoient les musulmans au creux de l'amphithéâtre où se pressent les maisons, petits cubes ocre clair à toit rouge vif. Les hauteurs sont peuplées par les immigrés juifs, russes pour la plupart, et ostensiblement mieux lotis. C'est Nazareth Illit, industrielle et moderne, qui ne compte qu'une toute petite minorité de chrétiens. Chacun chez soi. Tous les sièges des services publics, justice, santé, éducation, ont été transférés dans la ville haute où se concentrent industries, subventions et emplois. En bas, la Nazareth d'autrefois se sent à la fois engainée et délestée, réduite à l'improductif hébergement des pèlerins. « Vous auriez du mal à trouver un charpentier chez nous. Eux, ils ont des machines, nous on a la pollution, me dit un boutiquier qui connaît son Joseph. On s'éteint à petit feu, en douceur. » Pourtant, me dit un autre, Noël est fêté dans la rue, et par tous les habitants, les scouts défilent et l'avenue Paul-VI, la rue principale, est noire de monde. La vieille ville, avec son souk apparemment destiné aux étrangers, est pour l'heure léthargique et très propre. On décompte, discrètement nichés dans ses ruelles et ses recoins, vingt-quatre églises et couvents, de tous les rites imaginables. Les clarisses entretiennent le souvenir de Charles de Foucauld, qui avant son ordination fut leur domestique, puis leur hôte, entre 1897 et 1900. Bonaparte, qui vint d'Égypte assister à un baptême dans leur couvent, lui, s'est dérangé pour rien. Sa mémoire orpheline n'est rappelée nulle part. Les pères blancs ont construit une lignée, les bonapartistes n'ont pas fait dynastie, à bon entendeur salut *(ad augusta per angusta)*. Le tourisme a souffert, mais moins qu'ailleurs. Point de *checkpoints* alentour. Chaque année, quelque huit cent mille dévots de la Vierge viennent passer une journée dans ce fief traditionnel du Rakah, le parti communiste israélien, un des porte-parole de la communauté arabe d'Israël. Ici, Jésus ne voit pas rouge, mais il vote rouge.

✧

Costume cravate, petites lunettes, cheveu poivre et sel, Ramez Jaraisi est chrétien et communiste — redondance régionale —, à la tête du Nazareth Democratic Front, une coalition municipale regroupant les modérés de tous bords. En clair : les non-islamistes. Il me reçoit dans son bureau de maire, sous un grand tableau naïf où, dans sa grotte voûtée, la Vierge en robe blanche de mariée, un bouquet à la main, accueille des angelots d'un air triste, à côté d'un Joseph levant les bras au ciel. Il veut savoir comment le Che faisait la guérilla, et moi, ce qu'il fait pour l'éviter dans sa circonscription. « En réduisant autant que faire se peut les différences de niveau de vie et l'effet des discriminations », me répond-il. Dans cette ville où le trouble à l'ordre public reste rare, il se murmure que la population aurait refusé l'union sacrée lors de la guerre de l'été avec le Liban. Il y a pourtant eu, dans les environs, quatre fois plus de victimes chez les civils arabes que chez leurs concitoyens juifs. Beaucoup les soupçonnent de s'être rangés, *in petto*, dans l'autre camp. La preuve : deux enfants arabes de sept et cinq ans ont été tués par les roquettes du Hezbollah. Leur père musulman les a publiquement déclarés martyrs, en faisant porter à Israël la responsabilité de leur mort.

La municipalité a failli changer de mains avec l'affaire de la mosquée. Invoquant la présence d'une tombe d'un saint musulman inconnu, les islamistes, rentrés en force au conseil municipal, ont voulu défier par une grandiose mosquée la basilique de l'Annonciation, sur un terrain propriété de l'État où devait se bâtir une école. Le gouvernement Netanyahou appuyait le projet, qui a fait aussitôt scandale chez les chrétiens. « Là était le but, me dit le maire : diviser les Arabes de la ville, et montrer en passant aux autres ce dont seraient capables les musulmans dans une Palestine entre leurs mains. Après la cérémonie officielle pour la pose de la première pierre, le gouvernement a lui-même lancé un appel d'offres international pour la conception architecturale et, malgré les objurgations de Yasser Arafat, les maîtres d'œuvre islamistes ont construit les fondations sans attendre les résultats. Le pape a demandé au président américain d'intervenir, et le "9/11" s'est produit sur ces entrefaites. Bush, pour calmer le jeu, a demandé à Sharon de mettre le holà, ce qu'a fait le Premier ministre, qui a tout arrêté. » Jaraisi me dit avoir tiré deux enseignements de cet épisode : quand il le faut, l'islamisme radical marche main dans la main avec l'État hébreu ; et pour faire bouger les choses sur place, mieux vaut passer par l'Amérique (« vous les Européens, vous ne pipez mot »). Sur le premier point, renseignement pris par ailleurs, le calcul électoral a plus pesé qu'un sombre machiavélisme. Majoritaires en ville, les musulmans ont plus de votes à négocier que les chrétiens. Et sur le second, la diplomatie vaticane a joué sa partie. Pour le reste, cet édile légaliste et pondéré ne se fait pas d'illusions : il n'y aura pas d'État binational et personnellement, même s'il a un oncle à Gaza et des cousins en Jordanie, il ne souhaiterait pas s'installer dans une éventuelle Palestine indépendante. Il est de Nazareth et entend y rester. L'idéal à long terme serait pour lui deux États mais, pour l'heure, il mène sa guérilla épistolaire et juridique contre les confiscations, brimades et expropriations sans indemnités, avec force requêtes, aux ministres et aux juges. « Sous Rabin, les choses se sont beaucoup améliorées. Son assassinat fut un désastre pour nous aussi. On s'entend toujours mieux avec les travaillistes. Les autres veulent nous faire rentrer sous terre. »

✧

Ces derniers auront fort à faire avec « le curé de Nazareth ». Nos curés de village ne sont plus les notables qu'ils étaient. En Orient, Don Camillo reste à l'affiche. Il lui arrive même de ne faire qu'un avec Peppone. La pastorale exige un chef de village, de clan, de parti. Le père Émile Choufani, palestinien d'origine melkite, un solide gaillard, parle fort et clair. Il a choisi le rite latin après avoir fait son séminaire en France, à Issy-les-Moulineaux. Il dirige l'école secondaire Saint-Joseph, à Mutran, un quartier de la ville, à mi-hauteur. École privée, uniforme obligatoire, mille trois cents élèves, la moitié de musulmans, écolage quatre mille shekels (sept cents euros), classes moyennes, bourses possibles, voile interdit, pas de signe ostentatoire dans l'enceinte. Quelques professeurs juifs (en musique et en astronomie, disciplines universalistes). Citoyen d'Israël, il a organisé avec le Français Jean Mouttapa un voyage de quatre jours à Auschwitz, à la tête d'une centaine d'Arabes chrétiens, musulmans et incroyants. « Vous comprenez, nous, on côtoie les Juifs, mais le cœur n'y est pas. Alors, j'ai voulu faire entrer mes amis arabes dans les lieux de la communion et de la souffrance juives, pour qu'ils puissent ressentir, ne serait-ce qu'un moment, la fraternité des cavernes. Et se mettre à la place de leurs voisins. Après l'Intifada, un *kaddish* à Birkenau, c'était nécessaire. » Il se dit d'abord arabe et ensuite chrétien, mais il a rencontré l'âme juive et ne s'en cache pas. « J'ai décidé d'être avec le monde israélien, ce qui ne signifie pas être *contre* les Palestiniens. Je ne suis pas sioniste, je pars du principe qu'Israël est là, que cela nous plaise ou non. Si Dieu l'a voulu ainsi, j'accepte cette donnée, et je vois ce qu'on peut faire à partir de là pour les Arabes israéliens. La supériorité intellectuelle des Israéliens est un fait. Raison de plus pour la rattraper en haussant le niveau des jeunes Arabes qui vivent ici. Le monde juif est dynamique. C'est un bon stimulant. À quoi ça sert de vivre entre soi, comme si Israël n'existait pas ? » Il me cite les bons résultats qu'il obtient dans son établissement : sur cent vingt bacheliers arabes chaque année, les deux tiers réussissent à entrer au *Technion* de Haïfa, qui compte à peu près sept cents Arabes sur huit mille étudiants, « deux cent soixante-dix viennent de chez nous. Vous voyez, on peut remonter la pente ».

— Mon rôle ? Je vous réponds : traducteur. D'un monde à l'autre, et *vice versa*. C'est la seule façon de briser le cercle de la mort, de ne pas tomber dans le « ou moi ou toi », dans le « si tu ne tues pas, tu seras tué ». Nous sommes une petite minorité, nous les chrétiens, cinquante mille personnes. Mais un million de pèlerins viennent chez nous chaque année. Ici, en Israël, la liberté de conscience est garantie ; et je peux regarder deux cents chaînes à la télévision. Nous ne sommes pas assignés à une identité et une seule. Les gamins arabes nous arrivent gonflés de fierté identitaire, les gamins juifs aussi. Nous les dégonflons à petites doses, en essayant de faire grossir la petite parcelle divine qui est en chaque être humain. Cela prend du temps. Rabin avait soixante-dix ans quand il a surmonté son identité.

— Oui, et il en est mort. Et la vôtre, d'identité ?

— Je suis arabe, de culture musulmane, de religion chrétienne, de mémoire byzantine, et dans un milieu juif. Je suis tout cela à la fois. Je suis l'histoire de cette région depuis trois mille ans. Je n'aime pas les identités. Je n'ai que des appartenances. Est-ce que j'ai l'air d'un homme déchiré ?

Non, combatif plutôt.

✧

Il y a trois petits hôpitaux privés et missionnaires à Nazareth, un écossais, un italien et un français. Ce dernier, l'hôpital Saint-Vincent-de-Paul de Nazareth, a été fondé en 1898 par les sœurs de la Charité, quand le bourg comptait six mille habitants. L'hôpital, quatre religieuses, quelques chevaux et dix-sept lits. Ces humbles débuts sont loin. Fermé après le conflit de 1948, l'établissement a connu sa renaissance dans les années 1960. Il est maintenant piloté par un chirurgien fort sympathique et plein d'entregent, le docteur Salim Nakhleh, francophone et décoré, soutenu par la France et bien intégré dans le système de santé israélien, même si, appartenant à une organisation privée, il n'est pas subventionné par l'État. Le personnel est mixte, comme les patients : Arabes chrétiens, mais aussi musulmans, druzes et juifs.

Quand les langues se délient, on saisit mieux l'ambivalence, l'inconfort des Arabes du pays. Loyaux envers l'État central, dans leur conduite, les musulmans le sont aussi, en pensée, envers la cause arabe. Ils se reconnaissent bien volontiers en avance sur les pays voisins, plus libres, mieux éduqués. L'assurance sociale israélienne, par exemple, couvre à part égale Juifs et Arabes. Quant aux chrétiens, mieux intégrés, ils se font parfois l'effet, face aux musulmans, d'Européens devant le tiers monde. En Israël un meurtre est un meurtre, pas de peines légères pour le crime d'honneur, comme dans les territoires occupés. Les femmes sont des égales et vont tête nue. Ils n'émigrent pas, à la différence de leurs coreligionnaires de Palestine, et n'ont pas éprouvé le besoin de former un petit parti chrétien à la Knesset, sur le modèle de l'islamique. Niveau de vie et liberté de culte ne leur donnent pas spécialement envie de se retrouver jordaniens, égyptiens ou, le cas échéant, palestiniens. Et pourtant, ils continuent de se sentir humiliés, tenus en lisière. Dans ce pays dirigé par des ex-militaires, qui n'a pas fait l'armée, objecteurs de conscience et religieux mis à part, n'a pas son brevet d'appartenance. L'Israélien modèle est un soldat. Contrairement aux Druzes, ils n'ont pas droit au service militaire. Savais-je qu'il n'y a pas de ligne directe d'autobus pour Jérusalem, pas un seul employé arabe à El-Al, et presque aucun parmi les treize mille employés de l'EDF local ? Et qu'un Arabe israélien qui se marie avec une Palestinienne ne lui transmet pas sa nationalité, non plus qu'aux enfants ? Non, je l'apprends. Reste qu'ils ont un passeport et un bulletin de vote et ne sont pas traités en ilotes, comme les relégués des territoires. Ils peuvent, eux, sortir du pays par l'aéroport Ben Gourion, quoique au prix d'interrogatoires particuliers. Ils disent leur dépit des obstacles mis à l'arrivée des malades palestiniens qui ont grand mal à venir se faire soigner à Nazareth. La Palestine : ces autochtones, m'a-t-il semblé, se veulent moralement à ses côtés mais pas trop mécontents de se trouver, physiquement, à côté.

## 3. Naître à Bethléem

> *Il y eut ces jours-là un édit de César Auguste pour recenser le monde entier. Ce premier recensement eut lieu pendant que Quirinius était gouverneur de Syrie. Tout le monde allait se faire recenser, chacun dans sa ville. Joseph aussi monta de Galilée, de la ville de Nazareth, vers la Judée, vers une ville de David qui s'appelle Bethléem [...] pour se faire recenser avec Marie sa fiancée, qui était enceinte. [...] elle enfanta son fils premier-né, l'emmaillota et le coucha dans une mangeoire, parce qu'il n'y avait pas de place pour eux à l'auberge.* Luc, II, 1-7.

Il y en a désormais des lieux d'accueil, et même pour des immigrés sans le sou. Un fils de vagabond ne naît plus à Bethléem entre un âne et une vache mais à l'hôpital de la Sainte-Famille, belle bâtisse blanche et moderne qui domine la ville en territoire dit « palestinien », où il aura toutes les chances de survivre. Une unité de soins intensifs y veillera, sous les auspices de l'ordre de Malte — c'est un ordre souverain, jadis militaire et désormais hospitalier, fondé vers 1050 pour soigner les pèlerins malades sans distinction de race ni de religion — dont la croix en forme d'étoile à huit branches orne les murs du hall. L'enfant survivra, mais c'est la Marie qu'il faudra sauver de la mort. La mortalité des filles mères, en Palestine, est plus élevée que celle des nourrissons.

Jacques Keutgen, le directeur de la maternité, est belge, membre de l'ordre. Un saint laïque, élégant, de grand renom dans son pays, et qui a tenu à finir sa carrière professionnelle dans ce coin perdu. Il a passé une nuit blanche à courir, en voiture, après un gamin pris dans un coup de filet de l'armée israélienne et emmené en camion l'on ne sait où. C'est le fils d'une doctoresse chef de service mais détentrice d'un passeport jordanien, sans carte d'identité palestinienne, et donc expulsable à tout moment. D'où l'angoisse. Le gamin s'est fait arrêter dans l'autobus où une bande d'enfants, après avoir jeté des pierres sur des soldats israéliens, avait grimpé pour s'échapper. Mauvais moment, mauvais endroit. Il a été emmené pour interrogatoire, yeux bandés et mains attachées derrière le dos, d'abord dans l'enceinte du tombeau de Rachel, ensuite à Hébron, puis dans un troisième poste de police. L'hospitalier, remuant ciel et terre, a obtenu son élargissement, une fois établie son innocence. Après l'avoir battu et menacé, la police israélienne a relâché le bambin sur une route, en pleine nuit, et adieu.

Le directeur a pour bras droit un Nazaréen, spécialiste en néonatalogie, avec trente-six ans de pratique derrière lui. Son fils, émigré aux États-Unis, a décidé de ne plus rentrer. Lui-même, qui n'a jamais fait de politique, se dit « traité comme un activiste » et songe à partir. Il n'en peut plus de tourner dans sa cage. Les diplômés s'exilent, l'hôpital peine à recruter des infirmiers compétents. Et pourtant, un infirmier, me dit-il, peut faire vivre jusqu'à dix-huit personnes avec son salaire. Une éducation, c'est un passeport. Sur les quarante mille que compte encore Bethléem, un millier de chrétiens partent chaque année, au Canada, au Chili, en Suède. Après sept heures du soir, il lui est interdit de se rendre à Jérusalem, où sont ses amis. Invité à un congrès à l'étranger, il a dû décliner l'invitation faute d'avoir pu obtenir à temps un visa de sortie. Dernièrement, au volant de sa voiture, il a été pris par des soldats israéliens, avec d'autres Palestiniens arrêtés et tirés de force de leur véhicule, pour servir de bouclier humain face à une petite foule de manifestants. Il avait un soldat dans son dos, le fusil posé sur l'épaule ; il s'est mis à gueuler en français, à montrer sa carte médicale, et un officier, craignant les complications, l'a sorti de là. Et puis, ajoute-t-il, Bethléem s'islamise chaque jour un peu plus. « Ma femme ne peut même plus acheter une jupe. » C'est la pudibonderie dans la rue, doublée de privations à la maison. « Nous avons de plus en plus de prématurés, d'enfants anémiés, d'avitaminose à cause des pénuries. Ma collègue, qui n'a pas le bon permis de circuler, a juste de quoi aller au restaurant deux fois par an. Saviez-vous que 40 % des enfants palestiniens interrogés dans une enquête de psychologues ont répondu *human bomb* à la question : "Que voudrez-vous faire quand vous serez grand" ? On a plongé dans une folie collective. Mon fils a bien fait de partir. Il faudra que je le suive un jour... »

✧

Depuis 1990, plus de trente-six mille enfants palestiniens sont nés dans cette maternité où des professeurs israéliens, volontaires, peuvent venir donner une formation aux jeunes internes palestiniens. Comme la Palestine ne possède pas de service médical national, l'ordre de Malte prend tout à sa charge, équipement et fonctionnement. Les patientes — musulmanes pour la plupart, sept enfants en moyenne par femme, avec plus d'une césarienne pour chacune — paient ce qu'elles peuvent, l'ensemble des soins prénataux, logement et accouchement étant tarifés à soixante dollars. Dans une aile de l'hôpital, les sœurs de la Charité (qui ont construit et ouvert les portes de cet établissement à la fin du XIXe siècle) ont aménagé une crèche pour les enfants trouvés. L'orphelinat est placé sous la direction de sœur Sophie. Ce que raconte cette merveilleuse septuagénaire sur ce qu'elle voit et entend chaque jour donne la chair de poule. Sa tournée des poubelles, pour ramasser les nouveau-nés encore vivants, mis au monde en cachette. Comment, il y a une semaine, elle en a trouvé six morts, stockés au réfrigérateur, dans une maison abandonnée. Combien elle s'en veut d'avoir laissé repartir dans sa famille une jeune maman non mariée, qui s'était réfugiée chez elle après que ses frères et son père se furent engagés solennellement et par écrit à la laisser tranquille — et qu'on a retrouvée, deux jours plus tard, poignardée dans le caniveau. Et que va-t-elle faire maintenant du bébé, dont le père est sans doute l'un des deux frères violeurs qui l'ont assassinée, et qui, bien sûr, sont sortis de prison huit jours après — privilège du crime d'honneur. Et les prodiges à accomplir pour permettre une adoption. Tout enfant né de mère inconnue est présumé musulman, et donc inadoptable. Seules des familles chrétiennes, palestiniennes ou étrangères se proposent pour adopter un orphelin. Or tout bébé abandonné par ses parents, musulman par la loi, doit être éduqué comme tel. Il est donc exigé des parents adoptifs qu'ils se convertissent. Elle s'est adressée un jour à Arafat pour obtenir une dérogation, qu'il lui a accordée bien volontiers, mais les imams ont eu le dernier mot. Et cette fille enceinte de trois mois, que son père, qui l'aurait évidemment tuée, envoie se faire examiner à l'hôpital. Les médecins ont sauvé la vie de la fille en lui inventant un kyste ovarien, au moyen de deux dossiers médicaux, un vrai à usage interne et un fictif pour montrer au père. Et ces filles, promises un beau matin à un Bédouin inconnu, qui arrivent en disant : « S'il vous plaît, je ne veux pas mourir, refaites-moi un hymen. »

✧

Mourir par ici est chose aussi facile que naître, et plus on enterre, plus on enfante. C'est la conclusion que je tire de la remarque d'un infirmier : chaque pic d'activité dans son service d'obstétrique, a-t-il observé, correspond, neuf mois après, à un pic des incursions militaires israéliennes. Bouclés chez eux à longueur de journée par le couvre-feu, les désœuvrés tuent le temps en faisant l'amour (et en regardant Aljazeera). Fouettant l'instinct de survie, le stress et le danger accroissent encore leur taux de fécondité, déjà élevé (il me cite le cas d'un Bédouin septuagénaire qui, avec trois épouses et le Viagra aidant, en est à son vingt-huitième enfant). La punition se retourne contre son auteur, la victoire militaire conspire à la défaite démographique. Les sanctions s'exerçant en général du fort au faible, et du riche au démuni — verra-t-on un jour le Conseil de sécurité décréter des sanctions contre un membre permanent ? —, ce retour de bâton du faible au fort me fait songer à ce *chengyu* chinois, apologue facétieux attribué à Liu An (179-122 av. J.-C.), intitulé *Le vieillard de la frontière perdit son cheval* : « Des gens vivaient près de la frontière. Un jour, leur cheval s'enfuit chez les barbares. Les voisins voulaient les plaindre mais le père : "Qui sait si cela ne tournera pas en bonheur ?" De fait, plusieurs mois après, le cheval revint de lui-même ramenant une magnifique jument sauvage. Les voisins voulaient les féliciter mais le père : "Qui sait si cela ne tournera pas en malheur ?" La famille éleva le cheval. Le fils, bon cavalier, le monta, mais fut désarçonné et se cassa une jambe. Les voisins voulaient les plaindre mais le père : "Qui sait si cela ne tournera pas au bonheur ?" De fait, cette année-là, les barbares passèrent la frontière et tous les hommes robustes furent mobilisés. Le fils invalide fut le seul à échapper à la conscription et le seul à rester en vie... » *No hay mal que por bien no venga,* disent les Espagnols. Et pas de bonheur d'un jour qui ne tourne au malheur le lendemain. L'histoire contemporaine du peuple juif pourrait elle aussi se raconter d'après ce canevas inusable et quelque peu désespérant : la catastrophe comme rebond et la victoire se retournant en défaite. Voilà un conte à souffler au général triomphateur comme au paria persécuté. Quelle trajectoire nationale ou individuelle ne pourrait-elle illustrer, à l'échelle d'une vie ou bien des siècles, cette fable ironique de vieux paysan, où je loge le dernier mot de ma philosophie de l'histoire (si le terme n'est pas trop emphatique) ? Que de détours inutilement compliqués pour en arriver là.

✧

Quant aux vendeurs de croix, médailles et chapelets, il en rôde encore sur l'esplanade centrale, puisqu'il n'y a rien d'autre à faire : un jeune d'ici ne peut ni travailler ni quitter les lieux. Le nombre de pèlerins et de touristes a été divisé par dix depuis la construction du mur et les rangs de la ferblanterie sont clairsemés. Malgré le provocant mot de bienvenue affiché à l'entrée de la ville, au-dessus d'une immense porte en fer coulissante, par le ministère du Tourisme israélien, *Peace be with you* — avec un toupet déconcertant —, les chrétiens ne sont admis qu'en voyage organisé ; les relégués du dedans, sauf exceptions comptées, ne peuvent plus sortir. Pas plus que les musulmans au-dessous de cinquante ans et les femmes de quarante-cinq ne peuvent le vendredi se rendre à la mosquée al-Aqsa de Jérusalem, à huit kilomètres de chez eux. Et les boutiques d'objets de piété, le gros des revenus de la population, sont fermées ou désertes. Quand ils arrivent, les cars de visiteurs, pressés comme ils sont de repartir à Jérusalem — puisqu'il est déconseillé de passer la nuit sur place —, s'attardent de moins en moins. Une centaine de laïques et d'ecclésiastiques français emmenés par l'archevêque de Paris, invité par le gouvernement israélien, et qui sont venus passer une heure ici, *in extremis* et de façon improvisée — ce n'était pas au programme —, n'ont pas laissé que des bons souvenirs : pas une seule emplette, m'a-t-on dit. Peur du carottage ? Les vaches ! Non, les mal informés, les chronométrés, les distraits, ou les mystiques, au choix. 75 % de chômeurs dans la population active. Taux de pauvreté, 67 %. Ils ne savaient pas. Qu'un résident est un résilient. *De minimis non curat praetor*. Une boutique en revanche ne crie pas misère : la joaillerie Iwad. On vient lui fourguer alliances, colliers de perles et bijoux de famille — pour acheter de quoi manger ou bien un billet d'avion pour s'exiler. Elle les revend à des grossistes et les souvenirs personnels se retrouvent à Bombay. Dans les ruelles de Bethléem, majoritairement musulmane quand on inclut les faubourgs mais où le conseil municipal compte sept membres chrétiens pour cinq du Hamas (quota décrété par Yasser Arafat), on voit parfois passer des Mercedes.

La nef de la basilique de la Nativité, avec ses sobres colonnades, a gardé sa majestueuse nudité et ne semble pas avoir souffert du long passage des « terroristes » palestiniens qui s'y sont retranchés un mois durant au printemps 2002. Violée, disent les uns, et d'autres, occupée, lors du « siège de la Nativité ». La grotte de la crèche, en sous-sol, est assez exiguë pour que dix touristes péruviens fassent salle comble, et assez chaude et lustrée pour m'éviter « le froid des déceptions irréparables ». Toujours bien astiqué, le marbre jaspé où s'incruste l'étoile d'argent. M'étant un peu documenté à la bibliothèque de l'École avant de partir, je me suis permis de faire le cuistre auprès des franciscains qui vivent à côté, en leur citant Victor Hugo. « Est-ce pour une étoile d'argent dénichée du plafond d'une église que les plus grandes nations de la terre vont s'entr'égorger ? » demandait-il à la veille de la guerre de Crimée, la première de l'ère moderne, avec photographes et bateaux à vapeur, qui a effectivement commencé ici, à Bethléem. Français, Anglais et Ottomans d'un côté, Russes de l'autre. Eh bien, voyez-vous, le grand homme a fait deux erreurs factuelles (le rectificatif est la revanche des petits). *Primo*, l'étoile, vous le savez bien, n'est pas au plafond mais au sol. Les frères de la Corde l'y ont clouée en l'an 1717 en dessous de l'autel de la Nativité, assigné encore aujourd'hui aux seuls Grecs et Arméniens. *Secundo*, on ne s'est pas entre-tué pour une étoile en argent mais pour un trousseau de clés. C'est la norme ici. Reportez-vous aux faits, monsieur Hugo, et n'y revenez plus ! La question clé sera abordée le moment venu. En attendant, *motus*.

La tombe de Rachel la matriarche, au nord de la ville, pourvue de vieilles inscriptions arabes et jadis accessible aux musulmans comme aux juifs, est désormais réservée à ces derniers, et annexée aux banlieues de Jérusalem. C'est une forteresse en béton, dont on s'écarte craintivement. Les habitants et les échoppes avoisinantes ont déguerpi.

✧

Elle n'a pas été dissuasive, la mésaventure du gouverneur Quirinus : le recensement. En politique, on ne pèse pas, on compte. Mais l'arithmétique n'est pas neutre, encore moins dans la région. Quand on se met à compter les juifs en pays chrétien, les chrétiens en pays musulman, les musulmans en terre laïque, cela n'annonce rien de bon pour les dénombrés. Le pouvoir va les imposer, les enrôler, les déporter ou les massacrer. Prudence. Au Liban, on est au courant. Pas de recensement depuis 1932. On sait que si on l'actualisait, le décor institutionnel prendrait un sérieux coup, les nombres penchant désormais du côté musulman, et là, du côté chiite.

L'orageuse ambivalence des inventaires était annoncée dans l'Ancien Testament. Quand David prit Jérusalem aux Jébuséens, il commit ce péché. « Satan se dressa contre Israël et il incita David à dénombrer Israël. David dit à Joab et aux chefs du peuple : "Allez compter Israël de Bersabée jusqu'à Dan et faites-moi un rapport pour que je sache quel en est le nombre." Mais Joab dit : "Que Iahvé ajoute à son peuple cent fois plus que ce qu'ils sont ! Est-ce que, mon seigneur le roi, ils ne sont pas tous des serviteurs de mon seigneur ? Pourquoi donc mon seigneur réclame-t-il cela ? Pourquoi y aurait-il une telle faute en Israël ?" Mais la parole du roi s'imposa à Joab. Joab sortit donc et circula dans tout Israël, puis il rentra à Jérusalem. Joab remit à David le chiffre du recensement de la population. Tout Israël comptait onze cent mille hommes sachant tirer l'épée, et Juda quatre cent soixante-dix mille hommes sachant tirer l'épée. [...] Cette chose déplut aux yeux de Dieu et il frappa Israël. Alors David dit à Dieu : "J'ai beaucoup péché, en faisant cette chose, et maintenant daigne pardonner la faute de ton serviteur, car je me suis comporté en véritable insensé." » (II Chroniques, XXI, 1-8.) À signaler aux dirigeants de l'INSEE en butte aux demandes de recensement ethnique (on disait naguère « racial ») : des deux folies, chiffre ou pas chiffre, laquelle est la moindre mérite examen.

En Israël, David a oublié son repentir et la statistique est reine : démographie et superficie obligent. Il faut bien se défendre, et donc savoir qui peut tirer ou non l'épée et payer l'impôt. En France, le sondage est individualiste et sportif. Il signale le classement dans la quotidienne course de chevaux qu'est devenue la vie publique. En Israël, il est stratégique. Plus qu'à la carrière des *leaders*, il touche à l'avenir de la nation, où la balance migratoire est vitale, surtout depuis la loi du Retour (1950) : distribution automatique de citoyenneté à tout immigrant de mère juive. La guerre des Six-Jours a renforcé l'*alyah*, et l'ouverture des frontières de l'URSS a permis l'installation précipitée d'un million de personnes, dont un bon tiers de non-Juifs venus pour des raisons économiques. On ne regarde pas trop qui est qui, il faut faire du chiffre. Les indicateurs de fécondité sont examinés à la loupe, année après année. Les Arabes israéliens sont à 4,1, les Palestiniens de Cisjordanie à 3,2, et la tendance est à la baisse. L'émancipation des femmes palestiniennes concurrence l'aspiration à la victoire par le nombre. Les Juifs ultra-orthodoxes montent sur le podium avec le plus haut niveau de natalité au monde : 7,6 enfants par femme. Quirinus prend des notes. Il est partout. Les Grecs orthodoxes, combien de divisions ? Et les Latins ? Les Arméniens ? Les melkites ? Il y a un seuil numérique, cinq pour cent peut-être, en deçà duquel une communauté constituée risque de s'égailler dans la nature, métropoles ou pays étrangers. La survie et la qualité d'une culture sont aussi affaire de quantité relative.

Une vie ne vaut pas une vie. Contre combien de détenus palestiniens s'échange un soldat israélien capturé ? Mille pour un, dix mille, cent mille ? La diplomatie a sa règle à calcul. Indices, taux, indicateurs : les chiffres inspirent l'éditorial, remplissent des étagères et se répondent du tac au tac. Des litanies de chiffres. Cinq cent quarante-six barrages dans les territoires. Vingt mille dollars *per capita* à l'ouest, sept cent cinquante à l'est de la ligne verte. Douze mille maisons détruites depuis 1967 dans les territoires. Cent mille arbres abattus. Dix mille hectares de terre cultivée absorbés par les travaux de construction du mur de sécurité. Lequel est prévu avec ses boucles, zigzags et refends sur sept cent trente kilomètres, la ligne d'armistice, après la guerre des Six-Jours, en faisant trois cent quinze. La vogue des chiffres — tout arrondis, gonflés ou sous-estimés qu'ils soient, au gré des intérêts — vient peut-être de ce qu'ils restent plus fiables que les mots usés par trop de périphrases ou d'euphémismes.

Avec des saillies au passage, tel ce duel comptable dont je fus témoin entre un Israélien gouailleur et un Palestinien futuriste :

— Explique-moi ce mystère, Farouk. J'ai lu qu'il y avait près de dix millions de Palestiniens dans le monde, dont six millions en exil. Il y a quatorze millions de Juifs dans le monde, dont sept millions hors d'Israël.

— Une goutte d'eau de part et d'autre.

— Je te l'accorde. Il n'en reste pas moins que nous, les Juifs, nous n'avons pas une fois et demie, mais cent fois plus d'influence que vous. Vous êtes un peu lamentables, non ?

— Attends un peu, Itzhak. Vous travaillez depuis deux mille ans, et nous depuis cinquante. Donnons du temps au temps. Rendez-vous en 2108.

Une boutade. De part et d'autre, le scénario d'avenir est à cinq ans, comme chez nous le *business plan*. La myopie est bonne pour le tonus. Vivre dans le provisoire permet aux vaillants de Tel-Aviv de marcher gaiement à la catastrophe, forts d'une panoplie militaire sans égale, et aux valeureux de Naplouse, de se battre à mort pour l'avènement d'un État qui n'a déjà plus de terre sous les pieds. On a beau dire, il est nécessaire d'espérer pour entreprendre.

## 4. Les mages sont repartis

> *Quand Jésus fut né à Bethléem de Judée, aux jours du roi Hérode, voilà que des mages arrivèrent du Levant à Jérusalem [...].* Matthieu, II, 1.

Esthètes d'Occident, ne tentez pas de les y rejoindre. L'or et la myrrhe se sont éclipsés, l'Éternel n'est pas là pour « accueillir, séduire et divertir ». Le charme et la grâce ne sont pas son fort. Beau : un mot introuvable dans le Nouveau Testament. Rien d'équivalent au Cantique des Cantiques. La Cananéenne était-elle avenante, la montagne, superbe, les bords du lac de Tibériade étaient-ils bucoliques ? Ces épithètes de nature sont absentes des Évangiles comme la nature elle-même. La verseuse de parfum, à Béthanie, avec son flacon d'albâtre, les dix vierges munies de leurs lampes, Marie Madeleine elle-même — c'est nous qui en faisons spontanément de jolies femmes. Rien ne nous dit que ce n'étaient pas des laiderons, et quand bien même, quelle importance ? Dans la Jérusalem qu'ont traversée les mages pour rejoindre l'Enfant Dieu, on continue de débattre du pur et de l'impur, du bon et du méchant, du licite et de l'illicite, du vrai et du faux, mais non du beau et du laid. Et c'est par convention et politesse que nous disons belle cette ville revêche et réservée, où le *design* est le dernier des soucis.

Amateurs de printemps culturel, allez faire vos devoirs de vacances le long du Tibre, aux flancs de la Pnyx ou sur la Lagune. Caressez du regard, à chaque pont du mois de mai, les dieux morts et les vierges déchues — Aphrodite, Apollon, Hercule et *tutti quanti*. Ces endormis ont reçu la beauté en certificat de décès, c'est leur lot de consolation. Quand une divinité a perdu dans la lutte pour la vie, rendu les armes à un nouveau venu, elle rentre se coucher au musée, avec ses seins d'albâtre, son nez droit, et un cartel en minuscules que personne ne déchiffre. Jérusalem vit. C'est une ville en guerre, parce que c'est celle d'un Dieu toujours debout dans l'ombre, un Tout-Puissant sur la brèche qui n'en jette pas, mais dont les sectateurs luttent entre eux pour chaque pouce du périmètre sacré. Ce n'est pas ou pas encore une ville-musée, Luna Park ou Jesus Resort. Faite pour l'étude, elle l'est, certes, mais non pour la délectation. Cette chétive bourgade encombrée d'éternité a fait sa toilette, côté ouest, là où l'argent américain afflue

— mais pour l'heure elle ne peut rivaliser encore avec Venise, Palmyre ou Balbek, pas de nouvelle saison des roses en vue. Crochet inutile. Vous ne trouverez dans cette taupinière aucun de ces accessoires de scène dont vous éblouissent, autour de la Méditerranée, les villes-théâtres du beau monde. Odéons, nymphéas, péristyles, statues équestres, obélisques, colonnades, amphithéâtres, palais, forums — ces brevets de haut lignage, faites-en votre deuil. Point de *cavea* ni de marbres. Point de sarcophages ni de porphyre (sauf au musée Rockefeller, jadis appelé « de Palestine », à Jérusalem-Est, aux salles désertées de visiteurs, qui s'en tient, malgré une ou deux mosaïques de synagogue, aux ruines préchrétiennes et post-hébraïques). Point de *bel canto* architectural ni de *tavoletta* exquise. C'est un Introverti qui règne ici. Sans fastes ni brio.

Rien de moins épatant, de plus désappointant que le Saint-Sépulcre restauré, qu'un minaret voisin humilie de sa haute silhouette. Le visiteur n'aperçoit pas la basilique engoncée dans le gâteau urbain à moins de trente mètres. Il ne débouche pas sur le parvis, il s'y glisse de côté. L'absence d'esplanade, de perspective et de recul empêche l'ombilic du monde occidental d'en mettre plein la vue, le privant même du minimum d'apparence qu'un habitué aux majestueux dégagements de la place Saint-Pierre (où le vicaire, soit dit en passant, est infiniment mieux logé) serait en droit d'espérer. Le temple d'Hérode passe pour avoir été démesuré, même si Pompée, pénétrant dans le Saint des saints, fut déçu de n'y trouver qu'une salle vide. En quoi Titus et Hadrien ont peut-être, bien malgré eux, rendu service à l'avenir du judaïsme, celui de la Thora et des synagogues, le seul que nous connaissions *de visu*. En coupant court aux sacrifices de boucherie, aux mares de sang fétide d'agneaux et de moutons égorgés (qui survivent non loin, à petite échelle, le jour de Pâques, chez les Samaritains du mont Garizim), les païens victorieux ont involontairement rendu Iahvé à son idéalité ironique et aniconique. « Allons, il est temps d'abandonner votre temple-abattoir. Maintenant, c'est le Livre qui vous tiendra lieu de Lieu, c'est infiniment plus commode et portatif. Avec ça, vous pourrez aller partout ! Diaspora ! Commentaires ! Talmud ! Vous étiez pierre en un point, vous serez papier sur tous les points du globe ! » N'est-il pas de règle, et la formule vaut pour les mortels comme pour les immortels, que le volume qu'on acquiert de son vivant dans l'espace social se monnaie en évanescence précoce après décès ? Un démenti à cette règle que l'Égypte des pharaons avec ses mastabas et ses pyramides ? Elle a occupé l'espace et le temps, sans sacrifier l'un à l'autre, comme nous le faisons, nous qui acceptons de bon cœur que nos édifices *high-tech* partent en morceaux au bout de trente ans. Il ne faut pas désespérer le Club Med, j'en conviens. Reste que les massivités muettes de Gizeh, médium obèse et sans message, nous tapent dans l'œil sans rien nous transmettre d'autre que des poncifs du genre « quarante siècles vous contemplent ». Un agnostique peut y aller de sa prière sur l'Acropole. Mais quel Renan penserait à se recueillir les mains jointes devant la pyramide de Chéops ? Pour s'adresser à qui ? Dans quelle langue ? En attente et en souvenir de quoi ?

Si la nature du vrai transparaît au soin qu'il met à faire pauvre figure, Dieu ici est à son affaire. C'était la bonne adresse. Hormis le dôme étincelant du Rocher, qui mérite son doré pour abriter la porte du paradis, où pépient les tourterelles et où reposent, sous le rocher d'Abraham, toutes les âmes des musulmans en attente du Jugement — l'interdit de représentation est bien respecté. La mosquée al-Aqsa, de l'extérieur, basse et grisâtre, ne paie pas de mine. La magnificence est l'intérieur, avec ses colonnes de marbre, son tapis de prière aux niches individuelles indéfiniment répétées, son *minbar* flambant neuf en bijou de cèdre sculpté, récemment offert par le roi de Jordanie pour remplacer celui de Saladin (détruit par l'incendie criminel de 1969).

Quant aux plaisirs de l'ouïe... Les berceaux font la course en silence, mais la guéguerre des décibels fait se chevaucher cloches chrétiennes et cassettes musulmanes. Aux carillons qui, de campaniles en clochers, appellent à l'office le peu de fidèles restants, se mêlent en contrebatterie les plaintes gutturales, grésillantes, ferrugineuses des minarets, semblables aux 78-tours éraillés des vieux *pick-up* de mon enfance. Les mosquées n'étant pas synchronisées entre elles, les prières électrifiées se parasitent de quartier en quartier, raclements de voix désaccordées peu propices au recueillement. L'œil n'est guère mieux loti. Qui monte par la route de Tel-Aviv n'a pas de vue d'ensemble sur ce camaïeu auquel on accède par des faubourgs ingrats. Les murailles franchies, l'enchevêtrement, l'entassement obligent à monter sur une terrasse pour l'éventuel coup de cœur. L'allusion déborde à tel point sur l'alluvion, le contraste est si grand entre l'épaisseur des mémoires stockées à huis clos et la modestie de ce qui affleure en surface que la visite est guidée ou n'est pas. On peut flâner dans Rome sans besoin de sous-titres. À Jérusalem, le cicérone s'impose. Rien de ce qui se découpe d'altier ou de saillant — tour de David, remparts, bâtisses élancées du mont Scopus — ne procède des temps bibliques ; et quand on veut entrer dans le vif des choses, il faut descendre à tâtons dans le noir des marches incertaines taillées à même le calcaire. La sépulture, l'aqueduc, l'autel, la flèche, tout ce qui chez nous se découpe sans complexe à contre-cieux gît dans l'ombre : l'ossuaire à rosaces (prometteur mais, vérification faite, décevant) dormant au fond d'un caveau à la fraîcheur acide, le canal apportant l'eau de Siloé qui se faufile sous les murailles, ou l'autel qui luit faiblement dans une crypte dérobée. L'étouffe-chrétien — plus de pâte que de crème — a entreposé ses archives en sous-sol, les catacombes font foi, et l'archéologue se fait notaire. Au lieu d'attirer glorieusement à lui dômes, clochers ou ziggourats, le Dieu du ciel a creusé là ses cachots, ses citernes, ses hypogées mortuaires. C'est bien pourquoi les exégètes ont laissé tomber leur lorgnon pour se retrousser les manches, prendre la pique et la pelle, dès la fin du XIXe siècle. Quand les Saintes Écritures ont commencé à flancher sous le scalpel des philologues et des historiens (contradictions, interpolations, invraisemblances), les religieux, en pleine crise de modernité, se sont mis à chercher sous terre la véracité du récit biblique, sans résultat très convaincant. D'où les fantasmes caverneux de carottage, de boyaux clandestins, d'excavations sournoises qui courent toujours dans les têtes, chez les Palestiniens en particulier, habitués au pire. Le droit d'occupation du sol se doublant partout d'un devoir de vérification en profondeur, les champs de fouilles sont devenus des champs de mines.

Venise a la Lagune, Paris la Seine, Florence l'Arno et, de l'Acropole, on aperçoit au loin la mer Égée. L'eau courante est garante d'aménité, mais au fond des ravines du Cédron, plus le moindre filet d'eau. À sec la piscine aux brebis, dite probatique, où Jésus guérit le paralytique, et à l'intérieur de la ville pas de fontaines, de thermes ni de bains turcs. L'aridité sied à un Dieu sans parèdre, rocailleux et célibataire, dont le surgeon chrétien est arrivé un peu tard pour arrondir les angles, onduler les raideurs. Vénus manque. Jets d'eau et cascades aussi. La nonchalance. Les rondeurs et les plis. Sur la carte des civilisations, l'eau douce, le sourire féminin et l'image autorisée des humains apparaissent et disparaissent ensemble. Le tiercé gagnant de l'Occident — la star, la photo et l'eau vive — a eu du mal à s'imposer dans cette montagne. Il paraît que cela se relâche un peu. On m'a parlé à l'ouest de charcuteries avec pâté et saucisson ; du côté de l'ancienne gare, j'ai aperçu quelques boîtes de nuit et cafés engageants (je recommande Bezlel Mona, dans la vieille école des Beaux-Arts). La *dolce vita* reste à Tel-Aviv ; la Jérusalem *gay* est une forfanterie.

Excellente pour la publicité municipale. La charge informative d'un événement se mesurant à l'inverse de sa probabilité d'apparition, en choisissant le décor le plus improbable, les organisateurs de la Gay Pride annuelle montrent tout leur talent de communicateurs. Sept mille policiers encadrent mille manifestants : le *nec plus ultra*. Le comble du déplacé a d'ailleurs provoqué un bond en avant insolite dans l'œcuménisme local, puisque, une fois n'est pas coutume, grands rabbins, évêques, patriarches, cheiks et muftis, ordinairement à couteaux tirés, ont accepté de mêler leurs signatures pour excommunier de concert Sodome et Gomorrhe s'invitant au culot chez Abraham.

Et tant pis pour qui rêvait d'un plus d'ailes, de courbes et de fossettes rieuses. Un zeste sinon de *swing*, mais de relâché allégerait le fond de l'air dans ce camp retranché où le talon haut, le décolleté et le bijou n'ont apparemment pas plus droit de cité à l'est qu'à l'ouest. On sait bien ce qu'est la femme pour l'ecclésiastique bon teint : objet de danger dans sa jeunesse, de mépris dans la maturité et d'oubli dans la vieillesse. Et pour le musulman classique : une valeur d'échange entre les familles. Dans le quartier juif, avec leur gris uniforme, jupe longue et droite, bonnet cloche et souliers plats, les épouses et filles conjurent le moindre signe de féminité. Comme si Éros ne pouvait se faufiler chez Thanatos qu'en fraude ou par provocation. Je n'ai pour ma part croisé qu'une seule fois une bouleversante. Enquête faite : la très gracieuse était montée de Tel-Aviv pour la soirée. Rien d'étonnant que l'autoroute Jérusalem-Tel-Aviv soit à ce point encombrée, spécialement les veilles de *shabbat*. Faire relâche, s'échapper vers la côte, descendre au lieu de monter, répond sans doute, pour les non-illuminés, à un réflexe respiratoire. Allez, amateurs de bonne chère et de belle chair, repartez vite vers les plages, les Ramblas, et vous, esthètes, vers les galeries d'art contemporain de Tel-Aviv, où vous retrouverez les clones de celles, sous la marque déposée Guggenheim, que vous parcourez avec autant d'application que d'ennui à New York, Düsseldorf, Bilbao, Paris, bientôt le Golfe, partout où se propose à des consommateurs solvables le plat de nouilles sans sel relevé d'un nom flatteur et sans réplique, la modernité.

## 5. Vers l'Égypte, Gaza

> *Quand ils se furent retirés, voilà qu'un ange du Seigneur apparut en songe à Joseph et dit : Lève-toi, prends l'enfant et sa mère, fuis en Égypte et restes-y jusqu'à ce que je te parle. Car Hérode va chercher l'enfant pour le perdre. Et lui se leva, prit de nuit l'enfant et sa mère et se retira en Égypte [...].* Matthieu, II, 13-14.

Le trio a donc foulé les sables de Gaza, où ses traces se perdent. Cette bande de terre est la voie de passage immémoriale, naturelle, entre l'Asie et l'Afrique, le cordon ombilical reliant la Palestine à la mère Égypte, où se croisaient les routes de l'encens. On ne passe plus. Mais, venant de Jérusalem, on peut se rendre à Érez, la porte nord, et de là à Rafah, la porte sud, sur l'Égypte. Celle-ci, quand elle s'ouvre, au gré de la conjoncture, est utilisable deux à quatre heures par semaine (deux cents personnes accrochées à un autobus de cinquante places, douze heures d'attente au minimum après une semaine de démarches). Côté Israël, le Petit Jésus franchira le goulet d'étranglement en deux heures à peu près, s'il a pu se nicher avec ses parents dans un 4×4 estampé ONU, dont ils devront d'ailleurs sortir pour laisser les chiens renifleurs inspecter le moindre pouce du véhicule. Sinon, le temps d'arriver, de se mettre en file, d'attendre le signal, de s'avancer un à un, la Sainte Famille pourra mettre aussi bien une demi-journée que deux ou trois jours pour parcourir deux cents mètres.

« À toi là-bas... Avance... Recule... Reste là... Tourne-toi... » Qui parle et d'où ? La voix tombe d'un haut-parleur. La guérite de contrôle est loin devant, à cent mètres, derrière des vitres fumées. Le candidat au passage, son permis à la main (c'est un privilégié, un habitué, sinon il n'aurait pas pris le risque), avance en hésitant entre les blocs de béton, et, comme il ne comprend pas bien ce qu'un invisible donneur d'ordre lui dit, il ne fait pas ce qu'il faut. Il a des gestes de pantin, à contretemps.

Il met les mains sur la tête quand la voix ne lui demande rien, ou il avance les bras ballants au lieu de s'arrêter. Alors la voix de métal devient hurlement, le coupable s'immobilise, pétrifié, et les molosses aux pieds des maîtres-chiens, de part et d'autre de la guérite, aboient et se dressent, laisse tendue.

La fouille était tatillonne mais pas encore aussi *high-tech* la dernière fois que je suis passé ici, avec le père Jean-Baptiste Humbert qui venait travailler sur son chantier, un tell qui fut la capitale des Philistins. C'était au début de la deuxième Intifada, avant le retrait des colons et de l'armée israélienne. Nous avions alors assisté à un enterrement, mi-carnaval mi-manif, d'un militant chrétien melkite, tué en opération, au milieu des coups de feu tirés en l'air, avec, de la part du curé de la paroisse, une oraison funèbre qui sonnait comme une *Marseillaise*. Le chantier des dominicains a été fermé, pour des raisons de sécurité et pour cause, hélas, d'inutilité publique. Les terrains doivent être rentabilisés. La spéculation immobilière et la surpopulation pourraient avoir raison, un jour, des mosaïques byzantines et des remparts de l'âge du fer.

Cela ferait un sujet de dissertation pour les élèves de Sciences-Po. Ce camp de réfugiés dont on a fait la plus vaste maison d'arrêt de la planète (trois fois la superficie de Paris *intra-muros*, 362 $km^2$) est-il devenu ce qu'il est — un foutoir, un étouffoir, un mouroir — parce qu'on a fermé du dehors ses portes et fenêtres, bouclé l'autoclave par mer, ciel et terre, ou est-il fermé à double tour parce que l'enfer est contagieux ? La poule et l'œuf ? Avant de répondre, il faudrait commencer par compter : il y avait soixante-dix mille habitants en 1948, cinq cent mille en 1984, à ma première visite, et maintenant un million et demi, quarante fois plus en un demi-siècle. Si l'Hexagone venait à compter en 2057 deux milliards d'êtres humains sur son sol, dont plus de la moitié de chômeurs, les quatre cinquièmes en dessous du seuil de pauvreté, et les deux tiers de moins de vingt ans, avec tout autour un cordon de sécurité, avec eau, carburant, électricité, alimentation dans les mains d'un tiers qui ouvre ou ferme le robinet à son gré — je ne donnerais pas cher de la doulce France de Charles Trenet ni du feutré des joutes oratoires au palais du Luxembourg. « La liberté n'est ni une invention juridique ni un trésor philosophique, propriété chérie de civilisations plus dignes que d'autres parce qu'elles seules sauraient la produire ou la préserver. Elle résulte d'une relation objective entre l'individu et l'espace qu'il occupe, entre le consommateur et les ressources dont il dispose » (*Tristes Tropiques*). Où mieux ressentir que dans cette nasse la sottise de l'excommunication occidentale, et la réalité du lien rappelé par Claude Lévi-Strauss entre nos mœurs politiques et notre environnement physique, entre écologie et morale ?

✧

Cette fois, j'ai suivi une équipe de l'UNRWA (United Nations Relief and Works Agency) — huit

Gaziotes sur dix dépendent de l'aide extérieure. Voiture blindée. Contact radio permanent avec la centrale. Ce qui me surprend, ce sont les entrées et sorties dans la voiture escorte. L'ange gardien, baptisé *Operations Officer*, change chaque fois que nous changeons de quartier. Plus de police digne de ce nom. Nous passons d'un parrain, d'un gang à un autre. Chacun assure sa sécurité en famille. Plus de salaires pour les fonctionnaires, et presque plus de ministères sur pied, à part la présidence. « Avant, on était de Palestine, maintenant on est du clan », dit Leïla Chahid. « Le corps éclaté de mon pays... » Et les individus, par contrecoup, qui font éclater leur corps. Face à une machine militaire propre, inattaquable, des avions, missiles, chars, hors d'atteinte et frappant de loin, le besoin d'imposer un corps-à-corps, une sale violence de promiscuité à un ennemi lointain, insaisissable, qu'une *human bomb* ira chercher en ville, parmi les civils... Quand il n'y a plus d'avenir, quand on ne peut plus se projeter dans le temps, quand chaque jour ressemble au précédent, l'instant ultime redonnera-t-il un sens à l'absurde ? Après la politique, corps économisé, l'apocalypse, combat à corps perdu. Tout en garantissant un pécule aux survivants. Les proches auront des sous, de quoi déménager au plus vite (la maison familiale risquant d'être aussitôt détruite) et nourrir les autres. « Un jour dans mon quartier, un garçon a surpris sa petite sœur dans la rue en train de mendier. Le lendemain, il s'est fait sauter en laissant un mot à son papa : “Sois content, ça fera une bouche en moins.” » La mort, seule assurance-vie des damnés. La nation et l'État disparus, idées modernes, trop modernes, remonte à la surface le réseau archaïque des solidarités primaires. Encellulement familial, clientélisme clanique et courses au paradis. Fin de la résistance, début de la résilience...

✧

À Beit Hanoun, la bourgade palestinienne qui fait face à Sdérot, en Israël, et d'où sont partis des Qassam, les roquettes artisanales qui frappent au petit hasard, la punition collective a été sévère. Dix-huit tués au dernier raid, dont huit enfants, cinq femmes et cinq hommes. Ferraille tordue, balcons soufflés, pans de mur troués, noircis : un terrain vague. Tsahal a occupé les lieux après un pilonnage d'artillerie lourde. La famille d'Athamana, ce qu'il en reste, campe dans sa maison éventrée, au milieu d'un lit de ruines. Le père me fait grimper les étages. Il a trop pleuré, ça ne coule plus. Sur un pan de mur dans l'escalier, les photos en couleurs sur une affiche des jeunes tués, avec un Arafat en ange gardien. Seuls les mâles adolescents ont droit à la photo. Les filles et les petits disparus ont une rose rouge à la place du visage. Gêne de voir l'album de famille en affiche, et le deuil brandi, politisé.

Mon hôte a perdu sous le même bombardement ses deux filles, sa femme, son père, sa grand-mère, sa belle-sœur, son frère, sa sœur, sa belle-mère. Il lui reste un fils de sept ans, amputé d'un pied. Il me crache : « Je n'ai jamais été terroriste, comme ils disent là-bas. Maintenant, je ne dis plus... » Il se fait rabrouer par mon traducteur, instituteur en ville, qui me souffle à l'oreille : « Ils ont détruit notre société. Nous ne croyons plus en rien. On a fait de nous des monstres. » Quelques jours plus tôt, après cette tuerie, une grand-mère du voisinage s'est fait exploser au passage d'une patrouille israélienne, qui n'a eu que trois blessés. Elle était âgée de soixante-sept ans, et elle avait laissé plein de bonbons à ses soixante-treize petits-enfants, bien en évidence sur sa table de cuisine pour le jour de ses funérailles. Elles furent festives, paraît-il. L'un de ses fils avait été peu avant tué dans la rue, avec deux autres emprisonnés comme militants du Fatah, et sa maison, en punition, détruite par les bulldozers. Elle en avait assez d'avoir peur. Elle s'est mis un bandeau vert du Hamas autour de la tête, a enregistré son testament vidéo, a pris une douche et s'est collé des pains de TNT sous la robe. C'est devenu l'héroïne du quartier, mais tous, apparemment, ne sont pas d'accord. On traite parfois de lâches les Palestiniens parce qu'ils enverraient leurs enfants se faire tuer à leur place. Ici, je vois des enfants dissuader mamie et papi d'aller jusqu'au bout.

Le voisinage s'est attroupé dans la rue. Une délégation de la cour des Miracles. Crasse, guenilles, déglingue. Il y a des corps amputés, mais aussi des visages hébétés d'attardés mentaux, éclopés, chassieux, dégénérés — bien plus qu'en Cisjordanie. Un autre effet, physiologique, de la réclusion : le mariage consanguin. Force est de convoler entre cousins, ou dans le même clan.

Plus d'argent pour acheter une épouse au-dehors. Entre la culture de la violence et la culture de l'assistance — les deux se donnent la main —, cette société se clochardise. Elle pourrit sur pied, faute de travail, d'espérance et de ventilation. Les crimes d'honneur ont repris de plus belle. Les femmes sont à la merci du clan et dans le clan tout est permis, viol, meurtre, kidnapping. L'ultime fédérateur de ce puzzle éclaté, c'est le Coran. L'éclatement se voit de loin, avec les drapeaux de différentes couleurs plantés sur chaque maison ou au balcon : vert Hamas, jaune Fatah, noir garde présidentielle. Le tout sous un énorme ballon dirigeable immobile dans le ciel — poste d'observation et d'écoute — et, en bruit de fond, le vombrissement saccadé de tondeuse des drones israéliens. Les cent millions de dollars reversés par Israël à l'Autorité (sur les sept cents qu'il lui a confisqués en taxes et droits de douane), celle-ci s'en est servie pour ajouter trois mille membres à cette garde prétorienne, avec leur armement. Le vert de défi domine.

✧

Arrêt sur la plage de Deir el-Balah, où s'enfoncent à la renverse les embarcations des pêcheurs, non loin d'un delta d'eau contaminée où convergent égouts et millions de moustiques. J'ai aperçu dans la campagne des serres intactes mais vides. Le passage de Karni fermé, réservé aux marchandises, impossible d'exporter. Les colons ont détruit tout ce qu'ils pouvaient en partant, sauf cela. Le reste a été pillé. J'interromps une réunion syndicale : les pêcheurs discutent d'un projet de lettre adressée à B'tselem et à la Croix-Rouge internationale. Hier, ils ont eu trois blessés. Un pêcheur a été amputé d'un bras, l'autre d'une jambe. C'était leur première sortie après cinq mois d'interdiction de pêcher, en représailles pour l'enlèvement du soldat Shalit. Dans la brume, ils n'avaient pas vu s'approcher la vedette, qui a mitraillé leurs barques sans tir de sommation. Les accords d'Oslo autorisaient les moteurs jusqu'à trente chevaux et fixaient à douze milles la zone autorisée. Elle a été ramenée par les Israéliens à six, ils l'ont réduite à trois, maintenant c'est un mille, ils ne savent plus très bien. « Ils nous traitent comme des animaux. Ils tirent sans prévenir. » Alors, ils pêchent de nuit, le long de la côte, au lamparo. Le kilo est passé de cinq à vingt-cinq shekels, ils préfèrent vendre plutôt que de consommer. Avant, la sardine représentait 80 % de la pêche annuelle à Gaza, mais il faut aller la chercher, de mars jusqu'en mai, à dix ou douze milles de la côte. C'est devenu impossible. L'UNRWA leur finance des petits boulots — nettoyer la plage, réparer les filets, repeindre les barques — dans le cadre d'un *job creation program*. Une note d'humour : il existerait quelque part un amiral palestinien. Jusqu'où peut aller l'appétit de symboles.

✧

En ville, le vide, les détritus, l'ennui. Rien à faire, peu à manger. Et pas d'alcool. À la place, les armes à feu. Les gamins fanfaronnent avec, en pleine rue, AK-47, M-16, revolvers (les roquettes Qassam ne se montrent pas, ni les Katioucha). On tire en l'air dans les mariages, on se tire dessus entre familles, par jeu, par habitude, par vendetta. Difficile de s'y reconnaître entre les polices, brigades, gangs : il n'y a plus de forces de maintien de l'ordre, mais il y a soixante-dix mille policiers ou prétendus tels. Qui dit prison, dit tunnel. Les armes rentrent par les tunnels, côté égyptien, avec, la mafia russo-israélienne aidant, drogues et voitures volées. Sur ce chapitre, ce sont les Palestiniens qui ont outrepassé les plafonds des accords d'Oslo. En 2005, il y a eu plus de Palestiniens tués par d'autres Palestiniens que durant les trois années précédentes. En nombre de victimes, les Israéliens gardent un net avantage (ils ont d'autres moyens), mais on pressent le jour où cette chaudière rouillée va s'autodétruire. Tout cela, Qassam, prises d'otages, opérations suicides, paraît aussi irrépressible que bricolé, aussi interminable qu'incontrôlable. Porté par une marée aveugle et juvénile, un vent fou de vitalité collective et suicidaire.

Jeter des pierres sur les chars n'est pas donné à tous. À Gaza, le sol étant plat et sablonneux, le chérubin saute de suite au stade supérieur du projectile, balle de fusil ou roquette. Les jeteurs de pierres sont les petits Palestiniens des collines, en Cisjordanie. À verser au chapitre « stratégie et géologie ».

✧

Le frère Manuel Mousallam, prêtre catholique, est fatigué. Il reste dix-neuf religieux chrétiens dans le territoire, sœurs incluses, me dit-il. Lui, il dirige un havre de paix, une école chrétienne ouverte aux petits musulmans, qui respire la propreté et la discipline. Pourtant, il n'en peut plus. Les enfants sont énervés, ils n'arrivent plus à se concentrer, ils se bagarrent tout le temps. Le prêtre met ce débraillé sur le compte du stress ambiant et de la désagrégation familiale. Le père rentre le soir fauché, la mère n'a pas d'électricité ni de gaz pour faire la cuisine. Personne ne s'occupe des enfants. Ils se lèvent le matin sans se laver, sans avoir fait leurs devoirs, et en ayant faim. « Alors, me dit-il, je serre la vis. Le coup de pied au cul devient nécessaire. » Son école ne reçoit pas d'aide financière de l'extérieur, les parents paient. Et ça tourne, l'un dans l'autre. Quand un élève passe les bornes, il convoque les parents, et leur dit : « *Your son will be out next year* » ; cela suffit. L'exclusion est la pire des punitions dans un endroit où il n'y a plus que deux oasis de paix, la clinique et le collège. L'école résiste mieux que l'hôpital, où, malgré la présence de volontaires étrangers (notamment français), on commence à s'entre-tuer entre factions. « Vous savez ce dont on aurait le plus besoin ici ? D'un professeur de chant et d'instruments de musique pour jouer du Bach. Je voudrais faire une chorale. Ça nous remettrait sur pied, la musique. » Avis aux facteurs et aux mélomanes : Gaza a besoin d'eux. Le solfège, bouée de sauvetage d'une société qui se noie.

✧

Émanation des Frères musulmans, le Hamas a gagné en toute transparence les élections législatives (2006). Il se proposerait pour l'heure d'islamiser pas à pas la société, non sans savoir qu'il doit sa victoire au rejet d'un *establishment* inefficace, démoralisé, corrompu et de plus en plus assujetti aux desiderata américains. Après ? Jusqu'où ira la police des mœurs ? Nul ne sait. Cela dépendra beaucoup du fuel qu'on pourra ou non mettre dans les générateurs des hôpitaux et des écoles. J'entends dire que participer aux institutions, au contact des réalités, a conduit le Hamas à mettre de côté sa charte de 1988 appelant à « détruire Israël » et à « libérer en totalité la terre palestinienne ». Il accepterait même, implicitement, l'hypothèse de deux États. Stratagème pour gagner du temps ou début d'adaptation aux circonstances ? Quand ils se prennent au jeu politique, les révolutionnaires conservateurs, comme les autres, mettent de l'eau dans leur thé noir. C'est le cas en Turquie. À lire les discours aux « frères et sœurs », à parler avec tel ou tel, on a le sentiment qu'ils estiment la bataille perdue, à court terme. Ils savent aussi qu'Israël ne tolère que les guerres courtes parce qu'on ne mobilise pas éternellement une armée de réserve sans paralyser l'arrière. Et qu'une société riche et consommatrice devient vulnérable et douillette, où chaque vie perdue est une tragédie — impropre aux grands et longs sacrifices. Résister, pour eux, c'est tenir. Survivre aux raids aériens, aux assassinats ciblés, aux drones, aux commandos héliportés. Ils n'ont plus grand-chose à perdre et sont sûrs d'avoir Allah, le temps et l'espace pour eux. Ils se voient en bastion avancé de « la nation arabe et islamique », qui couvre déjà un tiers de la planète. La certitude de pouvoir faire corps avec une fantomatique *oumma*, dans l'espace, se double d'un espoir de guerre sans limites de temps. Quelque chose comme : « Vous pouvez me tuer dans mon cagibi, que m'importe. Vous n'en aurez pas fini avec nous, un milliard de mains ardentes, de Dakar à Djakarta, empoigneront demain mon AK dérisoire. Et vous verrez ce que vous verrez, même si je ne suis plus là. » Quand on est petit et physiquement coupé du monde extérieur, c'est un réflexe que de se rattacher mentalement à plus grand que soi. Pour le « rattachisme », il faut une frontière commune, et que les deux voisins soient du même avis. Gaza n'est pas la Wallonie, ni l'Égypte la France. Sauf si les Frères musulmans prenaient demain le pouvoir d'État au Caire. Ce qui supposerait d'abord des élections « libres et démocratiques », et non pas truquées. Transparence qu'il n'y a pas lieu de redouter, tant que le chef américain du monde libre et suralimenté gardera sous sa tutelle ce grand pays opaque et perfusé, dont il garantit à la fois, par son aide vigilante, l'approvisionnement et l'autocratie.

✧

Pour l'heure, c'est l'UNRWA qui rattache ce peuple d'enfants au monde extérieur. United

Nations Relief and Works Agency. À compléter par : for Palestine Refugees in the Near East. À prononcer donc UNRWAPRNE. La com' n'était pas un souci en 1949 quand les Nations unies créèrent cet organisme spécifique (seul dans ce cas), aujourd'hui composé de vingt-cinq mille personnes, la plupart autochtones. Il tient la tête au-dessus de l'eau à près de cinq millions de réfugiés, dûment enregistrés en Cisjordanie, en Syrie, en Jordanie, au Liban et à Gaza, où, principale source d'emplois, il constitue une sorte de gouvernement. Polyglottes et cosmopolites, et en dépit des cinq autres langues officielles reconnues sur le papier, les chefs et sous-chefs ne s'expriment qu'en anglais. Ainsi sont les Onusiens, habitants de l'Onusie, royaume d'acronymes et d'organigrammes, dédale de sigles énigmatiques où Anglo-Saxons, Scandinaves et Néo-Zélandais accueillent le visiteur avec une courtoise placidité (le Français n'a pas la culture onusienne, tant pis pour nous). Les *executive officers* rédigent *briefing notes*, *agreements* et *reports* (à Gaza, bihebdomadaires), assortis de cartes, graphiques et tableaux destinés à de mystérieux échelons supérieurs, à Genève ou à New York, et dont on se demande s'ils sont jamais lus ou regardés par quelqu'un. Ces documents regrettablement inutiles, qui ignorent le jugement de valeur et le témoignage personnel, gomment toute rhétorique sous la statistique. Les Onusiens, jusque dans leur privé, au terme d'une ascèse morale et linguistique quelque peu inquiétante, parviennent à contourner le qualificatif, voire la qualification, au bénéfice du pourcentage, de la moyenne et des courbes de Gauss. Ils se reconnaissent également à leur uniforme, chemisette immaculée et cravate, et à la couleur blanche de leurs véhicules seigneuriaux, hauts sur pattes, puissants et dédaigneux, fanion bleu et sigle UN aux portes, *pick-up*, Toyota ou Humwees. Distants, mais attentifs, ils n'élèvent jamais la voix, enchaînent la litote à l'euphémisme. Une tuerie sera classée sous la rubrique « incident », et fera l'objet sinon d'une contravention, du moins d'un procès-verbal sur un formulaire multicase qui ira gonfler l'arithmétique du mois en cours. Ces comptables du deuil et du carnage, ces contrôleurs de poids et mesures circulant sans émotion apparente au milieu des blessés, cadavres et estropiés, pour les répartir par sexe, classe d'âge et type de blessure, offrent au visiteur un spectacle décalé, aux limites du cocasse. On se sent face à eux partagé entre l'admiration pour leur imperturbable retenue (à Gaza, c'est si rude qu'ils tournent vite, deux semaines de travail et une à l'arrière pour décompresser) et d'incoercibles remontées d'ironie, des réminiscences de *Mangeclous* ou de *Belle du Seigneur*, des bribes de la Société des Nations revue par Albert Cohen. Je ne vois plus alors que des petits Solal anglophones gambader dans les rues et sur les dunes. Mais non, soyons sérieux. Tout cela mérite le respect, et tant pis pour le bel esprit. Ces baroudeurs flegmatiques au milieu de l'hystérie rassurent comme un bon bourgeois hollandais dans une procession de flagellants. Au moins, se dit-on, le point sera fait un jour, quelque part (on ne sait ni où ni quand, mais enfin). On pourra consulter un rapport fait à froid démêlant la rumeur et le fait sans les verres grossissants de la passion. Le commissaire général norvégien, qui me reçoit dans son bureau de Gaza, laisse percer son inquiétude pour l'avenir : les fonds se réduisent au fil des années, les donateurs se fatiguent, obligeant à des coupes sombres dans les budgets. Ce labeur de fourmi exécuté par l'UNRWA comme par l'OCHA (Office for the Coordination of Humanitarian Affairs), dont nul amour-propre national ne peut se targuer, manque de visibilité — dramatique, en vidéosphère —, et les bailleurs de fonds peuvent douter d'en avoir pour leur argent : en termes d'image, pas de retour sur investissement. Ce qui fait du bien ne fait pas de bruit, et *vice versa* : formule fatale aux prestataires de services vitaux, hors caméra et hors micro.

Ces internationaux certes bien rétribués mais d'une abnégation rare, témoins gênants mais intrus discrets, pourquoi leur laisse-t-on cette liberté de mouvement ? Des pompiers pyromanes, dit-on en Israël, où l'UNRWA se voit reprocher d'alimenter la prolifération incontrôlée d'une jeunesse explosive, en lui fournissant logements, nourriture et dispensaires. « Les Israéliens ne nous aiment pas, me dit un responsable sur place, mais ils sont bien forcés de nous tolérer : on fait le boulot à leur place. » Nations unies et ONG sont les ultimes crans d'arrêt avant l'implosion, le *sociocide* ou suicide d'une société (sur le corps de laquelle a été opéré, comme en témoignent les ministères bombardés et les administrations pulvérisées à coups de missiles, un *politicide*). Sans eux, qui hébergerait, nourrirait, vaccinerait, soignerait, vêtirait ces centaines de milliers d'ilotes ? On a toujours moins à craindre d'assistés que d'affamés.

✧

Et pourquoi l'ONU, qui n'est pas encore tout à fait morte, ne se donnerait-elle pas un coup de fouet en quittant New York pour Jérusalem ? La Charte n'assigne aucune adresse en particulier à l'Organisation. Une résolution de l'Assemblée générale y suffirait. Dans la Ville trois fois sainte, à mi-chemin de l'Orient et de l'Occident, qu'elle sanctuariserait par sa présence, elle serait à pied d'œuvre, au pied du mur, soustraite à l'emprise exclusive du *New York Times* sur les délégués et à la tentation des phrases creuses. J'en avais fait la suggestion dans *Le Monde* — plus réaliste qu'elle n'en a l'air. Jacques Derrida s'en était convaincu. L'emplacement existe déjà : à gauche d'Hebron Road, quand on sort de Jérusalem, dans le quartier Armon Anatzvi, où l'Organisation a déjà une base. Cela assurerait autant la sécurité d'Israël (qui prendrait le risque de s'attaquer au foyer, au cerveau de la planète tout entière ?) que celle des Palestiniens. L'idée m'avait paru neuve. Des lettres de lecteurs m'ont bientôt détrompé. J'inventais l'eau chaude. Proposition vieille comme l'espérance. Voici ce qu'écrivait notamment Louis Massignon dans l'hebdomadaire catholique *Temps présent* du 16 septembre 1938 : « On sait que la SDN n'est pas tout à fait morte, Dieu merci ; et que, dans une prochaine session à Genève, sa commission des mandats examinera les projets relatifs au statut de la Palestine. Terre sainte et Société des Nations : comment n'a-t-on pas compris, il y a vingt ans, que, pour constituer à la SDN une autorité durable parmi les hommes, il fallait situer à sa spiritualité un centre d'élection sur la surface du globe, lui "composer un lieu", comme on fait quand on médite pour se maintenir en présence de Dieu. Car la spiritualité de la SDN ne devrait pas être la simple somme de tous les égoïsmes nationaux admis à y participer ni le simulacre d'un arc-en-ciel syncrétiste, mais se centrer sur une ville réelle, historique, la Ville sainte, al-Qods, Jérusalem, *visio pacis*, selon l'étymologie classique. » Et il terminait par ces mots : « Dominant notre horizon terrestre, si sombre en ce moment, la Ville sainte, Jérusalem, éclaire de plus en plus, comme la *kibla*, la direction où doivent converger toutes les prières, se rassembler toutes les bonnes volontés ; car cette ville, aujourd'hui ensanglantée par la haine, est le lieu d'élection d'où aucune race, aucune classe, ne devrait être exclue. »

Le vœu pieux aussi n'a pas d'âge. Parfois, il rend gâteux. On rabâche.

## 6. Jean-Baptiste, ou le désert à Qumran

*En ces jours-là arrive Jean Baptiste,*
*il proclame dans le désert de Judée :*

*Convertissez-vous, le règne des cieux approche. C'est de lui en effet que parle le prophète Isaïe quand il dit : Voix qui clame dans le désert [...].* Matthieu, III, 1-3.

La mer Morte à midi, vue du désert de Judée. C'est elle-même un désert liquide, ou plutôt visqueux — ni poisson, ni voile, ni port à l'horizon. Le bleu mat s'en devine à peine sous la gaze blanchâtre de chaleur qui la recouvre comme une nappe. Jean le Baptiste est probablement passé par cette communauté de purs en rupture de ban, obsédés d'ablutions et de bains rituels. Panorama éblouissant, visite un peu barbante. Murets de pierre, citernes à sec, escaliers, petites salles anodines au sol de terre battue, cartellisées, non sans arbitraire, l'une réfectoire, l'autre atelier ou *scriptorium*. Caserne romaine ? Refuge zélote ? Fortin avancé du royaume de Juda face au danger oriental ? Ou monastère essénien ? Si peu à voir, et tant à dire (guidage indispensable). J'erre sur ce terre-plein en cachant poliment mon ennui, c'est-à-dire mon incompétence, malgré l'excitation de frôler au plus près le creuset inaugural. Sur ces dalles ont marché des contemporains de Jésus, ascètes qui attendaient comme lui la fin des temps, communiaient dans le pain et le vin, et renouvelaient les vieux cultes de lustration. Qui vient ici aujourd'hui ? Des chrétiens, huit sur dix visiteurs, me dit-on. La mémoire chrétienne, qui monte le guet dans le désert des Tartares, veille sur des cailloux et des miettes de papyrus. Réconfort : ces caillouxci ont certainement vu passer des Juifs baptisés à qui le nom de Jésus n'était pas inconnu. Comme on n'a aucun vestige assuré à se mettre sous la dent jusqu'au IVe siècle, hormis un ou deux restes de piscines ou de bassins, on vient pour tâter de l'authentique et se gorger d'un parfum de Ier siècle non coupé ni trafiqué.

Assisté la veille, dans une salle carolingienne de l'Augusta Victoria, à l'exposé d'un universitaire allemand dont la communication s'intitulait : « Qu'a à nous apprendre l'archéologie sur le christianisme primitif ? » Réponse : à peu près rien. D'où une conférence assez soporifique. Ne parlons pas des ossuaires à rosace opportunément gravés d'un « Jacques frère de Joshua fils de Joseph » : œuvres de faussaires. Ni du « vrai tombeau » de Jésus enfin découvert (en attendant les ossements, ce qui serait d'ailleurs fâcheux) : plaisanterie médiatique. Le conférencier a fait tourner son exposé sur la *Gaïanus Inscription*, trois lignes en grec sur une mosaïque du IIIe siècle à Kefar 'Otnay, près de Megiddo, dans la salle de prière d'un *castrum* romain. Efficaces missionnaires que les légionnaires, avec leur mobilité et leur couverture. Soit. Mais un graffiti au milieu des sables, cela n'étanche pas notre soif de traces.

Un long-métrage d'aventures projeté simultanément dans deux salles techniquement défaillantes, n'est-ce pas à cela, pour nous autres, gloutons optiques, que ressemble la Bible ? Dans l'une, les exégètes déroulent sous nos yeux de lecteur un texte sans images ; dans l'autre, les archéologues font défiler sur leurs albums des vues sans légendes. La tâche des biblistes de profession (qui facilite ensuite celle, plus lucrative, des *tour operators*) consiste à postsynchroniser bande-image et bande-son, en épinglant un vu sur un lu, tel vestige sur tel verset. Depuis l'impératrice Hélène, l'imagination des pèlerins s'est chargée de ravauder, au petit hasard, les signes avec les choses, et le raccommodage se poursuit de nos jours, aussi scientifiquement que possible. Abouter les mots du Livre aux tessons des tells : c'est un peu le propos, depuis plus d'un siècle, des archéologues de l'École biblique et archéologique française de Nablous Road. Cette scrupuleuse haute couture, où l'accroc est plus souvent au rendez-vous que l'ajustement, requiert des connaissances — araméen, ougaritique, épigraphie sémitique, etc. — que je n'ai pas et n'aurai jamais. C'est vexant mais qu'importe, si je puis glaner dans cette école-couvent quelques bribes, de quoi bricoler un parcours au milieu de l'inconnu... Le frère Sigrist, qui assure les cours d'akkadien et de civilisation mésopotamienne à l'École (« Quand on veut étudier la Bible, n'est-ce pas, il faut connaître les cultures environnantes. — Enfantin, cher ami, ça va de soi... »), excelle devant nous à recoller les morceaux.

Le site de Qumran n'est pas vendeur, le sujet l'est toujours : les manuscrits de la mer Morte, dénichés en 1947 dans une dizaine de grottes proches creusées par l'homme dans les terrasses marneuses qui dominent les vestiges. Il a fallu presque cinquante ans pour transcrire et éditer ces rouleaux de cuir, de papyrus et de cuivre, lambeaux cachés au fond des jarres : de là viennent la *Règle de la commu-*

*nauté* (que les soixante-huitards auraient dû lire, tant il est vrai qu'il n'y a pas de communauté viable sans une règle commune) et l'*Écrit de Damas*, des morceaux du *Livre d'Hénoch*, exposés au Sanctuaire du Livre à Jérusalem. La « qumranologie » a produit des milliers de livres, du best-seller policier à la thèse scientifique, et l'énigme des esséniens sent encore le soufre : ces papyrus, ces rouleaux de cuivre nous font-ils toucher du doigt les sources vives du christianisme, cet « essénisme qui a réussi », ou bien un affluent perdu du courant sadducéen ? Les deux sont possibles, les dates se chevauchent. L'éditeur de *La Revue de Qumran*, Émile Puech, qui nous accompagne également, me retrace l'histoire du site à grands traits : un groupe de rigoristes, vers 150 avant J.-C., fait sécession, quitte le Temple, abandonné aux mains de pharisiens jugés laxistes et trop hellénisants, pour une quête de sainteté en plein désert (continence, pauvreté, ascèse). Ses membres emportent avec eux un bon lot de textes sacrés. Cette communauté de résistants très hiérarchisée avait à sa tête un maître de justice, une sorte de messie avant la lettre. Héros imaginaire ou personnage réel ? Et si les chrétiens avaient fait partie de cette mouvance ? Et si Jésus avait été le dernier en date des maîtres de justice ? Conjectures, rêveries, scénarios à la *Da Vinci Code*. Il le faut bien, combler les trous, puisque épigraphiste et archéologue travaillent toujours sur des fragments. La totalité, c'est ce qui manque. Le fragment, c'est ce qui reste. On ne peut pas tout avoir.

L'École des dominicains installa ici ses pénates

dans les années 1950, le père de Vaux à sa tête (avec Jean Starky, l'aumônier militaire ami de Malraux) : on lui doit le gros des fouilles et de l'édition des rouleaux. Jean-Baptiste Humbert, qui règne sur l'aile archéologique de l'École — un vrai musée —, et Jean-Michel de Tarragon, directeur de la rédaction de la *Revue biblique*, fouillent désormais en Jordanie, près de la frontière irakienne. Ils me racontent comment les bornes milliaires des anciennes voies romaines, qu'ils ont sorties des sables, se retrouvent en montants de porte dans les postes de police du coin, et l'incompréhension que leurs activités suscitent chez les Bédouins. Leurs propres ouvriers sont convaincus qu'ils grattent le sol avec pour seul mobile soit de retrouver l'emplacement de leur maison de famille — puisque ce sont des descendants de Byzantins —, soit, et plus vraisemblablement, de dénicher un trésor pour faire fortune. « Quand un archéologue tombe sur un lot de pièces d'or ou d'argent, il n'a qu'une chose à faire : prendre ses jambes à son cou. Il y va de sa vie. » Ils me font remarquer sans plaisir particulier que l'archéologie est une science occidentale, qui a fait des émules en Orient, mais par osmose. La curiosité envers l'autre et envers le passé — ce double exotisme propre à notre culture — constitue presque un trouble de la personnalité pour un musulman pieux. Fort d'une révélation qui clôt l'histoire et arrête par avance le canevas du futur, l'islam sunnite (plus fermé que le chiite) a tout loisir de camper dans un perpétuel et tranquille présent. Ce qui pouvait exister avant Mahomet est ignorance et péché, *jahiliya*. Et l'avenir n'appartient qu'à Dieu seul. Avec nos curiosités pour ce qui s'est vraiment passé quand nous n'y étions pas et ce curieux besoin d'aller voir là-bas, outre-fleuve, outre-mer, outre-monts, nous ferions pour lui de drôles d'animaux, instables et peu fiables. De notre incomplétude, de notre inachèvement naît une incontestable vulnérabilité psychique — une infériorité morale, pensent d'intègres musulmans, qui, à la folie du doute perpétuel, opposent la folie de l'immuable certitude. Ils ignorent à quel point nous avons su faire contre béance bonne fortune et, de notre insuffisance même, une envie de bougeotte et de trifouillage qui soigne excellemment la dépression. Exhumer les squelettes, déchiffrer des alphabets mystérieux, explorer des océans inconnus, interroger inlassablement le pithécanthrope — et grimper sur l'Everest ou le mont Blanc, pour rien, pour voir, pour dire qu'on l'a fait. Les manies et vertiges de ce que Spengler a appelé la *civilisation faustienne*, née à la Renaissance. Elle vient d'ajouter à ses démangeaisons de maîtrise la conquête spatiale. Le spationaute, l'alpiniste, le trimarin transatlantique et l'archéologue avec sa truelle sont les enfants du petit père Faust. Ils se fréquentent peu, ces cousins germains, mais font partie de cette famille des conquérants de l'*off-limits*, des insatiables de profession, à laquelle nous devons d'être ce que nous sommes : les métreurs-vérificateurs de la planète. Insupportables mais utiles.

## 7. *The Baptism Site*

> *Jean leur répondit : Moi je n'immerge que dans l'eau. [...] C'était à Béthanie au-delà du Jourdain où Jean immergeait.* Jean, I, 26-28.

Dans la vallée du Jourdain, le grand absent, c'est le Jourdain. Pour avoir déjà parcouru son versant israélien, je sais qu'il est plus facile d'en parler que de le voir. Qu'il soit interdit de s'en approcher, pour cause de zone militaire avec grillage continu et chevaux de frise, côté israélien, ou qu'il n'ait pas sa place marquée dans les terres déclives et broussailleuses, côté jordanien, le frais joyau brille par sa discrétion. Façon de parler, nul petit ruban argenté ne s'indiquant à la vue. Ce matin, je tente l'impossible. Sortir d'Amman, direction *Dead Sea*, et, peu avant, prendre à droite. C'est indiqué sur les panneaux. *The Baptism Site*, au sud de la capitale. Une petite heure de route. Je viendrai, je verrai, tremperai un orteil, et crierai victoire !

Virage après virage, la main en visière, je guette au loin le mince bourrelet de verdure annonciateur d'un *thalweg* de vie au milieu de cette vallée d'un blond sale, avec la joie crispée de qui va enfin toucher au but : là même où « le ciel s'ouvrit et le Saint-Esprit descendit sur lui comme une colombe », et où une voix fit entendre du ciel : « Tu es mon fils bien-aimé. » À chaque tournant, je me dis : on brûle, on brûle. On arrive. À l'endroit où tout s'est enclenché (Jésus avait trente ans). J'ai déjà celui-là dans la prunelle : des berges de lauriers-roses, de tamaris et de saules s'inclinant vers une printanière, ombragée, ruisselante, cristalline, sobre mais lustrale coulée d'eau, du nord au sud. Flaubert ne se vante-t-il pas d'en avoir bu, de cette eau couleur lentille, à côté de son mulet et des Bédouins de son escorte, sans grimace ni colique ? D'autres images non moins bucoliques me reviennent en tête : la Seine des impressionnistes, le canotier et la guinguette en moins (ne plaisantons pas); le petit val rimbaldien qui mousse de rayons, mais sans dormeur aux deux trous rouges ; le bord de Marne Front popu, pique-nique et canne à pêche, mais en plus grave : modestement majestueux. Bref, tout ce que peut éveiller de revitalisant et de régénérateur le *baptême* sans baptistère, à l'air libre, au plus près de la source vive (et quelle vie, l'éternelle !), clignote sous la paupière. Nous arrivons enfin dans une zone militaire récemment désaffectée, un terrain vague semé d'épineux de loin en loin, d'eucalyptus ici et là, des grilles de barbelés, une tourelle d'observation sur un plat. Un parking à peu près vide, des bâtiments ultramodernes. Tout le monde descend.

Au-delà, *beyond*, à l'est du Jourdain, nous y voilà. À ne pas confondre avec l'autre Béthanie, à quelques kilomètres de Jérusalem, là où Lazare est sorti du tombeau, où le Maître instruisait sa sœur, Marie, pendant que Marthe, la pauvrette, s'affairait en silence. La Béthanie baptismale n'est plus un village, mais un point sur la carte, au milieu d'un champ de mines déserté jusqu'au traité de paix de 1994 entre Israël et la Jordanie, date après laquelle les archéologues ont pu s'emparer du site et reclasser le tout, en mettant au jour quelques vestiges byzantins, laures ou bassins. Puis, à coups de pelleteuses, de maçonneries et de jolis dépliants, ce non-lieu s'est bravement transformé en lieu de mémoire, bien qu'il ne figure pas sur la liste des Lieux saints établie par la custodie franciscaine : en Jordanie, seul en fait partie le mont Nébo, le promontoire dominant la mer Morte d'où Moïse découvrit la Terre promise.

Le royaume hachémite a gagné de haute main, et après force investissements, la lutte économico-exégétique opposant les thèses occidentalistes et orientalistes — le baptême de Jésus, rive est ou rive ouest ? La solution de compromis, la moins invraisemblable — Jésus soutenu par Jean-Baptiste s'immergeant au mitan de la rivière —, n'intéressait ni Israël ni la Jordanie, cette ligne frontière n'appartenant à aucun des deux pays. *Au-delà* du fleuve : rarement vit-on préposition plus lourde d'enjeux, patriotiques autant que patrimoniaux, et non moins commerciaux qu'hagiographiques. L'ancienne Transjordanie en a tiré le meilleur parti. Pour le jubilé de l'an 2000, le royaume a aménagé ici un parcours du pèlerin méritant (« durée de l'excursion, au moins trois heures », signale d'emblée un dépliant), habilement agrémenté, à l'entrée, de boutiques, buvettes et salons VIP, reconstituant le « chemin de pèlerinage historique ». Tout au long de l'itinéraire fléché, un chapelet de piscines et bassins à escaliers

— remplis à la demande — s'offrent aux légions d'anabaptistes et d'évangéliques américains, aujourd'hui absents, mais dont j'entends qu'ils viennent par cars entiers et en rangs serrés, ensachés dans une blouse blanche d'hôpital, descendre les gradins du repentir pour réémerger à neuf en chantant un alléluia. D'où le côté hygiénique et ostensiblement écolo de ces puits au fond cimenté, remparés à l'extérieur de gros moellons ronds laqués blancs. L'industrie lourde de la mémoire veille à l'approvisionnement en eaux sacrées, avec des flacons en plastique fabriqués en série pour l'export. Une usine de filtrage d'eau polluée, derrière une dune, alimente, par canalisations souterraines, les bassins rédempteurs. Protectorat américain (Amman abrite la station principale de la CIA dans la région), la Jordanie a tout intérêt à s'offrir en « soleil levant de la foi chrétienne » aux *born again* de la *Bible Belt*. Elle ne manque plus de titres archéologiques pour cela. Le *Jesus lover* texan — qui pèse lourd dans la balance — peut ainsi s'aventurer sans crainte de l'autre côté du pays frère.

Nous sommes introduits dans ce qui ressemble à un lobby d'hôtel cinq étoiles, pavé de marbre — un luxueux *lounge* à tables basses et fauteuils profonds —, pour voir un court-métrage intitulé *The Truth*. Très professionnel, riche en fondus enchaînés évocateurs — avec un Jean-Baptiste filmé de dos, au ralenti, gros plans sur les sandales —, il est l'œuvre de la Baptism Site Commission. Au mur, le roi Husayn jouxte l'effigie d'Abdallah, son fils, le souverain régnant, les deux en costume cravate, sans keffieh. Tout autour, des cartes et des vues aériennes. Au centre, une reproduction à l'échelle du pavement en mosaïque de Madaba — représentant la Terre sainte avec le Jourdain au milieu —, chef-d'œuvre cartographique du VIe siècle remis à la verticale et fièrement encadré de deux drapeaux, du pays et de la dynastie, dans une sorte d'autel théologico-monarchique. Difficile de démêler ici le tout jeune culte d'État du culte chrétien. Nous écoutons sagement un exposé à la fois d'archéologie, de généalogie et d'apologétique. J'entends avec bonheur, chacun son amour-propre national, le guide citer d'abondance le « pèlerin de Bordeaux », ce fameux voyageur français du IVe siècle, dont le récit attesterait, par recoupements, que nous sommes bien à l'endroit exact où « une voix clame : Frayez dans le désert la route de Iahvé ! » Dûment chapitrés, nous passons en cinq sec de l'air climatisé et de la condition de néophyte rééduqué à celle du pèlerin moite et transpirant, cap sur le fleuve.

À pied, le long de l'oued à sec, sur une piste qui zigzague en terrain plat au milieu des roseaux et des bambous, je commence à ressentir physiquement le mauvais génie de ces lieux augustes : les mouches. Trop beau, trop commode, le serpent ou le porc. Mon nom est légion, dit le malin plus justement. Un essaim inlassable d'invisibles insectes volants, taons, moucherons, moustiques, qu'on ne peut conjurer dans cet air saturé qu'à grands coups de claques sur la nuque et le visage. Les Écritures ont gardé le secret. Elles n'en font guère mention de ces muscidés, preuve que les évangélistes ne sont pas venus en personne dans le coin (avertissement à messieurs les écrivains : ne pas se fier au ouï-dire). Nos peintres ont fait confiance à la magie sereine du nom. Piero della Francesca, tu ne m'y reprendras plus. Je défie n'importe quel humain (ce qu'était pleinement Jésus, en dépit de sa double nature) de rester ici deux minutes torse nu, mains jointes et impavide, comme ton Christ à la colombe de la célèbre fresque. Ou alors, ne nous dites pas que le Verbe s'est fait chair, et donc épiderme (deuxième mise en garde : ne trichez pas, amants de l'Incarnation, avec la carnation). Les traversées du désert préparant aux grandes choses, cette longue marche d'approche, dans le lit ensablé d'un ruisseau, sous la flagellation des épineux, me laisse espérer le meilleur pour la fin. Un cadre de rêve pour les repentances, où l'idée que le royaume de Dieu approche ne peut que ranimer le courage. Ma vénération rétrospective pour Jean-Baptiste, humain à parois molles comme tout un chacun, croît de quart d'heure en quart d'heure, car, dans cette garrigue brûlante, urticante et picotante, aller nu-pieds, avec un gilet en poil de chameau, et dénicher dans cette pierraille son manger de sauterelles et de miel sauvage témoignent d'un sens de l'organisation plutôt remarquable chez un ascète. Je n'aurais jamais saisi le côté yogi débrouillard du Précurseur, dont il faut souhaiter qu'il ait eu la peau tannée, insensible aux piqûres, du chaman sibérien, si je n'étais passé par ce purgatoire.

À la fin des fins, la vue se dégage et j'aperçois une petite église orthodoxe flambant neuve sur la gauche. Plus loin, en face, une paillote, deux poubelles de couleur verte, à la parisienne, une pierre gravée *Jordan River* posée par terre, à l'entrée d'une estacade de bois. Joie, joie ! Nous y sommes ! Je cours jusqu'au garde-corps, aux premières loges, et découvre, au ras du pied, un tout-à-l'égout paresseux et apparemment peu profond, entre caca et café au lait. Ça ne coule pas, ça stagne. Numineux s'abstenir. Pour se laver du péché originel, il y a mieux partout ailleurs. Immersion répugnante. Ablution déconseillée. Deux bouées en contrebas, rouge et blanc, accrochées à un pilotis, témoignent que le cas clinique du plongeon convulsif ou de l'aveugle trop impatient a néanmoins été prévu par les autorités (ça ne doit pas arriver souvent). Sur l'autre rive, à une vingtaine de mètres, une construction en miroir, la même en dur : un fortin israélien de garde-frontière, en crépi blanc, impeccable. Les deux drapeaux nationaux se font face. Des barbelés de chaque côté. On ne fait pas encore ami ami.

J'ai lu que le Jourdain, d'après l'organisation Friends of the East (irrigation du nord d'Israël et pompage du lac de Tibériade obligent), a perdu 97 % de son volume d'eau originel. Le but de l'excursion est un canal pollué de quelques mètres de large, et non plus le fleuve majestueux aperçu par Flaubert. Sur le moment, l'attrape-nigaud m'a vexé. Voilà bien où mènent, me suis-je dit, rancunier, les superstitions païennes du lieu. Je l'ai méritée, cette déconfiture. Comme si le secret d'un conte fondateur pouvait se cueillir à même un filet d'eau sale. Réflexion faite, qu'est-ce que le Jourdain de la géographie à côté du Jourdain de notre atlas intime, de nos musées, de nos rêves de petit chanteur à la croix de bois ? Celui-là seul est beau puisqu'il n'existe pas. Un conseil aux Pasolini de demain : épargnez-nous les extérieurs, restez à l'intérieur.

Au retour, je mets quelque temps à identifier le Wadi al-Kharrar, nom actuel du site de Salfsafas qu'on voit sur la carte en mosaïque de la Terre sainte, la plus ancienne de toutes, du VIe siècle, et qui fait la fierté de l'église orthodoxe de Madaba, une ville voisine où subsistent quelques chrétiens. Ce mamelon en chantier que je foulais à la légère n'est rien de moins que l'endroit d'où le prophète Élie est monté tout vif aux cieux, sur son char de feu, après avoir frappé le fleuve de son manteau pour en faire refluer les eaux (II Rois, II, 11-14). Le manteau a été perdu, mais l'assèchement miracle continue, si j'en crois les laisses blanches de sel déposées sur un limon croûteux, comme si la mer Morte remontait jusqu'ici. Quant à s'arracher de là en hélicoptère, on ne voit pas, en effet, ce que le père d'Élisée, l'annoncier du Christ, aurait pu faire de mieux, vu l'aspect terne et inhospitalier d'un environnement dont Fra Angelico, dans son couvent San Marco, à Florence, ignorait heureusement tout. Comme Nicolas Poussin quand il a installé son *Saint Jean baptisant le peuple* dans un cadre virgilien, avec, en fond de toile, des escarpements de chênes et de bouleaux et où ne manquent en somme que les cortèges de nymphes et de paranymphes pour faire du gréco-romain d'académie. C'est la campagne romaine ou Les

Andelys en Normandie, grand bien nous fasse, qui lui auront servi de modèle. La Terre sainte doit beaucoup au retard des techniques de reproduction et au fait que les maîtres peintres n'ont pas eu les moyens chimiques (le tube portatif) ni locomoteurs (bicyclette ou phaéton) de venir jusqu'ici travailler sur le sujet. Une aubaine pour les conservateurs du patrimoine et les éditeurs de catéchismes que la vignette « Baptême » ait pu se graver à temps dans notre légendaire, avant l'invention de la photographie argentique et du gros-porteur, ces deux assassins du fabuleux, qui, non contents d'être relaxés, se sont vus promus en distributeurs automatiques du merveilleux mondialisé.

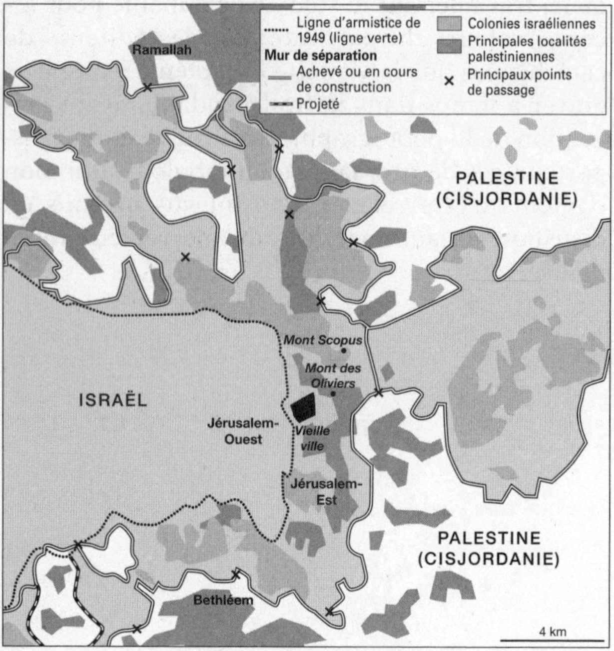


Carte 4. Le grand Jérusalem

II

# *À Jérusalem*

*La Pâque des Juifs était proche et Jésus monta à Jérusalem.* Jean, II, 13.

## 1. Montrer du faux pour dire du vrai

> *Ses parents se rendaient chaque année à Jérusalem pour la fête de Pâque. Quand il eut douze ans, ils y montèrent comme d'habitude pour la fête. Et, à la fin, comme ils s'en retournaient, l'enfant Jésus resta à Jérusalem à l'insu de ses parents.* Luc, II, 41-43.

Cette ville haute sous mes yeux, Jésus ne l'a jamais vue. Si la forteresse reste fermée aux voitures comme elle l'était de son temps aux cavaliers, si elle a gardé ses ruelles, ses escaliers, ses rares fenêtres, elle n'est plus fortifiée par la nature mais enclose dans des murs élevés par le Turc au XVI$^{e}$ siècle. Le Golgotha, jadis extérieur à la ville, est aujourd'hui au centre, où se cache le Saint-Sépulcre. Là où se profilent des voûtes, des coupoles, des minarets et des pointes, il n'y avait en son temps que des toits plats, avec des tours aux angles droits. Ce que nous pouvons partager, sans risque de bévue, c'est la lumière et la blancheur calcaire des pierres à bâtir. Pour le reste... Un Galiléen échappait au pouvoir des autorités de Jérusalem (la Galilée ayant ses propres lois, coutumes, climat, poids et mesures), et c'est sans doute à cette indépendance qu'un originaire de Nazareth dut de pouvoir substituer au règne compliqué de la Loi le simple amour de Dieu et des hommes. Mais Jérusalem abritait le Sanctuaire, auquel tout Juif mâle adulte et bien portant devait se rendre pour les trois grandes fêtes de l'année. Le jeune Jésus s'y conforma, au dire de Matthieu. Et tout au long de sa vie instable et pérégrinante, la Ville sainte resta son point fixe. Tous ses chemins y menaient, ou plutôt y montaient. La ville est en altitude. Sept cent soixante-dix mètres au-dessus du niveau de la mer. Plus haut que le mont Thabor.

On vient ici avec l'envie de rejoindre le pharisien, le centurion et le bon larron en enjambant les disgrâces du présent, et l'on se retrouve dans un décor antidaté, où le moderne court après la patine et le faux après le vrai. La relique urbaine empile les âges et les dieux l'un par-dessus l'autre, mais elle garde l'empreinte d'un temps accordéon. Dans les siècles ici sédimentés, il y a des couches géologiques qui manquent, un carottier n'y reconnaîtrait pas son calendrier. Aucun vestige du Ier au IVe siècle. Ni entre le VIIIe et le XIIe siècle. Presque rien entre le XIVe et la première moitié du XIXe siècle. La longue torpeur mamelouke et ottomane ayant fait barrage à toute incursion architecturale jusque dans les années 1830, la haute nef gothique, le fronton triangulaire classique, la volute baroque ont laissé passer leur tour, en sorte que l'ère industrielle qui a bâti le plus clair de ce décor a pu enchaîner avec son béton armé, sans transition, sur la grange basilicale et la barque renversée romane.

La Jérusalem qu'a découverte l'Enfant Jésus a été saccagée par Titus, puis rasée par Hadrien, qui édifia sur les ruines une *Aelia Capitolina* toute pimpante et interdite à ses anciens habitants. De ce fond romano-byzantin surnagent de rares témoins, dont le Saint-Sépulcre maintes fois reconstruit depuis le IVe siècle (la dernière rénovation datant des années 1960), la crypte Prodomos et l'abside de l'église Nea, dans le quartier chrétien. Les croisés sont arrivés là-dessus, et nous leur devons l'exquise église Sainte-Anne, devenue après leur départ une *madrasa* musulmane, qui fut finalement remise aux pères blancs par le sultan ottoman (après la guerre de Crimée, en récompense de leur soutien). Tout cela au petit bonheur l'intrus, de façon à loger une phrase des Évangiles dans des maçonneries tour à tour byzantines, normandes, italiennes, américaines. N'agissons-nous pas nous-mêmes ainsi avec notre vie ? Qui ne se reconstruit un passé avec les nostalgies de son présent ? Ce que nous croyons avoir l'âge du Christ a en fait celui des Byzantins qui ont les premiers fixé l'emplacement des *ipsissimi loci* de la Nativité et de la Passion. Et, de même que les Évangiles retracent infiniment mieux les derniers jours de Jésus que ses trente-deux premières années, mieux sa brève agonie que ses années de formation parce que le sens utile de toute l'histoire procède de sa fin, qui est la Résurrection, de même ne voyons-nous du berceau de la foi chrétienne que ce que son âge adulte en a fait et refait : une accumulation d'*addenda* à effet rétroactif. Le temps, ce grand reconstructeur, a beaucoup imaginé, sans quoi le renflement de terre entre le Cédron et la Géhenne serait encore un champ de ruines et non ce mille-feuille où sont venues s'entasser les fantaisies dévotes de la chrétienté universelle.

Antidater : il faudra bien un jour payer notre dette morale à ce procédé auquel nous devons rien de moins que la Genèse et les choses cachées depuis l'origine du monde, le plus solide de nos mémoires nationales (ou l'histoire qui s'apprend à l'école) et les Écritures elles-mêmes, dont c'est le secret de fabrication. Il nous en coûte de l'identifier, tant nous aimons « venir de loin ». Il en va de ces faux témoins de pierre comme du Seigneur lui-même : défiant les lois de la perspective, les traits du Messie sont sortis du flou à mesure qu'il s'éloignait de l'objectif. Nos synoptiques ont une ou deux générations de retard sur les événements — d'où une plume concise et ferme. Mise au point qu'auraient été bien en peine de réussir des témoins en direct juste après la disparition du Maître, égarés qu'ils auraient été par un trop-plein d'émotions chaotiques. Luc est plus « historien » que Matthieu, et saint Jean est le plus précis des évangélistes. Et pour cause, si c'est le moins impliqué, le plus tardif. De loin, à Éphèse ou à Patmos, il a pu remettre les brouillons en ordre de marche théologique.

Il n'y avait pas de témoin partisan du blasphémateur Jésus quand Caïphe interrogea le trouble-fête : les apôtres s'étaient déjà enfuis et Pierre qui suivait la petite troupe s'était caché parmi les gardes dans un coin de la cour. Cela n'a pas empêché Matthieu (XXVI, 63-64) de nous rapporter ce dialogue au présent, comme s'il y était. « Le grand prêtre lui dit : Je t'adjure par le Dieu vivant de nous dire si c'est toi le christ, le fils de Dieu. Jésus lui répond : Tu l'as dit. D'ailleurs, je vous le dis, vous verrez désormais le fils de l'homme assis à la droite de la Puissance venir sur les nuées du ciel. » Quand les disciples sont tombés d'accord sur le sens qu'il convenait d'attacher à la symbolique confrontation entre le Maître et le chef, qu'importe le *verbatim* : seul compte le rendu.

Il faut ignorer tout ce dont nous sommes redevables à l'art majeur et vital de l'anachronisme pour dénoncer l'Ancien Testament comme un tissu d'énormités historiques. La légende, me rappelle le frère Poffet, bibliste émérite et directeur de l'École biblique, a été chez tous les peuples la première forme d'écriture de l'histoire, et sera peut-être la dernière... Le légendaire n'est pas du non-réel mais du plus-que-réel. Il opère à retardement. Et comme les scribes de la tribu racontent l'histoire de *l'avant vers l'arrière* pour répondre aux nécessités du jour, ils peaufinent ou enjolivent, pour mieux les transmettre, les on-dit de la veillée sous la tente. Pour fédérer les royaumes du Nord et du Sud, les Judéens du VI^e^ siècle avant J.-C.

ont cousu ensemble la légende de Jacob qui venait du Nord et celle d'Abraham, un héros du Sud. Quoi de mieux, pour réconcilier des traditions concurrentes, que de forger entre elles un lien généalogique ? Et ne doit-on pas lire le Nouveau Testament lui-même de la dernière page vers la première, comme nous le rappelle Benoît XVI, puisque « c'est uniquement avec la croix que se révèle toute la signification du baptême de Jésus » ? Chantons l'esprit de l'escalier : la méta-histoire est plus féconde que l'histoire elle-même, matière molle et protéiforme offerte aux artistes du sens, comme l'argile ou la cire aux sculpteurs.

✧

La ville chrétienne du XXIe siècle ressemble à la section architecture d'une exposition universelle 1900. C'est un pot-pourri de pastiches et de postiches, qui a vu pousser au petit hasard, sur la couronne de Sion, tours, campaniles, clochers et bulbes. Le moulin de Montefiore est un clin d'œil des Pays-Bas posé en hauteur, et la tour Augusta Victoria construite par les Allemands sur le mont Scopus, une copie de la gare de Metz. Le beffroi du YMCA a la forme d'un suppositoire ; l'hospice de Saint-André, construit en 1927, est un donjon des Highlands ; les bulbes vert et jaune du mont des Oliviers transportent sur la place Rouge ; et la tour à colonnes renflées du couvent Saint-Étienne, achevée en 1900, anticipe de peu les décors du film muet *Intolérance* : c'est la Babylone de Griffith. Rivalisant de plus belle, le *Kaiser*, la *Queen* et le tsar ont inventé au début du siècle dernier cette exposition de copies, qui juxtapose le néo-Renaissance au néo-Tudor, le pavillon de chasse bavarois au castel écossais. La ville contemporaine mêle de son côté le Bauhaus berlinois au new-yorkais 1940. Se dotant unilatéralement d'un droit de timbrage décoratif, les nations occidentales prises d'une fièvre édifiante sont venues à la queue leu leu poser leur estampille sur le nombril du monde, mais à la diable, sans égard pour la couleur locale. On a ainsi devant soi une carte postale de la Belle Époque qui, après avoir fait le tour des capitales européennes, serait revenue à l'expéditeur ottoman, constellée de cachets multicolores et cocasses. Les littérateurs ont à cet égard plus de délicatesse que les architectes, pourtant mieux rétribués. Nos écrivains voyageurs ont laissé la ville telle qu'ils l'avaient trouvée et leur cargaison de notes n'encombre que nos rayonnages. Moins discrets, ou plus fats, les maîtres d'œuvre font dans le dur, et le navet vieillit comme une verrue inopérable.

Ce qui atténue cette disparate en toute saison, c'est la hauteur uniforme des maisons, suite à l'interdiction britannique de dépasser les trois étages, et le revêtement en pierre de Judée qui donne aux édifices publics et privés le cachet d'un léger bossage et la même couleur élégante et crayeuse. Mais le médium symphonique, quand il fait beau et que ne souffle pas le *hamsine* du désert, c'est la limpidité de l'air, un dissolvant miracle. Une jubilation dorée, une luminosité intense et gaie, enveloppe et escamote les grumeaux du mauvais goût. Sortant du quartier arménien peu ou prou par la porte de Sion, et arrivant sur l'Ophel, appelé à tort, paraît-il, le mont Sion, j'entre dans l'église de la Dormition, dont les mosaïques modernes, je ne sais pourquoi, m'évoquent la froide église Saint-Honoré-d'Eylau de mon enfance. Pour tempérer ma déconvenue, je repense aux remarques d'un frère dominicain. « L'art sulpicien, m'a-t-il expliqué, c'est fait exprès pour nous guérir de l'idolâtrie. C'est tellement chromo qu'en priant là-devant nous savons qu'il faut aller au-delà. Le cucul le plus niais est à lire comme un hiéroglyphe ; il nous aide à nous détacher des formes extérieures et à viser l'esprit. » Voilà une ingénieuse cacodicée, comme il en était du mal dans les théodicées d'antan : la foi exonère le bon Dieu du moche qui se commet en son nom.

La plume aussi a eu de longues distractions. Au fond, refermée la parenthèse des croisades, ce croissant de lune à l'orient des âmes, plus souvent en éclipse qu'à la vue, n'occupe pas une place majeure dans notre histoire littéraire. Au XX^e siècle, ni Proust ni Henry James, ni Thomas Mann ni Gide ou encore Malraux n'ont poussé jusqu'ici. Les passants considérables du XIX^e siècle y ont fait étape en se pinçant le nez, sans trop s'appesantir. Chateaubriand a levé le camp au bout d'une petite semaine. Il a tiré le meilleur parti possible d'une crise locale de l'immobilier en composant une élégie sur son thème préféré, la ruine. Sa chance fut d'arriver en période creuse. Les croisés étaient déjà loin, les pèlerins et consuls pas encore là. Les non-musulmans avaient toujours l'interdiction d'acheter des terrains et de bâtir — elle ne sera levée qu'en 1867. La ville végétait à la marge. Aussi le vicomte vit-il des fantômes filer au crépuscule dans des ruelles malodorantes. « Un cimetière au milieu d'un désert. » Seuls des bazars voûtés et infects, quelques poussiéreuses boutiques, et « par intervalles le galop de la cavale du désert : c'est le janissaire qui apporte la tête du Bédouin ou qui va piller le fellah ». Le marasme des affaires sied au teint des saturniens.

Flaubert sera moins porté par la conjoncture. Il arrive en 1850 dans une bourgade en plein réveil, au seuil de la reprise. Il y trouve des « petites rues, en pente, propres et désertes », et quelque chose d'apprêté, de faux, à ce Lourdes oriental déjà mieux fréquenté. « Comme c'est badigeonné, plaqué, verni, fait pour l'exploitation, la propagande et l'achalandage. » Après le violoncelle pointe le ricanement naturaliste et bouffe-curé. Qu'aurait-il dit aujourd'hui devant ce parc spirituel, avec ses itinéraires fléchés, ses embouteillages et ses parkings ! La bondieuserie le trouve ricanant, sarcastique et offensif. Le père de Homais va jusqu'à féliciter le voltairianisme de son anus, qui lâche un petit pet sous la porte de Jaffa, au moment d'entrer à cheval dans la Ville sainte. 1850 : le patriarcat latin est rétabli, les consulats européens s'installent, les fouilles reprennent. Les pèlerinages aussi. Et le bâtiment, à tout va. Trente mille âmes à Jérusalem en 1880. S'ouvre l'ère du *steamboat* et de l'Orient-Express. On comble les trous — huit siècles de négligence, après la débâcle des royaumes latins — en rattrapant le temps perdu, par de pieuses maladresses.

✧

Arrivant à Jérusalem en 1960 pour assister au procès Eichmann, très Katharine Hepburn dans *African Queen*, l'amie de Heidegger ne put réprimer un *disgusting* devant « une ville bruyante et laide, remplie d'une foule orientale comme on peut en voir au Moyen-Orient, les éléments européens étant vraiment repoussés » (lettre à Heinrich Blücher). L'avocat juif d'Eichmann, Servatius, elle le décrit, lui aussi, comme « huileux, habile et certainement corrompu » *(sic)*. « Une police qui n'est pas rassurante, ne parle que l'hébreu et a le type arabe ; parfois des types à l'air particulièrement brutal. Ils obéissent à n'importe quel ordre. Et aux portes, la populace orientale, comme si on était à Istanbul ou dans un autre pays semi-asiatique. Et parmi tout ce monde, très visible à Jérusalem, les juifs pies (orthodoxes portant des papillotes) et en caftan, qui rendent la vie impossible à toute personne de bon sens. » Aussi Hannah Arendt s'empressa-t-elle de s'éloigner du centre en changeant d'hôtel, pour échapper aux miasmes. Où ai-je lu que Theodor Herzl avait eu le même haut-le-corps en débarquant à Jaffa ? Phobie invétérée du microbe et du pouilleux, propre à ces deux hyper-Occidentaux, délégués l'un du bon ordre germanique et l'autre de l'hygiène nord-américaine dans les confins fétides de l'écoumène civilisé. Réflexe prophylactique du Blanc qui débarque : essuyer soigneusement ses couverts, boire de l'eau bouillie et saluer l'indigène de loin.

✧

J'étais venu plusieurs fois à Jérusalem, je ne m'étais encore jamais promené à Tel-Aviv. En flânant dans cette métropole spacieuse et bien ventilée, où les annonciers du modernisme émancipateur se sentiraient aujourd'hui comme à la maison, j'avoue ressentir un malaise opposé à celui de l'auteur qui releva la *banalité du Mal*. Berlin pieds dans l'eau ? L'Amérique en Méditerranée ? Miami chez les Bédouins ? L'indolence balnéaire séduit et déconcerte. « *Our town is arab free* », m'assure un chauffeur de taxi communicatif avec une fierté quelque peu amnésique. Découvrir tant d'Occident et si peu de mystère aux bords mystérieux du monde oriental : ce non-dépaysement dérange par un excès de familiarité. Les quartiers russes fleurent bon Odessa ; la vie nocturne, étonnante, Barcelone ; et le front de mer, la Promenade des Anglais. Un halo de Nouveau Monde consommateur, nonchalant, voué au *jogging* et au *high-tech*. J'ai beau me répéter que Godefroi de Bouillon et Pierre Loti n'ont pas de droits exclusifs sur le *mare nostrum*, me reprocher l'antienne du voyageur de haute époque en mal de dromadaires à clochettes, de piaulements de chacal, d'almées aux sourcils peints et de canges bariolées, déçu de retrouver tant de redingotes européennes sur le sentier des Rois mages (Loti, en 1914, se désolait déjà de clore « la longue série des pèlerins du mystère »). J'ai beau m'opposer que, de toute éternité, la Terre promise ruisselait de lait et de miel, denrées aujourd'hui *made in USA*, je ne peux m'empêcher de penser qu'une telle « villa dans la jungle » frise l'irréalité, une devanture Hermès à l'entrée d'un bidonville. Ce cossu, cette allégresse new-yorkaise, cet anglais omniprésent, ces épiceries comme chez nous ne signalent pas l'acculturation d'une bourgade arabe même récente, comme Amman en Jordanie née au début du siècle, en même temps que Tel-Aviv. On est plus proche de la transplantation d'organes, d'Europe vers l'Orient et sans concession à l'ADN local, à la tente, au mouton et au souk. Un chef-d'œuvre d'urbanisme rationaliste. Un exploit de la volonté. Mais peut-on vivre *dans* une région en étant si peu *de* la région ?

✧

La banalité du Bien ? Si le but était de devenir une nation comme une autre, l'Israélien peut crier victoire. Il fait bon vivre ici : des langueurs méditerranéennes ajoutent un zeste épicurien à une fonctionnalité atlantique et passe-partout. Schlomo Avineri, dont je lisais dans l'avion l'instructive *Histoire du sionisme*, craignait de voir grandir autour de lui une société consumériste, individualiste, dominée par l'économique, où s'évanouirait le sens de l'État et de la responsabilité sociale. Ce serait, dit-il, ramener l'exil dans l'État hébreu, et alors, à quoi bon cet État ? « Un pays qui ressemble à n'importe quel autre cessera d'être un foyer d'identification pour les Juifs de la Diaspora. » Et si Israël devient une petite Amérique *bis*, pourquoi, en effet, ne pas filer de suite en métropole (comme le font nombre de Russes récemment arrivés), quitte à verser son chèque annuel au Fonds national juif, bonne conscience oblige ? Elle est peut-être là, la « crise de l'israélité », dans le tiraillement entre le port et le temple, dans ce grand écart entre un trop de santé, sur la côte, et un trop de névrose, sur la montagne. Entre les yuppies et les frappés, entre la casquette de base-ball et la toque en queue de renard.

À Jérusalem, un « observant » me confiait il y a peu : « Je suis inquiet, Israël a oublié son choix et sa vocation religieuse. » À Tel-Aviv, un autre ami libre-penseur me souffle : « Israël a oublié sa vocation laïque et socialiste, cela devient inquiétant. » Et si, n'écoutant ni l'un ni l'autre, le Marais l'emporte comme il est probable et comme partout ailleurs (avec un énième *sea, sex and sun*), alors à quoi bon tant de sacrifices ? Et pourquoi venir, si l'on a déjà tout cela à la maison ? Si ce pays ne peut plus se penser en termes de destin et de vocation, qu'est-ce qu'on fait ici ? Je sens poindre alentour cette méchante question. Un signe de plus du délaissement, de la fragilité juive ? Sauf qu'il y a un nombre croissant d'immigrants qui repartent pour de bon, le chiffre serait un secret d'État.

Nous parlons de cette rassurante normalité, qui ne me rassure guère, avec Tobie Nathan, à une terrasse de café très Montparnasse, face au Centre culturel français en voie de finition qu'il dirige avec autant d'allant que d'intelligence. Il m'invite à venir faire une conférence. Interdit de séjour aux États-Unis, non agréé par la *french theory*, je l'exposerais à un four. Il me fait valoir, magnanime, que le *goy* folklorique peut attirer quelques ethnographes, mais nous convenons d'éviter la salle vide. Pour l'intérêt de son centre flambant neuf, mieux vaut qu'il recrute ses missionnaires parisiens dans le périmètre communautaire.

✧

Illumination. « J'ai vu quelquefois ce que l'homme a cru voir. » Au soleil couchant, du haut du mont Scopus, au pied de la tour allemande. J'ai aperçu hier soir un fin rideau de lumière perle, transverbérante, spectrale, tomber à l'oblique sur les montagnes ocre et rouge de Galaad et de Moab, au-delà de la mer Morte. Moïse, du haut du mont Nébo, Rimbaud, au creux de son grabat, ne furent pas aussi gratifiés. Ce fluide mystérieux rendait l'horizon surnaturel et donnait au Jourdain l'éthéré d'un mirage. Ce fut un rayonnement de fin du monde, non pas fuligineux, mais bleuté et féerique comme un premier matin. Elles visaient juste, les Écritures, la terre de l'aube sera aussi celle de la fin du monde, et la résurrection des corps aura lieu là où Adam est sorti de la glaise. J'ai envié Kirk Douglas, le veinard. On me dit qu'il aurait acheté à prix d'or, le malin, son carré mortuaire juste en face des murs de Saladin, dans le cimetière de l'espoir messianique. Pour être sûr de ressortir du trou, l'un des tout premiers, au jour J. Et recommencer une nouvelle carrière cinématographique ? Allons, pas de ressentiment. Hollywood d'abord.

✧

Trois enjambées séparent l'ancien du nouveau monde : on peut risquer ce saut à la perche, périlleux pour l'équilibre psychique, rien qu'en déboulant du nord au sud de l'*Old City*, le long de la rue el-Wad, ou bien deux cents mètres plus haut, en suivant le souk Khan. Entre l'Orient et l'Occident se dresse un portique de sécurité, avec des policiers israéliens armés (éthiopiens pour la plupart), situé juste avant l'esplanade du Kotel. Le long du Cardo, en revanche, plus éloigné du mur névralgique, il n'y a que des policiers, et pas de portique.

En un instant, on quitte un monde à l'étroit, populeux, sale, odoriférant, pour un autre, spacieux, hygiénique, coquet, aseptisé. On irait les yeux fermés que le nez-boussole donnerait la direction aussitôt : la frontière est olfactive. C'est putride et aromatique ici, désodorisé là. La prospérité ne sent pas. Le monde plein pue, comme le nôtre sous l'Ancien Régime, avec ses égouts au milieu de la rue. Ajoutons les carcasses de moutons se balançant au bout d'un crochet, les ordures rissolant au soleil, les mini-barbecues improvisés, les trottoirs en éventaires, et l'on a le XIVe siècle dans le nez. Cette puanteur a sa contrepartie, la parfumerie. L'encens dédommage de la pisse. Jasmin, santal, cannelle, fleur d'oranger, safran, origan, fenouil : toutes les variétés d'effluves. L'œil frustré par l'interdit de représentation, le mahométan prend sa revanche par les papilles et les narines : les boutiques d'épices, offertes en vrac au passant, sont des bouffées de fragrances, des défoulements inhabituels dont peut profiter le Nordique aux narines anesthésiées. Sans parler des pyramides d'oignons, de piments et de tomates dressées à même le pavé. Dotée d'une hiérarchie sensorielle qui lui est propre, chaque culture a sa balance des plaisirs. Il faut bien cette débauche de senteurs pour contrebalancer, en terre d'islam, la disette rétinienne : l'œil est puni, l'odorat comblé, il y a une justice dans les délices.

Côté arabe, aucune galerie d'art, des bazars de chromos ou des échoppes de lingeries hideuses — petites culottes et soutiens-gorge roses. Côté juif, de belles galeries artistiques, pas de sacs en plastique ni de canettes de soda sur le pavé (la voirie municipale fait attention), pas d'ânes ou de mulets chargés de hottes, pas d'immondices, pas d'enfants pieds nus. Trottoirs propres, grilles aux fenêtres, gardes armés, enseignes bilingues (anglais/hébreu), façades en pierre de taille toute blanche. C'est cossu et assez froid. Dans le monde plein, chacun fait salon dans la rue, hospitalière, et sans façon. La rue israélienne est comme chez nous un endroit qu'empruntent par force des individus pressés de sortir ou de rentrer, mais où l'on ne reste pas pour dormir, faire son frichti ou son joli cœur. Deux intensités urbaines sans rapport l'une avec l'autre. Haute et basse pression démographique, bactérienne, affective. Extraversion, exubérance. Introversion, méfiance.

La densité du quartier juif, qui occupe un tiers

en superficie de la vieille ville, est de deux mille cinq cents habitants au kilomètre carré ; elle est de soixante mille chez les Arabes et de seulement mille deux cents dans le quartier arménien.

Pas besoin de carte non plus, à l'extérieur des remparts, pour repérer où l'on se trouve. La partie arabe de la « Jérusalem réunifiée », c'est là où il y a des nids-de-poule sur la chaussée, des bennes-poubelles qui débordent, des réverbères cassés, des trottoirs non balayés, du gaz d'échappement sortant à gros bouillons des bus et des taxis collectifs, des sacs de plastique pendus aux fils électriques, des débris de tout jonchant les caniveaux. Des trottoirs archibondés de jour et déserts dès la tombée de la nuit. Les services municipaux, semble-t-il, ont mieux à faire à l'ouest. Cause ou contrecoup de cette incurie : le saccage, la souillure, le laisser-aller, plus frappants encore chez les Bédouins éleveurs de chevaux et de chèvres qui squattent les bicoques en ciment de Siloé et déversent par la fenêtre leurs ordures dans la cour ou sur la chaussée, où elles stagnent, au soleil, nauséabondes.

La mortalité infantile est deux fois plus élevée à l'est qu'à l'ouest de la ville.

✧

Promenade à Jérusalem-Ouest avec un ami israélien. Je lui demande :

— Y a-t-il un moment propice pour se faire exploser ?

— Oui, le matin. (Il a vu de ses yeux deux attentats.) Personnellement, je ne prends jamais le bus avant midi. Pour passer le soir à l'antenne, le kamikaze doit laisser le temps qu'il faut pour le montage et le commentaire. Cela se fait l'après-midi. Et puis, le matin, on a pris sa douche, on est propre, on peut monter retrouver les quarante houris en sentant l'after-shave.

À ces deux raisons objectives, médiatique et hygiénique, je serais tenté d'en ajouter une troisième, plus psychologique : le lever du jour incite aux « grandes résolutions », et aux moins bonnes. La vie, dit-on, est faite de matinées, la mort volontaire aussi. Nul ne se sent d'attaque à l'heure de la sieste, et à la tombée du jour le doute gagne. Comme l'ombre. On flageole. On rêvasse. Tentation de Venise. Mélancolie. À quoi bon. Allons nous coucher. Demain sera un autre jour. Personne n'a eu l'idée de conquérir le monde ou de gagner le paradis au crépuscule. Les idées folles sont du matin. Mon ami a raison : je prendrai le bus après le déjeuner. Seul. Si j'avais ici des enfants, bien sûr, je ne les laisserais monter à aucun moment de la journée. Des meurtriers aussi indélicats sont capables de ne pas respecter l'horaire.

## 2. « Ce qu'il y a dans l'homme »

*Comme il était à Jérusalem pour la fête de la Pâque, beaucoup virent les signes qu'il faisait et se fièrent à son nom. Mais Jésus, pour sa part, ne se fiait pas à eux, car il les connaissait tous. Il n'avait pas besoin de témoignage sur l'homme, car il savait ce qu'il y a dans l'homme.* Jean, II, 23-25.

S'il est un lieu pour la croisée des chemins, c'est bien la ville-matrice, point de rencontre où chacun évite l'autre de son mieux. Parmi les renseignements fournis par le séjour, je n'en vois pas de plus précieux que celui-ci : le bonheur de se tourner le dos fait partie de « ce qu'il y a dans l'homme ». Et la passion d'ignorer l'autre peut faire bon ménage avec celle de l'étude. Un signe au cours de notre séminaire sur les Lieux saints, question sur laquelle se sont brisées *in extremis* toutes les négociations de paix, à Camp David et ailleurs. Après un remarquable exposé sur la conception hébraïque de la sacralité, un représentant du grand rabbinat évoque la ligature d'Isaac comme un legs indivis entre juifs et musulmans. Il est surpris de se voir interrompre par un collègue palestinien : c'est Ismaël, non pas Isaac, que l'Abraham du prophète prend au collet. Installé sur une terre imbibée d'islam pendant quatorze siècles, le sage ferré à glace sur le Pentateuque n'avait pu s'enquérir de la tradition musulmane à ce propos. Son homologue ashkénaze, peu après, nous dit son étonnement d'avoir vu, au cours d'un voyage au Maroc, les musulmans se déchausser au seuil des mosquées. À l'est de Jérusalem, ce n'est pas l'empilement de savates qui manque, et la route n° 1 qui divise la ville entre mosquées et synagogues sur près de trois kilomètres est traversable à chaque feu rouge. Ainsi se côtoient Israël et Ismaël : deux espèces aussi peu interfécondes, aussi impropres au croisement que lion et tigre. Dieu se divise-t-il pour mieux régner ?

J'aurais chassé cette mauvaise pensée si je n'avais vu un autre intervenant, quelques minutes plus tard, palestinien et hiérosolymitain de naissance, esprit cultivé et généreux, tomber des nues en apprenant de la bouche des deux mêmes rabbins qu'il est interdit à un juif orthodoxe de fouler le Haram al-charif. Il risquerait alors, impur comme il est, de profaner le Saint des saints (faute qu'il soit exactement localisé sur l'esplanade). Dieu seul est autorisé à rebâtir le Temple, et ce serait sacrilège que d'oser le devancer en accélérant la fin des temps. En faisant effraction en plein cœur du cœur, le Premier ministre Sharon se serait donc conduit en nationaliste agnostique, non en juif scrupuleux. L'ami arabe, qui se frotte aux Juifs israéliens depuis un demi-siècle, ignorait ce point de doctrine qui, sans faire l'unanimité (il y a beaucoup de récalcitrants), constitue l'orthodoxie rabbinique. Dans ce feu croisé de muezzins, de cloches et de schofars, les tympans vibrent, par force, et n'entendent pas. Aucun Premier ministre israélien ne s'est adressé aux Palestiniens, pour évoquer leurs souffrances. Et jamais Arafat n'a interpellé les Israéliens, pour évoquer l'Holocauste. Il s'était vu refuser l'accès à Yad Vashem. Les vases supposés communicants de cette cornue du diable sont rigoureusement étanches.

Se côtoyer sans se voir ni s'écouter, cet idéal de

confort, cette universelle promesse de bien-être atteint ici son plein accomplissement. Le grand Jérusalem n'a que sept cent mille habitants. Et l'*intra-muros*, l'*Old City*, regroupe trente-quatre mille âmes sur un kilomètre carré, en quatre étroits quartiers à la fois singularisés et collés l'un à l'autre (juif, chrétien, musulman et arménien). La volonté de ne pas savoir y prend un relief d'à-pic, quoique personne n'en ait cure, chaque monde se prenant pour le monde. C'est, paraît-il, un privilège que de pouvoir, débarquant dans la cité de David, choisir de résider au XIIe, XIXe ou XXIe siècle, selon que le nouvel arrivant opte pour Godefroi de Bouillon (dont l'épée est suspendue dans la sacristie des franciscains) ou le Bauhaus de l'Ouest ou le shtetel à l'heure de Napoléon dans Mea Shearim. Une fois rallié son port d'attache, dans l'espace et le temps, on pourra alors tirer le rideau sur les autres planètes. Comment lui donner tort ? On vit bien mieux entre soi, en ne parlant pas la langue de son voisin, en ignorant ses jours de fête, et en le tenant lui-même pour une graine d'assassin. Se voir soi-même avec les yeux de l'autre, fût-ce un instant, c'est le début du malheur.

Il y a un étudiant arabe sur dix à l'université du mont Scopus, qui fait des efforts. Et dans maints hôpitaux, on voit se côtoyer médecins et patients. Mais pour l'ordinaire, un Juif ne va pas à l'est (les chauffeurs de taxi eux-mêmes renâclent) : peur du coup de couteau (il y en a eu). Et un Arabe ne va pas à l'ouest : peur du contrôle d'identité (il n'y en a pas toujours). Où est-il passé, le lieu cardinal, dans ce dos-à-dos ? Chaque communauté a son circuit préaffecté, balisé d'avance. Venus de Paris ou de Rome, les pèlerins cathos rencontrent leurs frères dans les sanctuaires cathos. Les orthodoxes russes ou grecs palabrent entre eux au pied des icônes. Les Juifs de la Diaspora rendent visite aux Juifs d'Israël. Quant aux musulmans de l'*oumma*, fussent-ils originaires d'Égypte ou de Jordanie, pays qui ont des relations diplomatiques avec Israël, ils se refusent en général à visiter al-Qods, même à l'est, pour ne pas se compromettre avec « l'occupant sioniste ». Ils n'auraient d'ailleurs pas de visa. Les Français ont deux centres culturels à moins d'un kilomètre l'un de l'autre, Romain-Gary, à l'ouest, et Chateaubriand, à l'est, dont les budgets ont à souffrir de l'étanchéité des âmes collectives. Les intellos et romanciers français invités au Salon du livre israélien qui viennent au centre culturel de Tel-Aviv montent le lendemain à Jérusalem conférencier au centre Romain-Gary, mais n'auraient pas l'idée de traverser l'avenue pour faire bénéficier de leurs talents l'établissement de la Jérusalem arabe. Les sujets de conférence ne peuvent pas toujours être les mêmes de part et d'autre, mais faut-il être borgne pour être un « grand intellectuel » ? À l'inverse, les artistes maghrébins ou du Machreq, chanteurs, cinéastes, photographes, qui viennent présenter leurs œuvres dans nos petites salles de Ramallah ou de Naplouse, refusent de pousser y compris jusqu'à Jérusalem-Est parce qu'ils mettent, me dit le directeur du centre de Salah el-Din, tous les Israéliens dans le même sac, y compris Amos Gitaï. Le mot d'ordre chez les Arabes est d'en rencontrer le moins possible (toute infraction leur coûterait cher une fois rentrés chez eux). Le sectarisme va croissant, observe le directeur du centre culturel côté palestinien, qui y est revenu après vingt ans. Comme à Jérusalem-Est, les rues se vident vers dix-sept heures, par crainte des barrages volants et des rafles (chacun préférant rester chez soi devant sa télévision) ; il doit avancer l'heure des soirées, mais a de plus en plus de mal à remplir la salle. Il s'arrache les cheveux. La semaine dernière, pour plus de sécurité, il a programmé des musiciens de Cisjordanie, qui vivent à vingt kilomètres. Retenus deux heures au *check-point*, ils l'ont appelé pour se décommander *in extremis*. Plus de programmation possible. Jusqu'à quand cette fenêtre sur l'extérieur va-t-elle rester ouverte ?

«En étrange pays dans mon pays lui-même » : plus on parle de mondialisation, moins on parle à son voisin. Plus on voit d'oreillettes dépasser des tympans, plus on rencontre de sourds. Débat, forum, colloque, congrès : « C'est quand la chose manque qu'il faut mettre le mot. »

✧

Le « pays de l'Alliance » : j'ai tardé à comprendre qu'il s'agissait des États-Unis d'Amérique. Astucieux euphémisme, à cheval entre théologie et stratégie. Il ne manque pas de signes pour croiser les deux histoires, les deux sociétés, qui se superposent chaque jour un peu plus. Indépendamment de l'arrière-plan biblique et des invocations officielles au Très-Haut, ce sont deux pays d'immigrants venus de partout, deux *melting-pots*, deux sociétés multiculturelles (trait encore plus sensible en Israël, avec ses Russes, ses Éthiopiens, ses Polonais, ses Africains, etc.). Il y a aussi le goût de l'action, la fierté de la force, la culture de la frontière et l'aventure pionnière comme saga nationale. Dont un anthropologue peut légitimement s'inquiéter, ainsi que le montre telle remarque de Lévi-Strauss, pourtant allergique à l'islam, à Raymond Aron : « Ma perception de la conjoncture israélienne reste subordonnée à une autre à laquelle je suis encore plus sensibilisé : celle qui se produisit il y a quelques siècles de l'autre côté du monde, quand d'autres persécutés et opprimés vinrent s'établir dans des terres occupées depuis des millénaires par des peuples plus faibles encore, et qu'ils s'empressent d'évincer. Je ne puis évidemment pas ressentir comme une blessure fraîche à mon flanc la destruction des Peaux-Rouges, et réagir à l'inverse quand des Arabes palestiniens sont en cause. » Cela dit, et sans nier les chassés-croisés historiques et abrahamiques, j'oserai soulever une objection à cette façon de mettre sur le même plan deux *challenge and response* irréductibles l'un à l'autre. Qu'une minorité en ballottage depuis les origines se vive en peuple élu, bravo ! cette folie douce permet de tenir dans les coups durs. Le faible sur terre s'allie au fort du ciel. C'est de bonne guerre psychologique. Le peuple hébreu n'aurait pas survécu sans ce « délire d'interprétation » dont l'Ancien Testament constitue pour des yeux impies le dossier clinique. C'est un autre cas de figure que l'alliance du fort au fort. Élection divine plus superpuissance terrestre, c'est trop ! Le vase déborde. Les États-Unis, nouvel Israël ? Un confident de la Providence qui a de surcroît la première armée et la première devise du monde devrait inspirer au pékin, aux nations moyennes, qui n'ont pas la chance de pouvoir donner à leurs coups de folie la caution d'un *Manifest Destiny*, un réflexe de sauvegarde. L'absence de frontières communes avec les pays que les États-Unis agressent ou occupent permet au lointain boutefeu (même après le 11 Septembre) la bastonnade sans retour de bâton. Quand ça brûle chez le voisin, chacun cherche de l'eau pour éteindre le feu. Cette sagesse du voisinage, la grande île en est dispensée. S'il ne tenait qu'à moi, passager du vaisseau *Terre*, je déclencherais de suite la sirène de détresse. Tous sur le pont, les amis. Un dangereux dans les parages.

✧

Le transport aérien donne à Chateaubriand une progéniture inattendue mais photogénique. Rien qu'en deux semaines — un clignement de paupières — j'ai pu voir une demi-douzaine de candidats des deux sexes à toutes sortes d'élections refaire, non par écrit mais pour l'écran, l'itinéraire de Paris à Jérusalem. En quête de quoi, nos sprinters ? Le « vote juif » ? La pose devant le Mur avec une kippa ? La crédibilité internationale ? Charles E., journaliste courageux et chevronné, tempère l'admiratif ébahissement que m'inspirent ces galopeurs photosensibles venus ratifier *in situ* leur opinion déjà faite. « Écho médiatique garanti, me rassure-t-il sur un ton goguenard, reprises assurées. Ici, impossible de passer inaperçu : un maximum de micros dans un minimum de mètres carrés. » Passion française et obligation professionnelle : le raid sur Jérusalem devient le pèlerinage à La Mecque de nos champions en lice. D'où la bousculade. Pour l'inscription de la bleusaille sur la liste d'aptitude, la photo aux côtés du Premier ministre du moment est un *must*. Les plus audacieux ajoutent un saut d'une heure à Ramallah. Comme un vol de gerfauts hors du vivier natal, ivres d'un rêve domestique et trivial, nos aspirants au destin national font trois petits tours et puis s'en vont. Tels des jaquemarts d'horloge à la cathédrale de Strasbourg, ils jaillissent de l'aéroport Ben Gourion pour une course inutile et prévisible, avant de s'en revenir le lendemain frapper nos heures électorales au petit écran. Au consulat de France, camp de base commun aux deux équipes sportives, chargé des tâches ingrates de la logistique (voitures, sauf-conduits, cars pour la presse), une fine mouche m'a fait remarquer que l'intérêt réel d'une personnalité pour cet arrache-cœur était inversement proportionnel au nombre de journalistes dont elle se faisait escorter.

Je me souviens d'avoir goûté jadis ces rapidités d'embarquement et d'exfiltration (l'aéroport sans temps mort ni file d'attente est, avec le chauffeur en ville, le dernier luxe des nantis). Vus de loin, ils sont plutôt à plaindre, les pros du *Voyage Potemkine* (comme les villages du même nom). À peine sur le tarmac, les voilà fourrés dans un véhicule à vitres fumées, dûment chapitrés par l'ambassadeur entre l'aéroport et la capitale, aussitôt munis des « éléments de langage » adéquats (sous forme d'un dossier récapitulatif des déclarations officielles précédentes), qu'ils restitueront tels quels à la sortie, en conférence de presse, pour avoir une chance de passer à l'antenne à leur retour. Ils sautent d'une cérémonie, d'un palace, d'une grande ville à l'autre, sans jamais se rendre dans les campagnes (quand c'est dans l'arrière-pays que les choses se décident), n'entrevoient que des interlocuteurs habilités, clients sans surprise, et repartent en missionnaires accomplis. En Israël, la tournée d'autopromotion exclut les territoires occupés, et tout ce qui touche à Gaza (raison de sécurité). Au Liban, après la guerre de 2006, elle excluait la banlieue sud de Beyrouth et la zone méridionale parce qu'il eût fallu prendre contact au préalable avec le Hezbollah, et qu'un homme de bien ne fraye pas avec les méchants. La sortie des rails se paie cher. Les candidats en lice ont donc vu les gens à voir, écouté ce qu'il faut entendre, et ils rediront d'une voix soucieuse, à Paris, mais avec l'auréole du « terrain », ce que le téléspectateur a déjà entendu cent fois. Protégées par l'entourage de tout contact fâcheux, nos étoiles filantes excellent dans cette circulation circulaire de l'information qui fait la fortune des décideurs en métropole et, sur place, des hétacombes. Envahir l'Irak en cinq sec, occuper l'Afghanistan sans y être appelé par personne et qualifier un mouvement national œuvrant à ciel ouvert d'organisation terroriste : à ces simplismes tôt ou tard suicidaires pour les farauds de l'ingérence ne contribuent pas peu les rezzous *P.O. and P.R. (photo opportunity and public relations)*, qui font la une de nos journaux.

Par un fait exprès, la terre des temps longs attire plus que d'autres les gens pressés (je ne m'excepte pas du lot). « Vers l'Orient compliqué, je volai avec des idées simples » ? Illustre raccourci. On oublie que le commandant de Gaulle, à la tête des deuxième et troisième bureaux de l'armée du Levant, a résidé deux années durant (1929-1931) dans la région (adresse à Beyrouth : 268, rue du Chouf, anciennement Tadman, 1er étage, clés chez la concierge). Il y est revenu en 1942 avec des vues expéditives parce qu'il avait traîné ses guêtres dans tous les recoins du pays du Cèdre, ainsi qu'en Palestine et en Syrie (sans cacher, au début, un haut-le-corps devant « l'incroyable grouillement » levantin). Les avis décantés par une longue distillation n'ont que le concis en commun avec les idées de survol. Quai d'Orsay, Foreign Office et State Department ne devraient ouvrir leurs portes capitonnées qu'à d'ex-flâneurs qui demeurèrent longtemps errants dans Césarée, des apprentis Antiochus traînant leur ennui dans un Orient désert, de rêveuses Bérénice sac à dos et nez au vent. Sans contraintes d'agenda. Sans téléphone portable. Comme Germaine Tillion avant guerre dans les Aurès ou Jacques Berque dans le Rif. Seuls ces vagabonds feront, sur le tard, gagner du temps à leur pays, pour avoir su en perdre dans leurs jeunes années... Remarques d'un serviteur bénévole de l'État ayant atteint la limite d'âge (jeunes loups et louves entrant dans la carrière s'abstenir). L'insolence d'un senior *off-limits* n'a pas grand mérite. La preuve.

En fait de raccourcis, il est frappant que le « peuple d'élite, sûr de lui et dominateur » soit amputé deux fois sur trois, non sans arrière-pensées, de son « d'élite ». La mémoire collective est caricaturale, et le dessin de Tim montrant un déporté en pyjama en posture de Napoléon, la main sous le gilet, a fait son œuvre. Ravageuse. De Gaulle a été ici victime de la période ternaire qu'en bon élève des jésuites il affectionnait tant. Il manque à l'évidence un « et qui a si cruellement et longuement souffert ». Cette lacune est fort bien comblée dans d'autres passages de la fameuse conférence de presse de novembre 1967 magnifiquement balancée, d'où est tirée la formule célèbre. Il y exprime sa grande estime pour le peuple israélien (qu'il redira ensuite dans une lettre personnelle à Ben Gourion). Ses contempteurs empressés feraient bien de la relire dans son intégralité, elle pourrait dater de ce matin. De Gaulle y annonce la gangrène qui va se déclarer après la guerre victorieuse des Six-Jours : l'enchaînement du terrorisme et du contre-terrorisme, les nouvelles guerres à venir, les périls d'une victoire à la Pyrrhus. Il y avait quelque chose d'offensant dans la clairvoyance du vieil homme. De là le besoin, en particulier chez les songe-creux qui, sur le sujet, n'ont cessé de battre la campagne, de s'en revancher par une citation tronquée et malveillante.

✧

Grimpant dans la vieille ville sur le toit de l'hôtellerie autrichienne, je découvre dans le quartier arabe qui, congestionné et faute de place, a poussé en hauteur, un panorama de terrasses aménagées, hérissées de guérites ou de casemates, avec des étoiles de David flottant fièrement çà et là. Les maisons des Palestiniens sont achetées à prix d'or, d'autres font l'objet d'expulsions, on m'a montré un dernier étage appartenant à Sharon. La conquête opère par les toits, de haut en bas — à partir d'une tourelle de guet, d'une cahute d'observation où veille jour et nuit un colon armé. Une famille arabe peut nicher aux premier et deuxième étages d'une maison néanmoins sommée d'un drapeau israélien blanc et bleu. Pénétrant dans l'un de ces labyrinthes où se côtoient, l'un par-dessus l'autre, des copropriétaires hostiles qui s'arrachent chaque mètre carré, et empruntant un escalier tout délabré, je me suis retrouvé presque nez à nez avec le dôme d'al-Aqsa, à deux pas. C'était le campement d'une jeune famille de colons. Le linge séchait sur la terrasse transformée en débarras, comme à Naples. Carreaux cassés, fenêtres grillagées, détritus, ferrailles. Des chiottes porte battante sur le palier. Coiffant ce décati branlant qui semblait du dehors à l'abandon, une guérite ultramoderne, vitrée et barbelée, où, devant un petit mur d'écrans vidéo, un guetteur à kippa contrôle ses caméras de surveillance, installées dans les escaliers et la ruelle en contrebas.

En fait, c'est moins l'invraisemblable enchevêtrement des bicoques en dispute que le drapeau piqué un peu partout sur les toits qui fait réfléchir. Est-ce celui d'un État ou d'un credo ? La réponse serait ambiguë parce que c'est vraisemblablement les deux. L'étoile de David entre ses deux bandes bleues horizontales (qui symboliseraient pour certains le Nil et l'Euphrate, les limites bibliques de Canaan) enjambe les frontières que nous avons dressées entre Dieu et César. En France, les cathos ultramontains avaient leur bannière — les armes papales sur fond blanc — et les patriotes républicains les trois couleurs. Ici, les deux mouvances ont un seul et même emblème. C'est comme si en 1830 on avait mis la croix dans le blanc, entre le bleu et le rouge. En Israël, la religion s'encastre dans la nation et *vice versa* : les deux ont la même taille. Cela fait un pays bien campé. L'*oumma* a des contours plus flous et mal dessinés. Le judaïsme s'ajuste, l'islam flotte. Les États arabes sont trop petits pour lui ou l'*oumma* est trop large pour chacun d'eux. Ça ne colle pas bien. Avantage du credo fait maison : le compactage. Inconvénient : la religion patriotique. Pour témoigner de sa foi en Dieu, l'homme pieux hisse le drapeau du régiment et s'en va faire le hussard sur les toits.

## 3. Ces lieux où s'essouffle l'Esprit

*Comme il sortait du temple, un de ses disciples lui dit : Tu vois, maître ? Quelles pierres ! Quels bâtiments !*

*Jésus lui dit : Tu regardes ces grands bâtiments ? On ne laissera ici pierre sur pierre qui ne soit défaite.* Marc, XIII, 1-2.

*Jésus lui dit : Crois-moi, femme, l'heure vient où ce n'est ni sur cette montagne ni à Jérusalem que vous adorerez le Père. [...] Dieu est esprit et ceux qui adorent doivent adorer en esprit et en vérité.* Jean, IV, 21-24.

Infidèles à l'Esprit, les fidèles qui font la queue devant des pierres, des collines et des bâtiments, à la recherche de ce qui ne doit pas y être ? En bonne doctrine, le sacré est dans les choses et seul l'homme est saint. « Lieux saints » ne fait pas partie du lexique de Jésus, le terme n'apparaît qu'avec Eusèbe de Césarée, vers 330, quand cette foi nouvelle qui adorait un céleste SDF et rêvait de nous désengluer fut retombée dans la soupière. Aucune mention de terre sainte, d'une *Aghia ghè* dans les Évangiles, alors que l'*Adamat qodesh*, litanie juive, est présente dès l'Exode, reprise en leitmotiv dans Josué, Zacharie, etc. Un juif croyant est diminué s'il quitte Eretz Israël, et augmenté s'il y « monte ». Pas le chrétien. *Substantive* pour le frère aîné, la géographie sacrée ne peut être que *substitutive* pour le cadet, parce qu'il habite en puissance la terre entière et qu'il a pour vrai temple un corps d'homme, au reste remonté au ciel. « À demain le Christ » n'invite pas à prendre le train ou l'avion, comme à demain Jérusalem, Rome ou Lorette...

Alors, pourquoi ces sacrés Lieux saints ? Et leur inflation ? Le *statu quo* de 1852 reconnaissait officiellement neuf lieux saints chrétiens et deux judéo-musulmans, le mur des Lamentations et le tombeau de Rachel, près de Bethléem. Un siècle plus tard, les diplomates français montaient à soixante-dix, en incluant, il est vrai, écoles, hôpitaux et communautés. On approche aujourd'hui, la religion populaire aidant, des trois cents. À la tête du client. Et rien que pour les chrétiens, la custodie franciscaine en reconnaît, recense et aménage aujourd'hui vingt-sept en Judée et dix-neuf en Galilée. Le « badigeonné, plaqué, verni, fait pour l'exploitation, la propagande et l'achalandage » dont parlait Flaubert, ce ne sera bientôt plus Lourdes mais Disneyland. Le plus vieillot de ce bâti labellisé — chapelles, églises, grottes, maisons, tombeaux — a l'âge du Sacré-Cœur et de la tour Eiffel, le plus récent, comme la basilique de Nazareth, le *Dominus flevit* du mont des Oliviers, cadeau de nos années 1950, celui du *baby-boom*. L'authentique en vrac a disparu sous le faux refait à neuf, colorisé et post-synchronisé. Ainsi, ce pauvre *Garden Tomb*, à côté du couvent Saint-Étienne, le Golgotha protestant inventé par les Anglais en 1883, vers où convergent les cars de Nigérians, d'Ougandais, de Kenyans, tous les Africains anglophones. Un Viollet-le-Duc en maître d'œuvre aurait respecté le génie du lieu, et quelque chose serait resté des aquarelles mélancoliques de David Roberts, le voyageur-paysagiste anglais du XIXe siècle qui sut, avec ses ocres et ses fauves, rendre le minaret antique et le Bédouin gothique.

Chez lui, comme chez Hubert Robert, les ruines se fondent si harmonieusement avec le paysage qu'on ne sait plus ce qui appartient à la nature et ce qui relève de la main des hommes. Des pièces aussi rapportées, ou plutôt parachutées dans le paysage, ne permettent plus ce délicat fondu enchaîné avec les environs qui faisait la trouble poésie des ruines. L'admirable vue qu'offre le mont Sion rachète les coloriages de crèche municipale qui couvrent les murs néo-byzantins de Saint-Pierre-en-Gallicante à Jérusalem, où l'on a supposé une prison du Christ, mais on ne peut en dire autant de la triomphaliste basilique de l'Annonciation au fond de la cuvette de Nazareth, baptistère néo-florentin achevé en 1969, en béton brut et frigide, qui a autant d'âme qu'un hall de gare au petit matin. Bref, une dévotion insipide a coupé la route du vertige, celle du vestige aussi, et, au lieu de méditer en romantique bien appris sur l'envol du temps et la précarité des choses humaines, on le fait, plus drôlement, sur l'incongru du fac-similé et du Bon Marché de la foi. Ces lieux de mémoire qui sont au souvenir de Jésus ce que le bavardage est à la parole — exception faite des constructions croisées, la petite salle gothique du Cénacle, près de la tombe de David, ou la pure église romane de Sainte-Anne, près de la porte des Lions —, je ne suis pas loin d'y voir une diablerie anticléricale, un entrisme détourné du petit père Combes dans l'architecture pieuse pour déstabiliser la calotte. Cette idolâtrie *modern style*, auprès de laquelle Vishnou aux cent bras semble un avatar sclérotique de l'Être suprême, j'imagine qu'elle a dû susciter chez les pèlerins nombre de conversions instinctives au protestantisme, voire au judaïsme iconoclaste. Sans aller jusque-là, je respire mieux chez les anglicans et les luthériens, sous les voûtes de l'église du Christ près de la porte de Jaffa ou celle du Sauveur dans le quartier des Mouristans, sanctuaires plus décents, quoique blêmes et sévères. Le protestantisme, version luthéro-réformée, n'est pas une religion d'été (le coup de chaud pentecôtiste a fait depuis remonter la température côté Réforme). D'où le classique dilemme du dilettante : mourir de honte chez le barbouilleur catho ou d'ennui devant le constipé huguenot. Pour échapper à cette fatale alternative, quand on reste de glace devant vermeils et vermicelles, hors d'état d'appareiller vers un quelconque au-delà, je conseille de fermer les yeux et de prier pour le retour du minimalisme apostolique.

On en est loin. Force est d'admettre devant ce sirupeux bric-à-brac que Jésus a mis la barre trop haut, qu'il a présumé de nos forces avec cette spiritualité de l'errance, son culte du privatif et du secret. Nous, on a besoin de coude-à-coude et de s'arrimer, de temps à autre, à des pierres qui aient l'immense vertu, contrairement à nous, de rester là où elles sont. Hugo délirait moins sur le sujet. « Dieu, cela n'est pas, tant que ce n'est pas en pierre. Il faut une maison pour mettre la prière. » Parce que le bipède saisi par la grâce n'est pas transporté au ciel *ipso facto*. Et qu'un nom traversera mieux le temps s'il peut se rapporter à un lieu défini. Seul un pur esprit peut passer outre, mais chez nous, les grossiers et les lourds, « qui veut faire l'ange fait la bête ». La preuve, les adeptes de la Divine Absence finissent par embrasser des pierres : la Kaaba de La Mecque, une météorite, et le mur des Lamentations, un empilement cyclopéen. Iconoclastes au départ, pétrolâtres à l'arrivée. Jacob, à Béthel, érigea en stèle la pierre dont il fit son chevet et bientôt la porte des cieux : c'est l'origine de nos *bétyles*, les pierres sacrées tombées du ciel et dont on ne trouve pas trace chez les chrétiens prétendus idolâtres. Ne vaut-il pas mieux pactiser d'emblée avec la matière pour ne pas, à la fin, tomber à genoux devant un menhir ? Composer avec l'Image comme avec le Lieu, ce n'est sans doute qu'un demi-mal, qui prévient du pire. Jésus n'avait pas de pierre où reposer sa tête, mais c'était un dieu.

Le papivore ne vit pas que des mots qu'il mastique. Thomas incrédule veut poser sa patte, sa pancarte, son graffiti. Le fémur de l'abbé. Le tombeau du martyr. La chair est faible hélas et lire n'est pas assez. Le « il était une fois » réclame toujours un « c'est bien là ». Quitte à forger des traces où il n'y en avait pas, et à se mentir pour se prouver qu'on est dans le vrai. Le pèlerin a bien raison de pèleriner. Le transport transforme, à l'ordinaire en mieux, et les mobilités régénèrent. Jésus lui-même n'a pas arrêté de pérégriner. Vers le Temple, le plus souvent. Preuve qu'il faut donner à la transfiguration ascensionnelle du bipède un but sur la carte, un point à atteindre, un trésor à contempler. Et à défaut de Temple, une hostellerie, un repère, une date de fête pour arriver à bon port, et un guide du routard (le premier fut l'*Onomasticon* d'Eusèbe de Césarée, au début du IV^e^ siècle). Les premiers affiliés au grand tour (le paumier allait à Jérusalem, le romier à Rome) ont d'eux-mêmes balisé, après Constantin, une Palestine jusqu'alors très faiblement polarisée, non sans rédiger avant de partir leurs dernières volontés, tant le voyage était risqué. Ce sont les pèlerins qui ont fait le lieu saint, cet enfant de l'amour, et non l'inverse. Au point que les endroits du miracle — multiplication des pains ou réveil de Lazare — ont bougé en Palestine au cours des siècles, au gré des dangers de la route et des commodités d'accueil. La topographie a rattrapé par le colback une Bonne Nouvelle éprise d'ubiquité et qui s'en battait l'œil. L'histoire est présomptueuse, le géographe lui apprend la modestie.

L'anticlérical ricane, et je l'imite plus qu'à mon tour (autant que de besoin). Mais je me garderais d'oublier que sur le marché des biens de salut, où le client est roi, c'est la demande qui fait l'offre. Le clerc obéit au laïque, c'est même sa vocation. Il suffit d'apercevoir l'œil hagard, implorant, des fidèles agenouillés au pied d'un calvaire en toc, ou l'impérieuse docilité du pénitent balançant sa petite croix dans la Via Dolorosa pour savoir qu'il eût été pour le moins déplaisant que les clergés ne leur en donnent pas pour leur attente (et pour leur argent aussi). Voltairiens et mystiques, qu'unit secrètement le dédain de ces petites gâteries et qui se moquent les uns comme les autres d'aller toucher les doigts de pied de saint Pierre à Rome, partagent la même folie présomptueuse : ils négligent le biologique et les handicaps à vie du prématuré de naissance. Ils dénient aux enfants du bon Dieu ou de la Raison leur petit corps blessé, fragile, toujours en quête d'un territoire, en mal de nidation. Nous aussi, les agnostiques, à qui la crémation de nos proches laisse, si j'ose dire, un goût de cendres, nous trouvons bon que nos fantômes familiaux aient une adresse dans un cimetière, où nous puissions leur rendre visite de loin en loin, à dates régulières, pour avoir le sentiment du devoir accompli, comme le pèlerin. Nous sommes saturés de ces non-lieux indifférents et tous pareils que constituent aéroports, supermarchés, stations d'essence, péages, etc. Cela donne le tournis à la fin et redouble notre appétence pour l'adresse fixe, le repère de longue durée interchangeable avec rien d'autre, et qu'aucune mondialisation, aucun calcul coût-bénéfice ne pourra *délocaliser*.

Une différence cependant entre Égérie ou le pèlerin de Bordeaux, ses successeurs et nous : bourdon au poing et coquille Saint-Jacques au cou, nos aïeux avaient un trop-plein de mémoire pour un pas-assez de lieux. Et nous, un déficit de mémoire pour un excédent de lieux. La situation s'est inversée. Nous ne lisons plus les Écritures, dont le décor, l'image aidant, nous est devenu plus familier. Ce déséquilibre affecte le profane aussi. Abbayes restaurées, maisons d'écrivain, cimetières-musées, palettes commémoratives dans les rues de Paris, plaques au-dessus des portes. La signalétique fleurit, le signifié se fane. La vogue des « lieux de mémoire » ne saurait cacher que notre mémoire s'essouffle à rattraper les lieux que le tourisme commémoratif met à sa disposition, parce qu'elle est de moins en moins disponible. L'industrialisation du symbolique, originalité de notre XXe siècle, a décuplé l'offre visuelle de ressourcement à mesure que le déclin de l'école et la fin des humanités en tarissaient la demande intime. Nos cœurs se sèchent, et nous ployons sous un déluge de dépliants tentateurs et d'invitations quadrichromes à faire retour à ce qu'on nous assure être notre point de départ. Cette crise de trésorerie des mémoires collectives — moins d'encaisse, plus de monnaie — n'a pas peu contribué à la pantomime de la culture à laquelle le « tourisme spirituel », bien malgré lui, n'échappe pas. Si le zèle des mieux préparés reste sur sa faim devant les boutiques de sulpiceries et les colonnes antidatées de la synagogue de Capharnaüm, ils garderont par-devers eux la désillusion suscitée par le contraste entre la signification de l'Événement et l'insignifiance du spectacle. Le plus fréquent dans les voyages organisés, où un troisième âge harassé consomme en une semaine et au pas de course plus de lieux qu'il ne peut en digérer, c'est plutôt un trop-plein de significations pour un temps trop court, avec en prime assez de cors aux pieds et de mal au dos pour réclamer toutes affaires cessantes Minou dans son panier, au salon, à Paris. Pour ma part, je m'en tiens à un diagnostic déjà ancien. « Les saints lieux ? Impression nulle. Ce qu'on voit ici de turpitudes, de bassesses, de simonie, de choses ignobles en tout genre dépasse la mesure ordinaire. Ces lieux saints ne vous font rien. Le mensonge est partout et trop évident. Quant au côté artistique, les églises de Bretagne sont des musées raphaélesques à côté. » Flaubert à sa maman, Jérusalem, 20 août 1850. Rien à ajouter. Encore le bougon n'avait-il vu que le premier acte de l'opérette.

Décidément, si l'Esprit souffle quelque part dans cette ville, c'est du côté des ombrageux qui montent la garde à l'écart. Les desservants valent mieux que leurs sanctuaires — congrégations, communautés, prêtres et moines — et la remarque vaut sans doute pour rabbins et imams. Je soupçonne en tout cas la Jérusalem chrétienne de mener une double vie, étude et prière d'un côté, signes de croix de l'autre. J'ai parfois l'impression que pour les dominicains, jésuites ou assomptionnistes derrière leurs portes closes, le Saint-Sépulcre, la basilique de Nazareth et le Cénacle sont assimilables à de mauvais lieux, établissements un peu louches à contourner, genre Moulin de la Galette et Crazy Horse. Avec lesquels, du moins, ils entretiennent les mêmes rapports évasifs qu'un Parisien de souche avec la tour Eiffel, ou un Cézanne à son chevalet avec la Sainte-Victoire en carte postale.

## 4. Le Temple, toujours le Temple

*Ils crurent qu'il était dans la caravane et firent une journée de chemin. Ils le cherchaient parmi les parents, les connaissances et, ne le trouvant pas, ils s'en retournèrent le chercher à Jérusalem. Ils le trouvèrent au bout de trois jours, dans le temple, assis au milieu des maîtres, à les écouter et les questionner [...].* Luc, II, 44-46.

Même si on a dû poireauter et parlementer avec la police israélienne, c'est un délice que de se glisser sur le mont du Temple/esplanade des Mosquées par la porte Hulda, côté nord, la porte de derrière, et de bonne heure le matin. L'espace lui-même est géré par l'administration des biens religieux inaliénables, le Waqf, personnel palestinien, sous le contrôle de la couronne hachémite. Le double accord du Waqf et des Israéliens est nécessaire pour passer cette porte étroite. Laissons fines mosaïques turquoise, carreaux vernissés et arcs à claveaux alternés du dôme du Rocher, délicate fontaine al-Qods (voir votre guide habituel, ils sont tous excellents). Serait-ce l'ombre de la leçon faite aux docteurs ? Ce qui surprend le plus, c'est l'envol joyeux, insouciant et piailleur des petites écolières en uniforme sortant des portes vertes en forme d'ogive qui s'alignent le long du rempart : chaque portail donne sur une école maternelle. Que cette plate-forme trapézoïdale grande comme l'esplanade des Invalides, suprêmement innervée, surveillée, filmée, par excellence sacralisée (tout comme le Mur en contrebas, mais pour un milliard et demi d'êtres humains), et donc faite pour attirer feu, balle, couteau et grenade, soit aussi, et d'abord, un lieu de récréation et de gambade où les enfants arabes du pourtour (je n'ai vu que des petites filles, pas de garçons) peuvent, escortées par leur maîtresse, aller et venir librement. Les portes sont fermées aux adultes mâles du quartier arabe mais non aux gamines qui courent dans les jardins comme elles le feraient au Luxembourg. L'ordinaire de l'extraordinaire, est-il plus vrai joyau ?

Je ne devrais pas confesser cette émotion badine, irresponsable et bien naïve (qu'est-ce que les docteurs islamiques leur apprennent, à ces gamines, dans les écoles du Waqf ? à ânonner le Coran ? à réciter des slogans ?), deux jours après les émeutes devant la porte des Maghrébins, qui a mis la ville et le monde en émoi. Avant-hier, à l'heure de la prière de midi sur l'esplanade, on en est venu aux mains : la police montée a fait une trentaine de blessés en dispersant la manifestation. Sirènes des ambulances, éclats sourds et longs des grenades, colonnes de fumées lacrymogènes. Trente-cinq mille policiers israéliens s'étaient déployés dans la vieille ville. Motif : les travaux de restauration entrepris par la municipalité d'une rampe d'accès détériorée, dite « des Maghrébins », qui permet d'accéder directement de la place du Kotel à l'esplanade des Mosquées. Sans information ni consultation préalable avec le directeur jordanien du Waqf. Le grand mufti palestinien me reçoit dans son obscur petit bureau, au fond de l'esplanade (néons plafonniers, horloge à poids, fauteuils de moleskine noirs) et me dit son indignation devant cette « agression flagrante contre al-Aqsa et ses fidèles ». Le but, d'après lui : saper les fondations de la mosquée afin de pouvoir reconstruire, sur ses ruines, le troisième Temple. Les rumeurs de percement de tunnels clandestins, en coupe longitudinale, ont donc repris de plus belle.

Cette passerelle en réfection risquait de s'écrouler, argumente la mairie de Jérusalem. Il fallait bien la consolider. Le problème est qu'elle n'est pas placée n'importe où. C'est la seule dont les Israéliens ont la clé, depuis 1967, et par où ils font passer les visiteurs sans demander l'autorisation à personne. À droite du mur occidental, elle jouxte la porte murée dite « de Barclay » près de laquelle le Prophète a attaché sa jument ailée al-Buraq lors de son voyage nocturne et par où les croisés pénétraient à cheval sur l'esplanade des Mosquées, foulant de leurs sabots indifférents juifs et musulmans.

« Au secours ! Al-Aqsa en danger ! » Le cheik Tamimi dénonce depuis Naplouse « un projet raciste » visant à reconquérir le mont Moriah et il appelle à une « journée de colère ». Il y a des précédents. Les émeutes de 1996, suite à l'ouverture non concertée du tunnel des Asmonéens, ont fait quatre-vingts morts palestiniens et quinze israéliens. La plupart des capitales arabes prêtent à l'État hébreu de sinistres arrière-pensées. La rampe créerait un espace d'un seul tenant entre le mur occidental et l'« arche de Robinson ». Et sous l'appareillage de pierre de la passerelle, à remettre en état, il y a des vestiges d'époque omeyyade, abbasside, mamelouke attestant l'ancienneté de l'implantation musulmane. Adnan Husseini, le Jordanien directeur du Waqf, soupçonne les Israéliens de vouloir les faire disparaître à l'occasion de ces travaux. D'ailleurs, le département israélien des Antiquités travaillerait, dit-on, main dans la main avec des groupes extrémistes, comme l'association Eliad ou la Yeshiva Ateret Kohanim qui procèdent à leurs propres excavations.

Tout cela, après examen des lieux, en l'occurrence une visite conjointe avec nos amis palestiniens des travaux en cours, à l'initiative du professeur de Miroschedji, archéologue lui-même et directeur du Centre de recherche français de Jérusalem, s'est révélé fantasmatique. La crise renvoie les Palestiniens au souvenir traumatisant de la destruction par Moshe Dayan, en juin 1967, du quartier des Maghrébins (huit cents familles expulsées du soir au matin), mais ces travaux-ci se déroulent sous le contrôle d'archéologues professionnels, apolitiques, l'un d'eux franco-israélien. Nous voilà soulagés. Mais que peuvent les réalités contre les représentations ? Les fantasmes obsidionaux de la sape et du boyau ? Ils ne sont pas fondés sur rien, si l'on peut dire. Le tunnel des Asmonéens court le long des fondations du Kotel, il y a un canal d'époque romaine qui amène l'eau de Siloé, on parle du « passage secret » de David. La guéguerre des soubassements en a pour longtemps. Faire de ce tertre un gruyère pour provoquer l'écroulement des sanctuaires islamiques, reconquérir par les sous-sols une souveraineté perdue en surface, c'est le procès d'intention qui pèse sur Israël. Et son Premier ministre de répliquer : « Ce n'est pas au terroriste Khaled Mechaal ni aux Arabes de nous dire ce qu'on doit faire à vingt mètres du mur des Lamentations. » Et de rappeler, bonne flèche du Parthe, que le Waqf a transformé par le passé en lieu de prière les fameuses « écuries de Salomon » situées sous l'esplanade, sans rien demander à personne et en rejetant, de nuit, par-dessus les murs, des gravats contenant peut-être les preuves matérielles de l'antériorité de la présence juive sur le site. Étant toujours entendu qu'antériorité dans le passé vaudrait souveraineté dans le présent. Ce court-circuit pour le moins explosif entre la chronologie et le droit international (qui forcerait beaucoup de populations de par le monde à déménager) explique pourquoi l'archéologie, ici plus qu'ailleurs, sent la poudre. Il pourrait au moins y avoir accord entre les parties sur ceci : la science peut attendre. Il y a des sujets à ne pas creuser. C'est finalement ce qui a été convenu sur l'esplanade elle-même, où toute fouille, sondage ou coup de pelle sont interdits depuis l'an 2000 (ce qui n'a pas empêché le Waqf d'aménager la nouvelle mosquée souterraine Marwani).

✧

*Il trouva dans le temple les vendeurs de bœufs, de brebis et de colombes, et les changeurs installés. Faisant un fouet avec des cordes, il les expulsa tous du temple, et les brebis et les bœufs, et il renversa la monnaie des changeurs et retourna leurs tables. Et il dit aux vendeurs de colombes :*

*Enlevez cela d'ici, ne faites pas de la maison de mon Père une maison de négoce.* Jean, II, 14-16.

Avec ses mosquées au sol matelassé de tapis où l'on s'accroupit sans façon, pour papoter et faire salon, l'islam a gardé le côté bon enfant de l'enceinte sacrée. Jadis on pique-niquait sur l'esplanade. Il reste probablement quelque chose de ce qui mit un fouet dans les mains de Jésus, quand le parvis hébraïque faisait à la fois marché, université, boucherie, clinique, atelier, forum, caravansérail, banque. Et c'est bien ce croisement des Halles et de Hyde Park, ce déballez-moi ça, cette « caverne de brigands » qui l'indigna tant. En souhaitant publiquement la destruction redoutée par tous du Sanctuaire national, il s'attaquait à l'âme et au cœur de la Loi, autant dire à la nation elle-même. En se vantant sarcastiquement de pouvoir le relever en trois jours. « Le Temple, c'est moi. » Avec Jésus, l'homme d'Occident va quitter l'agora pour rentrer dans ses appartements privés. « Toi, quand tu pries, entre dans ta resserre, ferme ta porte et prie ton père qui est dans le secret, et ton père, qui voit dans le secret, te le rendra » (Matthieu, VI, 6). L'ère de l'individu-roi et du for intérieur a commencé là.

On n'imagine pas la place Saint-Pierre en *piazza* Beaubourg, parsemée de boucheries et de marchands des quatre-saisons, avec des théologiens faisant cours à côté d'un abattoir en plein air. Du temps où Dieu était peuple et la religion un mode de vie plus qu'une « option spirituelle », la place du marché était le lieu de prière, avec les bêtes, les monnayeurs, les mendiants, les thaumaturges et les cracheurs de feu. On ne distinguait pas à l'œil nu le clerc du laïque, tous prêtres. En inventant un clergé d'hommes ordonnés, des sacrements et des soutanes, en séparant le croire du vivre, nous avons désappris cette bonhomie du sacral, cette nonchalance prosaïque et crue dans le négoce du divin. Le dominicain Christian Eeckhout, qui me fait visiter les lieux (avec le sésame diplomatique indispensable), rappelle que la prière du musulman peut toujours s'effectuer à l'air libre, sans rupture de charge, dans la rue ou dans sa boutique. Il y a aussi du trivial dans le choix du Dieu unique, nous rappelle-t-il. Le polythéisme, ça coûtait cher. Aux riches surtout, les pauvres récoltant les miettes. Trop d'offrandes à trop de dieux. Mohammed, un négociant qui gagnait beaucoup de sous et économisait son temps, en a peut-être eu assez de les perdre en multiples mises de fonds tirant à hue et à dia. L'avantage qu'il y a à ne pas mettre ses œufs dans le même panier ne compensait sans doute plus ces investissements dispersés à rendement décroissant. Pourquoi pas un meilleur produit à un moindre prix ? Du monothéisme comme compression des frais et restructuration de l'entreprise — je doute que la vue soit orthodoxe, mais il faudra en parler au Cercle des économistes.

Ne pas négliger non plus l'aiguillon de la concurrence pour rehausser la qualité des services et détourner du voisin les bénédictions divines. La lutte à qui fera le minaret ou le clocher le plus élevé (ils se confondent encore de loin) servit de stimulant à l'architecture sacrée. Sur le Haram al-charif, les Omeyyades du VIIe siècle qui ont remis l'esplanade en état, comme le calife fatimide qui restaura la mosquée en 1035, voulaient faire aussi bien et mieux que les Byzantins. C'est pourquoi la coupole de cuivre doré réplique et fait la nique au dôme du Saint-Sépulcre, à trois cents mètres de là. Le dôme omeyyade repose sur un octogone, comme les basiliques de l'époque. La concurrence entre les Révélations porte autant au décalque qu'au défi. L'islam a trois lieux saints, comme le Dieu chrétien a trois personnes. Les cinq prières quotidiennes dont l'horaire est affiché en fluo rouge sur un tableau électronique à l'entrée de la mosquée reprennent les cinq offices monastiques. Le rocher laissé à découvert et entouré d'une palissade en bois, où les musulmans distinguent l'empreinte du pied du Prophète, répond au banc rocheux de Gethsémani et à la pierre de l'Ascension « d'où notre Seigneur s'éleva vers les Cieux », où d'autres fidèles à la vue non moins perçante reconnaissent, comme Ignace de Loyola, les marques de ses pieds. L'émulation peut aussi jouer en contre : l'interdit sur le vin, simple *hadith*, qui n'est pas dans le Coran, n'était-il pas destiné à rendre impossible la célébration de l'eucharistie ?

Le personnel palestinien, débonnaire et pansu, n'a ni armes ni uniforme. C'est la police israélienne qui surveille les flâneurs un peu suspects, ces quelques juifs militants et extrémistes qu'on peut voir ici et là, avec des soldats sur leurs talons, qui à la fois les protègent et les surveillent. Ils viennent là en défiant la mesure d'interdiction promulguée par le grand rabbinat, en 1967, qui stipule que fouler par mégarde le *Sanctus Sanctorum* expose à la mort. Ils savent qu'ils ne peuvent prier. Et se gardent de venir le vendredi, le jour sensible. Du temps où les protestations publiques étaient permises, l'esplanade pouvait accueillir jusqu'à deux cent mille personnes. Aujourd'hui, ne sont autorisés à se présenter aux portes, le jour de la prière musulmane, que les fidèles physiquement inaptes. Étant entendu, côté juif, qu'un musulman a le droit de squatter le mont du Temple tant que Dieu ne l'aura pas de ses propres mains reconstruit. Ce qui peut arriver à l'improviste et à tout moment.

✧

> *Alors le diable l'emmène dans la ville sainte, le place sur le pignon du temple et lui dit : Si tu es fils de Dieu jette-toi en bas ; car il est écrit : Il donnera des ordres pour toi à ses anges, et ils t'élèveront sur leurs mains de peur que tu heurtes ton pied à une pierre. Jésus lui dit : Il est encore écrit : Tu ne mettras pas à l'épreuve le Seigneur ton Dieu.* Matthieu, IV, 5-7.

Sur le mont du Temple, plus rien de saillant à l'endroit du pinacle. Les choses se passent en sous-sol, et concernent l'esplanade des Mosquées. Près du rempart, en haut duquel Jésus fut transporté et où il fit abandon de toute volonté de puissance, se trouve maintenant une immense crypte souterraine, où les croisés avaient installé leur écurie. Avec ses piliers à chapiteaux, c'est la mosquée de Cordoue sans le soleil. L'escalier qui descend dans cet hypogée très fermé et récemment islamisé, comme une mosquée de secours pour grand froid, est protégé par une double grille. Notre cicérone me semble nerveux. Que lui avons-nous dit ou fait ? Non, rien. Il sort de sa poche un carré de papier imprimé et nous le brandit sous le nez :

— Vous savez qui m'a donné ça ? Un Russe de Vladivostok qui baragouine à peine l'hébreu et ne parle pas un mot d'arabe. Il n'a jamais mis les pieds ici et il m'a interrogé comme si j'étais un étranger pour me donner un permis de résidence, alors que moi et ma famille, on vit à Jérusalem depuis la nuit des temps. Vous trouvez ça normal, vous ? J'ai besoin d'un papier spécial pour sortir avant telle heure et rentrer après telle heure dans ma ville. Et lui, il peut circuler comme il veut. Qu'est-ce que vous en dites ?

Étrange, en effet. Mais c'est dans la norme de l'État « juif », celui des Juifs du monde entier qui peuvent s'y installer sans montrer patte blanche, à la fois étrangers à cette terre et immémorialement chez eux. « Un Juif qui arrive ici peut s'intégrer en deux mois, me disait, il y a peu, Franz Bouwen, le père blanc de Sainte-Anne. Moi, j'habite ici depuis trente-sept ans, j'ai appris l'arabe et je ne suis pas palestinien. On peut devenir israélien, mais on ne devient pas palestinien. » Avec sa diaspora, un État peut coopter, pas une culture. Le Palestinien est accroché à la sienne comme l'arbre à la racine, quand l'Israélien peut tirer par décret sa sève du dehors.

✧

*Ses disciples se souvinrent qu'il est écrit : Le zèle de ta maison me dévore.*
Jean, II, 17.

L'Institut du Temple, rue Mirga Vlada, une ruelle du quartier juif dans la vieille ville. C'est un petit musée privé, sur deux étages. Il a minutieusement reconstitué la vie quotidienne et les accessoires du temple de Salomon, autour du Saint des saints, « présence de Dieu et cœur de la nation » : la pelle en argent pur, la harpe aux vingt-deux cordes, les onze aromates de l'offrande, la *menora*, le diadème d'or, la bassine en cuivre pour se purifier les pieds et les mains, avant le sacrifice, comme il est stipulé dans le Lévitique. Un petit film, à l'entrée, édifie le profane : il retrace l'histoire de l'enceinte sacrée, depuis David et l'Arche d'alliance. « De toute éternité, le temple nous attendait... » À la sortie, sur un piédestal, une urne vitrée où sont glissés bagues, dollars, chaînettes d'argent et colliers en guise d'offrande, sous le cartel *Personal contributions for rebuilding the Holy Temple*. C'est bien de l'avenir qu'il est question. Les objets fabriqués et exposés devront servir dans le troisième Temple, dont les promoteurs de cet institut, fondé en 1987 par le rabbin Ariel, commandant dans l'armée israélienne, envisagent la reconstruction dès que possible. Sont déjà programmées la reprise des sacrifices sanglants d'animaux et la remise en selle du sacerdoce. Il a également été procédé à des analyses de groupes sanguins dans les entourages — deux précautions valent mieux qu'une — pour savoir qui est descendant des *Cohen* et qui des *Lévi*.

L'idée de manœuvre de ces précurseurs consiste à inverser la séquence rabbinique orthodoxe (mais quand on a deux rabbins, dit le dicton, on a trois opinions). N'attendons pas que le Temple descende tout construit du ciel, avec le Messie. Devançons-le sur les lieux de la mosquée al-Aqsa préalablement rasée et dépolluée afin de hâter sa venue ou plutôt son dévoilement. Car chaque génération a son Messie dormant. Il s'agit de le réveiller. Les loubavitch d'outre-Atlantique ont pensé pour ce rôle au rabbi Mendel Schneerson. Il est décédé. Il en viendra d'autres. En attendant, pas de temps à perdre, on s'active.

Une anicroche en si bonne voie : s'étant mis de pays en pays à la recherche d'une vache parfaitement rousse — celle dont les cendres servaient à fabriquer l'eau lustrale nécessaire à la purification des Cohen et au service sacerdotal —, l'Institut a cru l'avoir trouvée dans un petit troupeau au Mexique. Les veaux, en grandissant, ont tourné au gris clair. Déception. Les recherches ont repris pour trouver la véritable et salvatrice vache rousse.

Cela se passe au XXIe siècle, sous l'égide de gens intelligents, informatisés et hyperconnectés.

✧

On se console en pensant que ces lunatiques sont des énervés, des marginaux. Je les crois révélateurs d'une personnalité de base. Ils veulent prendre de vitesse le train du monde, parce que c'est un omnibus, et il y a au fond de tout messianisme comme une sainte impatience des colères du Ciel, un levez-vous orages désirés — trait commun à ceux qui préparaient le Grand Soir et à ceux qui attendent le Messie. L'espérance va mieux à bride abattue. En témoigne le train d'enfer des hommes de Dieu. Hommes en noir, hommes-flèches. Par la rue des Prophètes, venant de Mea Shearim, en petits groupes de trois ou quatre, la veille de *shabbat*, ils convergent vers la porte de Damas. Coupant droit (ou préférant encore, moindre mal, trois cents mètres de quartier musulman à un long détour par le quartier chrétien), les drogués du Talmud enfilent à fond de train le souk el-Wad (escaliers, emplettes nonchalantes, débraillé) avec la fureur rentrée du type en retard et qui s'en veut. Je ne me lasse pas, flânant par là, de les regarder dévaler, ces *haredim* de tous âges, ces élèves de *yeshiva* avec leur caftan, leurs pantalons de soie, leur chemise blanche, leurs tresses. Ils déboulent, foncent, fendent la foule arabe sans jamais effleurer ou toucher quiconque, avec une adresse, une sûreté dans le zigzag d'autant plus sidérante que, tête baissée, regard en dedans, ils semblent totalement étanches, aveugles, indifférents autant aux pauvres hères qui déambulent par là qu'aux cageots d'oranges, aux salades, aux tomates qui roulent sur le pavé.

Le plus admirable : le Borsalino à large bord ou la galette de fourrure, posés sur l'occiput ou au sommet du crâne, ne dégringolent pas en route (la kippa étant crochetée, ces volumineux couvre-chefs sont-ils arrimés de l'intérieur ?). L'impavide trajectoire de ces acrobates spirituels qui, leur vitesse de libération atteinte, ne ralentissent ni n'accélèrent le pas me laisse pantois. Parfois, on voit dans leur sillage femmes et filles trottiner derrière eux ou courir, profitant des trouées, comme aspirées par l'appel d'air.

Pourquoi une telle capacité d'absence chez ces noirs obus à hautes chaussettes blanches ? Pour ne pas se déconcentrer de leurs lectures ou de leurs psalmodies intérieures, j'imagine. Parce que le Messie n'attendra pas, et qu'ils s'en voudraient trop d'arriver en retard au pied du Temple, ajouteraient-ils peut-être. Mais il y a plus, je le crains, dans cette prophylactique vélocité, dans cette volonté d'ignorer ce qui se passe alentour. Ils doivent à tout prix protéger leur pureté du tout-venant. Croiser le regard d'un impur serait moins distraction qu'impiété. Ils nous annulent en somme pour rester propres : simple précaution.

Aux *check-points*, à l'entrée ou à l'intérieur des « territoires », quand je tends mon passeport aux soldats en faction, la plupart l'épluchent en me dévisageant avec un mélange de morgue et de dégoût. La hiérarchie ne se discute pas. Un être supérieur en uniforme, tout-puissant, reluque un être inférieur en civil — de haut en bas. Un surhomme, qui a tous les droits, examine une merde qui n'en a aucun. Mais cette merde, c'est encore quelqu'un. Je peux regarder qui m'inspecte. Croiser le fer. Le *haredi* fonceur, lui, me traverse du regard une fraction de seconde et fait de moi un non-être en me signifiant qu'il ne saurait un seul instant affronter mon regard en sens inverse, car nous ne sommes pas de même nature, lui et moi. Devant ce laser anéantissant, l'envie me prend, irréalisable mais irrésistible, de me couler un quart de seconde dans la peau d'un païen idolâtre, ignorant, glouton, sale, indésirable en ce lieu, tout ce qu'on veut, le pire, soit, mais au moins une personne, disons quelque chose. Ai-je tort de trouver humiliant de se voir ainsi signifier, en public, nous les gentils, notre radicale absence de titres à la considération ? Ce dépit anthropologique n'est peut-être qu'un reste en moi de prétention laïque et jacobine.

On aurait pu supposer que se vouer à l'Éternel dissuade de se hâter. Erreur. Ces téléguidés mystiques poussent à l'extrême, me semble-t-il, une propriété paradoxale du religieux consacré, du moins dans notre aire de civilisation (le religieux indien, brahmane ou renonçant, se distinguant du *vulgum* par un décrochage, une nonchalance auguste et vaguement distraite) : l'affairement introverti. On retrouve ce trait, en moins agressif, dans maints monastères et couvents catholiques peu portés, contre toute attente, à la rêverie. Les moines, peut-être pour échapper au péché d'acédie et conjurer tout laisser-aller, ont une montre dans le ventre. Courant à heure fixe des cuisines à l'office, de la prière à la corvée, corsetés par une noria d'obligations et de services, bénédictins ou cisterciens ne sont pas gens à rêvasser au jardin ou à baguenauder sous la galerie du cloître. Sauf dans les courts moments de détente, après le réfectoire, prévus pour le café ou un brin de conversation, il faut, pour glisser un mot à ces champions chronométrés, les attraper au vol, entre deux portes. Ce qu'ils acceptent, avec gentillesse, tant que la cloche n'a pas sonné. Un pénitent lèche-vitrines ou bayant aux corneilles est un défroqué en herbe : Dieu n'aime pas les intermittents. Ce fut ma première surprise de touriste dans l'archipel des monastères : le contemplatif *surbooké*, et qui n'a même pas le dimanche pour souffler. De ce que le Christ sera « en agonie jusqu'à la fin du monde », la carmélite de Bernanos ne conclut pas (comme j'y inclinerais, à sa place) que rien ne sert de courir, mais que « chaque nuit où l'on entre est celle de la Très Sainte Agonie ».

Entendons-nous : le train de sénateur, je n'en fais pas doctrine. La dérive au petit hasard des rues me paraît à la fois moins présomptueuse et plus agréable. Je ne suis même pas loin de croire que la double propension au canular et à la badauderie guérit du mysticisme. Au lieu de demander tout de go à son repêché : « Avez-vous la foi ? », le pêcheur d'âme ferait mieux de s'enquérir s'il aime rire sous cape et s'il aime traînailler. Voilà les questions de fond. Le reste est pure frivolité. La foi dérive du tempérament, non l'inverse. Je dois pour ma part à ces deux vices de fabrication, pince-sans-rire et gobe-mouche, ma réduction navrante mais native à l'état laïque.

✧

On imagine assez bien, dans le dossier mont du Temple/Haram al-charif, le mémo top secret d'un quelconque Kissinger au patron de la Maison-Blanche *(for eyes only)* — déclassifié en 2040 :

« Trois options, *Mister President* :

« 1. On fait tout sauter, il ne reste plus pierre sur pierre ni au-dessous ni au-dessus, et on tourne la page : fin du problème.

« 2. Nous demandons à nos amis israéliens de louer l'intégralité du mont du Temple aux Arabes pour un shekel jusqu'à l'apparition du Messie.

« 3. On laisse tout en l'état, avec l'interdiction à toutes les parties de creuser le moindre trou pendant les deux prochains siècles.

« Veuillez m'indiquer laquelle de ces mesures a votre préférence. »

Ils en trouveront de belles, dans les cartons, les fouineurs d'archives en 2040.

✧

Demain le Temple rouvre ? Pour l'heure, « fermeture du dernier kibboutz », annonce *Haaretz*, édition anglaise. Deganya, dans le Nord, au sud de Tibériade. C'est le plus ancien, fondé en 1909 par des Russes. Moshe Dayan est né dans ce genre de phalanstère à la Tolstoï. En fait, celui-là se contente, je crois, de renoncer à des règles devenues désuètes. Plus d'égalité des salaires, plus de restau collectif, plus de crèche commune. Fin d'un cycle. Tout se passe décidément comme si le cycle de vie de l'utopie égalitaire tournait autour du demi-siècle — URSS, Chine, Cuba... et Israël. En fait, vingt années de flamboiement, et la chute s'amorce. Le sionisme laïque et socialisant du siècle dernier restera-t-il alors dans les annales comme « l'âne du Messie » ? Intellectuel, il avait une voix de tête. Celle-ci voulait du kibboutz et du partage. Le cœur, plus populaire, du Josué et du Jacob. Ben Gourion à l'époque réduisait l'Ancien Testament à une saga nationale, et Herlz le polyglotte eût été assez déconcerté, j'imagine, de voir l'hébreu, langue liturgique, devenir celle de tous les jours. Ce qui ferait en somme de l'athéisme né des Lumières une énième ruse de Iahvé, ou d'Allah — comme le pensait déjà, avant la guerre, le grand rabbin ashkénaze Abraham Isaac Kook en voyant arriver sur la Terre promise les immigrants sécularisés et progressistes du Yichouv. L'histoire ne lui a pas donné tort : Lénine est passé, les *kibboutzim* aussi. Le Talmud et les Yeshivot restent. Cas d'espèce ou leçon de choses ?

Michel Warschawski plaiderait sans doute pour le cas d'espèce. Il me dit qu'il y a toujours eu deux Israël, le laïque et le religieux ; qu'ils sont à présent en plein divorce, et que le second prend chaque jour plus l'avantage. Mais l'État juif n'était-il pas là, dès le début, en filigrane sous *L'État des Juifs* ? Herzl disait : « Les rabbins à la synagogue, les militaires à la caserne. » La synagogue envahit la caserne, et la caserne, le gouvernement. Est-ce un hasard si les armoiries d'Israël sont la *menora* et si le Parlement s'appelle *Knesset*, l'assemblée au sens religieux ? Si le musée de l'Holocauste tient son nom, Yad Vashem, d'Isaïe (LVI, 4-5) ? Si le vingt-septième jour du mois de *nissan* est la journée du souvenir de la Shoah, date de l'offrande d'orge nouvelle au Temple et période de deuil dans le calendrier religieux ? La religion civile dont se dote un pays émancipé, à sa naissance, est souvent rattrapée par l'autre. Ici, plutôt le Talmud que la Bible. Le peuple de l'Ancien Testament, on est toujours déconcerté de découvrir qu'il est moins familier des Prophètes que du Lévitique et du Talmud. Comme la reine d'Angleterre, la Bible règne, mais ne gouverne pas. Vous dites à quelqu'un : « Mais ce n'est pas dans la Torah ! », il vous répond : « *So what ?* » Priorité à l'interprétation. Les *hadith*, côté arabe, semblent également éclipser le Coran. Certains chrétiens s'inquiètent du déclin des études bibliques à l'université. Ce sont les professeurs des Yeshivot, paraît-il, qui sont appelés à faire cours sur la religion dans les écoles, d'où la montée de l'orthodoxie dans l'Éducation nationale. L'autre jour, au réfectoire, le frère Sigrist, hébréophone, me disait avec tristesse que la génération humaniste des vieux juifs cultivés venus d'Europe disparaît. « Si vous en rencontrez un, pratiquez-le, cela va devenir rare. Maintenant, l'idéal, c'est l'Amérique : le sport et la science. » La culture jeune, l'attrape-tout. Que Dieu ne l'entende pas.

Quoi qu'il en soit, dans ce *melting-pot* multiculturel, quel autre point de rassemblement, quel autre trou fondateur que le sacré ancestral ? Peut-on être juif comme on est anglais, italien ou russe ? À la question de savoir s'il existe une identité juive hors de la religion — qui fut le bel espoir sioniste — les faits semblent répondre non. Pas très gai. Mais pouvait-il en être autrement ? C'est quand il y a un lien entre son origine et son projet qu'une nation vit pleinement sa vie. Un homme aussi d'ailleurs : le rêve d'enfance réalisé à l'âge adulte... Le vieux « l'an prochain à Jérusalem » transformé en un « aujourd'hui, c'est à nous et à nous seuls ». J'ai vu un poster affiché en vitrine dans une boutique de souvenirs, non loin du mur occidental : *The Chief Chaplain Rabbi Schlomo Goren sonne le chofar devant le mur, le 07.06.67*. Où le grand rabbin souffle entre deux paras, avec *talith* et rouleaux. Dans cette même boutique, des touristes américains, escortés par l'un des leurs en civil, avec pistolet et fusil M-16 (comme s'il n'y avait pas assez de soldats et de policiers alentour), s'arrachaient un tee-shirt imprimé *I am a Superjew*. Et tous d'aller se faire photographier en plastronnant avec, sur le Kotel, le mont du Temple en arrière-plan. Cela promet.

## 5. Pas de nid pour la couvée

> *Jérusalem, Jérusalem, qui tues les prophètes et lapides ceux qui te sont envoyés, combien de fois ai-je voulu rassembler tes enfants comme une poule rassemble sa couvée sous ses ailes, et tu ne l'as pas voulu !* Luc, XIII, 34.

Sommets, rencontres, dialogues, ils pleuvent dru les cartons d'invitation. Quatre en moyenne par quinzaine. Ils ont un point commun : ces effusions œcuméniques se déroulent là où il n'y a pas le feu. Jérusalem n'en veut toujours pas, en sorte que c'est là où elles font le plus défaut qu'elles n'ont pas lieu. Que le foyer paternel répugne aux réunions de famille et soit rien moins que convivial pour les enfants d'Abraham, les professionnels du dialogue se le tiennent pour dit mais n'en soufflent mot. La Conférence mondiale des religions pour la paix a sagement choisi de siéger à Kyoto, et les festivals de la bonne cause montent leur tente à Assise, à Vanves, à Pavillons-sous-Bois, à Naples, partout dans la périphérie, sauf au cœur des choses. Cela n'a pas que des mauvais côtés. Qui fuit les tisanes un peu tièdes, les cordialités sans lendemain, les hochements de toques, chapeaux, kippas, plumets et turbans, trouvera en Terre sainte un asile très sûr, garanti sans moraline. Qu'il y coure, les bons sentiments ne l'y rattraperont pas. À Jérusalem, l'autre est à son meilleur. Autant dire, imbuvable. Et les metteurs en scène de l'interreligieux convient à leurs « veillées de prière », « temps de recueillement » et « moments de partage » l'autre le moins autre possible — musulman soufi, juif libéral, évangélique de progrès. Ces espèces protégées n'ont pas leurs aises ici.

Ce sont de surcroît, comble d'infortune, les chrétiens qui sont puissance invitante à ces démonstrations semestrielles de bonne volonté. À

Jérusalem, ils ne pourraient être qu'invités, et par qui ? Les grands rabbins en fonction ne sont pas des hôtes particulièrement accueillants, ni portés sur l'échange de vues. Les musulmans peuvent éventuellement répondre aux sollicitations, mais n'en font pas d'eux-mêmes : le pluralisme n'est pas une idée musulmane. Comme toujours, les personnes enclines au dialogue n'ont pas d'autorité, et les autorités préfèrent le monologue. Les frères mineurs ont bien leur couvent du Sauveur, mais si François d'Assise, côté chrétien, est le patron de l'interreligieux, les franciscains de la custodie ont déjà beaucoup à faire avec leurs Lieux saints. Où se réunir alors ? À Jérusalem-Ouest, les musulmans refusent de se rendre, quand ils n'y sont pas interdits de séjour, comme l'est le cheik Tamimi, le juge des juges palestiniens. À Jérusalem-Est, les juifs ne mettent pas les pieds, sinon incognito, sécurité et amour-propre obligent. Les chrétiens, toutes dénominations confondues, peuvent se sentir chez eux à l'est comme à l'ouest, mais ils ne tiennent nulle part le haut du pavé. Les enfants d'Abraham pourraient finalement reprendre le mot de Voltaire : « Savez-vous bien que si le Grand Turc m'offrait aujourd'hui la Seigneurie de Jérusalem, je n'en voudrais pas ? »

Ils auraient une raison encore plus sérieuse de refuser ce cadeau : la ville est trois fois sainte, et c'est une de trop. Quand on est las du gnangnan des « valeurs communes », du flou avantageux qui protège « une certaine conception de l'homme », ou des instantanés qui durent ce que dure un instant — dignitaires multicolores lâchant des colombes sur un parvis —, quand on préfère en somme l'être-vrai à l'être-vu, et le ramage au plumage, mieux vaut le tête-à-tête, et faire la paire pour éviter l'impair. Il faut un tiers exclu pour réconcilier les deux interlocuteurs, mais sur le dos de l'absent. Au Liban, où fleurissent les échanges islamo-chrétiens, se célèbre en sourdine l'alliance des Arabes contre les Israéliens juifs, le regroupement nécessaire face à l'ennemi sioniste. À Paris c'est le dialogue judéo-chrétien qui est à l'honneur, mais le musulman n'est pas partie prenante au colloque, non plus que le chrétien d'Orient, cousin embarrassant : on s'explique entre Occidentaux de bon aloi, doués de raison, et d'autant mieux qu'on a laissé les fanatiques à la porte. J'ai vu à Beyrouth des pendentifs alliant la croix et le croissant en de charmants colliers pour dame, dits « de l'unité nationale ». J'ai vu à Paris des bristols juxtaposant la croix et l'étoile de David, et j'ai même entendu un *kaddish* sur le parvis de Notre-Dame. Si les trois signes de reconnaissance se sont rencontrés un jour sur une banderole, ce miracle m'a échappé. L'amitié judéo-chrétienne en France a ses figures de proue, Claudel, Maritain, le cardinal Lustiger. L'amitié islamo-chrétienne, les siennes, plus ombrageuses, et de plus en plus discrètes, Massignon, Corbin, Mansour. Les deux réseaux s'ignorent poliment. Chacun ses totems. Pis : plus les duettistes se félicitent de leur bonne entente, plus ils se rendent sourds au troisième, comme s'il y avait un jeu de bascule entre le rapprochement judéo-chrétien, réjouissant, et l'éloignement d'avec l'islam, effarant. Pas de miracle. Le colloque des familles n'échappe pas à la règle cruelle, *dura lex sed lex* : comme il faut des esclaves aux hommes libres, et un barbare aux civilisés, il faut un Cham à Sem et à Japhet.

Partant de là : duo possible, trio improbable. Qu'importe, si on n'a rien à se dire, on peut toujours chanter ensemble. Remplacer le colloque par la chorale ? On y gagnerait tous.

✧

Eh bien, j'avais peut-être tort. Découvert en haut d'une colline, entre Bethléem et Jérusalem mais encore en territoire israélien, face à la colonie-forteresse de Har Homa, l'Institut œcuménique de Tantour, qui se voue explicitement au « trilogue » (comme on dit par erreur). Un merveilleux jardin, une bibliothèque de quatre-vingt mille livres, deux sœurs américaines en civil à l'entrée, et à sa tête un grand gaillard épatant, David Burrel, l'ancien recteur de l'université Notre Dame, Indiana, USA. C'était auparavant une maison de bénédictins catalans venus de Montserrat. Tombée en déshérence, elle a été offerte aux pères de Sainte-Croix par le Vatican, qui l'avait lui-même reçue de l'ordre de Malte. L'initiative était venue de Paul VI, lors de son pèlerinage en 1964, quand il avait rencontré ici le patriarche orthodoxe de Constantinople, Athênagoras. Malgré son nom, le *Rainbow group* de Jérusalem ne regroupait que juifs et chrétiens. Burrel ne désespère pas d'aboucher, non sur une tribune mais autour d'une même table de travail, juifs, chrétiens et musulmans. Il prend langue aussi bien avec un Tarik Ramadan qu'avec tel rabbin orthodoxe. Il m'assure que cela se fait assez couramment aux États-Unis et en Angleterre. L'archevêque de Canterbury aurait ouvert la voie avec le cheik d'al-Azar et son groupe d'Alexandrie.

Alors, cap sur cape Cod et sur la Tamise ! Que viennent à nous l'Atlantique et les mers du Nord ! Je n'entends rien aux affaires œcuméniques (chacun sa boutique), mais il est vrai que l'Anglo-Saxon comme le Scandinave et le Canadien ne sont pas les plus mal placés pour fermer le triangle. Avec les Juifs, leurs archevêques n'ayant jamais entériné l'étoile jaune et les rafles — ni béni en grande pompe, comme le cardinal-archevêque de Paris, en 1944, quinze jours après le Débarquement, la dépouille de Philippe Henriot, le Goebbels français exécuté par les résistants —, les anglicans n'ont pas de bœuf sur la langue. Avec les Arabes musulmans, pour n'avoir pas pratiqué la colonisation de peuplement ou l'oppression de proximité, ils se sentent également plus affranchis, sans la crispation nord-africaine et le sourd complexe de revanche qui sont les nôtres. Et donc à même de foncer gaiement dans le tas. L'université Mac Gill, du Canada, aide celle d'al-Qods. N'y aurait-il pas beaucoup à attendre de la fraîcheur américaine, surtout quand elle se double, comme chez Burrel, d'un grand savoir historique et théologique ? Ce que donne d'allant et d'audace une certaine innocence en matière de mémoire — le côté « nous on débarque, alors sac de Constantinople, enfumades de Saint-Arnaud, Vél' d'Hiv, connais pas » est un atout précieux. La Méditerranée ressemble à un bidet plein à ras bord, dont les riverains cherchent à tâtons la bonde, pour lui donner meilleures odeur et figure. Par le biais d'une ribambelle de grands projets œcuméniques, culture, diplomatie, économie, qui chaque fois tournent court. Intellectuellement parlant, le vent du grand large sur ces eaux usées ne peut pas faire de mal. Bon vent, tentateur Tantour. Pour voir.

✧

Visite au vieux frère dominicain Marcel Dubois, auquel me conduit le frère Olivier Thomas Venard, son jeune correspondant de l'École biblique. Ils viennent de publier un livre captivant, *Nostalgie d'Israël*, peu ou mal reçu par ceux auxquels il s'adressait en priorité. Il nous accueille tassé dans son fauteuil, mal rasé, impotent, en chandail et pantoufles, une lueur dans l'œil mi-clos mais tout émerillonné. Une sienne amie israélienne, spécialiste de saint Thomas, philosophe et dissidente elle aussi, veille sur lui. Voici venus les derniers jours, et pourtant... Ce malade, ce reclus de quatre-vingt-six ans fut longtemps la coqueluche du Tout-Jérusalem, où il est arrivé en 1962. Un prêcheur couvert de médailles. Grand prix d'Israël, prix de la Knesset, doyen de philosophie de l'Université hébraïque, animateur de la Maison Saint-Isaïe, consacrée aux sciences du judaïsme, « l'autre » établissement dominicain de Jérusalem. Il fut le fer de lance du dialogue judéo-chrétien, un passeur considérable, comme, de son côté, André

Chouraqui. Prêtre hébréophone, il a tenu à prendre la citoyenneté israélienne au lendemain de la guerre du Kippour pour affirmer ouvertement une communauté de destin entre l'enseignement du Christ et « le mystère d'Israël ». Aujourd'hui, Saint-Isaïe a fermé, de même que Ratisbonne, autre lieu d'échanges (du nom d'un juif allemand converti au christianisme au XIXe siècle). De plus modestes centres d'études ont pris le relais, bon an mal an. Mais lui, il ne croit plus dans le dialogue théologique ; ou plutôt le vit-il, comme il dit, « dans la prière, le témoignage silencieux et bienveillant ».

Au faîte des honneurs, il est arrivé à frère Marcel un malheur : il s'est mis un jour à parler avec son chauffeur de taxi palestinien. De fil en aiguille, il a rencontré sa famille, sa maison, son histoire, les voisins du quartier, Beth Safafa, sur la route de Bethléem. Il a fini par s'installer auprès d'eux. Un autre monde s'est ouvert à lui, qui n'était, le recto verso étant la loi de ce bas monde, que l'envers de l'endroit qu'il avait épousé avec ferveur : l'expulsion, les confiscations de terres, les destructions de maisons. La détresse de gens traités en intrus dans un pays qu'ils habitent depuis des siècles, par des étrangers débarqués de la veille, et qui leur parlent en maîtres parce qu'ils peuvent exciper d'une mère juive. Sans compter la gentillesse palestinienne. Alors a levé en lui une question qu'il valait mieux, dans sa position, ne pas se poser : le retour d'un peuple sur sa terre est légitime, mais doit-il se faire à travers la dépossession et l'occupation violentes d'un autre peuple ? Ses nouvelles relations l'ont conduit à faire la différence entre la vocation universelle du peuple saint, dynastie de prêtres au milieu des nations, et un accomplissement nationaliste avec ce qu'il implique de culte de la force et du fait accompli. Par quoi il rejoignit un religieux et philosophe de l'autre bord, mais juif et notoirement anticatholique, le grand Yeshayahou Leibowitz, qui devint son ami. Toutefois, venant de lui, un étranger malgré tout, c'était trop. L'officialité lui a tourné le dos, et « l'ami des Arabes » devint un marginal, aux limites de l'infréquentable, sinon de l'indignité civique. Être ami des juifs, a-t-il appris à ses dépens, c'est être *a priori* pour un État. Et ne jamais se laisser gagner par le « misérabilisme pro-palestinien » et l'« irréalisme prophétique du bibliste ». Ce qu'il dénie, bien sûr, mais la souffrance est là. Il n'est plus de la famille. Il est seul.

Son témoignage, le bilan de sa vie, qu'en dit-on à Paris ? Je n'ose lui répondre : pas grand-chose. Son regard insistant, anxieux et légèrement mouillé, celui du trouble-fête qui a jeté son pavé dans le marigot et attend sur la rive la bonne nouvelle qui n'arrivera plus, recension élogieuse, écho sympathique ou coup de fil amical, m'évoque quelque chose. Je l'ai déjà vu ailleurs, en d'autres temps, ce guet pudique et pathétique, ce regard de petit enfant puni quêtant son pardon dans les yeux des grandes personnes, mais où donc ? J'ai mis du temps à le retrouver, ce temps perdu. C'était celui du communiste « passé dans le camp bourgeois », en rupture de ban et en fin de vie, Arthur London ou Louis Althusser. « Et les copains, qu'est-ce qu'ils en disent ? » Parce que le renégat a beau faire, il les aime toujours les camarades et c'est à eux qu'il pense d'abord. La famille. La tribu qui lui a tenu chaud toute sa vie. Tant de souvenirs, de combats partagés, petites bouffes et canons sur le zinc, cela ne s'efface pas, cela même remonte sur le tard. Et il ne supporte pas d'être pris pour un traître. Il se répète : « Ils vont me comprendre. Je suis des leurs. J'ai raison. » Mais non, ils ne comprendront pas. Ils n'ouvriront pas le bouquin, ils n'iront pas voir le film. « Un faiblard de plus, on connaît la musique, il a voulu sauter du train, eh bien qu'il reste à quai, et qu'il ne compte plus sur nous pour rien. » L'éternel calice du mauvais coucheur. La hiérarchie romaine, tout à sa repentance, ne veut pas entendre cette fausse note dans l'euphorie des retrouvailles. Et les sionistes officiels, les *friends of Israel*, ses amis de toujours, ont rayé de leur agenda l'ancien compagnon de route. C'est ainsi qu'un savant intrépide venu œuvrer à Jérusalem, dès avant Vatican II, quand le vent ne soufflait pas de son côté, à la réconciliation entre juifs et chrétiens se retrouve à la fin presque aussi suspect aux uns qu'aux autres. *In medio stat virtus*. Qu'on traduit par « vertu » mais qui veut dire « courage ».

Le faux pas, dans n'importe quelle carrière, c'est le déménagement. La première chose qu'un *establishment* vous demande (qu'il soit laïque ou religieux, communiste ou conservateur), c'est, comme son nom l'indique, de vous établir, au sens élémentaire : s'installer, se poser, s'asseoir. La Maison Saint-Isaïe était installée à l'ouest de Jérusalem, quartier juif. L'École biblique à l'est, quartier musulman. Les frères prêcheurs qui animaient la première étaient réputés « pro-israéliens » et les seconds « pro-palestiniens ». En transportant ses pénates au milieu des Arabes, le frère Marcel Dubois sortait de sa case, ce qui était risqué. Dis-moi où tu vis, quel journal tu lis, avec qui tu déjeunes chaque jour et de qui tu sèches les larmes chaque semaine dans ton cimetière habituel, et je te dirai ce que tu sens, penses et crains le plus. Une bonne conscience n'est jamais qu'un certificat de résidence non pas forcée, mais paresseusement assumée jusqu'au bout. J'ai souvent remarqué que nos diplomates, au bout d'un an ou deux dans leur « pays de résidence », se font spontanément les ambassadeurs du régime auprès duquel ils sont accrédités — un ambassadeur à La Havane a neuf chances sur dix de devenir un castriste, et un ambassadeur à Washington, un atlantiste convaincu (c'est bien pourquoi le Département, en sa sagesse, veille à la rotation du personnel). Si l'osmose opère tôt ou tard avec nos voisins de palier, visiteurs et amis, un homme qui tient à sa bonne réputation doit veiller à ne pas changer de rive inconsidérément, ni de fréquentations. En quoi le cloisonnement des existences tel qu'il s'organise en Terre sainte, l'étanchéité des circuits de visite et de relations, tous ces garde-corps élevés par l'habitude servent aux juifs, cathos, Arméniens, protestants, musulmans de garde-fou. De pare-chocs. En prévenant les sorties de route, il offre ce qu'on appelle en termes de métier une « garantie de bonne fin » à des individus parfois fantasques, jamais à l'abri d'un changement d'adresse.

Je suis heureux d'avoir pu saluer avant sa mort ce gêneur exigeant, fidèle jusqu'au bout à sa foi. Le chrétien n'est pas fait pour siéger au premier rang. Par vocation, il est du côté des faibles et des perdants. Promis à toutes les calomnies et à tous les dédains. D'autant plus qu'il a pour mission de mettre les pieds dans le plat. « Ne les craignez donc pas ; car il n'y a rien de voilé qui ne doive être dévoilé, ni de secret qui ne doive être connu. Ce que je vous dis dans les ténèbres, dites-le dans la lumière, et ce que vous entendez à l'oreille, proclamez-le sur les terrasses » (Matthieu, X, 26-27).

✧

Bisbilles dans la couvée. Déchirures jusque chez les Grecs. Barbe broussailleuse, mine renfrognée, manteau noir, le *rossan* à larges manches, des moines patrouillent dans la ruelle du patriarcat grec orthodoxe de Jérusalem, tandis que d'autres barrent l'entrée du portail principal. Les factions s'épient. La tension est palpable, dans ce boyau pour film noir *(Rififi chez les popes)* où se joue en secret, derrière les murs, une partie politico-économique plus proche de *Main basse sur la ville* que du *Dialogue des carmélites*. Le patriarche déchu, Ireneos, et le nouveau promu, Théophilos III, résident non loin l'un de l'autre, à portée de revolver. Le premier refuse de déguerpir bien que désavoué par toute la confrérie *hagiotaphique* (du Saint-Sépulcre), la centaine de moines, prêtres et évêques qui procèdent à l'élection ; le second, légalement désigné, attend sa reconnaissance par le gouvernement israélien, lequel soutient en sous-main le dignitaire destitué, réputé plus coulant. Un hôtel du quartier chrétien aurait été subrepticement vendu sous le règne d'Ireneos par un intermédiaire véreux à une organisation sioniste américaine pour le compte de l'État israélien. Un scandale à tiroirs qui a secoué la Grèce et le Tout-Jérusalem. Pas d'information précise, le sujet « propriété immobilière » est tabou. L'Église orthodoxe grecque passe pour posséder 40 % des terrains de la ville mère où chaque communauté s'agrippe à ses mètres carrés, sources de gains mais plus encore d'autorité. La Knesset n'est-elle pas installée sur un terrain du patriarcat ? Rumeurs et mafias sont liées, vieille tradition orale plus propice aux médisances qu'à des audits.

Plafond turquoise, sol de marbre luisant, tapis persan, portes en chêne sculpté, icône d'or neuf, colonnes corinthiennes crémeuses, fauteuils Louis XV rehaussés d'arabesques : les fastes byzantins respirent encore au siège du patriarcat orthodoxe. La salle de réception est même plus imposante et léchée, avec ses tentures pourpres aux fenêtres, son trône en bois doré placé sous un dais élevé, galonné d'or, portant les armoiries du patriarcat, le Saint-Sépulcre sous une couronne sommée de la croix de Saint-André. Sans rapport avec les cagibis et les pièces de réception décaties des autres patriarcats chrétiens de la ville. L'Église grecque orthodoxe de Jérusalem, une puissance, est la première des Églises chrétiennes de la région non seulement par le nombre de fidèles, en Israël, Palestine et Jordanie, mais aussi par l'ancienneté de l'implantation et la richesse des avoirs.

Théophilos III s'exprime dans un anglais châtié. C'est un homme fluet, courtois, subtil, d'esprit ouvert, qui se lève de son trône pour venir nous tendre une main cérémonieuse et menue, mais cordiale. Silencieux dans leurs cathèdres, les coadjuteurs rêvassent — collégialité oblige — avec de grosses pattes noueuses d'iguane, qui me fascinent. Sa Béatitude ne veut pas célébrer en arabe, même si cet ancien exarque au Qatar le parle fort bien. Mais ses ouailles ne parlent pas grec. Ce n'est pas gênant, pour communiquer ?

« Écoutez, à quoi cela servirait-il de cacher mon identité ? Les Latins s'abusent quand ils se prétendent arabes. Être arabe, c'est être musulman. Les Arabes chrétiens auront beau dire, ils seront toujours traités comme des citoyens de seconde zone, des gens qui mènent double jeu. Nous au moins, on ne suscite pas de soupçons. Et puis, nous ne sommes pas des invités à Jérusalem, ne l'oubliez pas. Nous sommes les hôtes. Quand les Juifs fouillent à côté ou sous leur Temple, ce qu'ils trouvent, ce sont des stèles ou des inscriptions en grec. Nous, on n'a pas attendu les croisés pour arriver ici. » Et toc !

Des femmes mariées gouvernées par des clercs célibataires, c'est la norme en pays catholique. Mais un troupeau arabophone conduit par des pasteurs grecs, cela ne vient-il pas narguer le principe autocéphale si cher aux orthodoxes ? Je connais l'argument en défense : le monde arabe n'a pas de tradition monastique, et seuls les moines, qui contrairement aux popes restent célibataires, peuvent être ordonnés évêques. « Nous ne sommes pas là, me souffle un assistant, pour la cause palestinienne, mais pour les Lieux saints » (une pierre en passant dans le jardin du clergé latin, arabe et patriote). Certes, mais que les héritiers autochtones de la première communauté de Jérusalem soient coiffés de l'étranger (quand le patriarcat d'Antioche s'est, lui, arabisé depuis longtemps), n'est-ce pas un clou de plus enfoncé dans le cercueil des Églises locales ? Le *Byzance first* étonne toujours les Occidentaux, oublieux que les Évangiles sont écrits en grec, que les Pères accoucheurs du christianisme pensaient en grec (cet *isme* lui-même est un hellénisme). Le monde romain et la langue latine n'ont pris le relais que tardivement ; et la permanence de la langue liturgique doit être assurée. Il y a eu des communautés grecques à Jérusalem, à Antioche, à Alexandrie, bien avant qu'il n'y ait un peuple palestinien et il n'est pas mauvais, quand on a l'Éternel à garder, de se tenir à distance du politique et du circonstanciel. Cela n'en pose pas moins un problème. Pas pour mon interlocuteur apparemment.

Arrive une délégation de Russes, popes et fidèles mêlés, pressés de se faire photographier auprès du patriarche de Jérusalem. Théophilos nous présente. Il semble à l'aise dans la langue de Tolstoï. Au coude à coude : alliance nouvelle ou retrouvailles ? En Terre sainte, les Russes sont de retour. Et l'avenir des chrétiens d'Orient passe sans doute plus, désormais, par Moscou que par Rome et Paris — ce que nos lunettes latines nous empêchent de voir. Les orthodoxes ont maintenant l'empire de saint Cyrille derrière eux ; Dostoïevski, les starets et les barbus slavophiles — omniprésents dans et autour du Saint-Sépulcre — remontent à la surface. Nous revoilà au temps des *Frères Karamazov*. Plus de huit Russes sur dix affirment croire en Dieu, comme neuf Américains sur dix. 11 % d'Américains se disent sans religion, 16 % de Russes, au dire des instituts spécialisés. Ironie de l'histoire : l'homme soviétique a laborieusement accouché de l'Américain moyen. Terme d'une course folle entre les deux géants, et après quelques dizaines de millions de morts, on arrive de part et d'autre au niveau de piété qui devait être celui du XII^e siècle européen. Tout ça pour ça...

Théophilos se tourne vers nous pour prendre congé :

— Les Russes sont nos amis. Heureusement qu'ils sont là. Comme avant. Même si cela va nous poser quelques problèmes.

Et pour cause : si un tiers des Juifs russes immigrés se révèlent être des orthodoxes, cela fait trois ou quatre cent mille personnes. Accepteront-ils d'être dirigés par un Grec ? Ils seront cinq fois plus nombreux que les ouailles de Théophilos et réclameront leur patriarche. À Moscou, pas à Constantinople.

Ses rapports avec l'État d'Israël ?

— Il est en train de fermer Jérusalem. C'est son droit, en temps de guerre. Nous, nous voudrions qu'elle reste une ville ouverte, non une capitale politique. Pas facile. Israël est un État théocratique, même si certains Israéliens se disent laïques.

— Vous vous en plaignez ? Je ne savais pas, Béatitude, que l'orthodoxie prônait la séparation de l'Église et de l'État.

— Politique et religion vont toujours main dans la main, c'est ainsi. Mais nous, les Grecs, nous avons de la chance. Nous avions deux histoires : l'Antiquité païenne et le christianisme. Cela donne une certaine liberté d'esprit, croyez-moi.

Je puis l'en croire, en ce qui le concerne. Au fond, les religions vivent quand les nations qu'elles cimentent sont en pleine vitalité. Quand les *credo* s'affaissent, est-ce Dieu ou la nation qui flanche ?

En tout cas, je n'ai pas vu ici le portrait du Premier ministre grec ou du président russe. Comme en Syrie, où la photo officielle du chef de l'État, Bachar al-Asad, trône dans le vestibule des couvents et des évêchés, entre la Vierge Marie et le Crucifié. Il y a des circonstances atténuantes, mais outre-Jourdain et outre-monts cela défrise, le coup de pistolet au beau milieu d'un concert spirituel.

## 6. Jésus = Hitler ?

*Si quelqu'un vient à moi et ne déteste pas son père, sa mère, sa femme, ses enfants, ses frères, ses sœurs et jusqu'à sa vie, il ne peut pas être mon disciple.* Luc, XIV, 26.

Dans un établissement francophone, lors d'une réunion du personnel pour décider de la répartition des congés et jours fériés, quand le responsable étranger a proposé le 25 décembre comme jour de fermeture acceptable pour tous, un de ses collègues israéliens a sursauté : « Et pourquoi pas fêter la naissance de Hitler, tant que vous y êtes ? » Dût-on exempter le Fils de l'Homme des crimes commis ou absous par l'Église qui s'est bâtie sur son nom, l'excessif, en l'occurrence, n'est pas insignifiant.

Jésus = Hitler ? Sacrilège, le graffiti, mais pas inutile s'il incite le gentil à changer de lunettes. Sans remonter au Déluge, pour un demi-siècle de persécutions contre les apôtres (entre coreligionnaires, en fait), il y en a eu vingt en sens inverse, et plus sanglantes. Nous logeons dans les blancs de notre mémoire en pointillé les poussées d'antisémitisme chrétien — depuis les pogroms des croisés, la rouelle de Saint Louis, les accusations de crimes rituels, la mise à la question des juifs d'Espagne, jusqu'aux conversions forcées, l'enseignement du mépris, la Passion bavaroise d'Oberammergau et disons le silence de Pie XII au cours des années noires — comme autant de dérapages regrettables, effets de « périodes troublées ». Il suffit d'inverser pleins et vides pour y déceler une chaîne d'hostilités continue, cohérente et tenace. Et Jésus lui-même ? Nous voyons en lui un continuateur émancipé du judaïsme, qui a sorti la prophétie de la synagogue pour la mettre dans la rue et qui, en mariant le particularisme juif avec l'universalité gréco-romaine, a mondialisé un Dieu jusqu'alors national, sans portes ni fenêtres. « N'allez pas croire que je suis venu abolir la Loi et les Prophètes... » Il ne supprime rien. Il accomplit. Il exauce. Il porte à son point de perfection le programme des Écritures. Certes, en remplaçant la Loi par la foi, il rend caduque la préfiguration juive, il la renvoie au musée, pour mémoire, mais enfin, le cadet n'a-t-il pas fait triompher la cause du frère aîné ? N'aurait-il pas droit, pour cette raison, à une éternelle reconnaissance du peuple élu ? Je n'étais pas loin de faire mienne cette vision euphorisante et disculpante. Elle ne résiste pas à une contre-lecture juive de l'histoire, comme celle qu'esquisse, non sans délicatesse, le rabbin Jacquot Grunewald dans son *Chalom, Jésus*. Les premiers chrétiens n'ont pas seulement dérobé aux Hébreux leurs mythes fondateurs, leur mémoire et leurs rituels, *seder* ou *Pessah*. Ils n'ont pas seulement traduit *shabbat* par « sabbat de tous les diables » et « orgie de sorcières ». Ils ne se sont pas comportés en dissidents, en fils rebelles, mais en ennemis mortels, pis que les Romains, car traîtres de souche, vivant sur la place, vipères réchauffées dans le sein qui les a nourries. Joshua de Nazareth lui-même n'a pas un mot de compassion pour son peuple ; il ne s'adresse pas un seul instant à lui au cours de son procès ; il ne profère à son endroit que des menaces et des malédictions. Loin d'œuvrer à sa libération, il se réjouit d'avance de la destruction de son centre vital, le Temple, dont ses disciples, y voyant un juste châtiment, tireront cyniquement bénéfice pour se proposer non en complément mais en substitut (ôte-toi de là que je m'y mette !). Et la suite fut un chapelet d'atrocités connues et reconnues : appel au crime de Bernard, l'abbé de Clairvaux, soufflet en public du Vendredi saint, mise au bûcher du Talmud et bientôt des juifs eux-mêmes, traque des marranes, la liste est interminable. A-t-on oublié que les pogroms en Russie, comme celui de Kichinev en 1903, avaient lieu intentionnellement aux jours des Pâques chrétiennes ? Que Hitler, Horthy, Franco, Pétain, Mussolini, Paveli et Tiso ont tous été élevés dans la religion catholique (quand ils n'étaient pas prêtres comme le Slovaque Tiso) ? Que Goering, la moitié des dignitaires nazis et l'immense majorité des classes moyennes allemandes se réclamaient de Luther ? La Pologne du ghetto et des camps d'extermination, où la haine des Juifs était quasi officielle (relire *Le Juif errant* d'Albert Londres, 1929), n'était-elle pas la nation catholique par excellence ? Et les lois raciales italiennes entérinées par Mgr Pacelli et les applaudissements de l'Église de France sous Vichy...

L'hérésie chrétienne a été souverainement dédaignée par les maîtres du Talmud, et Yeshayahou Leibowitz ne cachait pas un certain dégoût pour cette idolâtrie prétentieuse. De toute façon, un juif n'a pas à se définir par rapport et contre une excentricité apparue bien après lui. Le chrétien n'est pas sur l'écran radar de la conscience juive qui, elle, hante de l'intérieur la conscience chrétienne. La cadette se définit logiquement par rapport à son aînée — et contre elle. L'antijudaïsme fait partie intégrante de la dogmatique catho, du moins jusqu'à la déclaration *Nostra aetatae* (1965) qui a marqué un changement de cap. Ce qui n'implique pas nécessairement de l'antisémitisme, mais y prédispose singulièrement, comme le régime de Vichy l'a montré (confusion des plans à laquelle les chrétiens d'Orient restent plus exposés que d'autres). Un *mea culpa* pontifical, une visite chez le grand rabbin de Rome, ou un billet d'excuse glissé entre deux pierres du Mur occidental ne peuvent effacer, en vingt années, vingt siècles de traumatismes.

L'Israélien passe pour ne faire confiance à personne, et aux chrétiens, ces faux frères, moins encore. L'État hébreu ne manque pas de bons motifs pour « refiler l'addition » à ses anciens persécuteurs. Il existe des associations d'amitiés judéo-chrétiennes, nées après la guerre. L'amitié est plutôt celle de chrétiens pour les Juifs que l'inverse.

L'anticatho a ses bons chrétiens, comme l'antisémite avait ses bons juifs : ce sont les néo-protestants de l'Ambassade chrétienne internationale, les évangéliques sionistes américains, les télémillénaristes du *Deep South*. Gens sans histoire, et qui n'en feront pas. Du moins jusqu'à l'Armageddon final, tant qu'Israël n'aura pas à se convertir au christianisme, selon les plans de Dieu qui attend pour faire revenir son Fils que tous les Juifs soient rassemblés en Terre sainte avant de sommer chacun de choisir son camp. Périlleux alliés que ces chrétiens d'outre-Atlantique qui préparent, mieux que le choc des civilisations, le clash cosmique du Bien et du Mal, plus sionistes que les sionistes mais, dans l'immédiat, riches comme Crésus, amenant pèlerins et subventions, battant tambour, la Maison-Blanche bien en main. Beaucoup d'avantages. Quant au Vatican, sur les pas de Jean-Paul II, il tente un nouveau compromis historique dont les Palestiniens devront faire les frais : en échange d'une tolérance hébraïque, la formation d'une Église locale hébréophone. C'est l'Européen à l'ancienne, qui brouille les cartes, et encore plus l'Arabe accusé de jeter de l'huile sur le feu parce que mêlant le théologique aux affaires de ce monde, mais pas dans le bon sens. La hiérarchie palestinienne est accusée d'oublier que Jésus était juif et de mettre son arabité au-dessus de son christianisme — par ceux qui n'en ont jamais voulu aux cardinaux polonais d'avoir mis leur nationalisme et leur antisémitisme au-dessus des Évangiles. Il est vrai qu'ils s'en prenaient à l'Union soviétique. Selon que vous serez puissant ou misérable... Le côté pragmatique des gouvernants israéliens les persuade sans aucun doute qu'ils n'ont pas intérêt à rester seuls face à l'islam. Mais il y a tant de mauvais souvenirs... Une dette de sang bimillénaire. Dette immémoriale, réparations interminables.

Cet arrière-plan, quel que soit son refoulement, éclaire les misères faites aux vieux chrétiens de Jérusalem. Le fisc israélien réclame à une communauté catholique fort réputée des arriérés pour elle faramineux, dont elle n'a pas le premier sou. D'autres seraient en butte aux mêmes mises en demeure : le ministère des Finances ne veut pas reconnaître les exemptions en matière fiscale du régime spécial, pourtant entériné par les textes, depuis les accords de Mytilène jusqu'à la correspondance Chauvel-Fischer de 1947. Chacune se voit sommée de s'acquitter de gros rappels de taxes et d'impôt foncier. Si l'on ajoute à ces tracasseries (retenues de livres à la douane, visas de résidence écourtés, etc.) le mur que les autorités font passer systématiquement au beau milieu des congrégations d'Abou Dis, à l'est de la ville, amputant les communautés de sœurs latines (Notre-Dame-des-Douleurs, Saint-Vincent-de-Paul, passionnistes et comboniennes), qui servent d'écoles aux orphelins palestiniens et d'hôtels aux pèlerins ; l'interdiction faite aux Arabes chrétiens de Bethléem de venir prier au Saint-Sépulcre ; les bâtons mis dans les roues des hôpitaux et dispensaires d'origine chrétienne — le sentiment général est bien celui d'une hostilité sourde et tenace de l'administration hébraïque, surtout là où la droite est aux manettes. « Vous n'êtes pas juif, vous n'avez qu'à partir d'ici », s'est fait dire un frère par un fonctionnaire revêche, membre du parti Shass. On comprend ce « ils veulent notre fin » qui court çà et là, mi-colérique, mi-résigné. Tout cela aggravé par la lente extinction des clarisses, carmélites, bénédictines, sœurs de la Charité, un sentiment d'abandon de la part des protecteurs traditionnels, Vatican, France, Italie, mais tempéré par la relève qui s'esquisse du côté charismatique. Le consulat de France agit de son mieux, et, malgré l'indifférence de l'opinion dans notre pays, fait honneur aux traités et ne ménage pas son appui à ces survivants tenaces. C'est le silence du Vatican qui laisse perplexes les fils et filles obéissants de la Sainte Église que je rencontre ici. Explicable chez un pape né à Cracovie et *a fortiori* chez un ancien enfant incorporé de force dans les Jeunesses hitlériennes, la consigne donnée par le Saint-Siège à la secrétairerie d'État serait : ne cherchez pas noise à Israël. Quand il a établi les relations diplomatiques en 1993, il a renvoyé à une future commission mixte le soin de trancher les questions juridiques pendantes (dont les droits et privilèges des communautés religieuses), autant dire aux calendes grecques. Résultat : face à la méfiance juive, une méfiance en miroir, parfois dépressive, chez les chrétiens du terroir pris entre deux feux.

✧

Le dénommé Paul-Émile Botta est le plus notoire de ces consuls généraux qui ont soutenu le froc, la cornette et la truelle. Nommé à Jérusalem en 1848, où il est resté jusqu'en 1855, il a donné son nom à la rue où se trouve l'actuel consulat. Une plaque de marbre le célèbre dans le hall. Archéologue lui-même, il avait découvert Ninive et fut à la Mésopotamie antique ce que Schliemann est à Mycènes. Les salles mésopotamiennes du Louvre lui doivent l'essentiel de leurs acquisitions. Ce personnage considérable, qui s'est démené pour le patriarcat latin alors en difficulté, avait le tort d'être catholique ultramontain, sans doute cul-bénit. Flaubert, le jugeant sur sa mine —

son hôte pourtant —, a vu en cet illustre un parfait raté, voire un minus.

« Dîner chez Botta, homme en ruine, dans la ville des ruines ; nie tout, et m'a l'air de tout haïr si ce n'est les morts ; appelle le Moyen Âge de tous ses vœux, admire M. de Maistre. Il apprend maintenant le piano et avoue qu'il n'est pas un creuseur. C'est une phase de la vie de cet homme : fatigué de tentatives (sa vie en est un tissu, médecin naturaliste, archéologue, consul), il a essayé de celle-là, il n'en veut pas d'autre, assez. "Que l'humanité soit comme moi", disent tous ceux qui ne peuvent soit la dominer, soit la comprendre. Son chancelier, néo-catholique, partisan de la musique sérieuse, ignore Hummel, Spohr, Mendelssohn, etc., m'assomme avec des Haendel que je ne l'avais pas prié de me jouer ; sa main droite allait plus vite que la gauche. Pauvres bougres, en définitive. »

Après m'avoir peiné, parce qu'on n'aime pas voir ses idoles passer à côté, encore moins l'écrivain qui a un crayon dans l'œil, ce passage du *Voyage en Orient*, tout compte fait, me rassure. Il confirme toutes mes craintes : 1) un type intéressant a souvent une gueule d'imbécile ; 2) se méfier du badigeon politique : il cache la couleur ; et 3) il peut y avoir des pailles jusque dans l'œil absolu qu'était Flaubert (comme on parle d'oreille absolue). Le malvoyant, le tout-venant, s'en trouve quelque peu décomplexé.

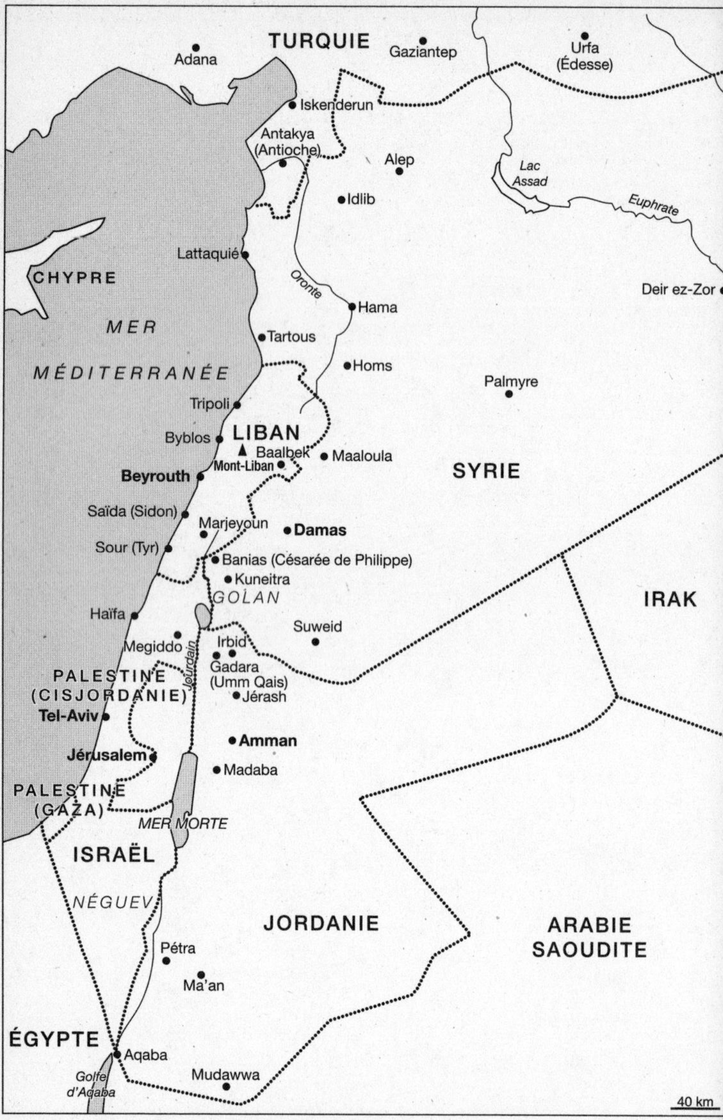


Carte 5. Le Proche-Orient et ses frontières

## III

# *Par Syrie et Phénicie*

*Sa renommée gagna toute la Syrie, et on lui amena tous les malheureux atteints de maladies et de tourments divers.* Matthieu, I, 23.

## 1. Le Messie métisse

*Et ils vinrent sur l'autre rive de la mer, au pays des Géraséniens.* Marc, V, 1.

Les Géraséniens habitent la Jordanie, toujours en face de la Galilée, et Gerasa s'appelle désormais Jérash, à une cinquantaine de kilomètres au nord d'Amman et à cinquante-cinq kilomètres au sud du lac de Tibériade. C'est non loin de là, près d'Umm Qais, à Gadara, que Jésus a libéré un possédé des démons qui, une fois extraits de son corps, sont partis se réfugier dans un troupeau de porcs, qu'il aurait alors précipités dans la mer du haut de la montagne. Ce qui, vu la distance, suppose un vol plané que ne mentionnent ni Marc ni Matthieu, au-dessus de ces contingences.

Gadara est un village fantôme pavé de basalte noir, non loin d'une station thermale israélienne, Hammat Gader, qu'on aperçoit en contrebas. Il y a là un théâtre de deux mille places, presque intact, d'où la vue plonge sur les gorges du Yarmouk et les abords de Tibériade, en territoire israélien. Couloirs entre les gradins, sièges en marbre des premiers rangs, hémicycle avec au fond les piliers où l'on accrochait les décors : on s'y croirait. Le théâtre romain s'est construit après le passage de Jésus, mais la ville grecque en avait certainement un. Pas même besoin de fermer les yeux pour voir l'Enfant du paradis. Assis sur la pierre, au coude à coude parmi la foule, je l'imagine, peu de temps avant son ministère, à une représentation d'*Œdipe à Colone*. Il a terreur et pitié. Il écoute, il s'envoûte. Le rôle-titre, c'est lui. Il soupire, invective, tape du pied. Lui-même baragouine la langue de Sophocle. Comme tous les Galiléens cultivés. La Galilée est une région frontalière, plus fortement hellénisée que la Judée, au contact du monde phénicien et de la Décapole — peuplée de païens. Matthieu mentionne cet ensemble de dix cités s'administrant elles-mêmes, fondées par Alexandre, sur le bord nord du plateau jordanien. Chacune avait ses temples, ses sanctuaires et un théâtre. Les évangélistes ont occulté de leur mieux l'environnement hellène et païen de leur Maître, pour ne pas choquer l'auditoire, soucieux d'orthodoxie. Religieusement incorrectes, ces villes grecques jouxtant le royaume nabatéen qu'on admire à Pétra, tout comme Tyr et Sidon les romaines. La mentalité juive tourne le dos à la mer, aux ports, aux comptoirs de la côte (la mer est le mal, un réservoir de monstres, Léviathan ou Béhémot). La culture hellénique est arrivée par la côte, mais le Grec est un ennemi intime qui est sur place, dont les places fortes, les penseurs, la langue elle-même ont fait tache d'huile vers l'intérieur. Les mots de *synagogue* et *sanhedrin* sont empruntés au grec. Comme ceux du spectacle. *Hypocritès*, qui n'a pas d'équivalent en hébreu ancien ni en araméen, désigne l'acteur de théâtre.

Dans le Nouveau Testament, Jésus emploie le terme à dix-sept reprises, le plus souvent pour critiquer l'insincérité des pharisiens et le farcesque des observances de pure forme. Il savait frapper là où ça fait mal : les desservants du Temple abhorraient le théâtre, cet art d'importation, à peu près comme les habitants de Mea Shearim détestent le cinéma. Jésus savait donc d'expérience ce que sont un chœur, un coryphée, et des acteurs professionnels. À une heure à pied de Nazareth, ou un quart d'heure à cheval, sur la route de Cana, se dressait la puissante ville cosmopolite de Sephoris, où l'on peut voir les restes d'un théâtre romain, creusé dans la colline, de quatre mille places. Flavius Josèphe nous dit qu'elle était « l'ornement de la Galilée » depuis qu'Hérode Antipas en avait fait sa capitale et sa vitrine. L'architecte Joseph a dû travailler à ces grands chantiers, et Jésus lui-même, comme apprenti. N'est-ce pas Sephoris « la cité en haut de la colline » qu'évoque Jésus mi-figue, mi-raisin, elle qui, habituée à collaborer avec l'occupant, refusera plus tard de se battre contre les légions du général romain Vespasien ?

Hérode Antipas, qui accorda à Salomé la tête de

saint Jean-Baptiste, avait été envoyé à Rome par son père, avec ses deux autres frères, Archélaos et Philippe, pour faire ses études, tout comme les présidents et rois d'aujourd'hui expédient leur progéniture faire leurs classes à Harvard ou à Chicago. Le fils d'Hérode le Grand y a étudié les techniques du théâtre et du mime, alors en pleine effervescence, comme les héritiers princes d'aujourd'hui étudient celles du cinéma et d'Internet. Et le jeune Jésus en a bénéficié, quand les petits princes, devenus rois, ont construit, en Samarie, en Galilée et en Pérée, des répliques *up to date* de ces *orchestra*, *vomitoria* et *cavea* qui les avaient tant frappés en métropole. Il était aussi difficile de séjourner à Tyr, à Sephoris ou à Gerasa sans aller s'asseoir sur un gradin d'amphithéâtre que de visiter aujourd'hui New York sans aller voir un *musical* à Broadway ou un *blockbuster* sur écran géant en mâchant du pop-corn. Même si la version expurgée de la vie du Messie ne pouvait admettre ces indécences.

Nous peinons à nous représenter les fascinants de la légende en fascinés du spectacle — le lieutenant Bonaparte bissant le Cid ou Rodogune, le capitaine de Gaulle au Français se dressant au deuxième balcon (au grand dam de son voisin de derrière) pour applaudir Sarah Bernhardt dans *L'Aiglon*, ou bien Jésus adolescent retenant une larme devant la détresse d'un Œdipe bien joué, haussé sur ses cothurnes à bout carré, et lançant à travers son masque des imprécations contre la patrie qui l'a chassé. Et s'émerveillant, sur la fin, de voir qu'un héros peut disparaître dans un bois enchanté sans vraiment quitter la terre des hommes. Les tragiques grecs avaient foi dans la justice divine, lui aussi. Et si cette catharsis, un soir d'été, sous un ciel étoilé, et si cette horreur sacrée lui avait communiqué le frisson sacrificiel, l'envie d'être lui-même un jour le Serviteur souffrant ? Le Souffreteux victime de ses compatriotes ingrats, à la fin racheté par ses douleurs et triomphant à tout jamais ?

Pour fantaisiste qu'elle soit, cette vision est géographiquement fondée et plus proche des données documentaires qu'il n'y paraît. Nous avons pris le pli d'opposer le païen au chrétien, en oubliant qu'Athènes débordait sur Jérusalem et en Galilée plus qu'ailleurs, où les synagogues n'étaient pas des îles. C'est nous qui dissocions la religion de la philosophie, et faisons de celle-ci un exercice pour écoliers attardés, quand elle plongeait en fait dans le quotidien du pékin. Il est en particulier une école de philosophie dont les formules, les attitudes, les mots eux-mêmes se retrouvent en filigrane dans maints passages des Évangiles. Une école de prédicateurs sans frontières, de doux anars apolitiques passant de ville en ville, affranchis des dogmes et des formalismes, se moquant des autorités, des riches et des docteurs, s'adressant spécialement aux femmes et aux enfants sans sophistications inutiles, recommandant l'entraide, l'amour universel, la vie simple. Ils avaient pour saint patron un fils de Zeus, Héraclès. Ils s'appelaient les cyniques. De tous les philosophes de son époque, c'est d'eux que Jésus est le plus proche. Curieux : le mot qui s'associe le moins à son image est celui qui convient le mieux à sa doctrine. Le bon chrétien est un juif cynique.

## 2. Nos Frères musulmans

> *Jésus ressortit du territoire de Tyr et vint, par Sidon, vers la mer de Galilée, en plein territoire de la Décapole.*
> Marc, VII, 31.

L'antique Arbela faisait également partie de la Décapole visitée en voisin par le Galiléen. Sur son emplacement se dresse aujourd'hui la troisième ville de Jordanie, Irbid, à quelques pas de la frontière syrienne, où les Frères musulmans semblent solidement implantés. Un contact jordanien me conduit, avec un membre arabophone de l'ambassade, à une notabilité locale, où je salue la chefferie des Frères réunie pour l'occasion : vieux bonzes et jeunes cadres sur un même canapé. Contrôleur général, ex-président de la Chambre des députés, docteurs islamiques en *abayya* avec le keffieh rouge et blanc (le palestinien est noir et blanc ; et le blanc, neutre) à côté de scientifiques, avocats et/ou médecins en complet-veston. Belle hospitalité. De l'autre côté de la frontière, ces hommes seraient derrière les barreaux. La Syrie punit officiellement de mort l'appartenance aux Frères musulmans — et pratiquement de quinze ans de prison. Dans l'appartement moderne et cossu, pas de tableaux aux murs, mais des diplômes en anglais encadrés, des écussons de cuivre estampé et, au-dessus de la porte, une grande photo en couleurs de Jérusalem centrée sur le dôme d'al-Aqsa. Je m'aperçois que la Ville aux trois visages admet des angles de vue qui permettent, sans retouches au photoshop, d'éliminer les deux sœurettes en trop : le cadrage israélien centré sur le Kotel ignore églises et mosquées ; le cadrage musulman n'a pas de croix dans le champ ; et le cadrage chrétien débarrasse le Saint-Sépulcre des minarets avoisinants. Notre berceau est bien fait : grâce à ses innombrables représentations, chacun en a sa part et tous l'ont tout entière.

La visite passée de Jésus ne fait ni chaud ni froid à mes interlocuteurs, qui m'assurent cependant qu'il ressuscitera à la fin des temps, avec d'autres, et que Myriam a toute leur considération. Ce n'est pas la maman d'un divin enfant, mais elle a tout de même eu du mérite, vierge, d'accoucher sous un dattier d'un prophète. La preuve : une sourate entière du Coran lui est consacrée. Pas de nouvelles, en revanche, de la maîtresse de maison. Ses filles n'apparaissent pas non plus. Sans doute bouclées dans la cuisine. Au déjeuner, le chef de famille apporte le méchoui et sert le thé lui-même. À une mienne question sur le rôle de la femme en société, il me répond qu'ils avaient une femme députée au Parlement, candidate qui a décroché plus de voix que ses collègues, et dix au sein du Conseil consultatif du mouvement. J'ai eu l'occasion d'entendre à Amman cette députée islamiste, remarquable, exposer l'avance prise par l'islam quant au statut social de la femme, « caractérisé par la coopération et la complémentarité des rôles, dans le cadre de la pudeur et du respect mutuel », et mentionner, parmi les points communs entre les mouvements féministes islamistes et leurs homologues occidentaux, la lutte contre l'avortement. Mes hôtes m'informent dans la foulée que le premier régime au monde de citoyenneté égalitaire a été instauré par le Prophète à Médine, et que nous, Occidentaux, ne ferons jamais aussi bien. D'ailleurs, la charia est très en avance sur nos législations. Piété filiale, chasteté des célibataires, fidélité des personnes mariées, respect de la parole donnée, tout cela est inscrit dans la Loi de Dieu, très clément et miséricordieux. La Déclaration universelle des droits de l'homme n'établit aucune condition pour le mariage, laxisme qui permet chez nous des aberrations comme le mariage avec une belle-mère ou entre homosexuels. La charia, heureusement, est plus scrupuleuse sur ce chapitre, tout en autorisant le bébé-éprouvette. Quant à la démocratie élective, l'islam pose des critères de bonne gouvernance, des valeurs suprêmes qui peuvent, le cas échéant, corriger les erreurs de la volonté populaire. D'ailleurs, vous faites pareil, en Occident. Il le faut bien. Hitler est arrivé au pouvoir démocratiquement, n'est-ce pas ? Tâchons d'éviter cela.

Tout modérés qu'ils soient, et exécrés par les djihadistes purs et durs, ces islamistes, je m'en aperçois vite, ne font pas la conversation. Ils admonestent. Avec une patiente commisération pour l'ignorant et l'infidèle que je suis, et, entre deux exhortations au ressaisissement personnel, de sévères critiques contre l'Occident envahisseur que je représente à leurs yeux (à vrai dire, assez mal). « Nous ne croyons plus en vous. Vous vous dites démocrates, et vous soutenez au Pakistan un dictateur arrivé au pouvoir sur un char, pendant que vous mettez en quarantaine nos amis du Hamas, élus au suffrage universel. Et vous, Français, vous avez fait la même chose en Algérie. Vous défigurez tous nos actes, alors que c'est vous qui conspirez contre la démocratie. Le pluralisme, l'alternance, nous sommes pour, ici, en Jordanie. Nous respectons la minorité chrétienne. Nous nous présentons aux élections. Et ce n'est pas nous qui les truquons, on nous enjoint poliment de limiter nos ambitions. On a dix-sept élus (sur quatre-vingt-quinze), on pourrait en avoir plus si on nous y autorisait. Mais c'est le roi, aux termes de la nouvelle loi des municipalités, qui désigne les maires de toutes les villes et la moitié des membres des conseils municipaux. Et cela vous paraît fort bon. Vous dites que nous sommes agressifs. Regardez l'Irak, la Palestine, l'Afghanistan. Qui agresse qui ? Nous n'avons jamais commencé un conflit, nous ne faisons que nous défendre. La vérité est que vous ne voulez pas de l'islam, alors que l'islam est prêt à vous accueillir, car il s'adresse à toute l'humanité, il est universel. Votre marchandise laïque, vos Nasser et compagnie ont échoué dans le monde arabe, et votre Israël, ce corps étranger, ne durera pas longtemps. Maintenant, c'est vrai, vous avez la puissance, mais vous ne l'aurez pas toujours. La Palestine ? Nous serions prêts à tenir compte des intérêts des deux parties, mais pour votre esprit de conquête, c'est impossible. Israël s'est créé sur une base religieuse, qui le lui reproche ? Un État juif vous semble normal, mais pas un État islamique. Et vous ne trouvez pas d'inconvénient à ce que Juifs russes et français viennent nous chasser de nos terres. Nous, nous reconnaissons tous les prophètes, Moïse et Jésus compris. Nier Jésus, nier Myriam, ce serait nier Mahomet. Est-ce que vous faites pareil avec le Prophète, que Dieu le bénisse ? »

La réponse est non, mais, à vrai dire, c'est moi qui me suis posé *in petto* cette bonne question (après Jésus, pourquoi arrêter la prophétie ?). Les disciples d'Hasan al-Banna (fondateur en Égypte des Frères musulmans, en 1928) ne m'en ont adressé aucune. Je crois avoir suscité chez eux quelque compassion pour mes errements — pécheur, je ne serai cependant pas puni dans l'immédiat — mais aucune curiosité. Comme son nom l'indique, le courant appelé « l'islam est la solution » ne se pose pas de problèmes inutiles, et n'a pour nos périphéries, où l'on peut s'approvisionner en gadgets utiles, qu'une sévère condescendance. Un sentiment certain d'infériorité au plan scientifique et technique est largement compensé par le complexe de supériorité morale. D'où, j'imagine, cette inattention aux ailleurs et aux autrefois. Le sceau final de la prophétie a refermé l'histoire, inutile d'envisager l'action de Dieu dans le temps, il suffira d'appliquer d'immuables commandements pour avoir la solution. L'islam est la meilleure des religions, la dernière et l'ultime, la seule véritablement achevée, qui résume et englobe toutes les autres (dont les Livres saints sont soit falsifiés, soit incomplets, soit les deux), conclusive et définitive. Qu'aurait à gagner la vérité à un dialogue avec l'erreur ? Il est vrai que l'on se connaît mal, entre nous. Et qu'il est tentant dans un face-à-face de ce type de se caler chacun dans le rôle que l'autre lui assigne : moi, le dévergondé impérialiste rasé de frais, eux les « sous-dév » fanatisés et barbus. Je crois néanmoins qu'il y a beaucoup plus de livres sur l'islam dans les librairies de Paris ou de Londres, ou d'enquêtes à la télévision, qu'il n'y a de volumes sur le christianisme ou sur l'athéisme dans les librairies du Caire et d'Amman. Cette dissymétrie ne serait pas pour les choquer, d'autant que nous ne sommes pas seulement ignorants du Vrai et du Bien, mais immoraux, pervers et décadents. Notre seul dieu est le plaisir, m'expliquent mes examinateurs, nous ne savons plus distinguer en Occident le bien du mal, nous sommes tous matérialistes, efféminés, alcooliques, drogués, stériles, égoïstes, cupides, pervers, suicidaires, délinquants. Le taux de criminalité, m'apprennent-ils, est, aux États-Unis, douze fois plus élevé qu'en Jordanie. Résultat : nous ne savons même plus mourir pour notre foi, ou même, et à défaut, pour nos idées... Sombre tableau. J'aurais aimé apporter quelques retouches de détails, sur ma sellette, mais personne dans le salon où siègent une dizaine de Frères ne me demande mon avis.

C'est peut-être une force que de ne pas s'intéresser aux autres. L'un de mes sermonnaires a levé un sourcil broussailleux quand j'ai évoqué la situation des musulmans en France, mais les histoires d'allogènes semblent leur être indifférentes. Cela devrait rassurer les défenseurs du « monde libre ». Les Frères — que les gens d'al-Qaida exècrent, même si ceux de Jordanie, sunnites comme eux, sont allés s'incliner sur la dépouille du Jordanien Zarqawi, le correspondant d'al-Qaida en Irak — n'ont pas de politique étrangère. Ils se soucient d'Israël, certes, de l'Amérique, par la force des choses, mais ignorent les questions d'environnement, d'industrie et de classes. Une amie égyptienne, pourtant proche d'eux, m'avait prévenu : l'international, pour un Frère, c'est du translocal. « Qu'advient-il ailleurs aux nôtres ? » Si les djihadistes sont des fascistes, eux seraient des conservateurs bon teint. Ces activistes religieux répugnent à la violence de rue, sont anti-américains par accident et pro-capitalistes par inclination. Nos classes dirigeantes, devant la montée de cet islam de marché, auraient bien tort de grimper aux rideaux. Quand on voit à Amman le supermarché Mekkastore, un *shopping mall* au carré, cinq étages de consommation, quand on voit les filles voilées siroter du Coca sous des affiches de films US, et l'essor des banques islamiques, on se dit que l'Amérique aura plus tôt gagné l'islam que l'inverse. Une islamérique chez les *urban professionals*, une Mekka-Cola dans la génération Internet consumériste et néo-libérale, adepte de la richesse vertueuse ? C'est fort possible, entre autres parce qu'il n'y a pas de *fun* islamique (un mécréant, j'en atteste, finit vite par s'ennuyer ferme chez les mahométans). Une culture qui n'invente pas de loisirs en propre peut-elle bâtir une altercivilisation ?

Un docteur de la Faculté d'études islamiques, plus chenu que ses voisins, laisse percer un certain ressentiment teinté d'ironie contre le règne de l'image, et les nouvelles stars de la *fatwa*, comme el-Kardawi, dont Aljazeera a fait le docteur par excellence. « Dans les années 1960, raconte ma barbe blanche avec un sourire pincé, c'était une honte d'avoir une radio chez soi. Après, il a fallu se mettre à la télé : moi, j'accrochais devant l'écran le cartable des enfants, pour qu'ils ne regardent pas. Et maintenant... » Il soupire. Le temps est passé où les salafistes s'arrêtaient de parler et s'enfouissaient derrière un journal grand ouvert quand apparaissait une caméra ; où les intransigeants vous décrochaient d'un coup de hache une parabole sur un balcon. Maintenant, chaque école, chaque rigoriste a son créneau télé. Et les doctorats ne se décernent plus dans les mosquées ou les universités. — Aujourd'hui, peste mon bougon, il suffit d'apparaître une fois à la télé pour être savant, vous vous rendez compte ! Cet el-Kardawi, c'est comme s'il avait écrit cinquante ouvrages ! Quelle époque ! Les jeunes, à côté de lui, s'esclaffent. Il n'est plus dans le coup. Je le console en lui signalant que nous aussi, les infidèles, dans notre Occident à vau-l'eau, nous avons dû prendre notre parti d'un changement de dynastie : nos autorités intellectuelles et morales sont désormais des chansonniers, des acteurs et des chanteurs (je garde le tout au masculin, pour ne pas trop choquer). Le mauvais temps est partout, lui dis-je avec un clin d'œil. Un front de solidarité anti-*people* va-t-il s'esquisser ?

Si j'avais été médiologue pour de bon, et arabisant (une chose est de lancer la marque, une autre de fournir), j'aurais étudié de près les effets de l'Ordinateur (le terme de théologie savante qui désignait Dieu en français et par lequel Jacques Perret, en 1955, a traduit l'anglicisme *computer*) sur les emprises au sol du Très-Haut. Au lieu de la fracture numérique tant redoutée, c'est d'abord la soudure qui fait impression. En Palestine, la technique remembre ce que la politique démembre. Dans une société éclatée et morcelée, où tous les camps de réfugiés ont leurs sites, le Net refait la jonction territoriale. Outre que le *mail* contourne la censure, il rend la négociation, sinon la décision, plus collective, fait circuler les avis entre exilés d'une vingtaine de pays différents. Les Palestiniens ont même inventé un musée d'art virtuel. Le réseau remplacerait presque, m'assure Elias Sanbar, le représentant de la Palestine à l'Unesco, l'organisation défaillante. En ce sens, le Web, comme la bombe atomique, est un égalisateur de forces et de neurones, qui joue en faveur des sous-éduqués et met en pratique le discours des Béatitudes. Les enfants pauvres des camps s'exercent aux mêmes jeux, au même clavier que les Israéliens de leur âge. Ainsi peut-on, le numérique aidant, brûler une étape dans le devenir universel : enjamber la *graphosphère*, l'ère de l'imprimé, des livres et des journaux, et passer directement de la culture orale, ou *logosphère,* à l'*hypersphère* où nous venons d'entrer. Soit, dans le cas musulman, du Livre unique à l'infini textuel, en sautant par-dessus *les* livres. Ce qui n'a pas que des avantages, si librairie et esprit critique ont toujours eu partie liée.

L'imprimerie en chrétienté a cassé le monopole du clergé, instauré la concurrence et permis la Réforme. Il n'y a pas moins à attendre de l'impact du Net sur l'islam, d'autant qu'un réseau technique étoilé, aux bords flous, répond bien à la nature décentrée et peu structurée de l'*oumma.* Une jeunesse qui tourne le dos aux livres peut réapprendre à lire sur les écrans. Il y a en Jordanie trois cent mille lecteurs de journaux, trois millions de portables et cinq millions de téléspectateurs. D'ici dix ans, tous, Bédouins compris, seront branchés. D'où surgira une formidable plasticité du sacré. C'est une mauvaise nouvelle pour les autorités établies, politiques, religieuses, ou les deux. Les États, y compris les monarchies de droit divin, perdent le contrôle de la vérité, comme les dignitaires celle de la charia, de la même façon que le clergé catholique perdit avec le caractère de plomb le monopole des Évangiles et des articles de foi. Les périphéries rattrapent leur retard et les anciens pôles de production des normes de pensée et de conduite, Égypte et Arabie saoudite, al-Azar et La Mecque, se retrouvent à niveau avec des émetteurs yéménites ou marocains. Mauvaise nouvelle aussi pour les doctes et les subtils. Le branchement en direct sur les nerfs, *via* l'écran, c'est la porte ouverte aux furieux. Outre que la nouvelle ubiquité favorise un plus de charia et un moins d'État, elle stimule l'émotion à fleur de peau plus que la connaissance réfléchie. Avec l'ambivalence classique de la langue d'Ésope, la pire et la meilleure des choses, l'outil de la religion radicale étant aussi celui du relativisme moral. À la question de savoir si cette révolution médiologique ira « à droite » ou « à gauche » — expectative jacobine, sans doute en porte à faux —, la réponse de l'*islam on line* risque de brouiller les cartes, tant informatique et théocratie peuvent faire bon ménage. Comme me disait ma collègue égyptienne : « Moi aussi, je suis fondamentaliste, mais nos fondements ne sont pas ceux que vous croyez. Le pardon, la tolérance, la justice, c'est dans notre bagage aussi. Vous serez étonné. » S'il y a un postislamisme, il devra beaucoup aux paraboles et aux portables. Maints petits signes d'agacement chez les plus jeunes, pendant que les cheiks m'apostrophent, me suggèrent qu'une nouvelle génération pointe le nez. Elle n'entend pas vivre sous un État islamique, mais réclame le droit de vivre avec sa foi, en marge des docteurs et en sirotant du Coca *light*.

Cette universitaire cairote qui parle l'anglais, l'allemand et comprend le français rêve de cet islam à la protestante, individualiste et concurrentiel, où l'application de la charia ne ressortirait plus qu'au choix de chacun, avec des clercs indépendants du pouvoir. Je l'en félicite. Elle me répond narquoisement :

— Vous savez, ce n'est pas sûr que vous y trouviez votre compte. Un islam rénové n'ira pas nécessairement dans le sens de vos intérêts.

— La peine de mort ?

— Elle doit être discutée au sein de la Communauté. Un dernier recours. Jamais la norme.

— Tendre l'autre joue ?

— Je ne suis pas chrétienne. On n'est pas forcé d'aimer son ennemi. L'important est de respecter sa vie.

Après une bonne demi-journée passée à deviser ou plutôt à écouter, nous avons pris congé, mon accompagnateur et moi, dans une atmosphère détendue. Après avoir constaté, en souriant, comme on annonce le réchauffement de la planète ou l'arrivée du printemps après l'hiver, que l'Europe allait bientôt embrasser l'islam, puisque tous nos bricolages y ont fait faillite, nos amis nous ont assuré — « pas de contrainte en religion » — qu'il n'était nullement dans leurs intentions d'imposer le voile à toute la population féminine de notre Hexagone. Nous nous sommes quittés sur cette bonne nouvelle, avec force embrassades et promesses de reprendre bientôt ce que je désespère d'appeler un échange de vues. Et en route vers la frontière syrienne, que je franchis à Deraa. Se font face deux arcs de triomphe, chacun arborant, avec une parfaite symétrie, les immenses portraits juxtaposés, ici, du roi défunt et de son fils couronné et, là, du président défunt et de son fils régnant.

## 3. Le chemin de Damas

*Il y alla et, comme il approchait de Damas, une lumière du ciel l'éblouit soudain et, tombant par terre, il entendit une voix qui lui disait : Saül, Saül, pourquoi me poursuis-tu ?* Actes, IX, 3-4.

Nous laissons le Golan et Kuneitra à l'ouest, où ne subsiste rien de l'ancienne Césarée de Philippe, la ville la plus orientale de la Décapole. Des minarets tout neufs, au fuselage balistique, de loin en loin, sur ce plateau ingrat. La Syrie comptait deux mille mosquées en 1960, elle en avait huit mille en 2000. Le régime reste laïque, et les partis religieux sont interdits. C'est par ailleurs une dictature, avec ses prisonniers politiques, ses tribunaux d'exception et sa censure. Où il est interdit, au lycée français, d'enseigner la Shoah et les enfants d'Izieu (les manuels d'histoire doivent être expurgés). Où nos services culturels ayant fait cadeau aux enseignants francophones de deux mille *Petit Larousse*, un fonctionnaire du ministère de l'Éducation fut chargé de découper, avant distribution, dans chacun d'eux, l'article « Israël » (deux mois de travail). Où l'éducation civique des enfants (comme en Jordanie et ailleurs) consiste à répéter en chœur les slogans officiels. Mais où il y a plus de chrétiens au gouvernement qu'en Égypte, où il est permis d'être athée et où les femmes ont eu le droit de vote avant les Françaises. L'officiel a un argument (très utilisé dans la région) : « C'est nous ou les Frères musulmans. La vis serrée ou le bain de sang, qu'est-ce que vous préférez ? » Les chrétiens préfèrent le *statu quo*, et ils ne sont pas les seuls. Pâques et Noël sont officiellement fériés. Michel Aflak, le fondateur du parti Baath, celui du régime, était lui-même chrétien et ancien étudiant à la Sorbonne, comme l'ont été nombre de généraux, de ministres et de porte-parole du président. Même si le président de la République doit être de par la Constitution de confession musulmane, si les Arméniens s'exilent en grand nombre, si le souvenir des exactions antichrétiennes des Frères musulmans en 1982 est ravivé par les nouvelles d'Irak, cela reste le pays arabe de la région, en dehors du Liban, où les non-musulmans respirent le mieux. Ils n'ont même pas à se présenter comme tels, la laïcité ne leur en fait pas obligation. Ne pas dire « minorités », cela fait ottoman et dhimmi. Une minorité ne peut prétendre à la gestion de l'espace public. Dire : citoyenneté. Un bien précieux, quand affluent par centaines de milliers des Irakiens, qui engorgent les souks, font flamber les peurs et les loyers. L'Amérique n'en veut pas. Elle laisse aux voisins le soin d'absorber, à leurs risques et périls, deux millions et plus de réfugiés.

✧

Maaloula, à cinquante kilomètres de Damas. Un député francophone me fait les honneurs de sa ville. Un village en nid d'aigle à flanc de montagne, taillé à même le roc et coiffé par la coupole du couvent orthodoxe Saint-Serge-et-Bacchus, du nom de deux martyrs syriens du IIIe siècle. Il relève aujourd'hui de l'ordre salvatorien fondé en 1682 au Liban par l'évêque de Tyr et de Sidon, et toujours à cheval entre les deux pays. C'est l'un des derniers lieux où se parle le dialecte du Christ, l'araméen, où son alphabet se lit et s'enseigne, mais ne s'écrit plus. Maaloula, en araméen, signifie « entrée ». Le village est à la porte d'un défilé qui coupe la montagne en deux. La mosquée est en bas, les églises en haut du bourg.

« Ici, m'assure ce chrétien patriote, on ne juge pas les gens sur leur étiquette. On a trois États religieux à nos frontières : l'Arabie saoudite, Israël et l'Iran. Nous sommes contents de ne pas en être. — Oui, lui dis-je. Mais quand je regarde votre télé, j'ai l'impression d'être à Moscou en 1950. Danses folkloriques et images du chef en surimpression. C'est cela, la modernité ? — N'allez pas plus vite que la musique. Si la démocratie est la loi du nombre, j'aurais beaucoup à perdre. On devrait fermer nos associations et nos églises. Ils nous font bien rire, les Américains. Ils voulaient démocratiser le Moyen-Orient, ils l'ont islamisé encore plus. Et puis, vous avez des filets de sécurité. Le jeu démocratique est possible quand le camp qui perd est assuré en perdant les élections de ne pas perdre la vie, sa maison, ses terres et son argent à la banque. Vous pouvez courir l'aventure, vous. Elle est sans risques. Nous, on a le précipice sous nos pieds. Avant la démocratie, il y a la paix. Vous ne pouvez pas comprendre. — Vous défendriez votre pays, les armes à la main ? — Si ce régime que vous n'aimez pas, et vous avez des raisons pour cela, venait à s'effondrer, vous auriez une Syrie cassée en deux, un canton alaouite sur la côte, un canton sunnite à l'est. Le Liban n'y survivrait pas. Je n'ai pas envie de souffrir les horreurs que nous rapportent les centaines de chrétiens d'Irak qui arrivent chaque jour chez nous et dont les Alaouites nous protègent. Et nous, les chrétiens d'ici, où irions-nous ? En Turquie où nous n'avons pas d'existence légale ? Je ne nous le souhaite pas. — Qu'est-ce qu'on peut faire pour vous ? — Pour nous chrétiens, pas grand-chose. Les Français n'ont pas laissé que des bons souvenirs, vous savez ? La Syrie moderne s'est faite contre la France, ne l'oubliez pas. »

Je l'apprends de sa bouche. La France est dans le champ de conscience du Syrien alors que le Français a tout oublié du Mandat. Qui sait encore que nous avons bombardé Damas en 1925, et grugé les représentants du pays en 1936 ? Cela ne figure dans aucun manuel scolaire hexagonal. Si je n'étais pas venu ici, je n'aurais moi-même jamais su comment « nous » avons écrasé le djebel Druze, amputé d'autorité le territoire en 1939 en refilant à la Turquie, dans des conditions honteuses, le sandjak d'Alexandrette, avec Antioche, bombardé derechef le Parlement de Damas en 1945, et mis au trou les premiers élus de l'indépendance. Il y a eu un romantisme de l'ère coloniale dont notre littérature a fait son miel. Haïti a donné *Bug Jargal* et Aimé Césaire ; le Maroc sous protectorat, Lyautey, Gabin et Humphrey Bogart ; l'Algérie, Camus, Amrouche et Jean Daniel ;

l'Indochine, *La Voie royale*, Schoendoerffer et Marguerite Duras. Cela reste. La Syrie sous tutelle a donné Pierre Benoit. Cela n'est pas resté. Les blessures du colonisé cicatrisent lentement. Il a donc une mémoire plus longue que l'ancien colonisateur : c'est son arme secrète, la force du faible contre laquelle missiles et bombardiers ne peuvent rien, sinon l'aviver plus encore. Le différentiel des mémoires, entre hâtifs du Nord et ruminants du Sud, expose les donneurs de leçons aux pires déconvenues. Pour être « plus présent sur les grands dossiers proche-orientaux », comme dit le Quai d'Orsay, il faudrait réussir à se faire porter absent sur les grands registres de l'histoire proche-orientale, où nous n'avons pas brillé par notre respect des droits de l'homme. Le catholique latin n'a aucun souvenir du sac de Constantinople par les croisés, que tous les orthodoxes ont encore présent à l'esprit ; pas plus que nous, républicains français, n'avons connaissance des faits et méfaits du général Gouraud à Damas en 1920. Une mémoire nationale, c'est la gestion en commun de quelques oublis opportuns, dont le comblement nuirait au moral de la nation. Sauf que nos trous de mémoire ne sont pas les leurs, et *vice versa*. D'où certains malentendus.

✧

Damas. Visite du complexe Kaftaro, du nom du grand mufti de Damas décédé, le cheik Ahmad Kaftaro, qui s'était opposé à ce que Jean-Paul II fût reçu à l'intérieur de la mosquée des Omeyyades.

Cette fondation immense, coiffée de deux minarets, occupe tout un pâté de maisons. C'est la principale école de formation religieuse sunnite, un centre international qui enseigne la religion musulmane et donc l'arabe à plusieurs centaines d'adolescents venus de tous les continents (j'y rencontre de jeunes Français venus de Martinique et de La Réunion). Le centre est dirigé par le cheik Salaheddine Kaftaro, fils du précédent, qui me reçoit avec la plus grande amabilité, me fait l'éloge de Bouddha, Confucius, Jésus et de l'inentamable amitié franco-syrienne. Il me montre ses salles de cour ultramodernes dotées par le Japon des derniers modèles de *computers* et de laboratoires. La SARL reste dans la famille. L'aspect économique et social de l'institution religieuse, à mi-chemin du ministère et de la multinationale, n'est pas aisément compréhensible pour un laïque français. Un impressionnant et cosmopolite bataillon de jeunes filles voilées, en uniforme, faisant chorale dans une vaste salle pavée de marbre, m'adresse un au revoir grandiose et mélodieux, avec un entrain proprement martial. Je sors impressionné par tant de discipline et d'organisation. Plus tard, en petit comité, un historien du cru me remet gentiment à ma place : « Arrêtez de dire les musulmans pour parler de nous. Est-ce que je dis les chrétiens quand je parle de vous, Français ? Ne nous mettez pas Ben Laden sur le dos, ou alors je mets Ben Bush sur le vôtre. Je ne suis pas plus disciple de Saladin que vous n'êtes un héritier de Richard Cœur de Lion. » Voilà qui est bien envoyé. La laïcité a la sagesse de contredire l'identité natale.

Mais à tous les coups elle en réclame une autre, comme Atatürk l'avait compris : un patriotisme quasi religieux, seul susceptible de faire d'une nation autre chose et plus qu'une addition de minorités se regardant du coin de l'œil. Qu'est-ce qu'être syrien aujourd'hui ? Sur quelle communauté de sentiments s'appuyer ? Épineux.

Dans le vieux quartier chrétien, les minarets poussent comme des champignons à côté des clochers, sans la mosquée correspondante. Juste pour narguer. La Maison d'Ananie est le seul lieu saint reconnu par la custodie en Syrie. Paul de Tarse y fut baptisé par ce Juif damascène, revenu de Jérusalem après la lapidation d'Étienne, avant d'être lui-même lapidé par ses compatriotes. Saint Jean-Baptiste, reconnu par les musulmans comme un prophète de l'islam, a son tombeau dans la salle de prière de la mosquée des Omeyyades. Celle-ci s'est bâtie sur l'emplacement de l'église qui lui était dédiée, elle-même bâtie sur un temple de Jupiter. Le minaret du sud est appelé le minaret de Jésus. Le Christ y reviendra à la fin des temps pour juger les hommes. Décapité à Machoronte (en Jordanie), le précurseur de Jésus ne sait plus où donner de la tête. Il en a trois en ce moment : l'une à Damas, la deuxième à Amiens, dans la cathédrale, et la troisième au palais de Topkapi, à Istanbul. On ne prête de chefs qu'aux chefs. La capitale omeyyade n'est pas sectaire : à côté du mausolée de Saladin, elle accueille également le mausolée chiite, tout en faïences bleues, de la fille de Hussein (tuée à Kerbala). Et pas moins de trois patriarches chrétiens appelés

« d'Antioche et de tout l'Orient », mais aujourd'hui résidant en Syrie, l'un des premiers pays arabes à avoir noué des relations diplomatiques avec le Saint-Siège, en 1953, et le seul de la Ligue arabe, avec le Liban, où l'islam n'est pas religion d'État : le Grec orthodoxe (Ignace IV Hazim), le Grec catholique (Grégoire III Laham) et le syriaque orthodoxe (Ignace Zakka Ier Iwas). Les chrétiens — plus d'un million de personnes — paient d'une loyauté sans faille leurs libertés fragiles (même si la nationalisation de l'enseignement, en 1967, a conduit à fermer les écoles chrétiennes).

Peut-on les croire sur parole lorsqu'ils disent : « Nous sommes libres et heureux ici » ? L'alliance des minorités, 10 % de chrétiens, 10 % d'alaouites, 10 % de Druzes, leur convient évidemment plus — même après le départ du « regretté président éternel », Hafez el-Assad — que la loi de la majorité. Les dhimmis ne pouvaient participer au pouvoir politique ni porter les armes. Eux le peuvent. Ce sont des citoyens. Au fond, ils ont deux ennemis : la charia, et le *one man one vote*. La théocratie et la démocratie. Le kémalisme républicain, ne l'oublions pas, n'a pas été tendre pour les chrétiens de Turquie — les survivants du massacre. Il se pourrait que le régime confessionnel — si décrié au Liban — soit finalement pour eux le pire des régimes à l'exception de tous les autres. On leur reproche parfois de manquer de courage et d'aplomb face aux pouvoirs locaux. La surenchère est l'autodéfense du minoritaire. Comme ces Juifs italiens qui faisaient chorus sous Mussolini. On se fait tout petit et l'on en rajoute pour mieux se faire accepter, on s'agrippe au radeau de Mahomet avec l'espoir de ne pas se faire couper les mains. Ils ont des gages à donner, les chrétiens d'Orient, du seul fait qu'ils passent aux yeux de beaucoup de musulmans pour les hommes liges des États occidentaux que l'homme de la rue s'imagine encore chrétiens. Une cinquième colonne, un cheval de Troie. À cet égard, l'alliance passée des maronites libanais avec Israël n'a pas facilité les choses. Non plus que les déclarations du pape à Ratisbonne, que nombre de catholiques ici, qu'ils soient du Caire, de Damas ou de Bagdad, ont vertement et publiquement critiquées.

✧

J'avais oublié la légende des Sept Dormants. Mes amis syriaques me l'ont rappelée, et pour cause, si c'est eux qui l'ont transmise aux Arabes chrétiens et musulmans ainsi qu'à l'Occident. Grâce à eux, le dominicain génois Jacques de Voragine faisant relais avec sa *Légende dorée* (1250-1280), le culte des Dormants d'Éphèse est célébré chaque année près de Plouaret dans les Côtes-d'Armor et dans les oratoires de Damas et de Téhéran, puisque ce mystère chrétien est évoqué dans la sourate *La Caverne* du Coran, récitée lors de la prière du vendredi. Fuyant la persécution de l'empereur idolâtre et romain Dèce, sept jeunes Éphésiens et leur chien se réfugièrent dans une caverne et, trois siècles plus tard, se réveillèrent miraculeusement. Les noms de ces adolescents chrétiens emmurés vivants, devenus dans le

Coran « les compagnons de la caverne », sont des talismans en terre d'islam.

Le père dall'Oglio, installé près de Damas au milieu des syriaques, fait souvent l'aller-retour entre la Bretagne et son désert. Il a pour maître Louis Massignon et pour passerelle entre deux mondes la tradition des Sept Dormants. Il a relevé à mains nues les ruines du monastère de Mar Moussa perché sur la montagne et qui dépend du chef-lieu de Homs, fief islamique. Accessible seulement à pied, le monastère est un fortin à meurtrières en haut d'un pic dominant le désert ; il en a la couleur sable. Tapis au sol et chaussures à la porte, comme à la mosquée. Jamais citadelle de la foi ne fut plus ouverte à tous les croyants, et aux autres aussi. L'ancien monastère de Saint-Moïse-l'Éthiopien a été rebâti par le jésuite italien en une dizaine d'années. Un physique de rugbyman dans un paysage d'Exode, pour un dessein de prophète : la pacification de la famille d'Abraham. L'ancien gauchiste des années 1970 a appris le français à Paris, comme garçon de café, l'arabe à Beyrouth, l'hébreu à Jérusalem, et le syriaque ici — les liturgies du monastère, où Dieu s'appelle Allah, sont en arabe et en syriaque. Ce mystique à l'état sauvage a plus d'une culture et veut vivre ensemble christianisme, judéité et islam. Après ses études au noviciat de Rome, il a dit la messe aux Philippines, respecté le *shabbat* à Jérusalem et prié dans les mosquées de Damas. Dall'Oglio : l'homme qui refuse les murs, pas seulement en paroles, en actes. Au point d'être en délicatesse avec Rome et ses cardinaux, où l'on se souvient sans doute de la querelle des rites chinois et de la capacité des jésuites à pousser le bouchon un peu loin en matière d'« inculturation ».

Cet intégriste de la bonté, adepte des spiritualités extrêmes, comme d'autres le sont des sports extrêmes, a bien voulu me recevoir dans sa thébaïde. Passaient par là deux sexagénaires françaises venues de Paris avec Caddie de supermarché et sac à dos. Elles font, chargées de mille intentions de prières reçues au passage, le pèlerinage de Jérusalem à pied. Le désert n'est pas propice aux modérés. Siméon le Stylite, qui vivait non loin d'ici sur sa colonne, tient son rang à côté de saint Antoine l'Égyptien. Lui-même se définit comme un catholique syriaque. Les rites de cette communauté sont les plus proches des origines bibliques, et portent l'empreinte du lieu. Dall'Oglio veut-il réconcilier Loyola et Mahomet ? Sans pousser jusque-là l'extravagance, il assume le passage de l'œcuménisme classique à un syncrétisme prophétique, dont il fait devant moi un éloge audacieux et subtil. Il annonce comme une réalité en devenir « cette Église islamo-chrétienne » préfigurée en Hagar l'Égyptienne, destinée à se manifester au moment de l'accomplissement final des bénédictions divines.

On n'est pas forcé d'adhérer pour admirer. Ceux qui vivent dans leur chair le rendez-vous des civilisations et non sans une certaine solitude, car il n'y a pas foule dans ce bastion de la main tendue, inspirent plus que du respect. Le dialogue des cultures, ici, n'est plus le thème d'un week-end à Cordoue, mais l'aventure d'une vie, entre polar et oraison. Je quitte Paolo et Mar Moussa à regret, avec déjà une certaine nostalgie du pari à mes yeux impossible.

✧

Quand on est de la filière Antioche (où est né le mot « christianisme »), géographiquement en Turquie mais culturellement syrienne, on peut s'enorgueillir et le prendre de haut avec Rome, droit d'aînesse oblige. Ainsi Ignace IV Hazim, le patriarche orthodoxe d'Antioche, a-t-il reçu Jean-Paul II à Damas, en 2001, sans se gêner pour lui rappeler que son siège était apostolique et antérieur à celui de l'évêque de Rome. « Pierre, qui s'établit d'abord à Antioche, vous accueille sur cette terre de Syrie. C'est de cette terre que l'universalité du message évangélique s'est instituée dans les faits... » Le monde syriaque, monophysite (comme les coptes), plus pauvre et plus rural, y a aussi contribué, à cette planétarisation. Édesse, dit la tradition, fut la première ville chrétienne. D'après Eusèbe de Césarée, le roi d'Édesse, l'Arabe Abgar V, informé de ses miracles, aurait envoyé des émissaires à Jésus de son vivant, peu avant sa Passion, lui demandant de venir le soigner et de partager la conduite du royaume. Jésus aurait décliné l'offre tout en promettant de lui dépêcher, après sa Résurrection, un disciple pour le guérir et le convertir, et en lui envoyant dans l'immédiat sa photo, le mandylion. Le syriaque est une variante de l'araméen, une langue culturelle et liturgique dont les adeptes ne doutent pas qu'elle fut celle d'Adam et Ève au paradis, avant Babel. Aujourd'hui, beaucoup de syriaques cherchent refuge en Turquie, avec les Chaldéens, leurs cousins contrariés, sur le plateau de Tur Abdin, entre le Tigre et l'Euphrate, où ils se retrouvent en butte à la fois aux Kurdes et aux Turcs. Tandis que d'autres partent en Allemagne et en Suède. Ou à Sarcelles. Toujours entre deux feux, le chrétien des origines.

Il faut comprendre leur fierté, à ces syriaques orientissimes, y compris envers les musulmans. Comme les Juifs, frères aînés des chrétiens, étaient là avant le Christ, les syriaques étaient là avant Mahomet. C'est autour de Damas et non en Arabie que l'on a trouvé les plus anciennes traces d'écriture arabe, avec des inscriptions chrétiennes du VI^e^ siècle (trilingues : grec, syriaque, arabe). Ils ne se vivent pas en hôtes de l'islam. Les jacobites ont accueilli les cavaliers de Mahomet avec bienveillance et même une certaine connivence. Comme des libérateurs du joug byzantin, des vengeurs conduits par Dieu. Les descendants de Hagar, la première compagne d'Abraham et la mère d'Ismaël, qu'étaient ces Arabes du désert se situaient à leurs yeux dans le droit-fil de la Révélation. Le Prophète n'avait-il pas arraché ces peuplades à l'idolâtrie ? L'islam à leurs yeux : une hérésie chrétienne qui a eu plus de chance qu'eux.

✧

Retrouvé le même instinct de sympathie, la même cordiale curiosité envers ce dernier arrivé un peu envahissant chez le métropolite du Mont-

Liban, Mgr Khodr, forte personnalité orthodoxe à la fois politique et religieuse. Il tient lui aussi qu'un chrétien arabe doit pouvoir « parler musulman », et qu'un Mahomet, plein d'amour pour Jésus et Marie, fait partie de la famille. Les orthodoxes, autocéphales, peu suspects d'impérialisme (Byzance est loin), sont les plus disposés, au Liban comme en Syrie, à servir de truchement entre les trois messagers du même Dieu, Abraham, Jésus et Mahomet. Après tout, disent-ils, l'islamisme n'a pas un siècle, et l'islam en a quatorze. Pourquoi le diaboliser ? Certains vont encore plus loin, même chez les Latins, comme le dominicain Jean-Christophe Humbert : « Pour nous Européens et chrétiens, l'Amérique est une concubine, mais notre épouse légitime, c'est l'Orient. Il nous faut redorer le blason de l'islam. Ce fut, en son temps, un grand moment de civilisation. Il n'a pas seulement conquis par les armes : il a repris le flambeau byzantin à bout de souffle. » Attitude plutôt rare chez les maronites, passés à l'Ouest pour ainsi dire depuis leur union avec Rome, définitivement scellée au XVIe siècle, et assez forts et nombreux pour marcher la tête haute. Ce sont, avec les coptes d'Égypte, les deux ancrages les plus stables d'un archipel en voie d'effritement, celui du christianisme oriental. D'excellents observateurs, comme le diplomate Jean-Pierre Valognes, ont fait la chronique d'une mort lente et annoncée, et tiennent qu'ils ne sont plus là, fantômes et reliques, que pour le décor. Tout conspire en effet à leur éradication, et pas seulement l'intégrisme islamique qui veut en faire un corps étranger : le déclin démographique, l'exode massif, l'imbroglio des Églises (neuf au Liban), l'ésotérisme des traditions, la sclérose des hiérarchies, l'immobilisme doctrinal, le passéisme liturgique, l'anonymat des villes qui relâche les liens, puisque « moderne » veut dire « disséminé » et qu'une communauté disséminée est une communauté dominée. Ajoutons des relations suspectes avec l'Occident, jointes à la modicité des aides financières (les subsides pour les musulmans se calculent en dizaines de millions, pour les juifs en millions, pour les chrétiens en milliers de dollars). Faut-il pour autant les laisser disparaître sans bruit ? Je ne le crois pas, même si l'Européen (*a fortiori* l'Américain) se trouve coincé entre l'intervention, qui compromet le secouru, et l'indifférence, qui l'abandonne à son sort. Cette peau de chagrin mérite qu'on veille à son avenir et pas seulement pour des raisons morales. La question des minorités va être la grande question du siècle. Plus la planète se resserre, plus les distances se creusent entre ses habitants. La question n'est ni rétrograde ni folklorique. Et surtout pas pour le monde islamique, qui se condamnerait à l'étiolement et à la stérilité en s'uniformisant. Et serait d'autant plus agressif à l'extérieur que monoculturel et monomaniaque au-dedans. Quand les chancelleries comprendront-elles que répondre aux SOS lancés par ces communautés et qui se perdent dans le vide ne relève pas seulement de la compassion humanitaire ?

Le sort de cette grosse dizaine de millions de personnes (coptes inclus, les plus nombreux) dépend en définitive du grand clivage prévalant dans la région entre « eux et nous ». Soit le lien fédérateur est ethnique, c'est l'arabité, et alors ils ont le vent en poupe, parce que ce sont des Arabes et qu'ils ont même toujours été à la pointe des grands réveils arabes (au Xᵉ siècle, sous les Abbassides, comme au XIXᵉ, sous les Ottomans). Sont alors exclus du jeu les Turcs et les Iraniens. Soit le fédérateur est religieux, c'est l'islam, et alors Iraniens, Turcs et Indonésiens reprennent leur place à table, mais les chrétiens la quittent. Depuis deux siècles, le balancier va d'une exclusion — dehors ceux qui ne parlent pas notre langue — à une autre — dehors ceux qui n'ont pas notre religion. La défaite du nationalisme arabe, sous les coups combinés de l'Occident et de l'Arabie saoudite, c'est aussi et d'abord celle des chrétiens. La « phase 2 » leur sera sévère ; et les odes à la Méditerranée plurielle, aux confluences spirituelles, à la solidarité dans la prière commune, en seront de plus en plus poétiques ou obscènes, selon les goûts.

Dans l'immédiat, l'Occident n'est pas moins dangereux pour eux que l'islam, les deux les prennent en tenailles. Plus de la moitié des chrétiens d'Irak ont déjà dû quitter le pays, l'autre moitié est en chemin. Dans l'histoire du christianisme oriental, après le génocide arménien, il faudra citer l'invasion américaine de la Mésopotamie. Le monde musulman les chasse parce qu'ils auraient partie liée avec le bombardier d'Occident : lequel n'a que faire des dommages collatéraux. Par une rare ironie de l'histoire, la première puissance chrétienne d'Occident achève de déchristianiser le berceau du christianisme. On peut s'étonner de ne pas entendre plus de muftis et de *sayed* condamner les enlèvements, les décapitations, les monstrueux sévices dont sont victimes les chrétiens en Irak. Comme de voir le pape lui-même recevoir M. Bush, premier auteur de ce crime contre la paix, sans clairement l'admonester. Voilà ce qu'il en coûte de n'avoir ni pétrole, ni tuteur, ni territoire.

✧

Pourquoi s'attacher comme je le fais à la « question chrétienne » ? Parce que c'est un baromètre. Elle dit le temps qu'il fait et fera. Les chrétiens d'Orient sont à l'islam ce que furent les juifs à la chrétienté d'antan : des catalyseurs de modernité et des ouvreurs de fenêtres. Ils ont fondé et peuplé les partis communistes libanais, irakien, palestinien et tous les mouvements progressistes de la région. Lancé les journaux, les imprimeries, les orchestres. Pionniers des révoltes contre l'Empire ottoman, et pour l'indépendance sous l'occupation occidentale. Journalistes, éditeurs, professeurs, musiciens, gens de théâtre, acteurs mais aussi entrepreneurs, banquiers, hommes d'affaires. Aussi bons bolcheviks que bons capitalistes. Et l'antichristianisme musulman a beaucoup de points communs avec l'antisémitisme chrétien d'avant guerre, même si le premier n'a jamais été élevé à la hauteur d'une doctrine comme le second : apatrides, subversifs, ploutocrates, agents de l'étranger, ferments de dissolution. Leur introversion les expose aux mêmes reproches, parfois fondés, de formalisme, ritualisme et sclérose. On les accuse de vivre dans un ghetto, repliés sur leurs traditions, tournés vers le passé. C'est que les chrétiens d'ici sont déchirés, eux aussi, entre un désir d'authenticité et un besoin d'assimilation. Ou ils s'incorporent, et perdent leur originalité. Ou ils se retranchent, et suscitent l'hostilité. Un Arabe chrétien par trop assimilé peut fondre tel un glaçon dans l'eau comme chez nous, hier, un israélite bon teint. Les coptes égyptiens utilisent la Bible au pied de la lettre, comme les musulmans le Coran, et leur pape, Chenouda III, interdit à ses ouailles d'aller à Jérusalem « usurpée ». Mais de même qu'aux XIXe et XXe siècles l'Occident donnait à juger de son niveau de civilisation par son attitude envers la minorité juive, de même l'attitude des pays arabo-musulmans face à leur minorité chrétienne devrait-elle être érigée, au XXIe siècle, en pierre de touche.

Il y a une différence entre ces deux destins difficiles : le juif en Occident était porté par une promesse, l'attente du Messie, et le retour à Jérusalem. Pour le chrétien d'Orient, le Messie est déjà venu, le bout du tunnel est noir, mais dans ce boyau, il est chez lui.

## 4. Béatitudes

*En sortant de là, Jésus se retira dans la province de Tyr et Sidon.* Matthieu, XV, 21.

Tyr et Sidon sont maintenant au Liban. Ces deux villes ne sont plus, comme au temps de Jésus, accessibles par le sud. On y accède par le nord, en gagnant d'abord Beyrouth. La « fiancée de la Méditerranée » est plus juvénile et dévergondée que Jérusalem (qui en serait plutôt la duègne acariâtre), malgré les souvenirs encore visibles sur maintes façades de la dernière guerre civile et les préparatifs en sous-main de la prochaine. On ne communique plus entre Israël et Liban. Les deux pays sont en état de guerre depuis 1948 (et Israël, contre toute logique, est interdit d'institution francophone par un veto libanais de représailles). Le dernier épisode de l'été 2006 a fait, en trente-trois jours, chiffres des Nations unies, mille cent trente et un tués au Liban, des civils pour la plupart, plusieurs milliers de blessés, un million de déplacés, quinze mille maisons détruites, neuf cents usines, marchés, boutiques endommagés ; cent quarante-trois tués en Israël, dont quarante-trois civils, des milliers de déplacés et cinq milliards de dollars en pertes économiques. La compassion des téléspectateurs français ne s'est heureusement pas distribuée au prorata des pertes, mais des affinités et des appartenances, malgré le très précaire équilibre du petit écran, et la formule convenue « on déplore des victimes des deux côtés ». Le Libanais de Paris s'est plaint de l'évident parti pris pro-israélien de nos médias, et le membre du CRIF de leur antisémitisme non moins évident. Et chacun de zapper à l'apparition au journal de vingt heures d'une veuve qui de « terroriste », qui de « mort pour l'Occident », effondrée sur un cercueil. Nous sommes tous borgnes au royaume de l'image. Dans l'hécatombe lointaine, il y a désormais le cadavre bon pour la caméra et le dommage collatéral bon pour les statistiques. CNN fait le champ ; Aljazeera, le contrechamp. « Il ne faut pas voir la réalité telle que je suis. » Pour qui entend suivre le bon conseil d'Eluard, l'aller-retour entre les deux chaînes est recommandé.

✧

Byblos, sur la côte, bourgade qui donna son nom au premier livre, capitale mythique des bibliothèques et des bibliophiles. Marchant le long du petit port de plaisance, où une entreprise américaine nettoie efficacement et bénévolement, par dragage et épandage de dissolvants, les séquelles de la marée noire provoquée par le bombardement d'une raffinerie voisine, un collègue libanais soupire : « Ah, l'Amérique ! L'Empire nous tue en gros et nous fait revivre en détail. » Refoulant son désir d'en découdre, l'envie lui viendrait presque de remercier Washington. Combien de fois n'entend-on par ici de ces exclamations d'amour-haine ! Me revient à l'esprit la boutade d'un camarade vietnamien à Huê : « Les Américains rasaient nos villages, tuaient la moitié des habitants et, le lendemain, pour un peu ils parachutaient des chaises roulantes pour les survivants. » L'impitoyable et bienveillant Empire suscite où qu'on aille ces ironies mi-chèvre mi-chou. Rome au Ier siècle de notre ère devait inspirer sur ses pourtours une ambivalence de ce genre. Le Romain était un conquérant atroce dans l'action mais assez peu vindicatif, après coup. Ponce Pilate, un sceptique, eût volontiers laissé filer Jésus. Les successeurs de Titus n'ont pas puni les Juifs qui ont survécu à la destruction du Temple, se contentant de détourner l'impôt versé aux lévites vers le fisc impérial. Les cruautés romaines étaient fulgurantes mais, Carthage mise à part, sans trop d'acharnement. Même la persécution des chrétiens a procédé par à-coups, sans un méthodique entêtement. Les régimes totalitaires, qui ont le temps, ignorent ce va-et-vient entre *benign neglect* et ruades en pleine figure, propre aux démocraties parlementaires ou plébiscitaires, et que la versatilité des régimes d'opinion accentue encore. Le César tournant a des foucades, seul le César à vie *fait le suivi*.

✧

Montée au patriarcat maronite, sur les hauteurs de Jounieh. Plus près des cieux, mais en Terre sainte, un saint homme s'occupe plus de la terre que du ciel. Expédiés les salamalecs, on coupe au plus vif.

— La Syrie, ce n'est pas joué, vous savez. Tout s'échange. Le jour où les Américains auront besoin d'elle pour sortir d'Irak n'est pas si loin. Après tout, le Golan, cela peut se régler en deux minutes...

— Est-ce à dire, Béatitude, qu'on vous verra un jour à Damas ?

Il est plus frêle, avec une barbe blanche plus courte et mieux taillée que ses frères en Christ, mais tout aussi intransigeant sur ses prérogatives.

— Difficile. Mon siège a la primauté d'honneur. Nous sommes les plus importants ici. C'est à eux de venir ici. Le patriarche orthodoxe est un ami. Il connaît le chemin.

— Et le parti de Dieu, le Hezbollah ?

— Il m'envoie ses gens. On discute. Mais maintenant qu'ils ont mis la main sur le général, ils ont moins besoin de moi. C'est bien que tous les chrétiens ne soient pas dans le même camp. J'approuve. Cela préserve l'avenir. Tout ce que je leur demande, c'est de ne pas s'entre-tuer. Se diviser, c'est s'affaiblir.

— Sur le statut personnel, où en êtes-vous ?

— Je n'étais pas opposé au mariage civil. C'est indispensable si l'on veut un État laïque. Mais je n'ai pas insisté. Les sunnites n'en veulent pas. Ça couperait encore plus le pays en deux.

— Si vous permettez, Votre Béatitude devrait prendre la présidence en intérim, pour composer le gouvernement d'union, et revenir ensuite ici... Vous mettriez tout le monde d'accord.

— Mon pauvre monsieur, ce n'est pas mon rôle. Makarios a mal fini, vous savez, voyez Chypre. Si je peux avoir un gramme d'influence, tant mieux, mais... On fait ce qu'on peut : trois fois rien.

Sa Béatitude tempère par un sourire cette fausse humilité. Nous en sourions. La porte s'ouvre, le secrétaire particulier entre sur la pointe des pieds et m'indique de loin sa montre, d'un index cordialement réprobateur.

Dans l'antichambre, trois députés et un ambassadeur. Des journalistes déploient leurs trépieds à caméra. Le ministre est annoncé pour midi. La routine.

Descendus par mégarde de quelque frise de Ninive ou de Persépolis, ces patriarches, exarques, métropolites gardent de ce moment de distraction quelque chose de mésopotamien. Sa Béatitude Ignace Zakka Ier Iwas, près de Damas, le syriaque orthodoxe, semblait dormir ou dans la lune quand il m'a, sans mot dire, d'un geste las du bras, fait l'honneur du tabouret. Barbe chaldéenne, peau de saurien, paupières lourdes, l'*encolpion*, gros médaillon ovale et bariolé, sur la poitrine, ces vivants monolithes posent sur le mortel de passage un regard d'île de Pâques, qui nous fait sentir bulle de savon ou mouche du coche. Devant ces fatidiques sans âge et que leur barbe blanche habille, qui ne dépareraient pas plus un daguerréotype qu'une fresque ou une enluminure, et que j'échoue toujours à imaginer en bambins ou même en adolescents imberbes, trop conscient de déranger, je bafouille. Courtois pourtant et plutôt hospitaliers. Économes de mots. Hiéroglyphiques. Protégés par un essaim d'acolytes dont je devine les voix étouffées derrière la porte — vicaires, chaouchs, coadjuteurs, diacres, assistants, *kawass* ou secrétaires, comment savoir. Cette sourde agitation dans l'antichambre laisse imaginer de quel effet serait sur l'entourage et les environs un froncement de sourcils du burgrave. Mais pas toujours au-delà : les patriarches n'ont pas autorité sur les expatriés, de plus en plus nombreux. Leur diocèse rétrécit en terroir, les ouailles s'éparpillent aux quatre coins du monde. Les trois quarts des fidèles soumis à la juridiction du siège grec orthodoxe d'Antioche sont en Amérique latine.

Dans la liturgie orthodoxe, l'évêque s'intitule *despotès*, le maître. Despote, en français, est de trop. Disons : ce qui reste des puissances, dominations et seigneuries, le deuxième rang des anges. En Égypte, Chenouda III, le pape copte, s'installe au premier. Sur son trône pontifical au dossier démesuré, avec sa mitre de tsar couronné, sa croix, son pectoral, ses pierreries, sa houlette, c'est une idole païenne à tête de père Noël ployant sous les ors et les colliers d'argent, à côté duquel le pharaon en grande tenue de cérémonie ferait jeune homme sportif. Au Proche-Orient, ces tenues d'apparat seraient déplacées. Nos hiérarques donnent audience bien calés sur une cathèdre tendue de damas rouge, sous un dais de brocart, un vieux téléphone en bakélite noire posé à portée de main sur un guéridon. Chez les Assyriens du Kurdistan et jusqu'à hier, la fonction patriarcale restait héréditaire, d'oncle à neveu, et la houlette épiscopale n'a pas tout à fait rompu avec la canne de commandement néolithique. Que l'humeur du dignitaire local demeure malgré tout un élément à prendre en compte dans le rapport des forces locales, l'indiquent assez les gardes de sécurité à l'entrée du palais-citadelle, les cours, poternes, escaliers, le silence qui s'épaissit à mesure qu'on s'approche de la vaste salle d'apparat où Sa Sainteté donne audience. Le Christ-Roi a perdu en Occident ses moines-soldats ; en Orient, Dieu le

Père garde ses maréchaux. En leur personne — cinq patriarches d'Antioche, trois à Jérusalem, trois à Alexandrie et à Beyrouth —, le guide spirituel a fusionné avec le chef de tribu. Il symbolise une nation, protège ses ouailles, récompense, distribue, sanctionne et compose avec raïs et présidents, fort d'une sorte de droit d'aînesse : ils ont, en matière d'autorité, deux millénaires d'avance sur l'usurpateur de passage.

Ces ethnarques aiment à faire gros dos par de peu convaincantes professions d'humilité, hommages du vice féodal à la vertu sacerdotale. « Nous ne sommes que des êtres humains mis en présence de Dieu, et transformés par lui en hommes d'action et d'espérance, pleins d'ardeur et ouverts dans leur intelligence et leur cœur », etc. Rompus à la négociation de pair à pair, ils ajoutent à la passion levantine de la chose publique un bon entraînement au jeu d'échecs. Le *millet* ottoman leur a longtemps donné un statut séculier et les tribunaux ecclésiastiques de chaque communauté tranchent encore, moyennant finances, les questions de mariage, de succession ou de propriété. L'ancienne *dhimmitude* — ce précaire équilibre d'humiliation et de protection inventé pour eux par un islam hostile ou méfiant (mais incomparablement plus tolérant et moins sanguinaire que la chrétienté le fut envers juifs et mahométans) — les a mis à bonne école, celle de la haute politique machiavélienne. Les aventures de la grâce ne sont pas leur premier souci. Qui s'obnubile de théologie, ici ? D'abord survivre, ensuite subtiliser.

Ces saintetés sans divisions blindées mais non,

au Liban du moins, sans influence sur le cours des choses, on gagne à les consulter quand on veut savoir ce qui se trafique entre ciel et terre. Nos professeurs de l'école de guerre pourraient s'y frotter utilement. Quant aux âmes pieuses qui aspirent à faire demain de l'amour une civilisation, ces survivants à tant de rezzous, massacres et déportations, dont Arabes, Perses, Turcs, Druzes et Kurdes n'ont pu venir à bout, elles pourraient rappeler utilement ce que leur noble dessein suppose de stratagèmes et, le cas échéant, de petits massacres entre amis. Les journalistes et les diplomates à qui la vue du balcon ne suffit pas, ces realpoliticiens de Dieu pourront parfois même les éclairer sur les coulisses de la conspiration en cours. Ce n'est pas ou plus chez eux que s'affûtent les couteaux, mais ils ont généralement l'adresse des fournisseurs.

Les religions sont par nature des conservatoires de langues, de gestes et d'écritures. Les liturgies d'Orient en sont le meilleur exemple : elles servent de refuge au temps immobile là où déjà, dans la vie civile, le temps stagne, sans début ni fin, où personne n'est pressé, où la nonchalance est une marque de distinction. Les psalmodies coptes nous font entendre la musique des officiants d'Isis, et les moines syriaques qui chantonnent l'araméen les intonations nasillardes des contemporains du Christ. Inaptes que nous sommes à saisir ces longs figements, ces hoquets de la légende des siècles, les dignitaires de ce monde d'outre-monde nous évoquent les figures plus modernes de la Fronde, du cardinal et des trois mousquetaires, quand les princes de l'Église étaient encore de cape et d'épée et la pourpre couleur sang. À l'époque pas si lointaine où « les vices d'un archevêque pouvaient être les vertus d'un chef de parti », comme nous l'assure dans ses *Mémoires* le cardinal de Retz, qui joua trop sur les deux tableaux pour s'imposer dans aucun. Un temps où les ministres de Dieu ne croyaient rien trahir en se faisant ceux du prince.

## 5. Où Dieu cherche un César

> *Montrez-moi la monnaie de l'impôt. Ils lui présentèrent un denier. Il leur dit : De qui est cette image, et l'inscription ? Ils disent : De César. Alors il leur dit : Rendez donc à César ce qui est à César, et à Dieu ce qui est à Dieu.* Matthieu, XXII, 19-21.

Cela ne va pas de soi, deux plateaux. La Phénicie voudrait bien le second pour faire balance. Trop de Dieu, pas assez de César : comment couper le fameux denier en deux ? Le César libanais flageole sur ses jambes. Il a soixante-quatre ans, dont la moitié de guerres civiles. Dieu en a deux mille et Allah mille cinq cents. Le fléau penche d'un seul côté. C'est bien du moitié-moitié évangélique qu'il fut question, trois jours durant, dans notre huis clos beyrouthin, du Hezbollah jusqu'aux libéraux. Tous « les acteurs de la société civile » sont d'accord sur l'objectif : sortir du système confessionnel, construire un espace public. Où toutes les écoles du pays auraient au moins un manuel d'histoire en commun et qui ne s'arrête pas en 1943, date de l'Indépendance. Mais où puiser la distance et l'esprit critique nécessaires ? À la base ? Un participant, Antoine Messara, souhaite que les gouvernés reprennent la parole confisquée par les gouvernants. « Durant la Première Guerre mondiale, fait-il observer, 10 % des victimes étaient des civils. Durant la Seconde Guerre mondiale, 50 % des victimes furent des civils. 70 % dans la guerre du Viêt Nam. Dans la guerre du Liban, 90 % des victimes sont des civils. Les 90 % ne sont-ils pas dans l'histoire ? Ne pourraient-ils, eux aussi, la raconter ? » Bonne idée. Sauf qu'il est de tradition, un peu partout, que les tués fassent l'histoire, et que les tueurs la racontent. Et au Liban, une sorte de pacte ancestral soude les tués aux tueurs. Il y a dix-huit confessions reconnues et quatre cent mille Palestiniens dans les camps, laissés-pour-compte mijotant dans leur jus et frappés d'interdit professionnel. Chaque communauté a son parrain étranger, son réseau d'entraide, son statut civil, ses milices et ses emblèmes. Dégonfler Dieu, regonfler César, pour donner de l'air à tous ? Il faudrait d'abord faire justice des crimes du passé sans prolonger pour autant la culture de guerre : c'est le dilemme du tribunal international. Rendre la justice vaut-il une guerre civile ? En sens inverse, la paix civile doit-elle s'acheter au prix d'un blanchiment ? Les accords de Taëf ont sanctionné le passage démographiquement inévitable du « maronitisme », domination chrétienne, à une sorte de duopole sunnite/chiite, mais sans trancher entre les deux, et en demandant à une Syrie dictatoriale de parrainer une société démocratique. Dans ces conditions, peut-on attendre autre chose qu'une administration cahin-caha du dissensus (il y a tout de même deux cent mille employés publics dans ce pays) — là où chacun a pour nation sa communauté ?

Le poète Khalil Gibran (l'âme du Liban autant que la chanteuse Fairouz) aimait à dire : « Ayez pitié d'une nation divisée en fragments dont chacun se considère comme une nation. » Pitié, oui, puisqu'une nation se pose en s'opposant. Les boulettes de viande et de blé concassé sont sur toutes les tables, chrétiennes, druzes, chiites et sunnites, mais le *kebbé* n'est pas à lui seul la solution. « Le Liban est plus qu'un pays, c'est un message », a dit Jean-Paul II en débarquant à Beyrouth, sans préciser de quoi. Disons plutôt un test pour cette expérience cruciale que nos vieux pays en décomposition communautaire devraient quelque jour affronter : une mosaïque de ghettos peut-elle faire une nation ? Par quelle alchimie passer d'un devoir-vivre côte à côte à un vouloir-vivre ensemble ?

La réponse de trente siècles d'histoire à cette question de cours futuriste, c'est : « Trouvez-vous une cause commune. » En clair : un croquemitaine. Rien de tel pour avoir la paix chez soi qu'un ennemi sûr à l'extérieur. Appelons cela le salut par le saligaud. Je suis contre mon frère, mon frère et moi sommes contre mon cousin, mais mon cousin, mon frère et moi sommes contre l'infâme aux frontières. En 2006, trente-deux jours de bombardements israéliens continus, par terre, par mer et par air, ont fait, en l'espace de quelques semaines, d'un petit agrégat inconstitué de tribus désunies un peuple vibrant à l'unisson dans ses décombres, où le maronite portait secours au chiite et le Druze au sunnite. Quoi que chacun pût craindre de l'autre, une fois l'affaire finie.

L'astuce phénicienne a ses limites : un simple donnant-donnant entre clans rivaux ne suffit pas à faire surgir un citoyen quand la plupart des écoles et universités restent privées (et donc confessionnelles) ; quand la loi s'incline devant le statut personnel ; qu'il n'y a pas de vrai service militaire obligatoire et que les mandats électifs obéissent à des quotas ; que certains parlent arabe à la maison et d'autres le français ; et que chaque communauté a son canal de télévision. Un peuple, c'est une molécule d'atomes lâches unis soit par un délire commun — ascendant légendaire ou élection divine —, soit par un dédain commun — pour un voisin ou un ennemi héréditaire. Une société prend corps, comme cristallise une solution chimique, quand tous ses membres ont au même moment le même adversaire. Le Tartare a fait la Russie, comme la Russie la Pologne, et Napoléon la nation allemande. Et l'Europe a failli exister quand elle eut la chance, un court moment, d'avoir Staline à deux étapes du Tour de France (elle renaîtra peut-être le jour où un missile islamique tombera sur Marseille, où une avant-garde chinoise, à défaut, poussera jusque dans les faubourgs de Vienne). La difficulté avec l'ex-Suisse de l'Orient, carrefour, asile ou foyer, c'est que l'effervescence retombe sitôt passé l'escamourche. Une moitié du pays se retrouve avec un méchant prioritaire — la Syrie —, et l'autre moitié avec un autre — Israël. C'est un de trop. Le Liban louche. C'est son drame. Aucune moitié, dans ces conditions, ne peut stabiliser l'embarcation. Donnez-moi un ennemi, et mon puzzle prendra figure. Pas deux, il se brouillera. Des méchants, il en faut, mais point trop à la fois et, si possible, chacun en son temps.

✧

Rendez-vous avec un dirigeant du Parti de Dieu, en banlieue sud. C'est à al-Saha, à l'entrée de Borj al-Barajneh, le camp palestinien. Un établissement populaire aux portes de Beyrouth. Cette similiforteresse mamelouke, tours crénelées et ponts de bois, un décor de dessin animé, flambant neuf, sert de place de village. Rien d'un GQG. Famille-famille : mi-café-restaurant avec gamins courant entre les tables et couples d'amoureux — thé et jus de fruits seulement —, mi-centre culturel avec une bibliothèque de poésie et un plateau de télévision au fond de la cour. Le quidam qui vient sans bruit s'asseoir à ma table ressemble à monsieur tout le monde. Pas de signe distinctif, pas de garde du corps, aucun de ces brouhahas qui accompagnent dans ces parages l'arrivée d'un « caïd ». Celui-là parle un meilleur anglais que moi. À chacune de mes rencontres avec le Parti de Dieu, me surprennent, pas moins que le ton rationnel et posé, l'humilité, la discrétion, l'effacement. Influence iranienne, paraît-il. On ne roule pas les mécaniques. Ça change. Au sud du pays, un pharmacien m'a dit : « Je crois que mon fils (il en a beaucoup) est le chef militaire du secteur, mais il hausse les épaules quand je lui pose la question. Moi, il me donne plutôt l'impression de glander du matin au soir. Va savoir. » En Chine, cela s'appelait le poisson dans l'eau.

Le Hezbollah ne répond à aucune forme d'organisation standard. Parce qu'il combine et bouscule des cases que notre tradition occidentale a toujours tenues séparées. Congrégation pieuse, parti politique, ONG (le parti a ses hôpitaux et ses écoles ouverts à tous), groupe de communication (télé, journaux, radios, éditions), fraction parlementaire, armée populaire, centre d'études sociopolitiques, entreprise de travaux publics, mutuelle d'assurance, société secrète. Dans un pays grand comme deux départements, où le commérage est roi, personne ne sait (pas plus le Premier ministre que les autres) où ni comment joindre son secrétaire général Nasrallah, idole des foules, plus célèbre que Johnny Hallyday et Zidane réunis et néanmoins invisible, ni d'où émet sa télévision Al-Manar. C'est la contre-société dont rêvait Gramsci, avec la discipline et le cloisonnement en plus. Rien d'étonnant que nombre d'anciens communistes et gauchistes, résolument laïques, aient rallié le mouvement. Totalitaire, disent ses adversaires. Mais en osmose avec un milieu ouvert, et pas vraiment stalinien, à en croire la mobilité des esprits et les débats en son sein. Ce « théologien collectif », avec des cadres intellectuellement formés à l'occidentale, fait plus qu'un énième syndicat d'intérêts communautaires. Il est révolutionnaire en ce qu'il intègre le messianisme des partisans d'Ali dans l'espérance du Grand Soir, ou l'inverse. Elias Khoury, l'écrivain, ancien militant lui-même, m'a fait observer que les professions de foi du Hezbollah se distinguent des déclarations marxistes des années 1960 par un seul point : islam a remplacé classe ouvrière. Le parti, figure de la raison, est devenu le confident d'Allah. Pour les marginaux de la Bekaa et du Sud, c'est plus fiable et plus familier. Ce qui n'empêche pas la grande bourgeoisie chiite, notamment les émigrés qui font fortune en Afrique francophone, de verser son obole à la communauté. Ainsi font les sunnites fortunés pour les Palestiniens.

Le Parti de Dieu ? C'est, pour nos cervelles convenablement traitées, celui du Diable. À la question des otages, de Michel Seurat en particulier, à laquelle certaines gens d'Amal, d'après nos services, n'auraient pas été étrangers, il répond sans nier la participation de tel ancien compagnon de route : « Notre organisation n'était pas encore née, nous n'avons plus rien à voir avec ça. Et nous n'avons jamais utilisé nos armes contre nos compatriotes : quel autre parti libanais peut en dire autant ? Les chrétiens peut-être, les commandos Kataëb, les tueurs phalangistes avec leur petite croix autour du cou ? Passons. » Autant il est difficile d'avoir un échange avec les Frères sunnites, autant le dialogue peut être fluide et contradictoire, à la française, avec un cadre du Hezb, entraîné, comme tous les chiites, aux subtilités de l'interprétation libre du Coran. « Tout peut être pur, sauf la culture, m'assure celui-ci, et le Liban est un pays de cultures au pluriel. Qu'il le reste, au XXIe siècle, nous avons tous une identité composite, et c'est tant mieux. Moi, j'envoie ma fille dans une école francophone. Je ne parle pas le français, mais je veux qu'elle le parle. » Et il ajoute : « Dans les États arabes dits modérés, personne ne manifeste dans la rue pour ses droits politiques et sociaux. À côté de l'Arabie saoudite, l'Iran est libéral, mais les Saoudiens passent pour des modérés, et les chiites pour des extrémistes. Comment m'expliquez-vous ça ?

— La Sainte-Alliance occidentale pardonne tout à ses alliés. Vous n'êtes pas dans le bon camp, c'est tout.

— Elle a tort, votre Sainte-Alliance. Vous avez vu le dernier communiqué d'al-Qaida ? Il appelle les moudjahidin du Liban à nous attaquer par tous les moyens. Parce que nous avons des chrétiens pour alliés et des députés au Parlement.

— Mais votre télévision, tout de même, elle n'y va pas de main morte avec l'antisémitisme ! »

Al-Manar reste pour cela interdit de diffusion en France. Il prétexte une boulette : les programmateurs de la chaîne avaient acheté le feuilleton syrien sans l'avoir vu, sur simple synopsis. Ils l'auraient déprogrammé depuis, parce que raciste. Je ne sais ce qu'il en est en fait. Mais la caricature de ces militants étonnamment modernes en brutes médiévales met à côté de la plaque. « Henri Lefebvre a beaucoup compté pour moi », m'a dit hier l'un d'eux, urbaniste. Un autre, sociologue, me questionne finement sur ma très impie *Critique de la raison politique*, qu'il me dit utiliser dans son enseignement. À l'université jésuite Saint-Joseph, première université privée au Liban (onze mille élèves), fondée par Jules Ferry, un tiers des étudiants musulmans sont d'origine chiite. Et il y a une nouvelle intelligentsia chiite, plutôt laïque, souvent en délicatesse avec le Parti de Dieu, lequel a tout de même tiré un trait sur l'attentat suicide et rangé l'État islamique au magasin des accessoires.

Bonnes paroles à verser au compte du fameux double jeu, de la dissimulation autorisée, du faux-semblant, de la séduction tactique en attendant des jours meilleurs ? Un totalitarisme *new-look* en marche vers le pouvoir absolu ferait risette à des idiots utiles et mal informés ? Je pose, le lendemain, la question à un jésuite du cru, peu suspect de complaisance. « Fantasme ! me répond-il. Le Hezb a évolué et il est politique dans l'âme. Jamais la moitié de ce pays ne pourra gouverner l'autre. Il le sait bien, et ne prétend plus monopoliser le pouvoir parce qu'il est réaliste et de plus en plus libanais. La vérité est que les chrétiens ont perdu la guerre civile et ne sont plus la minorité dominante. Il faut s'y faire, tout en prenant ses précautions. L'islam est en train de gagner la partie. C'est irréversible. La seule interrogation pour demain est : quel islam ? En tout cas le Liban ne sera jamais l'Iran, c'est tout ce que je sais. »

Et moi, tout ce que je vois, c'est que l'angoisse a changé de camp : ce ne sont plus les chiites qui ont peur de l'avenir, mais les chrétiens. Au moment où la mort n'éblouit plus les yeux des premiers, les derniers craignent désormais pour leur vie.

✧

Scandale chez les bien-pensants : un leader chrétien et résolument antisyrien a tendu la main au Parti de Dieu. Ses adversaires disent le césarillon mû par l'ambition présidentielle — comme si tel n'était pas le but de tout maronite adulte, bien portant et de sexe masculin. L'ancien héros de Beyrouth-sur-Seine a donc quitté la une de nos journaux français. Pour en avoir le cœur net, j'ai demandé audience au général. Son domicile : dans un beau quartier, un pavillon de banlieue. Taille médiocre, décor petit-bourgeois. Cela change des palais arabo-mauresques, avec leur volée de domestiques et leurs jardins féeriques, où vivent les nababs de la guerre. « On va plus vite au ciel d'une cabane que d'un palais », disait le *poverello*.

— Je n'ai aucun complexe. Sunnites, chiites, j'ai pratiqué les deux... Vous auriez tort de tailler le moine d'après l'habit. Ce n'est pas le turban et le tchador qui font le fanatique. Un Hassan Nasrallah en lévite est moins médiéval qu'un Hariri en costume cravate. En tant que chrétien, je me sens plus d'affinités avec cette minorité qu'on a toujours dédaignée, et pas seulement comme « minoritaire », mot que je vous demande de ne pas employer pour nous, chrétiens libanais. C'est plus profond qu'une certaine liberté de mœurs. Religieusement je ne les crains pas. Les défilés de flagellants d'Achura, c'est le Vendredi saint à Séville ou à Manille. Leur mahdi, c'est notre messie. Leur goût de l'interprétation, notre exégèse. Leurs chants religieux se rapprochent des nôtres. Ils n'acceptent pas la polygamie, et leurs lois de succession ne lèsent pas les filles. Le tchador passera. Ils ont une souplesse d'esprit, une faculté d'adaptation étonnantes. Rien à voir avec les wahhabites. Si un chrétien décède en Arabie, il ne peut y être enterré. Et s'il est victime d'un accident de voiture, il ne sera pas dédommagé. Votre vision de l'islam, dans vos médias, n'est pas sérieuse, et j'en ai assez de vos procès d'intention. Vous reprochez au Hezbollah ses liens avec l'Iran, qui est à trois mille kilomètres, mais ceux des sunnites avec l'Arabie saoudite ne vous gênent pas. Toutes les factions de ce pays ont un parrain à l'extérieur. Le dernier en date est iranien, vous ne voyez plus que lui, mais les autres ? L'américain, l'israélien, le français, le saoudien ? C'est la poutre et la paille.

— Nous chrétiens, reprend le général, nous pouvons, nous devons imposer le pluralisme à la révolution islamique. Nous servons de pont entre l'Occident et l'Orient, c'est notre destin, c'est notre rôle historique. Mais vous vous êtes tellement habitués à voir vos idées passer d'Occident en Orient que le chemin inverse vous épouvante. Et si nos routes se croisaient à mi-distance ? Et si le Liban était le lieu de l'intercontinental ? Isoler le Hezbollah, l'acculer à la clandestinité, c'est pousser à la guerre civile et religieuse. C'est moi qui l'empêche en m'alliant avec eux. Mon mouvement est laïque et comporte des militants musulmans. J'entends bien séparer le contrat social de la croyance religieuse. Je veux un gouvernement pluriculturel. C'est du Jules Verne, me direz-vous. Eh bien, soit. C'est mon voyage à la lune. Et j'y arriverai, avec le Hezbollah, qui n'a aucun charnier dans ce pays et ne s'est jamais attaqué qu'à des envahisseurs, pas à des compatriotes. De quel autre parti libanais peut-on en dire autant ?

Je me fais la réflexion qu'en Occident nous sommes trop moi-je ; eux, en Orient, trop nous-autres. À quand la bonne jauge ?

— Oui, reprend-il, mais le Libanais de la rue semble être fatigué de la guerre. Et des extrêmes. L'une, d'ailleurs, ne va jamais sans les autres.

— On me dit la même chose de l'Israélien moyen.

— Excellente nouvelle. Étant militaire, je n'ai pas de goût particulier pour la montée aux extrêmes. Vous savez, personne ne déteste plus la guerre que les officiers et les infirmiers. Les poseurs de bombes me dégoûtent.

— Et la guerre civile ?

— Ni le Hezbollah ni nous-mêmes ne donnerons prétexte à l'armée libanaise d'utiliser ses armes. Ce qu'elle hésiterait d'ailleurs à faire contre nous. Notre mouvement de protestation sera pacifique. Rien d'insurrectionnel.

— Et à la frontière sud ?

— S'il n'y a pas d'incursion israélienne et si la mission de l'ONU ne change pas en cours de route, les casques bleus n'ont rien à craindre de nous.

Avant de nous quitter, il me lance : Vous savez, ce n'est pas parce qu'on n'est pas au gouvernement qu'on est hostile à la France et à la paix.

Puisse-t-il joindre le geste à la parole. Si le triomphe de l'individu sur son groupe d'appartenance marque l'entrée dans la modernité, la guerre en fait sortir. Elle renfonce chacun dans sa niche d'origine et réveille en sursaut le chimpanzé. Le transversal et le transcommunautaire auxquels ce vieux sage aspire sont clairement incompatibles avec les tirs de Kassam et les bombes à sous-munitions. Qui travaille à la paix, fût-il militaire, œuvre à la civilité et *vice versa*. Le Hezbollah y a-t-il intérêt, lui qui s'estime parfois en devoir, au-delà des « fermes de Chaaba », au sud, de « libérer Jérusalem », et donc de poursuivre une guerre sans fin, du moins à vue humaine ?

✧

Le cacique occidental : « Ce gouvernement redressait le pays quand le Hezbollah lui a donné un coup de poignard dans le dos... »

Le *sayed* oriental : « Nous étions en train de reconduire l'agresseur aux frontières quand le gouvernement nous a poignardés dans le dos. »

Entendu l'un à midi, l'autre à quatorze heures.

« Il faut avoir deux idées, disait Braque : l'une pour tuer l'autre. » Dans ce pays, le cubiste aurait trouvé son bonheur.

Et qui cherchera la troisième idée, pour recomposer une figure cohérente, devra trouver un gilet pare-balles.

## 6. Frontières

> *De là il se leva et s'en alla au territoire de Tyr. Comme il était entré dans une maison il voulait que personne ne le sache mais il ne put passer inaperçu : aussitôt, une femme qui avait entendu parler de lui et dont la fille avait un esprit impur, vint tomber à ses pieds. Or cette femme était une Grecque d'origine syro-phénicienne. […]* Marc, VII, 24-26.

La route vers Tyr n'a rien d'israélien : cratères en plein milieu, ponts détruits, détours, passages à gué, encombrements. Les réparations prendront du temps. Tout au long, sur chaque côté, des maisons en ciment brut à demi construites exhibent des tiges de fer en lieu et place des étages supérieurs. Elles sont habitées pour la plupart, mais affichent le provisoire. Deux raisons à cela, paraît-il : fiscale (pas d'impôt foncier sur une maison inachevée) et familiale (à chaque mariage des enfants, la famille construira un étage supplémentaire). Le pis-aller des plus inesthétiques, qui donne l'impression d'un perpétuel pas-fini, est en fait un porte-bonheur. Comme l'est l'effigie propitiatoire, plantée au bord de la route ou au tournant d'une rue, du grand chef de la communauté, qui signale au passant comme à l'automobiliste l'entrée dans un territoire de son obédience. Dans cet espace national en peau de léopard, avec ses petites nations imbriquées les unes dans les autres, c'est le portrait aux couleurs criardes du protecteur en fonction qui signale la frontière. L'image fait à la fois douane et boussole.

✧

Le frère, le cousin, le béton, le bitume et le plastique, tels seraient les cinq fléaux du pays du Cèdre. Les deux premiers, biologiques, relèvent de l'incurable ; les deux suivants, industriels, du BTP ; la bouteille en plastique, pandémique, relève du supermarché. Bitume et béton ont au moins un antidote : la prière. Lorsqu'on aperçoit sur le littoral libanais, dans l'empilement de cubes et de boîtes de chaussures qui défigurent les plages et les baies, un îlot de végétation, deux chances sur trois que là se niche un sanctuaire ou un couvent. Où subsiste une tache de verdure, loge une cornette ou une soutane. Le fric est marié au toc et au mastoc. Le bon Dieu est plus écologique. Il perturbe les esprits, mais au moins ne touche pas aux arbres.

✧

Un vieux cadre de l'OLP, marxiste réputé en exil. Et devenu proche des islamistes. Mais pourquoi donc ? La question me taraude. Un ami commun nous réunit dans un café à Sidon, à quarante kilomètres de Beyrouth, face au château de la Mer, la forteresse franque. L'homme parle posément. Nous avons le même âge.

— Je suis né chrétien. Je suis donc devenu communiste, c'est logique. Aujourd'hui, c'est vrai, j'ai évolué, je me sens plus d'affinités avec l'islam. Tu veux savoir pourquoi ? Nous avons besoin d'unité, et l'islam unifie mieux les peuples, plus profondément, plus largement que le communisme, qui était fait pour une élite. La société n'est pas une page blanche sur laquelle on peut écrire tout à trac un nouveau chapitre. On avait oublié l'histoire, les mentalités. Le matérialisme dialectique m'apparaît à présent bien simpliste, surtout en matière économique. L'islam tient mieux compte des faiblesses, des ambiguïtés de l'être humain. Il est plus réaliste, moins binaire. Il n'y a pas d'un côté la propriété privée et de l'autre les nationalisations, le mal et le bien. Il faut trouver des solutions intermédiaires, l'islam y est prêt. Mais je vais te dire ce qui a compté pour moi, personnellement. Quand on allait voir la mère d'un martyr pour lui apprendre le décès de son fils, nous les marxistes, les progressistes, on ne savait pas quoi lui dire pour la consoler. On était totalement désemparés face à la mort. On célébrait des funérailles, mais cela ne marchait pas vraiment. Maintenant, je sais quoi dire. J'ai les mots qui réconfortent. « Ton fils t'attend au paradis. Il est mieux que vivant, heureux. Sois fière de lui. » C'est chaleureux, c'est prometteur. La mort a un sens, enfin. La mort n'est plus la mort. Dans la vie qu'on mène, où elle est tout le temps là, c'est important, c'est capital.

Les religions séculières n'ont jamais su répondre à la question de la mort. C'était leur grande faiblesse. Marx avait passé outre, sans prendre garde que le stoïcisme individuel est comme la mangue ou la marmelade d'oranges, un produit de luxe. J'ai repensé en discutant avec lui à un mot de Jacques Berque, qui s'éloigne de nous à toute vitesse : « La transition du sacral à l'historique. » Il la voyait à l'œuvre dans le monde arabe en pleine décolonisation, et s'en réjouissait. Enfin, Prométhée refoulait le Prophète dans les marges. Aujourd'hui, Prométhée, c'est le Prophète. Ce n'est même pas une option métaphysique, c'est le pragmatisme du dernier recours — la dernière halte avant le trou noir. Le nationalisme panarabe, Nasser, ça n'a pas marché. Le nationalisme purement palestinien, Arafat, ça n'a débouché sur rien. Il a fait toutes les concessions possibles et imaginables aux Occidentaux, et il a fini en quarantaine, coincé dans un bureau sans électricité. Le laïque a échoué. Reste le panislamisme. On verra bien. Au moins de ce côté-là, il y a du monde — un milliard d'hommes — et de l'espace. J'ai plusieurs fois entendu ce raisonnement. Les jeunes révoltés du XXIe siècle remontent le boulevard du XIXe en sens interdit, et nous en restons nous-mêmes, les vieux, tout interdits.

✧

Tyr, d'où le roi Hiram envoya par bateau à Salomon, son allié, l'or et les bois précieux, cèdre, cyprès et santal, nécessaires à la construction du premier Temple. Quand Jésus a séjourné ici, l'hippodrome romain en fer à cheval n'était pas encore construit. Fort bien conservé, avec sa *spina* médiane et ses gradins, entouré par des HLM qui mordent sans vergogne sur la dalle herbue, ses vestiges donnent à claire-voie sur une zone semi-industrielle à la De Chirico, parsemée d'arcs de triomphe, de colonnes décapitées et de mosaïques à l'abandon. Il n'a peut-être pas assisté à des courses de chars, mais Jésus a flâné sur les marches du temple d'Astarté, il a caressé de la main les sarcophages en marbre sculpté. Achille dans le harem du roi Lycomède, par exemple, ou Priam arrivant au camp des Achéens. Il a fait l'emplette au marché de quelques *murex brandaris*, ce coquillage qui fournissait les teinturiers du port pour fabriquer ces beaux manteaux de pourpre dont il sera affublé lui-même à la veille de son supplice, pauvre roi des Juifs. Des colonnes d'église en granit et des croix sculptées au cimetière témoignent que les hospitaliers, les templiers et les teutoniques furent ici chez eux, pendant un siècle, jusqu'à la reprise de la ville par Saladin. Tyr, ou Sour, est aujourd'hui à majorité chiite, mais les chrétiens gardent pignon sur rue dans cette ville au beau front de mer, d'où Europe, la fille du roi Cadmos, fut enlevée par Zeus jusqu'en Crète et où les soldats de la FINUL venus d'Europe errent de bar en bar (l'alcool est toléré, même en quartier chiite) pour trouver des filles, ce qui ne semble pas très difficile.

L'archevêché maronite est pauvre, et son locataire affable. On dirait un vieil étudiant — ce qu'il est. Il a fait de la philo en France dans ses jeunes années. En délicatesse avec les hiérarques, trop près de la ligne de feu, et de la base.

— Vous savez ce que me crient mes diocésains ? « Aidez-nous à partir. » Ils sont cinquante mille à peu près, d'ici jusqu'au mont Hermon. Vingt paroisses. Ils n'en pouvaient plus, cet été. Trente-trois jours sans ravitaillement, un obus par minute dans nos villages. Moi non plus, notez bien, mais enfin, il y a pour le prêtre la grâce d'état, alors on tient.

— Mais c'est fini, vous pouvez respirer, maintenant.

— La paix revient, mais le problème, c'est l'absence d'avenir, le manque de ressources et d'investissements. Les chrétiens ont des terres, c'est vrai, mais pas de liquide. Personne ne veut plus investir dans l'agriculture. Pas assez d'emplois, et trop de diplômes. Avant, on faisait moitié-moitié avec les musulmans. On trouvait des places de fonctionnaires dans les hôpitaux, aux PTT, dans la gendarmerie. C'est le Mont-Liban qui monopolise désormais les quotas. Les chrétiens des frontières sont les plus mal lotis. Nous sommes trop pauvres. Et pas très instruits. Ils ne mettent pas beaucoup les pieds à l'église, mes fidèles, et se foutent un peu de la foi, mais qu'importe. Les plus déshérités sont aussi les plus fondamentalistes, les plus radicaux. Ici, on penche plutôt pour Geaga, pas pour Aoun. Moi, j'ai de la sympathie pour le général, comme mes curés. Il n'y a que lui qui puisse aider à faire un État moderne, laïque, non communautaire, seulement il faut être un peu instruit pour comprendre ça. Le haut clergé ne pense pas comme moi et nous n'avons pas voix au chapitre. Le patriarche n'écoute que les évêques forts et bien placés. Tant pis pour nous.

— Les chiites aussi s'exilent...

— Oui, mais ça se sent moins : ils ont six ou huit enfants, nous, deux ou trois. On s'est embourgeoisé avec le temps, et les riches en ville font moins d'enfants que les pauvres à la campagne. C'est notre punition. Les chrétiens ont plus d'exigences matérielles que nos amis chiites, qui peuvent survivre avec du thé et des biscuits. Et puis, en ville, comme on perd ses traditions, on est plus tenté d'émigrer.

— « Nos amis », dites-vous ? pour de vrai ?

— Je n'ai jamais senti d'hostilité de leur part. Même si beaucoup de maronites ont collaboré avec l'occupant — il faut bien vivre, n'est-ce pas, et durant l'occupation israélienne, au moins les cadres pouvaient travailler —, le Hezbollah n'a exercé aucunes représailles contre eux à la libération. Certains se sont repliés en Israël (il y a à l'heure où je vous parle un millier de collaborateurs libanais en Israël, la plupart maronites). D'autres ont été condamnés pour faits de collaboration, et ça ajoute au chômage, parce qu'on ne peut pas servir dans l'armée, par exemple, avec un casier judiciaire (qui n'est plus vierge si l'on écope d'une peine supérieure à trois mois). Ça n'arrange pas les choses, mais il y a eu aussi des collabos chez les chiites, c'était fatal. J'ai demandé une amnistie générale, mais Beyrouth n'en veut pas. Il faudrait alors, m'ont-ils dit au ministère, amnistier aussi les trafiquants de drogue. Impossible ou inopportun, je ne sais. D'ailleurs, les chiites, ici, ont jadis soutenu les croisés, pas les sunnites. Ils savent ce que c'est d'être une minorité. Ça les rend compréhensifs à notre égard. Ils ne disent jamais, comme Ben Laden : « Vous êtes nos ennemis parce que vous êtes chrétiens. » Au contraire. Entre persécutés, il y a des atomes crochus. Il n'y en avait pas avec les Palestiniens, qui étaient détestés. Avec le chiite, on cohabite plus facilement. Ils sont moins extrémistes que les sunnites.

— Tout de même, ils veulent la fin d'Israël.

— En tant qu'État juif, oui, pas en tant que peuple juif.

— Ils ne rendent pas les armes tant qu'ils n'auront pas « libéré al-Aqsa » et ils le disent haut et fort.

— C'est un slogan. J'ai du mal à démêler ce qui entre là d'alibi politique et de conviction sincère. Je ne suis pas sûr qu'ils soient eux-mêmes très au clair là-dessus. Rester armé relève pour eux du devoir religieux. Un jour, ils feront partie de l'armée libanaise et nous serons tous plus forts.

Je pense à ce que me confiait un ami syrien, narquois : « Oui, ils savent mieux mourir que nous, mais ils nous empêchent de vivre comme nous voulons : médiocrement. J'y tiens à mon bonheur sans gloire. Ils me dérangent. » Je reprends :

— Vous êtes bien peu, vous les chrétiens, face à eux. Le Parti de Dieu ne vous fait pas un peu peur ?

— Le Hezb se conduit sagement. Jusqu'ici en tout cas. Ils veulent leur part du gâteau. Tant mieux ! Ça les amène peu à peu à s'intégrer. Attaqués par Israël comme chiites, ils ont résisté comme des Libanais. Et nous étions tous à leurs côtés. Ils nous demandent aujourd'hui de rester. À condition que nous ne leur mettions pas des bâtons dans les roues. Peut-être parce que notre présence les protège. Ou que ça fait dans leur zone des abcès de fixation. Les Israéliens ont occupé uniquement des villages chrétiens parce que là, même si nous leur sommes hostiles, nous ne leur faisons pas ouvertement la guerre. Évidemment, les soldats de l'ONU vont donner du travail à la population et ranimer le commerce local. Mais le Hezb a le vent en poupe parce qu'il a de l'argent, et plus on a d'argent, plus on a d'adeptes. C'est normal, on peut reconstruire les maisons, ouvrir des écoles, des dispensaires. Les pauvres se tournent vers le plus riche, et nous, de ce côté, nous sommes handicapés, même si les écoles des évêchés accueillent bien plus d'enfants pauvres que celles des congrégations, à Beyrouth ou ailleurs. Au Liban, les gens sont riches et l'État est pauvre. Et tant qu'il n'y aura pas ici un État digne de ce nom, les chrétiens n'auront le choix qu'entre le cercueil et la valise. C'est triste. Et ça nous désavantage plus que d'autres — plus que les Grecs melkites, qui sont plus nombreux que nous et ici mieux dotés. Avant, je célébrais à peu près deux cent cinquante mariages par an dans le diocèse. Cette année, une cinquantaine. Ça dit tout. Et quand on épouse, chez nous, on épouse une famille, un village, une religion. Malheur à la chrétienne qui se fiance avec un musulman : ses enfants seront musulmans, par force. C'est le pire, le statut personnel. Notre meilleure défense, ce serait encore un État laïque. Enfin, civil, le mot choque moins. Civil, comme le mariage du même nom. Votre laïcité ce serait une bénédiction pour ce pays. L'égalité de tous devant la loi...

« Si mon mari demain m'étrangle, me confiait une chrétienne libanaise, parce qu'il me soupçonne d'adultère, chrétien, il sera condamné à mort et fera cinq ans de prison avec un bon avocat. Chiite, il sera acquitté le lendemain et félicité par ses copains : c'est toute la différence. »

✧

Parlant de ses ouailles, l'ami maronite les décrit ainsi : *non croyants mais pratiquants*. Cordialement, sans rancune. Je connaissais ceux auxquels on donnerait le bon Dieu sans confession, je découvre la confession sans le bon Dieu. L'état civil, l'acte de naissance. Les incroyants croient que les fidèles croient en leur dogme. Ils s'attachent à plus sérieux : leurs rites. Une spiritualité subjective ferait presque tache dans ce tableau où la filiation fait foi. De là viendrait que le Libanais, débonnaire et accommodant dans son privé, puisse se transformer en énergumène dès lors que les droits de sa communauté lui paraissent menacés (contradiction que m'a signalée Georges Khodr). Et que le très inventif Conseil œcuménique des Églises, dûment représenté à Beyrouth, semble dans ces parages un article de luxe. La dispute du *filioque* et les encycliques n'émeuvent pas beaucoup dans un pays où, comme chez les voisins, la religion désigne l'identité du groupe et non la réalité d'un sentiment. Les gestes hérités de l'histoire ont plus de poids que les idées. Autant dire que les déclarations de foi communes entre orthodoxes, syriaques, coptes, Arméniens et Latins et tous les dialogues théologiques imaginables labourent la mer. Le dogme aplanit, le quotidien résiste.

✧

Le mufti de Tyr, cheik Ali al-Amine, a échappé de peu au bombardement de son immeuble par l'aviation israélienne. C'est la seule voix de l'opposition chiite au Hezbollah qui se fasse entendre. Il représente le versant quiétiste et contemplatif de cette tradition, qu'on ne peut réduire, comme trop souvent chez nous, à sa dimension politique et juridique. Il vise la transformation de soi, non celle du monde extérieur. Ce serait, en français, la tendance Corbin : ésotérisme et symbolisme. Il n'est peut-être pas majoritaire dans sa communauté, mais il est là, souriant et légèrement dédaigneux envers les zélotes du moment. « Les doigts d'une main sont tous différents », me dit-il, narquois. Très « force tranquille ».

La dextérité dialectique, le sens de la nuance, le goût de la dissidence, cultivés par des croyants toujours à la recherche du sens caché, peuvent toujours se retourner contre le monolithisme communautaire. Les tenants du *ijtihad*, l'interprétation personnelle des choses de la foi, ne se laissent pas facilement démonter par le pouvoir, y compris celui exercé par leurs coreligionnaires. Al-Amine ne place pas son espoir en une quelconque victoire temporelle. Son royaume n'est pas de ce monde, c'est celui de la prière et de l'étude.

Il a son fils à ses côtés, robe noire et turban blanc, qui l'écoute en hochant la tête. La relève est prête. Le côté « saint père et fils » me laisse toujours songeur. Après tout, pendant le premier millénaire chrétien, les abbayes et les paroisses aussi étaient des affaires de famille. Les biens de salut se transmettaient de père en fils — au grand dam de l'Église, qui mit le holà à cette appropriation privée des richesses et de l'autorité en instaurant le célibat des prêtres. L'habitude étant prise, je regimbe spontanément, en bon Latin occidental, à l'idée d'une sainteté héréditaire, mais il faut bien admettre que l'islam de Mahomet a d'abord été une affaire de famille. Ce que les partisans d'Ali et de la bonne filiation du Prophète ne craignent pas d'afficher.

✧

Kafr Kana, un village de maisons familiales éparpillées sur deux ou trois collines, deux fois victime de guerre : cent deux civils tués, le 18 avril 1996, par un missile israélien sur un refuge de l'ONU, vingt-neuf dans le bombardement d'une maison en juillet 2006, dont vingt-trois enfants. Je vais m'incliner devant le carré de terre battue où les victimes ont été enterrées. Seule une photo identifie les tombes. Deux femmes de l'endroit sont là. Personne d'autre. Mes hôtes n'ont toujours pas digéré le fait qu'aucune autorité gouvernementale ne soit venue jusqu'ici. La première fois, le Premier ministre Hariri s'était déplacé pour l'enterrement. La deuxième, pas un seul officiel ne s'est dérangé. Raisons de sécurité. — Nos ministres vont plus facilement à Paris que dans le Sud, me dit le maire. Le coin est abandonné à son sort, et aux bons soins de la communauté chiite.

Le maire chiite est Amal et non Hezbollah. — Oui, lâche-t-il, le Hezbollah a allumé la mèche, mais ce n'est pas lui qui a massacré. Il me fait visiter, sous la pluie, le nouvel aménagement de son parcours christique : un chemin dévalant une petite gorge et conduisant à une cabane, sur le lieu même où, il n'en démordra pas, Jésus a rempli sept pleines corbeilles de pains et de poissons pour donner à manger à quatre mille personnes. La Cana des noces où Jésus a opéré son grand miracle... Ce que peut une homonymie : donner un espoir de prospérité, voire de rachat, à cet endroit maudit du sort où des habitants sans le sou attendent patiemment l'improbable arrivée de touristes et de pèlerins qui compenserait miraculeusement la multiplication du sang par celle du vin.

✧

Surabondance de plats à table, opulence kitsch des intérieurs, absence de transports publics, classes moyennes en Mercedes : s'adonner au misérabilisme, au Liban, est un exercice difficile, du moins tant qu'on ne va pas dans les ghettos palestiniens. En dehors même des hôtels six étoiles pour émirs à Beyrouth, et le côté Djedda-les-Bains d'une ville aussi embouteillée, constellée de banques et de *supermarkets* que Tel-Aviv, l'Orient des contes transpire moins par les plateaux de cuivre du narguilé et les palais dédorés des grandes familles d'antan, blottis entre deux gratte-ciel, que par les sucreries et les manières de table. Ce qui choque le plus ma pingrerie française : à la fin d'un repas, chez un particulier ou dans un restaurant, la moitié ou plus des mets repart intacte, à la poubelle. Les lois de l'hospitalité ont bon dos. Je crie au gaspillage, à l'injure faite aux pauvres (séquelle d'un après-guerre où le papier d'argent des plaques de chocolat se mettait encore de côté pour les petits Chinois, où un huitième de camembert tenait la semaine au fond de la glacière et où se chantait en famille la supérieure qualité des restes). Henry Laurens m'explique que le dispendieux et le superflu en étalage ne sont pas seulement une politesse mais une stratégie sociale. Le don appellera un contre-don. L'hôte signale par sa générosité qu'il est solvable, quelqu'un avec qui l'on pourra faire de bonnes affaires. Et en attendant, celui qui reçoit fait du gavé son obligé. Bref, il ne gaspille pas, il anticipe. Quoique (ou parce que) mercantile et matérialiste, ce retour à la raison lève mes objections morales.

Invité à un mariage chiite au Sheraton Coral Beach, je suis éberlué par le faste berlusco-hollywoodien de la fête, d'un nouveau riche parfait, à faire pâlir notre Fouquet's : Rolls-Royce à la queue leu leu devant le perron, matrones luisantes de laques et de fards, boucles d'oreilles et colliers de perles, *pom-pom girls*, ballet de maîtres d'hôtel, danse du sabre et du ventre, pièce montée apportée à dos de janissaires en culottes de zouaves. L'Orient de Las Vegas, en *prime time*. Une autre cérémonie de mariage me revient à l'esprit, quelques semaines plus tôt en Israël, dans un kibboutz reconverti. Milieu social équivalent, classe moyenne aisée. Le dîner s'est déroulé dans un réfectoire tchèque des années 1960, où ne manquaient que les photos au mur des camarades-dirigeants et le foulard rouge autour du cou des petits pionniers méritants. Mauvais vin, self-service, néons anonymes, gobelets de plastique et fruits du verger en dessert. Des chansonnettes délicieusement tartes reprises en chœur par l'assemblée. Ni cravate ni hauts talons. Un coude à coude bon enfant, pour une fête au kolkhoze.

Au Sheraton emperlousé de Beyrouth, s'il y avait eu un sondage dans l'assistance, « la juste lutte du peuple irakien » l'aurait emporté haut la main, haro sur M. Bush. Dans cet ex-kibboutz péquenouille, c'eût été « la défense du monde libre », haro sur les Arabes. Ici, une prodigalité « de droite » pour des « positions de gauche », là, une austérité « de gauche » pour des « positions de droite ». Mentalités et opinions, cela fait deux. L'Ashkénaze n'est pas d'Orient, et la carte culturelle ne recoupe en rien la carte politique. Mme Michu a raison : la vie est bien compliquée.

✧

Khiam, village mi-chrétien, mi-musulman, où le *hidjab* n'a pas gagné la partie dans les rues. Sur une hauteur, avec vue sur les montagnes de haute Galilée, se dressait la prison naguère administrée par l'armée dite « du Liban-Sud », les auxiliaires de Tsahal. Les drapeaux jaunes du Hezbollah flottent sur les décombres, au milieu des carcasses de blindés israéliens et des pièces d'artillerie abandonnées. Ce n'est pas encore un musée, mais déjà un lieu de pèlerinage, du moins pour le voisinage (les étrangers ignorent ou contournent). Il y a çà et là parmi les gravats des panneaux-souvenirs avec quelques photos de « disparus ». Là étaient détenus, sans jugement ni visites, et torturés à l'électricité, sous supervision israélienne, les résistants libanais et palestiniens capturés. Je visite le cachot nº 7 (un mètre de large sur deux mètres de haut) où Souha Bechara, une jeune communiste libanaise, chrétienne orthodoxe, a passé dix ans, pour avoir tenté de tuer par balles le chef de cette milice auxiliaire, le général Antoine Lahad. Elle avait vingt ans à l'époque, et fait aujourd'hui figure d'héroïne nationale, modeste et souriante. Geôliers et miliciens « interrogateurs » se sont repliés en Israël, dont l'armée n'a pas oublié en se retirant en 2000 de dynamiter les installations pour effacer les traces. C'était l'Abu Ghraib local. La prison clandestine. La torture déléguée aux supplétifs, mais solidement encadrés, à deux pas de la frontière : la méthode CIA. Les démocraties ont de ces pudeurs. Elles ont beau vouloir tout raser après usage, il y a toujours des indices, des témoignages, un bat-flanc avec des anneaux, une potence oubliée au fond d'une cour. La honte fait tache.

✧

Descendant le Sud-Liban, passant des collines d'oliviers, d'amandiers, de pins et de chênes aux gorges et villages de montagne, la même impression qu'un mois plus tôt en montant vers le nord d'Israël : un avivement, un progressif *flamboiement identitaire,* qui tourne à l'éruption tout au bord des champs de mines sur la ligne de démarcation. On est plus farouchement libanais à Marjeyoun et Bint Jbayl que dans les cafés de Beyrouth, comme on est plus farouchement israélien à Qiryat Shemona que sur les plages de Tel-Aviv (et sans doute plus salafiste à Tétouan que dans le Haut Atlas). Une flambée d'emblèmes, un emballement hagiographique. Côté Liban, avec la multiplication des visages de martyrs accrochés aux poteaux électriques le long de la route, et les placards de plus en plus grands de Nasrallah, à mi-corps, bras droit levé, sur les murs et à l'entrée des villages. Côté Israël, avec les monuments aux morts improvisés, sous les panneaux photographiques des soldats morts au combat : ainsi cette rustique étoile de David dessinée à même le sol avec des bocaux en verre disposés par leurs camarades, à l'endroit où une roquette Hezbollah a fauché une patrouille.

Au glacis mitoyen, chacun pavoise. Les drapeaux s'affrontent face à face, par les champs et sur les toits (« interdit de prendre des photos », me lance, menaçant, un troufion espagnol de la FINUL, comme s'il était chez lui, devant deux bons gros soldats libanais que son sérieux fait éclater de rire). Jaunes au Sud-Liban, blanc et bleu au nord d'Israël. Les deux rangées se narguent et s'excitent l'une l'autre à cent mètres de distance. Comme plus au sud, les poings durcissent de part et d'autre au fur et à mesure qu'on approche de l'ancienne ligne verte, séparant Palestiniens et Israéliens. Goush Emoumim contre Hamas, tout contre. Les nerfs et la peau à vif. Ça s'infecte par où ça frotte, de part et d'autre du mur.

J'aime la franchise des frontières. « Ce que nous avons de plus profond, disait Valéry, c'est la peau. » Et de même que le noyau d'une cellule peut se découvrir sur sa membrane, le code secret, le moi profond d'un peuple affleure sur ses franges pionnières, s'exhibe dans ses terminaisons nerveuses, irritables, ultrasensibles. Les marches ne sont pas les zones grises que l'on croit : le dégradé est à l'envers. Qui s'éloigne du centre fait monter les enjeux et hisser les couleurs. Mieux protégée, plus enfarinée ou hypocrite, la capitale d'un pays se dissimule plus facilement sa vérité première. La défense immunitaire qu'on appelle intégrisme, allergie au contact et plus encore à la greffe, met cartes sur table. Difficile d'éradiquer l'impétigo fanatique. On peut fermer les yeux et la bouche, se boucher les oreilles et le nez, on ne peut pas soustraire sa peau au contact.

Si l'extrémisme religieux affecte les sociétés comme une maladie de peau, les plus mystérieuses et rebelles au traitement comme le savent les médecins, le « dialogue des civilisations » devrait être confié aux dermatologues, pour le traitement quotidien, et aux musiciens, pour la guérison finale. Qui a plus fait, au Proche-Orient, pour calmer les démangeaisons que Daniel Barenboïm, avec son orchestre réunissant pianistes israéliens et violons palestiniens ? Les experts du prurit civilisationnel, les spécialistes de l'eczéma ont un agenda surchargé, car les déplacements de population portent en eux l'inflammation identitaire comme la greffe, le rejet. Nos amis du grand large, les tenants du tout-monde, en appellent aux périphéries dissidentes et fraîches contre les centres moisis sans prendre garde que rien n'est plus central et centripète qu'une périphérie, et qu'on est plus patriote à Strasbourg qu'aux Champs-Élysées. Où trouve-t-on plus de républicains à l'ancienne, laïques et jacobins, qu'à Pointe-à-Pitre et Fort-de-France ? Tout déplacement aux avant-postes tient de la spéléologie : on descend vers les sources souterraines d'un fleuve imaginaire plus ou moins ensablé en surface.

## 7. À un ami libanais assassiné

*Cher Samir Kassir*

*« Il ne fait pas bon être arabe de nos jours. » J'ai goûté l'incipit, ironique et bonhomme, et puis je l'ai reposé, le bouquin que tu m'as laissé en partant, et,*

*pour tout te dire, complètement passé à l'as. S'il fallait scruter tous ces appels de phares dans la nuit, qui nous viennent de loin, de lieux, de gens qu'on ne connaît pas, on ne s'en sortirait plus, n'est-ce pas ? Tu avais dirigé* L'Orient Express, *tu écrivais dans le quotidien* An Nahar. *C'est en apprenant ton assassinat à Beyrouth, un soir d'été, le 2 juin 2005 exactement, trois mois après le meurtre du Premier ministre Rafic Hariri — par des services syriens, très probablement —, que je l'ai rouvert, à ma grande honte. Il n'avait pas changé de place depuis ton départ. Tu nous avais raconté tes filatures par les hommes de la Sûreté libanaise, quand tu es venu déjeuner à la maison avec ta femme et Gisèle Halimi, pour causer du Liban, de la Syrie, du 11 Septembre. Cette fois, soixante-dix kilos de TNT sous le châssis de ta voiture, c'était imparable. Tes* Considérations sur le malheur arabe, *depuis, ne m'ont plus quitté. Le scalpel est jovial, comme toi, et balaye large — Égypte, Soudan, Maghreb, Irak, Syrie, les Émirats, sans parler de ton Liban natal. Mets ce* post-scriptum *sur le compte du remords, ou de l'esprit de l'escalier. Disons qu'il s'adresse à ton épouse, à tes filles, à tous tes doubles que je croise depuis des mois et qui m'ont fait sentir ma, notre distraction. « Les Arabes sont aujourd'hui les êtres les plus infortunés du monde... » Tu te doutais bien du peu de cas qu'on fait chez nous de votre déréliction. Le modeste écho qu'a eu ton livre dans notre grande presse et nos dîners en ville ne te démentira pas...*

*Le malheur arabe, écris-tu, se lit dans le regard des autres. Celui des policiers sur votre passeport à*

*Roissy, des importants qui annulent le rendez-vous* in extremis, *des grands éditeurs qui renvoient le manuscrit sans l'ouvrir. Et le non-regard, qu'en fais-tu ? Pour être franc, il me faut bien te donner acte d'un fait incontestable (qui m'échappait encore quand nous parlions ensemble) : nous n'avons pas en France de sympathie pour le monde arabe. Nous y avons des intérêts. Ce n'est pas la même chose. Ni le même* nous. *Nos industriels de l'armement et nos directeurs de musées s'intéressent à l'argent arabe, nos policiers et nos stratèges s'intéressent aux explosifs arabes, nos comités d'entreprise, à vos plages et vos hôtels, une ou deux fois l'an. Nos retraités pauvres ont leurs casernes en Tunisie, et les riches, leur ryad à Marrakech. Dans nos beaux quartiers à Paris, on est au courant qu'il y a de l'Arabe et de l'islam (on confond souvent les deux) dans de confuses banlieues et d'introuvables mosquées, de la cagoule et du voile, mais il y a des fonctionnaires pour cela : les Renseignements généraux et le Bureau des cultes. Question extérieure, dont traite le ministère de l'Intérieur, et pourvu que ça ne déborde pas trop sur les Champs-Élysées... C'est toi qui me l'as fait remarquer, quand tu as feuilleté les catalogues d'éditeurs qui traînaient chez moi. La souffrance juive nous concerne tous : elle occupe nos politiques, nos journaux, nos librairies, les revues qui comptent. La vôtre concerne des spécialistes. Il n'y avait guère de musulmans en France à l'époque de Montesquieu, de Flaubert et de Delacroix, mais notre siècle des Lumières et notre romantisme ont été plus entichés de vos femmes, de vos contes, de vos penseurs que nous ne le sommes. Pourquoi ? Parce que Hitler a mis la judéité au centre de l'histoire européenne — en pierre de touche, en papier de tournesol. Il est normal que le débat d'idées soit centré sur la Shoah, l'antisémitisme, l'angoisse, le délaissement des Juifs de France et d'Europe, d'autant qu'ils sont bien réels, et jamais ou presque sur les vôtres. Vous, vous êtes notre Autre. Sinon l'ennemi, du moins la menace. Soyez de bons et sages voisins, il en faut bien et même Israël en a besoin, mais ne vous prenez pas pour des cousins, tout francophones que vous êtes. Le devoir de repentance conduit les écoliers de France à Auschwitz, non à Sétif, Madagascar ou Poulo Condor, où un Français aurait pourtant plus de motifs à venir battre sa coulpe.*

*Sur ta rive à toi, les hydrocarbures, ce miel qui attire les guêpes, ont fait la fortune de pays sans grande culture, dans l'ancienne Arabie heureuse. Sur notre rive à nous, il y a bien eu les Massignon, Berque, Corbin ou Rodinson, mais les pétroliers ne s'en soucient guère. Quand il m'arrive de citer l'un ou l'autre devant un aréopage de bons esprits, le « c'est qui, ces bonshommes ? » ne tarde jamais. Ont-ils chez nous la place qui leur revient, tes amis Adonis, Ghassan Tueni, Mahmoud Darwich, Elias Khoury... Quel Aragon d'aujourd'hui oserait un* Fou d'Elsa ? *Ceux qui font la pluie et le beau temps à Paris regardent vers l'Atlantique, non vers la Méditerranée. Nous avons beau avoir d'excellents islamologues et géopoliticiens,* « they don't make the weather ». *L'égoïsme du bien-être, je le crois incurable, comme votre hospitalité, que le mal-être n'entame pas.*

*À chaque âme collective ses maladies. Je ne te*

*parlerai pas ici des nôtres, que tu connais bien, mais ce n'est pas le sujet. En écoutant le Palestinien Elias Sanbar à Amman apostropher en laïque ses Frères musulmans, au nom d'une politique de la lucidité, en leur montrant toutes les faiblesses que recouvrent leurs roulements de tambour, j'ai repensé aux vôtres. Vos diagnostics se recoupent. Résumons : l'âge d'or, le complot et l'honneur. La trilogie de toujours, où tout se tient. La première fabule sur une Cité idéale perdue — la Médine du Prophète — et se défoule dans l'exaltation d'un passé improbable. Il est vrai que dans l'hégire la Renaissance est venue avant le Moyen Âge, et débuter par une* success story *n'est pas un cadeau. Ne plus être après avoir été peut inspirer bien des ressentiments. Tes compatriotes ne cultivent pas l'autocritique ni la repentance (où nous excellons un peu trop nous-mêmes). Loin d'eux l'idée de chercher quelles responsabilités leur incombent dans cette décadence. Si tout est complot, il suffit de gémir en éternelles victimes des méchants Occidentaux, puisque la bonne place aujourd'hui, c'est la mauvaise. La troisième maladie chronique, l'honneur du groupe, par nature attaqué — on est toujours offensé chez les tiens —, interdit de parler à la première personne, de se penser soi-même comme un sujet, autonome et distinct de sa tribu évidemment bafouée. Tu as raison. Tout cela est lié et ne peut qu'alimenter « l'impuissance, ce sentiment panarabe ». Ce sont les fers aux pieds de votre marche en avant, de cette deuxième* Nahda, *cette renaissance que tu appelles de tes vœux — la première s'étant éteinte, dis-tu, à Beyrouth, lors du siège israélien de 1982 quand l'arabisme progressiste et laïque a dû baisser pavillon devant un islam transnational et régressif.*

*Il se mène en ce moment de par le monde une grande dispute, à coups d'images, de mots et de grenades : entre les champions de la liberté individuelle et ceux de la dignité des peuples. Entre nous, démocraties libérales, qui réclamons la liberté pour les individus, et l'islam qui déploie la banderole Justice et Bienfaisance. Le magistrat occidental veille aux droits de la personne, et il fait bien, sauf qu'il sacrifie à cette noble cause l'aspiration du charbonnier à être maître chez lui. L'inculpé oriental se bat contre sa mise en tutelle, et il fait bien, sauf qu'il n'hésitera pas à encager les personnes pour y parvenir. Toi, tu voulais tenir les deux bouts de la chaîne. Ta mère était syrienne : les droits de l'individu, tu connaissais. Ton père, palestinien : l'humiliation d'un peuple, tu connaissais aussi. Le petit neveu qui n'a pas réussi, qui vient pleurnicher dans le giron de l'émir Picsou en racontant ses malheurs, pour lui soutirer son chèque... « Qui dira le sacrifice de l'individu dans le combat qui s'épuise à faire advenir le Peuple ? » Tu as osé et cela t'a coûté la vie. C'était gênant, un démocrate qui ne ratait pas une manif pour les Palestiniens mais préparait également le printemps de Beyrouth avec ses élèves à Saint-Joseph. Le combat pour l'Individu, tu le jugeais prioritaire mais cela ne t'empêchait pas de brocarder « l'hégémonie destructrice de l'Occident ». La modernité dont tu parlais n'était pas un 4×4 bien ronflant et chromé, commandé sur Internet et livré à domicile.*

*Ton ambivalence envers l'Occident, je l'ai retrouvée chez tous tes frères arabes, laïques et progressistes. Ils nous aiment parce que c'est chez nous qu'ils ont appris à penser et à vivre libres. Et ils nous détestent parce que nous vous avons colonisés et que nous n'avons toujours pas renoncé à nos insolences de maîtres. Vous ressentez sans doute aussi la même ambivalence envers l'islamisme. L'islam a permis à vos peuples de rester eux-mêmes pendant la colonisation. Celle-ci a tout avalé, sauf le noyau dur. Et sans la religion, que resterait-il de la culture arabe ? Alors, main tendue. Mais ceux qui s'en réclament aujourd'hui rêvent de vous trancher la gorge. Alors, poing fermé. Et vous avez bien raison d'être sur vos gardes. Tu n'en revenais pas de voir dans les rues du Caire le voile, résiduel en 1960, omniprésent en 2000. Le* niqâb *wahhabite, qui couvre le corps, le visage et les mains, ça te mettait en colère. Tu refusais les eschatologies du suicide combatif, et tu voyais dans l'islam radical un signe, un facteur de plus du malheur historique. Ta pudeur t'a empêché d'ajouter, toi le Grec orthodoxe, pour qui on a dit la messe à l'église Saint-Georges de Beyrouth : et pour nous, les Arabes chrétiens, plus encore, parce que deux fois relégués, à domicile comme chrétiens et à l'étranger comme Arabes.*

*Mon vieux Samir, je voulais simplement te dire mon regret de n'avoir pas ouvert ton livre plus tôt. Je ferai désormais attention aux témoignages de tes copains qui t'ont survécu (ils ne savent pas pour combien de temps). Tu pouvais jouer entre et avec deux cultures, d'où ta clairvoyance, à toi le bilingue, le Franco-Libanais qui a osé un* Itinéraire de Jérusalem à Paris. *Les monolingues, dont je suis, qui ne changent pas de lunettes s'aveuglent plus facilement. Il était dans ta manière de réunir l'activiste et l'intellectuel, le patriote et le cosmopolite. Chacun de ces mots pris séparément nourrit chez nous des ribambelles de clichés qui me font bâiller. Je te remercie de nous avoir montré, mais tu n'es pas le seul, qu'on peut encore faire aller ensemble l'intelligence et la responsabilité. Chez nous, ces deux choses-là ont divorcé. Nos politiques sont devenus des vedettes de variétés ; et nos intellos se gargarisent de grands mots creux. Cette défaillance locale n'en donne que plus de prix, sache-le, à un destin comme le tien.*

*Amitié, à bientôt.*

## 8. Vents de croisade

> *Dès lors Jésus commença à proclamer : Convertissez-vous, le règne des cieux approche.* Matthieu, IV, 17.

Vu à l'Institut français du Proche-Orient les anathèmes du numéro deux d'al-Qaida sur son site Internet. Le médecin égyptien al-Zawahiri exhorte les Arabes sunnites à ne pas « se déshonorer au service des croisés et des Juifs ». Il nous fait bien de l'honneur. Où puiser l'ardeur d'une nouvelle « geste des Francs » ? La foi, l'abnégation, les mythes propulseurs que suppose une entreprise aussi insensée ? Il projette, il extrapole, notre djihadiste en chef. Où sont notre Urbain II, nos Pierre l'Ermite ? Je ne vois pas nos enfants abandonner Harry Potter et leurs consoles vidéo pour partir à pied sur les routes, sans un sou en poche, mettre à sac les villes de Hongrie et du Danube. Nous ne croyons plus au péché originel et l'enfer ne fait peur à personne. À quoi bon prendre la croix ? Acheter de son sang son salut, terme qui ne fait plus sens ? Et pour délivrer quels Lieux saints ? Les nazis ont eu beau lancer la « croisade contre le bolchevisme » et nos créatifs la « croisade contre l'alcoolisme », il n'est pas de gros mot dont les Européens se sentent plus effrayés. Il ne fait même plus partie de notre vocabulaire (dans le *Dictionnaire culturel* d'Alain Rey, un long article à « crocodile », un autre à « croire », mais à « croisade » macache). Il n'a plus cours, au sens fort, qu'en Amérique du Nord, place forte du millénarisme évangélique, où l'emploi au sens faible est d'ailleurs banal (la Seconde Guerre mondiale y fut une croisade pour la liberté). Nous, l'extermination des Sarrasins ne nous déplairait pas trop, mais de loin, en appuyant sur un bouton, sans avoir à tout laisser derrière soi. La conquête des marchés, oui, payer de sa personne, non. Rappelons à M. Ben Laden et à son bras droit que la terre des impies, ou la Maison de la guerre, comporte deux satrapies : l'une outre-Atlantique, où le mot fait rougir de fierté ; l'autre en deçà, où il ferait rougir de honte les responsables, éclater de rire les malins.

L'école et les livres m'ont appris l'existence des

soldats de l'an II, des engagés des Brigades internationales et de ceux de la France libre. La vie m'a fait rencontrer des *Latinos* internationalistes. En Occident, ce furent, je crois bien, les derniers croisés. Aussi différents des nomenklaturistes à chapeau mou que pouvaient l'être les pèlerins paumés au milieu de la forêt, des grands seigneurs qui, dix ans plus tard, se tailleraient des fiefs en Terre sainte. C'étaient gens de vocation, non d'ambition. La société sans classes leur servait de Jérusalem céleste. Au fond, la Révolution aura un peu été au XX^e^ siècle la croisade des cadets de famille et des sans-dieu comme la première croisade, celle des gueux et des petites gens, fut la révolution des laissés-pour-compte du Moyen Âge. L'explication matérialiste, la quête de butin et de terres à conquérir, ne rend pas raison du premier mouvement de foi qui jeta sur toutes les routes d'Europe artisans, paysans et petits clercs, pas plus que le désir de devenir préfet ou apparatchik les volontaires cubains, péruviens ou argentins, qui se sont croisés dans les années 1960. Les loqueteux des maquis et les va-nu-pieds des Flandres, ces deux armées de l'Esprit, ces deux élans de vie culminant en instinct de mort — je les vois de loin se réconcilier dans cette étrange et coûteuse affection qu'est le don de soi, que la Sécurité sociale a cessé de rembourser. Et dans une certitude hors questionnement : la présence ici-bas d'un inconditionné. D'un absolu en droit de nous réquisitionner à tout instant, sur appel d'en haut, et face auquel il n'y a pas de conditions à faire valoir pour se dérober, bouches à nourrir, mauvaise grippe, obligation professionnelle ou traite à rembourser.

La Croisade, mythe de droite, la Révolution, mythe de gauche, puisaient aux mêmes sources psychiques, désormais taries pour nous qui vivons de week-ends, d'actions en Bourse et de RTT. Deux mythes au reste antidémocratiques, mystiques et militants n'ayant pas en général l'onction du suffrage universel (les poètes non plus). Ils sont élus les uns par le Ciel, les autres par les circonstances — scrutin uninominal et providentiel à un tour. Attentatoires à la loi majoritaire et au maintien de nos droits sociaux, ces anachronismes ne nourrissent plus que nos écrans et nos albums pour fins de soirée — films, romans et posters.

À Damas, un soir, j'ai vu briller dans une vitrine, côte à côte, un Saladin multicolore, un Che en noir et blanc et un Nasrallah hilare. Même télescopage dans une épicerie de Gaza, où un Che à béret jouxtait un Arafat à keffieh, à côté d'un Nasrallah à bonnet rond. Le choc des images m'a désarçonné. Il ne m'échappe pas que la puissance de convocation d'une effigie se mesure à la somme des malentendus qu'on fait sur le modèle, mais je ne voyais vraiment pas ce qui pouvait apparenter l'Argentin athée au Libanais chiite. J'avais tort. En quarante ans, la torche a changé de porteurs, mais la flamme est la même, et pas seulement l'empire à défier. Ce n'est pas celle de Robin des Bois mais du samouraï en marge, disons : du chevalier assermenté. Aussi distant, culturellement, de l'analphabète guarani que pouvait l'être un baron normand d'un fidèle seldjoukide, le Che se comparait lui-même à Don Quichotte, le chevalier de la Manche — et il nourrit à présent les mêmes chromos, les mêmes chroniques, version boléro et *nueva canción*, que Saint Louis en son temps les chansons de croisade et les enluminures. Porté par la même idée-force, deux mille ans d'âge depuis saint Paul : *l'homme nouveau*, à créer pour demain ou à restaurer tel qu'hier. Le Che, promu à titre posthume commandeur d'une religion universelle, la Justice. Et Nasrallah, nouvel homme providentiel, à la tête d'un parti qui est un ordre religieux — ce qu'étaient les chevaleries occidentales protectrices de la veuve et de l'orphelin et trucidant autant d'infidèles que possible. Qui eût dit que le mythe obscurantiste survivrait au mythe prolétarien ? Et que dans la lutte du sacré et du profane, le premier tendrait un jour une main secourable au second ? Le grandiose virus appelé Révolution a mis deux siècles pour se désactiver (1789-1989). Le phénix Croisade prend la relève et pète de santé.

Sauf que c'est à front renversé, et sous le nom de *djihad* dans l'acception guerrière du mot (qui n'est pas la seule). Nous, Européens, avons perdu à la fois notre culture religieuse et notre culture de guerre. L'esprit de croisade occidental — qui consistait dans la fusion des deux — souffle en sens inverse, d'est en ouest. « Il n'y aura pas de salut pour vous en dehors du *djihad* », conclut le même Zawahiri (qui exècre le Hezbollah autant que le Hamas). Les kamikazes de Jenin et les chefs talibans de la mosquée Rouge d'Islamabad peuvent se vivre en descendants du vizir Afdar et de Saladin. Je doute que nos ministres se rêvent en

Tancrède et en Saint Louis. Dieu n'arme plus le courage de nos militaires (surarmés et sous-motivés). L'indulgence pleine et entière pour les péchés, la prise en charge des familles et des biens du pèlerin en partance par le clergé, la certitude qu'avaient les « victimes du glaive ismaélite » d'aller droit au paradis, les cohortes du Ciel escortant les victorieux — tous ces contrats d'assurance-vie sans lesquels nos fous de Dieu en cotte de mailles n'auraient jamais pu « libérer Jérusalem » sont passés de l'autre côté, chez ceux et celles qui se donnent le même programme, mille ans après. Plus ambitieux que la simple reconquête de l'Andalousie et de la Sicile, *global village* oblige. Avec, pour la reconquête de Jérusalem, un avantage : ils œuvrent à domicile. Et avec toutes les ambiguïtés de ce que le médiéviste René Grousset a appelé « la démagogie de croisade » — quand un mouvement religieux sert de couverture à des petites crapules et preneurs d'otages sans aveu (rien à perdre et tout à gagner) pour piller, rançonner et décapiter.

## 9. Sionismes

Que j'aie des amis israéliens et que je doive revenir dans l'« entité sioniste » me rend suspect auprès de certains — mais pas du Hezbollah. J'en ai assez d'entendre parler du sionisme comme d'une injure. Au Liban, en Syrie, en Jordanie, chez qui en a pâti dans sa chair, l'anathème se comprend. Mais que l'odeur de soufre puisse également aller de soi dans certains forums internationalistes, *jamborees* du Bien en mal de méchants, m'a toujours surpris. Le respect disons comparatif devrait au moins s'imposer. Il est exceptionnel qu'un mot en *isme*, né après la Révolution française, engendre plus qu'une secte de farfelus, un parti volatil ou une brève folie panurgique et meurtrière. Les idéologies nées après la Révolution française sont brouillées avec le développement durable. Le sionisme en était une, parmi les dernières-nées (le terme ne date que de 1890). Il repose sur un postulat limpide : le peuple juif constitue une nation, et à toute nation doit correspondre un État. C'est une idée, et une idée juste. D'où est sorti un État qu'on peut proprement appeler un ouvrage de l'esprit. Une création littéraire, un enfant de la Lettre. Il a été fondé en 1897 à Bâle par un discours de journaliste, Herzl, préconçu par un philosophe de métier, Moses Hess, mis en œuvre sur le terrain par des penseurs professionnels comme Ahad Haam, Max Nordau, Martin Buber, etc., des poètes et romanciers comme Jabotinsky, un lexicographe comme Ben Yehouda, et tant d'autres lettrés. Admirable coalition autour d'un sentiment révolutionnaire entre tous : la mélancolie agissante. Les pragmatiques qui se flattent, comme Bonaparte, de « jeter les idéologues à la Seine », et tiennent les gens de plume pour des femmelettes, devraient regarder ce cheminement d'un peu plus près. Des mots furent conçus, écrits, prononcés, imprimés en sous-main, en petit comité, entre 1860 et 1930, d'où sont nés peu après et à ciel ouvert des services de sécurité, une armée, des *kibboutzim*, des villes, des banques et des syndicats. Bel exemple d'efficacité symbolique : les mots ont suscité les actes. Des livres ont fabriqué des armes. La puissance des signes, il arrive, une fois ou deux par siècle, qu'elle change la face du monde.

La sève socialiste se sera desséchée plus tôt. Elle était de la même génération, portée elle aussi par le journal et le livre, générée par la même classe délirante, l'intelligentsia. L'État soviétique n'a pas passé l'hiver. Le seul plan sur la comète du XIXe siècle qui ait fait son trou sur la nôtre, c'est celui de Herzl et des siens. Parce qu'il a rencontré le grand souffle des nationalités de son temps, prolongé, propagé le printemps des peuples jusqu'aux bords de Canaan et du XXIe siècle ? Sans doute, mais il a fait mieux avec moins. L'*idée* futuriste a épousé, parfois à son insu, un *mythe* venu du fond des âges : la Terre promise, Abraham, les Maccabées. Deux mille années de fermentations souterraines. Le marxisme avait trop peu de nostalgie pour tenir la distance. L'épopée remontait à grand-peine jusqu'à notre XVIIIe siècle. Son David eût pu être Gracchus Babeuf. Cet islam sans Dieu inventé par des doctrinaires pour réenchanter l'Occident en bleu de chauffe manquait singulièrement de branche. L'actuel tenant du titre messianique, le vert, a quatorze siècles de souvenirs pour le pousser dans le dos, depuis la bataille de Bakr et les premiers califes. Il faut du recul pour un tir long. Si nos aïeux avaient fait maxime de notre déprimant « du passé faisons table rase », nous n'aurions eu nous-mêmes ni la Réforme, retour aux temps évangéliques, ni la Révolution française, retour à Sparte, ni la Commune de Paris, retour à 1793. Sagacité de Péguy voyant dans la Révolution française « l'appel d'une tradition épuisée à une tradition plus profonde ». Un programme subversif mérite d'être pris au sérieux quand il fait la jonction avec un conte de grand-mère. La leçon de David : plus la fronde tire vers l'arrière, mieux elle propulse vers l'avant. Les malheureux pour qui *tradition* veut dire *réaction* et *passé, passéisme* ignorent que la mémoire est aussi un tenseur. Les « bougistes » se châtrent en se dopant au dernier cri : ils feront du surplace au nom du mouvement.

Aucun des accoucheurs de l'État hébreu, gens d'écritoire, de rotative et de bibliothèque, aux doigts maculés d'encre, fouilleurs de vieux papiers et maniaques de la note en bas de page, n'aurait été aujourd'hui un homme d'influence, en vidéosphère. Trop sérieux, trop profonds, trop cohérents. La télé eût d'emblée marginalisé cette nostalgie d'« intellos coupés de la vie ». Le peuple élu a bien choisi sa saison — l'automne de l'imprimé — pour faire sa percée, son grand retour sur la planète. Cinquante ans après, il n'était plus qualifié, Hertz annulait Herzl.

Providence ? Peut-être pas. Car il y a un hic. Il n'est pas impossible que le sionisme soit né trop tard dans un monde trop vieux. Comme un *Risorgimento* en *post-scriptum*. Ce romantisme national venu d'Occident a pris les armes à l'ère de la révolte des Orients colonisés. Se vivant de l'intérieur comme un rejeton est-européen de Garibaldi, ce qu'il est, l'entreprise sioniste, en cet endroit et à cette époque, ne pouvait être perçue par les envahis avec la même bonne foi que comme un petit cousin retardataire de la reine Victoria, ce qu'il fut aussi. Le tragique est là. De quoi nourrir une guerre de cent ans. C'est le quiproquo né d'un chevauchement entre les deux chronologies décalées du Couchant et du Levant : l'assimilation de la Shoah par la conscience européenne coïncidant avec le début des insurrections contre les puissances coloniales, dans les années 1950, le croisement des rythmes historiques était gros d'un terrible *misfit*. Mais qui peut choisir sa date de naissance ?

Si l'intellect a conçu cet État-nation, en effet, l'Holocauste l'a accouché. Ce n'est pas une greffe coloniale comme les autres. Les deux plus grands génocides du XXe siècle ont eu pour vertu de réactualiser, refonder à chaque reprise une nation quasi éteinte, l'arménienne et la juive, en les sortant de la naphtaline patrimoniale. Elles ont rechargé chez les survivants les piles de mémoire pour un *bis repetita*. Une catastrophe se révèle plus électrisante qu'une victoire militaire (ou une réussite économique). Pour une saumâtre raison : les héros n'ont pas d'enfants, seules les victimes en ont. La fierté passe, l'humiliation dure. Les enfants des malheureux « coupables d'être nés » n'en finissent pas de souffrir de la souffrance de leurs parents et grands-parents, alors que les rejetons des engagés volontaires de la France libre ressentent plutôt la médaille du paternel comme une chose pittoresque, vaguement anachronique. Le chapitre est clos. Au contraire de l'étoile jaune, les croix de guerre se contentent d'un dépôt de gerbe une fois l'an. Les enfants de persécutés veulent plus : que justice soit faite, sur le long terme. Et compensation rendue aux ayants droit.

Certaines conduites israéliennes déshonorent Theodor Herzl ? Les staliniens aussi ont déshonoré Karl Marx, et Isabelle la Catholique, Jésus. Il est aussi injuste de faire du camp de torture de Khiam et des millions de sous-munitions qui continuent de tuer et blesser au Sud-Liban l'essence du sionisme, ou du sionisme l'essence du peuple juif, que de faire des Bat' d'Af' et de la gégène l'essence de la République jacobine, ou de l'étoile jaune du Maréchal et de Drancy l'essence de la nation française, comme il est de mode. Des sionismes, il en est de toutes sortes. La marque est non protégée et en accès libre : il existe des protestants ultrasionistes — comme l'était Jacques Ellul — fort honorables, et des juifs antisionistes, comme Pierre Vidal-Naquet, qui l'étaient encore plus. J'ai même croisé une variante qui n'a pas pignon sur rue, le sionisme propalestinien. Appellation que je crois avoir inaugurée, en répondant à un « D'où parlez-vous ? » d'un Conseil représentatif, vers 1981. Elle a fait bondir. Elle s'acclimate avec le temps et devient moins infréquentable, même si cette espèce en voie d'apparition est au règne politique ce que l'hippogriffe ou le sphinx sont aux animaux du zoo. Ou un conte de Perrault à *Germinal*. Et alors, il faudrait rougir d'aimer le merveilleux ?

**Carte 6. Entre hier et aujourd'hui**

IV

# *À travers Galilée, Judée et Samarie*

*Après ces deux jours, il partit pour la Galilée. Et Jésus attesta lui-même qu'un prophète n'est pas honoré dans sa patrie.* Jean, IV, 43-44.

## 1. Je n'ai rien vu à Génésareth

*En entendant que Jean avait été livré, il se retira en Galilée ; puis il quitta Nazareth et vint habiter à Capharnaüm au bord de la mer, aux confins de Zabulon et de Nephtali [...].*
Matthieu, IV, 12-13.

Ç'aurait pu être, cette ville d'eaux, avec son ciel bleu, ses lauriers-roses et ses retraités, quelque chose comme Garde ou Côme en Italie. Enfin, je l'imaginais ainsi, Tibériade. La ville de Maimonide et de Bérénice, en fait, c'est bêta comme Saint-Raphaël, vulgaire comme la Côte d'Azur. Quelque chose comme Cannes sur le lac du Bourget. Une forfaiture, une escroquerie quand on porte un nom pareil. Tibériade, Hérodiade, Olympiade, la diphtongue crée des obligations, non ?

Cap de suite sur la rive nord du lac, pour le voir

enfin, tel qu'en lui-même, dans son port d'attache, sa petite patrie :

*L'homme du pêcheur d'homme et de Génésareth.*
*Et le jeune apprenti du bourg de Nazareth,*
*Puissions-nous le revoir (enfin) comme il était...*

*Puissions-nous le revoir, l'homme de pureté,*
*Ainsi qu'on le voyait au bourg de Nazareth.*
*Puissions-nous le revoir dans son éternité*
*Comme il était dans Ur et dans Génésareth.*

*Puissions-nous contempler l'homme de pauvreté.*
*Puissions-nous le revoir, l'homme des pauvres chaumes.*
*Puissions-nous le revoir dans ses vastes royaumes,*
*Qui sont ceux de sa grâce et de sa charité.*

*Puissions-nous le revoir dans la cité joyeuse,*
*L'homme du bois de cèdre et du bois de bouleau.*
*Et le pêcheur Képhas assis au bord de l'eau*
*Et regardant pleuvoir la pêche merveilleuse.*

*Puissions-nous contempler l'homme de Nazareth.*
*L'ouvrier du bois d'orme et du bois de bouleau.*
*Et l'homme de la barque et de Génésareth,*
*Et la procession de ses pieds sur les eaux.*

*Puissions-nous le revoir l'homme de Palestine. [...]*

Il aurait pu, Charles Péguy. Revoir. Retrouver notre joie enfantine. Se sentir requis et partagé. Moi, je n'ai rien vu. Une petite bananeraie à Génésareth, une église ultramoderne (1982) à Tabgha, lieu de la multiplication des pains, une autre également du dernier cri, en forme de soucoupe volante, recouvrant à Capharnaüm, simple champ de fouilles, quelques pans de mur dits par convention de la maison de saint Pierre, et à côté, les restes d'un temple romain construit sur des soubassements de basalte noir. Je sais que l'homme de la barque et de Génésareth est longuement resté ici, que là fut son havre, je sens aussi qu'il n'y est plus. À Tibériade, cela se pardonne. Il tournait autour sans entrer, il n'aimait pas cette cité dédiée à Tibère, toute neuve, faraude, païenne, et qui l'est restée (même si le Talmud de Jérusalem s'est concocté ici). Zabulon et Nephtali en revanche, et le port de Génésareth qui n'est plus un port et s'appelle Ginossar, c'est plus navrant.

Si je me souviens bien, j'avais rêvé, à défaut d'effusions spirituelles (chacun ses capacités), de transmuer un classique *sight-seeing tour* en un exercice d'infusion paysagère et de télépathie visuelle. Plus que les verrues monumentales, contestables rajouts de la superstition mammifère, je m'étais juré de m'imprégner des basses terres inconstructibles, en deçà de toute fioriture et qui ne sont pas, elles, matière à dispute : le fossé africo-levantin qui borde la Galilée à l'est, les arêtes du Carmel, les gorges du Yarmouk, les sables du Jourdain. L'écosystème. Le disque dur. Les sites naturels. L'odeur des paysages. Ceux-là, l'ère industrielle les aura érodés, encombrés ou défigurés, mais non exténués. Le Jésus de l'histoire s'est envolé, soit, mais non ses collines, ses couleurs, son oxygène. Pourquoi, partant de la double nature du Messie — le fils de Dieu et l'enfant du pays —, ne pas s'essayer à remonter du second au premier ? À Massada ont bien été découverts des noyaux de datte recrachés par les suicidés. On en a planté un, et il a poussé. Ce dattier a deux mille ans, et il portera le gène des assiégés du Ier siècle. On n'a pas encore trouvé le noyau de jujube recraché par Jésus. Mais le lac de Tibériade a vu passer le Messie (c'est certain). Je le fixerais à mon tour et pourrais saisir, par ricochet, tout ce que Jésus tenait du sol qui l'a vu naître, des eaux qui l'ont bercé. Ce ne serait plus alors « mes pas dans ses pas », mais « mes yeux dans ses yeux ». Comme si ces vallonnements réverbérant à dose infinitésimale un je-ne-sais-quoi de leur divin regardeur pouvaient mettre un vadrouilleur sur la même longueur d'onde lumineuse. Car, n'est-ce pas, tout a changé en Palestine, sauf la mer de Génésareth et les roseurs de l'aube, qui changent toujours et ne changent pas. Il y a mille versions de la vie de Jésus, toutes invérifiables. Il n'y a qu'un lac de Tibériade, un profil bleuté des montagnes qui l'entourent, et le doux clapotis des vaguelettes sur ses rives, chacun peut s'en imbiber, prosaïquement, et sans fâcher personne.

Cette sournoise tentative d'*empaysement* reposait, pérennité du climat, des figuiers et des cactus aidant, sur un postulat fragile. J'avais misé sur une harmonie secrète entre le mental du Galiléen et le physique de la Galilée où il a grandi. Une connivence entre les linéaments d'une destinée et les lignes d'horizon des vallées. Elle n'allait nullement de soi aux premiers siècles de notre ère, et eût paru futile à Jésus (d'où l'aspect raisin sec des Évangiles). Il faut avoir quelques siècles de peinture au fond de la rétine pour prendre plaisir à ce que nous appelons un paysage, cette maison de l'âme découpée sur une toile verticale par un cadre en bois. Il est bête, de surcroît, quand on a entre ses mains la perle d'un texte saint, d'en rechercher le secret côté coquille. J'avais beau me répéter tout cela, je me fiais à mon animisme infantile (ce lamentable fond magico-stupide dont l'internaute à prothèses lui-même peine à se débarrasser). Nous sommes d'ailleurs beaucoup à croire que certains extérieurs ont la faculté d'arrêter le temps et de nous renvoyer, tel un miroir convexe, quelques corpuscules des morts qui sont passés un jour par là. Et pourquoi donc s'en va-t-on visiter les maisons des écrivains que nous vénérons, sinon pour retrouver une complicité à laquelle, les mots imprimés voyant décliner avec l'âge leur puissance d'envoûtement, peut-être parce que nous lisons moins, la fréquentation des livres ne suffit plus tout à fait ? Alors, on va se promener dans un potager, on rêvasse sur un chapeau et un parapluie, on se penche par la fenêtre de leur chambre à coucher pour percer, avec un œil de fakir birman, les bords mystérieux de la Seine à Nogent. Tout passe, lasse et casse, mais les armoires normandes, les dessus de cheminée, les taille-crayons et les sous-main de bureau un peu moins que le reste. L'homme précaire a bien raison de miser sur ces petites patries de rosiers, de pendules et de bergères Louis-Philippe pour laisser une trace après lui : quand nos descendants auront perdu l'habitude d'ouvrir des livres, ils garderont des yeux pour voir et des mains pour toucher — un lit de mort en fer ou une poupée de son.

Oui, cette ombre imperceptible, ce cache à la longue irritant posé sur notre année zéro, j'aurais aimé pouvoir réincarner la première, faire glisser le second face à ces vallonnements bleuâtres, remonter, grâce à eux, en deçà des paroles qu'on a mises dans la bouche du Messie, qu'il n'a pas signées et peut-être jamais prononcées. Faute de pouvoir me promener sous le crâne d'un dieu (tentation diabolique s'il en est), du moins aurais-je pu me flatter qu'un je-ne-sais-quoi de lui me revienne du dehors, par rebond sur des témoins solides et fiables. C'était sans compter sur les campings en haute Galilée, le *fast-food* à Nazareth, les HLM au sommet du mont des Oliviers, les sonos hurlantes à Emmaüs, bref la vie. Le lac de Tibériade, la route qui monte vers le nord, en suivant la rive occidentale, le longe sans jamais le frôler. Dès qu'on se rapproche, il y a une barrière ou une guérite. La Palestine historique a sans doute plus changé au cours du dernier siècle que dans les vingt précédents, et la plongée dans le temps promise par le tourisme spirituel tourne court, faute de tremplin sensoriel.

Les effluves n'ont pas opéré. Les harmonies n'ont pas chanté. Et pour cause, s'il n'y a plus même de village à Capharnaüm. Peut-être n'avais-je fait, au fond, qu'habiller d'ambitions chamaniques la banale et trompeuse magie des noms de lieu, en cédant trop tôt aux joies de l'imagination. Tibériade, Magdala, Capharnaüm, c'est comme Samarkand, Trébizonde ou Izmir : des signes de promission à savourer de loin. Ils viennent à nous avec le décor et le personnel. Chaque bourgade, chaque éminence en Galilée s'avance vers le pèlerin avec l'aspect intimidant, majestueux et rustique des personnages du catéchisme : petites maisons de brique cuite à charpente de bois, toit plat d'argile et de branchages, banc maçonné accolé au mur, apôtres en tenue (barbe courte, tunique en laine coupée au genou, sandales à lanières). Sans m'attendre à croiser un sosie de Simon Pierre en train de nettoyer ses filets en contrebas de la route, ni un paralytique en quête de guérison tombant du haut d'un toit, je pouvais du moins espérer quelque voile au loin, un berger à flanc de colline, une prostituée en pleurs au coin de la rue, cheveux défaits et pieds nus. Bernique. Pourquoi pas une pêche miraculeuse ? Ou Charlton Heston en Moïse réceptionniste à l'hôtel-dortoir du coin ?

Celui où, le soir venu, je me suis arrêté, près de l'ancien kibboutz de Ginossar (où s'expose comme le saint sacrement la charpente en bois noirci d'une grosse barque de transport retrouvée dans la vase du lac et datable du Ier siècle), une ex-maison d'hôtes transformée en complexe hôtelier, m'a fait grise mine. Le réceptionniste jugeait manifestement suspecte ma solitude, et fit des pieds et des mains pour savoir de quelle espèce je relevais. Malade, mécréant ou espion... Il avait l'habitude soit des familles israéliennes, soit des cars de touristes de toute nationalité, et l'excursionniste en solo ne lui inspirait rien qui vaille. Le méchant n'a pas d'amis. Je lui donne entièrement raison. Et moi, tort d'avoir, jusqu'ici, regardé de haut les chenilles processionnaires de la Via Dolorosa, ou, à Césarée, les bancs de Japonais à dérive lente et petit bob sur le museau. Un groupe de pèlerins est une annélide dont la segmentation vaut presque abjuration. Un mille-pattes, un cent-têtes parce que ainsi s'organisent les êtres-vers. Ce que j'avais dévalué en troupeau, c'est l'éternel corps de bataille dans sa marche au Graal sans fin ni terme. Le guide avec son micro à côté du chauffeur est un Josué à prothèses, et les passagers du car à moitié endormis, la tribu qui piétine derrière son prophète. Initiatique, pédagogique ou touristique, telle est la formation de combat, la crédule et infatigable phalange qui traverse les siècles, et dont la brebis laissée par mégarde en arrière se sent aussitôt privée de destination, déboussolée. J'en étais la preuve vivante et repentante. Visiter seul Tabgha, sa naïve et chétive mosaïque monocolore, avec ses deux poissons regardant vers le ciel entourant quatre pains dans une corbeille, ou errer au milieu des colonnades de la pseudo-synagogue de Capharnaüm, c'est comme faire la bamboche en boudeur dans une boîte de nuit ou célébrer le *seder* de *Pessah* en tête à tête dans sa cuisine avec un concombre. Ce n'est pas valide. L'isolement dépouille mets et cailloux de leur prestige. Ils ne se soutiennent pas seuls, les pauvres sanctuaires. Ce sont des faits d'association, autant dire des hallucinations collectives. Ces monuments ne tiennent debout que par les récits dont nous les étayons, les chatoiements d'une mémoire commune que nous projetons sur eux comme sur un écran, et les rassemblements auxquels ces agents dormants ne font que donner *lieu*. Ces rochers anodins et vénérés, ces monastères ripolinés et sentant le neuf, infiniment plus creux et froids que ceux de Provence ou de Normandie, ce sont les pseudopodes d'une communauté exigeante et croyante, que nous regardons avec d'autant plus d'émotion que nous méconnaissons qu'en réalité ils se dressent en nous, et que ce sont nos propres souvenirs, espoirs ou timidités qui les rendent intéressants et parfois même habités. Pour se donner une chance d'échapper à l'aveuglement de « ceux qui regardent sans regarder, qui entendent sans entendre ni comprendre », il faut atteindre le quorum, le *minya*, seuil en deçà duquel le *kaddish* ou l'eucharistie ne peuvent prendre place mais passé lequel l'état de grâce touristique, fièvre douce et communicative, devient envisageable. J'en étais loin. Aussi me suis-je, ces jours-là, embêté ferme.

Ce lac de Kinnereth, qui veut dire « petite lyre », mer intérieure, sur les bords duquel Jésus recruta ses premiers pêcheurs d'hommes, Simon, Pierre, André, Jacques et Jean, m'a fait sentir son lyrisme apaisé, sa quiétude nourricière durant un petit quart d'heure, quand le lever du soleil, trouant les nappes de brume, en a laqué la surface d'un bleu nacré, impeccable. De même, peu après, ai-je pu goûter la douceur toscane et printanière du mont des Béatitudes, croupe accorte et capiteuse, avec son tapis de pâquerettes, de violettes et d'asphodèles (de ce que j'ai pris de loin pour tels) qui monte jusqu'au sommet, où niche, dans une touffe de verdure, derrière une double rangée de palmiers et d'eucalyptus, une église à coupole ocre-rose et aux murs blancs, tirée à quatre épingles, propriété des franciscains. Ce paysage coquet et bien élevé s'accorde on ne peut mieux avec la promesse de bonheur du Sermon sur la Montagne. La vue qu'on a du parvis sur tout le nord du lac fait même oublier le salut au Duce discrètement affiché dans une absidiale, pour avoir parrainé cette église octogonale, en hommage aux huit béatitudes. Tout agnostique qu'il fût, Mussolini prenait ses précautions, un temps d'avance sur le croisement des cultures. Il offrait au même moment au grand mufti le marbre de Carrare qui recouvre les colonnades d'al-Aqsa.

✧

*On the road again*. Pour monter en Galilée quand on vient de Judée, une nouvelle route permet de passer par Jéricho en remontant la vallée du Jourdain. C'est la route 90, baptisée « Gandhi » (surnom paradoxal de Rehavam Zeevi, ancien général d'extrême droite, ministre du Tourisme, assassiné en 2001 par un commando palestinien du FPLP). De même y a-t-il une route Ygal Allon, une autoroute Rabin... Rues, places et ponts ont partout un nom propre. Israël rehausse non pas ses villes, à la mode antique ou soviétique, mais ses grandes voies de circulation d'un patronyme de héros ou de martyr. Son légendaire se taille au bulldozer. Où que j'aille, je ne cesse en voiture de doubler ou croiser de formidables engins de terrassement qui donnent à voir une nation toujours en chantier, non finie et repoussant sans cesse ses frontières à coups de compacteur, bouteur, niveleuse, trancheuse, sableuse, etc. Le bitume éponyme sent la trompette et le tambour (le *Go East* remplaçant le *Go West, Young Man !*). La route cristallise une sorte d'élan vital, à la fois militaire et prophétique. Retour visible à l'œil nu aux sources antiques : route vient du latin *rupta*, participe passé de *rumpere*, briser, ouvrir. En Judée-Samarie, le ruban en dur signifie clairement terre subjuguée, aplanie, fendue par une volonté, chemin frayé pour ouvrir la voie aux chars, aux convois de troupes et de marchandises. C'est martial, romain, légionnaire. Je n'oublie pas que ce même bulldozer détruit les maisons palestiniennes coupables d'avoir hébergé ou vu passer un « terroriste ». C'est une arme de guerre, un engin de répression, mais aussi un outil pionnier. La domination est incluse dans le transport, les travaux militaires dans les travaux publics. Le serpent d'asphalte lisse qui zigzague sans trop d'égards pour l'environnement, défiant courbes de niveau et failles géologiques, murmure au conducteur étonné, en l'occurrence, de voir si peu de monde sur la route : « Nous ne sommes pas gens de passage, nous sommes chez nous, cette épine dorsale de la mémoire juive, cette Judée-Samarie, vous voyez, j'y suis chez moi. Je taille et retaille ces collines à ma façon. » Ici, route et routine sont des contraires.

Si « le communisme, c'est les soviets plus l'électricité », comme disait Lénine, le sionisme, c'est Moïse plus le Caterpillar. Avec ce BTP offensif, qui ne va pas sans arrogance, les Ponts et Chaussées exaucent la promesse faite au peuple élu. L'enrobé élastique rend la conquête plus *soft*. Par la route toute neuve, fait du prince et signe d'élection, se rejoignent David et Moïse, Josué et Ézéchiel. Prophète est celui qui débloque une perspective, en entraînant les siens vers un point de fuite situé par-delà l'horizon. Le roi referme le paysage et fait converger les regards sur lui-même. David bâtit la Ville, mais c'est Moïse qui fait l'échappée, traverse la Mer et ouvre la route. L'ouvrage d'art israélien : hommage du roi d'aujourd'hui au prophète d'antan et de la performance industrielle à la source spirituelle. Ces moelleux rubans noirs, élastiques sous le pneu, imposant leurs lignes droites à un sol ingrat et jusqu'ici plutôt voué aux pistes, drailles, sentiers et chemins de terre, affichent avec une sorte d'insolence ingénue que la haute technologie peut amener l'archaïque à bonne fin. La route assumée, épanouie, étalée dans ses peines et sa gloire, cela fait bicher n'importe quel médiologue[1].

✧

« Vous êtes juif ? Vous êtes marié ? Est-ce que vous nous aimez ? » Telles sont les questions d'examen, et dans cet ordre, que je m'entends régulièrement poser dès que je m'arrête quelque part en route, après avoir avoué ma nationalité (de tous les Européens, le Français est le plus mal aimé, la rumeur et l'officialité le dépeignent en antisémite plus ou moins vendu aux Arabes). Autostoppeur, voisin de restaurant ou garagiste à

1. Voir les *Cahiers de médiologie*, « Qu'est-ce qu'une route ? », nº 4, Gallimard, 1998.

sa pompe, on ne noue pas vraiment conversation sans devoir abattre son jeu. J'aime bien ce ton direct. Il peut être rude. Il n'est pas toujours mufle.

Répondre non à la question n° 1 défrise douloureusement l'inconnu en veine de connivences, lequel, non sans générosité, vous tend alors deux autres perches (rattrapage possible). L'obstacle n° 2, situation familiale qui, au vu d'un homme seul, peut inquiéter le quidam, se franchira sans difficulté. Le n° 3, dernière chance, ne laisse pas trop le temps d'effeuiller la marguerite. Un peu, beaucoup, à la folie. Un expéditif : « Évidemment que je vous aime bien, sinon je ne serais pas là », même en mauvais anglais, apaisera l'anxiété (en apparence). Tant il y a d'insécurité sous les gonflements de biceps. Quand on aura guéri les Israéliens de la peur, on aura fait la moitié du chemin, et soulagé par là même les Palestiniens qui, comme dit Mahmoud Darvich, ont peur de cette peur (et ne manquent pas de raisons pour cela).

Faisons le point à tête reposée. Brutalement et sans ronds de jambe. À l'israélienne.

Un non-juif né en 1940 sans la peur au ventre, et qui n'a pas de parents ou de grands-parents disparus à Auschwitz, peut énumérer plusieurs raisons d'« aimer », toute politique mise à part (aimer n'est pas opiner). En sériant les questions :

1. La plus dense concentration d'individualités attachantes au kilomètre carré, exceptionnelles à un titre ou un autre (connaissance, érudition, expérience, endurance). La mémoire du XX^e^ siècle résumée et incarnée dans un mouchoir de poche

par deux ou trois générations de survivants. Ici, chaque homme est un roman. Et parfois, un fragment d'épopée. Avec un bémol : cet avantage anthropologique, proprement européen, et plutôt ashkénaze d'origine, même s'il y a aussi des « romans » sépharades, est promis au cimetière à court terme. Demain sera plus convenu.

2. Un taux incomparable de *Justes* par millier d'habitants. Je ne vois pas d'autre pays au monde (et je me souviens du tout petit nombre que nous étions, les réfractaires, pendant la guerre d'Algérie, qui n'engageait pourtant pas le pronostic vital du pays), et encore moins de pays menacé, avec autant de protestataires, de dissidents, de « traîtres » qui ne cachent pas leurs opinions et joignent l'acte à la parole. Professeurs de Ta'ayush, militants de Brit Shalom, de B'Tselem, médecins allant travailler avec les Palestiniens, avocats bénévoles, *refuzniks*, pilotes refusant des missions de bombardement. Sans oublier ces dames aux cheveux blancs, épouses de hauts gradés, allant aux *check-points* surveiller le comportement des troufions et déroulant leur banderole en plein centre de Jérusalem. Plus que respectable : sidérant.

3. Une proportion plus élevée qu'ailleurs de caractères (choses plus rares et intéressantes que des intelligences). Guerre pour beaucoup, service de trois ans pour tous, l'expérience militaire donne un poids spécifique, une épaisseur et une densité dont on a perdu l'habitude dans nos contrées, mais aussi le goût et le courage de la paix et du compromis (les burinés ne font pas dans l'ancien combattant, quand les nouveaux arrivés

de l'*alya* donnent volontiers dans le matamore et le fier-à-bras). Cela change de l'intello à peau lisse qui pérore dans le vide, à la française. Ce n'est pas notre faute, mais un demi-siècle sans voir la corne du taureau, cela produit du gandin ou du phraseur.

4. La lecture encore à l'honneur. Neuf livres par an, en moyenne. Même pas un dans la Jordanie voisine, où cinq cents exemplaires d'une nouveauté constituent un gros tirage. Lisait-on sous la tente ? Quel besoin de lire des livres quand on a la chance d'avoir le Livre ? La télé a englouti beaucoup de jeunesses arabes. L'israélienne résiste. Un point fort que cet anachronisme, inscrit dans la genèse même du pays. Ici le Livre n'a pas tué les livres. C'est au fond le seul État au monde qui ne peut se passer de lire, puisque la Bible lui tient lieu de Constitution. Et dont la première institution a été une université, celle qu'a fondée sur le mont Scopus, en 1925, Judah Magnes (son président jusqu'en 1948). Un tel pays ne peut pas, ne devrait pas s'abîmer dans la superstition de la force, la virilité conquérante et la mauvaise foi nationaliste. Généalogie oblige. Le neurone vaincra le muscle ! Il était là au début, pourquoi pas à la fin ?

5. Le beau sexe dans le champ, malgré l'esthétique ambiante de la force et le parler haut du malotru dans l'autobus. Bonheur intime en repassant le pont Allenby (passerelle en ciment pardessus un vague ruisseau d'eau grisâtre caché par les joncs qui n'a plus de cinématographique que le nom), après un stage d'une heure au milieu de policiers moustachus, plus ou moins somnolents

sur leurs chaises, sentant fort et mal rasés (le salon d'attente fleurant la pisse froide), de découvrir, outre-Jourdain, des filles en *battle-dress*, douanières, policières ou soldates assises dans leurs guérites aux vitres blindées, prothèses électroniques à l'épaule. Certaines jolies, légèrement maquillées, et même — ô surprise — souriantes. Fantasmes érotiques possibles, voire conseillés (traquenard, astuce touristique ?). Soulagement. Enfin chez soi. Dans cette zone du monde, cet espace de sensibilité où l'autre sexe marche à côté ou devant, non derrière, et à visage découvert. Occident, merci d'exister.

6. L'exaltation de la route (rubrique médiologie). Voir plus haut.

Les félicitations du jury commencent en général par « la seule démocratie de la région », de bon rapport sous nos latitudes. Je préfère laisser pour la fin ce refrain connu. Parce que a) Ce n'est pas la seule : tout à côté, le Liban multitribal y a encore plus de mérite ; b) *Off-limits*, les démocraties sont capables du pire. Les exactions coloniales ont été le fait de sociétés d'*habeas corpus* et de liberté de parole à l'intérieur (l'Athènes des libres citoyens a passé par le fil de l'épée tous les habitants de Délos, sa colonie rebelle) ; c) Ce recoin athénien a de forts relents spartiates, avec ses ilotes et ses citoyens-soldats sous l'uniforme sept ou huit semaines par an ; d) Parler de démocratie en général comme d'une substance est un leurre. Le qualificatif compte. Le Liban est une *démocratie de concordance*, plus compliquée que la Belgique mais fondée, elle aussi, sur un équilibre à renégocier sans cesse entre communautés. Israël est une *démocratie ethnique*, comme il y en a des dizaines de par le monde (mieux vaut ne pas être turc en Bulgarie, ni grec ou arménien en Turquie).

Pour être plus précis, disons que l'État juif est démocratique pour les Juifs, et juif pour les Arabes. C'est un pays où il y a des citoyens de première et de deuxième catégorie (en l'occurrence, plus d'un quart de la population) selon qu'ils ont ou non la bonne nationalité (citoyenneté et nationalité sont distinguées). Ce qui n'en rend que plus appréciable le maintien, contre vents et marées, dans un pays aussi militarisé et sur le qui-vive, des deux piliers de toute société qui respire et laisse respirer : une presse sans tabous et une justice indépendante. Sparte n'a pas vaincu Athènes. Il y faut du courage, et c'est en Israël la chose qui manque le moins. Si le quotidien *Haaretz* était traduit en français, il y aurait plus de liberté d'expression à Paris, et moins d'antisémitisme. De préférence à *la* démocratie, article défini mystificateur, saluons plutôt une belle vitalité sociétale. Un point d'équilibre entre impératifs de cohésion et possibilités de sécession. Entre orgueil national et individualisme débrouillard. On filoute la règle, on méprise les gouvernants, on berne l'État, du reste en pleine décomposition morale, mais la société continue de tourner à l'aide de cette étrange vertu : le *patriotisme tire-au-flanc*. Face à l'ennemi, l'union sacrée s'instaure, on se serre les coudes, mais chacun peut continuer de penser à sa guise. De l'extrême gauche, qui prône un État binational, à l'extrême droite, qui rêve d'expulser les Arabes *manu militari*, tous les points de vue sont recevables et, du moment qu'on est juif, on peut tout dire. Dans une armée qui a un État, selon la boutade connue, où les hommes sont réservistes jusqu'à cinquante ans, avec sept ou huit semaines par an sous l'uniforme, cette latitude est rare. Un patriotisme de salut public mêlé à un non-conformisme intellectuel me semble, à tout prendre, la moins mauvaise des formules associatives. Nous avons, chez nous, l'équation inverse (chacun se fout de la France au fond de lui-même, mais malheur à l'olibrius qui sort des clous). Il n'est pas fréquent de voir une caste d'officiers de réserve, qui dirige et administre, flanquée d'un groupe d'emmerdeurs reconnus (écrivains, théologiens, cinéastes, journalistes, dramaturges), qui harcèle et dérange. Cette insolite combinaison, le rabbin Jacquot Grunewald m'a signalé tout ce qu'elle doit à l'empreinte talmudique. Qu'il soit de Jérusalem ou de Babylone, le Talmud recense toutes les thèses possibles et imaginables, et s'intéresse plus aux débats qu'aux conclusions. Bonne propédeutique pour l'exercice des libertés laïques, notamment intellectuelles.

✧

On peut aussi, afin de redescendre à Jérusalem, prendre l'autoroute de l'intérieur, pour une équipée à Césarée maritime, la capitale de la province romaine de Judée. Elle jouxte une centrale électrique : trois cheminées géantes, des grues démesurées, une longue jetée, et des péniches de charbon tout au bout. Étincelant sous le soleil, ce décor science-fictionnesque barre l'horizon côté terre. Mais face à la Méditerranée — que Jésus a sans doute regardée quelque jour du haut d'une colline, et que saint Paul emprisonné a dû contempler une année pleine en attendant sa comparution devant Agrippa II et Bérénice, puis sa déportation en bateau pour Rome puisque c'est d'ici qu'il partit pour ne plus revenir — il y a un théâtre romain au milieu des dunes, un hippodrome, les vestiges d'un palais royal pieds dans l'eau, une rangée d'arches soutenant l'aqueduc reliant le mont Carmel à ce port. Il est bon d'apprendre *de visu* que Ponce Pilate a bien existé avec cette inscription (c'est la seule) sur une pierre de calcaire trouvée dans ce théâtre : *[Pon]tius Pilatus [Praef]ectus Jud[aea].* On déambule ensuite le long de la bibliothèque d'Origène et d'Eusèbe de Césarée, on admire des mosaïques au sol, des dalles de marbre et des chapiteaux corinthiens ornés d'une croix, on est content de savoir qu'ici se fabriquèrent les premières copies sur parchemin des Saintes Écritures. La première histoire de l'Église (vers 320) et le premier guide bleu de la région (l'*Onomasticon*). Mais le plus amusant, dans le vestibule du percepteur byzantin, est l'inscription en grec à même le sol, gravée dans un médaillon en mosaïque : « Si tu ne veux pas t'attirer des ennuis, accomplis le bien » — traduction, remets-nous vite ta déclaration d'impôts. Ce serait de saint Paul. Si tu veux intimider les riches, tu citeras le chameau et le trou de l'aiguille. Si tu veux les faire cracher au bassinet, tu mettras cette citation de Paul en exergue. Si tu es ministre d'État, tu choisis Romains, XIII, 1 : « Il n'est de pouvoir que de Dieu. » Si tu boudes et prends le maquis, retiens Apocalypse, XIII : « Le pouvoir, c'est la Bête. » Un homme du Livre a toujours deux cordes à son arc. Cela permet de faire face à toutes les situations.

À quelques pas de la ville romaine, un reliquat des croisades. Restes de forteresse, belle salle voûtée, remparts de trois mètres de large. En 1101, hier, Baudouin Ier conquit la place avec son armée franque. Saladin y rentra ensuite. Richard Cœur de Lion la lui reprit. Notre bon roi Louis, désertant son chêne, vint s'installer ici lors de la huitième croisade, peu avant 1254. Jusqu'à ce qu'un sultan mamelouk, en 1265, mette un point final à cette folle excursion de chrétiens présomptueux. Un sujet brûlant. Qui fera la une de demain, quand les marines partiront de Bagdad.

## 2. En haute Galilée

> *Et il parcourait toute la Galilée, enseignait dans leurs synagogues, proclamait l'évangile du Règne et soignait toute maladie et toute langueur parmi le peuple.* Matthieu, IV, 23.

Au nord d'Israël, près du mont Hermon, il y a comme une fraîcheur alpine : chalets ensoleillés, air nettoyé, constructions à cru, et un je-ne-sais-quoi de pas fini ou de dégrossi qui met à l'aise. De Qiryat Shemona, village stoïque et gai, aux premières loges du conflit de l'été dernier, l'équipe municipale nous projette sur grand écran, dans une atmosphère recueillie, un *Power Point* sonorisé (pompiers, trous dans les murs, descentes aux abris, ambulances). Sept cents Katioucha sont tombés sur cette municipalité de vingt-quatre mille habitants dont beaucoup ont dû évacuer la ville. Des centaines d'appartements ont été touchés ainsi que des bâtiments scolaires. On ne quémande rien, mais on est fier d'avoir pris sa part (on : les autorités locales). Les propagandes se répondent trait pour trait de part et d'autre de la montagne. De l'autre côté de cette colline, en territoire libanais, j'ai entendu exactement les mêmes mots. « Nous voulons vivre en paix, une vie normale. » Ou encore : « Plus ils détruiront, plus nous reconstruirons. » Ici et là, des gens injustement agressés par des barbares sans foi ni loi confient leur peine et leur indignation à des témoins navrés. Superposition d'images. Je revois l'évêque grec catholique de Tyr qui faisait défiler sur son ordinateur de bureau un petit DVD artisanal, avec images fixes et muettes, me montrant non des carcasses de voitures et des enfants entrant en pleurant dans des abris, mais des immeubles écroulés, des cercueils par dizaines et des toits d'églises effondrés. Pertes et destructions beaucoup plus sévères (les missiles téléguidés sont plus efficaces que les Katioucha, gros fers à repasser lancés à la va-vite), mais moins bien mises en exergue, niveau technique oblige.

Les souffrances d'un belligérant ne se lisent pas au nombre de ses blessés et de ses morts. L'autre côté en a eu dix fois plus — le dix pour un est une vieille affaire, depuis que la flèche affronte le mousqueton —, mais le cuir libanais est devenu plus épais, l'habitude aidant. L'hôpital français de Nazareth soigne de nombreux enfants souffrant de troubles auditifs causés par de trop fortes déflagrations dues aux explosions des roquettes. Celui de Tyr ampute les enfants d'un pied ou d'une main, parce qu'ils touchent les billes explosives disséminées dans les champs par les bombes à fragmentation israéliennes. À l'université de Haïfa, j'entends un exposé sur les catastrophes qu'ont été examens reportés, téléphones embouteillés, cours d'été qui n'ont pu se dérouler comme prévu, avec le manque à gagner correspondant. Toutes choses qui, cinquante kilomètres plus haut, ne mériteraient pas mention. La réalité est que le pays a été pour la première fois atteint sur son sol — c'est comme un viol, et sans entraînement préalable. Reste que le nord d'Israël pourrait donner des leçons de savoir communiquer au Sud-Liban (et le devrait peut-être s'il est vrai que le « développement inégal » est un facteur belligène).

Nous poursuivons jusqu'à Metulla, en tournoyant au milieu des sapins. On dirait une coquette station de ski en cours d'achèvement. C'est en fait un *settlement* fondé en 1896 par le baron Edmond de Rothschild. Ici, nous sommes juste sur la frontière. À un jet de pierre, passé la crête, de Deir Mimas, le village natal de Souha Bechara, l'héroïne libanaise, et de la sinistre prison de Kiam, où j'étais peu auparavant. On respire bien, la vie est belle. Une grosse baraque fait mairie. Le maire, un gaillard sympathique en manches de chemise, rompu à l'exercice, nous fait part, diapos à l'appui, des dommages subis et des dangers à craindre. Il évoque ses bons rapports révolus avec la main-d'œuvre libanaise qui venait naguère travailler « depuis l'autre côté », nous rappelle toutes les facilités dont ces frontaliers se voyaient gratifiés (cantine, marché, dispensaire) et déplore l'inexplicable ingratitude de ces Arabes, due sans aucun doute à leur « embrigadement par les terroristes du Hezbollah ».

Le paternalisme désemparé de ce brave type évoquant ses bienfaits passés me fait inévitablement penser au maire pied-noir et méritant des actualités algériennes de 1958. « Nous faire cela à nous, après tout ce qu'on a fait pour eux ! Allez, il n'y a pas de justice. » C'est la version rustique et presque émouvante de la maladie coloniale, que je n'appellerais pas colonialiste, parce que c'est une mentalité, non une méchanceté. On ne veut pas exploiter ni faire souffrir. Tout au contraire. On était si gentils avec eux et voilà comment ils se comportent. Les pauvres. La gentillesse personnelle est censée gommer l'inégalité des droits et des niveaux de vie. À la limite, la victime c'est le colonisateur parce que le colonisé le corrompt, sabote ses bonnes intentions, le force à user de violence en ne se conduisant pas comme il devrait. « Vous tuez nos enfants, mais nous vous reprochons encore plus d'avoir à tuer les vôtres », disait Golda Meir. Germaine Tillion a fort bien décrit comment la mauvaise conscience peut dégénérer en mauvaise foi. Puis la conversation bifurque classiquement vers un avenir de réconciliation économique, *via* de magnifiques plans de développement et réalisations techniques profitant à tous les habitants de la région (façon « plan de Constantine »). On reste dans la norme. Les Britanniques, avant leur départ en 1948, en avaient conçu eux aussi d'admirables, de ces plans de développement pour « calmer le jeu ».

Comme un nez au milieu de la figure, que le pionnier est seul à ne pas voir. Stéréotypes d'un autre âge. Comment des personnes aussi évoluées, diplômées, bien intentionnées peuvent-elles... ? Et les leçons de l'histoire ? J'aurai la réponse deux jours plus tard, en déambulant dans l'antichambre du paradis, l'université hébraïque du mont Scopus (luxe, calme et connaissance), avec mon guide et ami, Michel Abitbol, qui y enseigne. Israélien français, marocain d'origine, en âge d'avoir des souvenirs d'Alger, Bizerte, Diên Biên Phu :

— C'est une affaire de mémoire et de culture, me répond-il. Nous avons des yeux pour voir parce que, dans notre mémoire de petit écolier, il y a l'Exposition coloniale, le saumon des mappemondes, le bon Nègre, le sale Bicot et mon Tonkinois. En Europe du Sud, vous avez l'expérience du colonialisme, chacun connaît l'autre côté de la médaille. Mais quand on est ashkénaze, que la famille vient d'Europe centrale, de Pologne, de Russie et *a fortiori* de Brooklyn, on ignore tout de cet univers. Nous n'avons pas les mêmes mots.

Nous disons « colonie », ils disent *settlement*. Nous disons « occupation », ils disent « mise en valeur ». Ce n'est pas qu'ils pensent qu'un bon Indien est un Indien mort, mais coloniser, pour eux, c'est civiliser. Rendre service à des arriérés, leur apporter la science, la médecine, la modernité, l'égalité homme/femme. C'est généreux, humanitaire, archilouable. Comment peut-on, en échange, leur jeter des pierres ou des bombes ? C'est dégueulasse. C'est fou. Ils ne comprennent tout simplement pas. Cela dit, ne désespérons pas, on apprend à tout âge.

Eh oui, aussi simple que ça. Nous qualifions de colon un sioniste religieux convaincu qu'il ne fait que rentrer chez lui, recouvrer ses droits de propriété sur les terres que Dieu lui a confiées. Pour accomplir sa vocation de pionnier, comme Davy Crockett dans la prairie infestée d'Indiens. S'il vient de New York, il continue l'aventure biblico-patriotique. Et c'est nous, Européens, qui avons, à ses yeux, mauvais esprit. Pensons à lui dire que ce n'est pas par malveillance mais par éducation. Celle-ci dépend largement du pays d'où l'on vient. Du milieu où l'on a incubé.

Les inventeurs de la notion de « milieu », en France, passent pour de grossiers personnages, Sainte-Beuve, Hippolyte Taine. Positivistes, déterministes, matérialistes et autres noms d'oiseaux. Dommage. Quand les idées d'un honnête homme nous choquent, regardons l'humus où il a poussé. À quoi s'est-il frotté dès l'enfance, quels visages l'ont entouré, quelles chansons bercé. Vous voulez comprendre qui dit quoi, et pourquoi : arrêtez de jouer aux idées, cherchez le bocal. Causette inutile. Le jus fait le jeu.

✧

On prête à Camus un fameux : « Entre la Justice et ma mère, je choisis ma mère. » Il fallait du courage pour le reconnaître, mais s'agit-il bien d'un choix ? Que peut le cortex contre l'hypothalamus — au bout du compte ? Cette fatale attraction, c'est l'ombre du mancenillier sous le soleil des Lumières. J'avais la vague idée qu'un jugement pondéré, départageant les torts et les mérites, pourrait concilier l'inconciliable entre Israël et Ismaël. Un mirage. Le viscéral ne se discute pas. Le sacré non plus. Échange impossible. Silence recommandé. Nous l'avons tacitement compris, G.W. et moi, et avons enchaîné, avec une courtoise lassitude, sur autre chose. « Tu as vu des films intéressants ces derniers temps ? Et les vacances, tu prévois quoi ? Alors, dis-moi, tu vas voter pour qui ? » Repli sur les riens, et fin du malaise.

Cet ami parisien, que j'ai rencontré à l'improviste dans le hall du King David, venu assister à un colloque universitaire, il en est, moi pas, et il m'a gentiment coupé quand je lui ai fait part de ce qu'on peut voir aujourd'hui dans les territoires occupés. Il n'avait pas trop envie de savoir. J'aurais fait de même si mon père avait eu un matricule tatoué sur l'avant-bras, s'il en allait de l'existence des miens. Sécurité, autodéfense, survie. Soit. Quant au linge sale, il se lave en famille.

Devant ce « *right or wrong, my family* », pas de

raisonnements ni de témoignages qui tiennent. Ils seront mis sur le compte d'un parti pris abusif et naïf. À part quelques surhommes (comme Pierre Brossolette, à Londres, osant dire à de Gaulle ses quatre vérités et allant ensuite se faire tuer pour lui), qui peut se vanter d'échapper à cette araignée crocheteuse et avale-tout, tapie au centre des meilleures têtes — esprits critiques compris —, qu'on appelle tantôt esprit de corps, tantôt sentiment d'appartenance ? À une patrie, un peuple, un réseau ou un clan... Pas moi, en tout cas.

Le pourfendeur du cynisme d'État, qui bondit quand il entend dire « tout suspect est présumé coupable » ou « la défense de la société est placée au-dessus de toute valeur morale », n'est pas le même que celui qui, à Jérusalem, ne bronche pas en entendant que la sécurité est au-dessus de la loi et qu'une *human bomb* en moins vaut largement cent suspects de plus en prison. Cet intellectuel de gauche, et sûr de l'être, est deux en un. Il y a l'humaniste, qui démontre, en pur esprit, que la peine de mort n'a jamais fait baisser la criminalité, et l'incarné, qui ne voit rien à redire à l'assassinat ciblé d'un cadre palestinien (lequel décuplera les vocations terroristes). L'exécution extrajudiciaire n'appelle pas trop de commentaires chez cet abolitionniste convaincant, dût le missile exterminateur lâché à distance par hélicoptère s'accompagner de forts dommages collatéraux (quand la guillotine ou la chaise électrique épargnent en général les voisins de palier ou les enfants du condamné). Le nationaliste qui exalte la terre et les morts d'Eretz Israël abhorre par ailleurs les nationalismes fauteurs de guerre, et chacun connaît ces Barrès de la colline de Sion qui évoquent en toute bonne foi l'auteur de *La Colline inspirée* comme un comique troupier. « Belle comme la femme d'un autre », grotesque comme l'Alsace-Lorraine d'un autre. Qu'un publiciste d'extrême droite ait osé le qualifier d'*antifrançais* ou de *masochiste* pour avoir dénoncé tel ou tel crime de guerre ou d'État lui soulève le cœur. Mais que le signataire d'un manifeste contre la colonisation de la Judée-Samarie révèle sa nature profonde d'antisémite, ou de *self-hating Jew* — « d'ailleurs, on le savait depuis longtemps » —, ne lui semble pas une hypothèse absurde. L'homme des Lumières les met en veilleuse quand il rentre à la maison. C'est humain, comme on dit. Nos éclaireurs, tout à leur rêve d'une humanité *light*, sans maman ni patois, se donnant le jour à elle-même, nous auraient bien aidés s'ils s'étaient avisés de ce navrant et persistant réflexe.

Juif et réfractaire, Maxime Rodinson ne cachait pas sa tristesse, à la fin de sa vie, de voir autour de lui tant de bons esprits athées détestant le nationalisme épouser, la cinquantaine vécue, ce qu'il appelait un « nationalisme théologique ». La laïcité à la française s'étant révélée à la longue porteuse de déshérence, voire d'effacement, et l'assimilation républicaine tournant à l'éradication de la mémoire, peut-être a-t-il fallu aux « israélites », comme on disait jadis, se refaire une lignée comme d'autres une santé. D'où l'inquiétude que j'entends du côté de l'ancien « camp de la paix » : séculariser le judaïsme, n'est-ce pas fabriquer un couteau sans lame ? Au-delà de l'ancienne ligne verte, même perplexité chez les ex-progressistes de Ramallah : un mouvement de libération nationale comme les autres, sans enracinement islamique, n'est-ce pas mettre en compétition une voiture sans moteur ?

Les aiguilles politiques tournent dans le sens contraire de notre montre philosophique. Elles remontent du désenchantement annoncé à un réenchantement accéléré du monde. L'étoile de David pavoisant tous les balcons de Jérusalem-Ouest et des environs, pour fêter le quarantième anniversaire de la réunification de la Ville sainte, devrait faire réfléchir nos sociologues. « Jérusalem, capitale *éternelle* et indivisible de l'État d'Israël... » Il n'était pas dit, en 1950, que l'Éternel ferait un jour irruption dans le droit international du siècle à venir. Entre la génération kibboutz et celle des kippas, la création de l'homme par l'homme a cédé le pas aux retrouvailles avec Iahvé. Après tout, si Dieu a élu Sion entre toutes les collines de cette planète, vouloir le retour à Sion sans le retour à Dieu n'était pas très conséquent. Ce qui fait le plus de peine, dans cette drôle d'involution de l'*État d'Israël*, invention laïque, en *terre d'Israël*, réminiscence biblique, c'est le coup de pied de l'âne : la pointe avancée de l'esprit positif, celle des fondateurs de cet État, se retournant en fer de lance du surnaturel.

Si mes bons maîtres parisiens avaient pu pressentir cela, il y en aurait eu, des suicides en Sorbonne. Je me demande même si le matérialiste et spinoziste Althusser n'a pas, en étranglant sa compagne, précipité les choses *pour ne pas voir cela*.

## 3. *Vae victis* : en Palestine

> *Comme il se rendait à Jérusalem, il passait entre la Samarie et la Galilée. Et à l'entrée d'un bourg dix lépreux vinrent au-devant de lui et se tinrent à distance. Ils élevèrent la voix et dirent : Jésus, maître, aie pitié de nous !* Luc, XVII, 11-13.

Échauffourée à la sortie de l'université de Birzeit. Des étudiants conspuent une jeep israélienne de passage. Jets de pierres inutiles. D'autres casemates blindées sur roues se profilent aussitôt au bout de la rue. Deux, trois grenades lacrymogènes font refluer les manifestants.

— Vous, votre silence est pire que leurs balles, me lâche à voix basse, à côté de moi, en anglais, une jeune fille aux yeux noirs, et sans voile.

— C'est qui, vous ? lui dis-je, interloqué.

— Vous, les Américains.

— Excusez-moi, je viens d'Europe, je suis français.

— Européen ? C'est encore pire, me rétorque-t-elle, avec un petit ricanement sec.

— Vous, vous êtes chrétienne, lui ai-je répliqué en souriant de mon mieux.

— Oui, et après ?

Elle a haussé les épaules et a disparu dans la foule, sans me laisser le temps de lui demander à quelle organisation progressiste elle appartenait comme tout chrétien qui se respecte.

Cette rancœur, je commence à en connaître les raisons. L'hospitalité, la gentillesse des Palestiniens avec les étrangers mettent la sourdine (curieusement, les militants de la paix israéliens prennent moins de gants) mais on fait vite le tour du réquisitoire.

— D'abord, me dit-on ici, le fossé entre nos phrases et nos actes. Démocrates, nous faisons des élections libres (et sous contrôle international), l'article premier du Décalogue. Pour la première fois, une jeune nation vote et aucune élection n'a eu plus de transparence et d'observateurs internationaux que celle qui vient d'avoir lieu. Résultat : sanctions. On coupe les vivres. « Désolé les gars, vous n'avez pas fait le bon choix, retour à la case départ. Je te donnerai de quoi manger si tu fais comme je dis. — D'accord. Je m'y mets. — Eh bien, pour ta récompense, tu auras une gifle et pas de quoi manger ».

J'encaisse. Le procureur poursuit :

— Champions du droit, vous ne jurez que par la légalité internationale. Israël s'assoit sur une centaine de résolutions et de recommandations des Nations unies et nul ne lui en tient rigueur. Vous nous sommez de reconnaître l'État d'Israël, mais quand ce dernier a-t-il reconnu un État palestinien ? La règle de réciprocité fonctionne à sens unique. Il est le seul dans la région à posséder des têtes nucléaires bien réelles, acquises en toute illégalité, mais c'est la bombe éventuelle de l'Iran, signataire des accords de Vienne, qui vous semble intolérable. « Nous ne pouvons pas discuter avec un revolver sur la tempe », dit-on à Tel-Aviv. Mais nous, nous en avons un sur chaque tempe, plus des hélicos au-dessus de la tête, et que faisons-nous d'autre ? Vous vous vantez d'être bien informés, et de fait, vous avez sur place journalistes, diplomates, et religieux. Mais vous n'ouvrez l'œil que d'un côté. Vos chefs de mission européens à Jérusalem ont adressé à l'Assemblée de Strasbourg, en 2005, un rapport conjoint et des plus mesurés sur la situation humanitaire à Jérusalem-Est et dans les Territoires. Pas d'accusé de réception. L'Europe décide de n'en pas discuter. Les quatorze plus hautes autorités chrétiennes de Jérusalem adressent en 2006 à l'opinion internationale un appel à un réexamen du statut de Jérusalem. Silence au Vatican, pas une ligne dans les journaux (sauf *La Croix*, en France). Le rapporteur spécial des Nations unies pour les droits de l'homme en Palestine, le Sud-Africain John Dugard, remet en 2007 à l'ONU un état des lieux factuel, sur un apartheid en formation. Au trou, inconnu au bataillon. Vous inscrivez dans le marbre, à Bruxelles, le droit d'aller et venir, les bienfaits de la libre circulation des marchandises, des personnes et des capitaux. Vous exaltez à Saint-Malo la littérature-monde et à Paris la Méditerranée comme espace d'échange et de métissage. Et peu vous importe que les simples gens de Bethléem soient enfermés, que des milliers d'entre nous fassent l'objet de mesures de bannissement et qu'une sardine de pauvre destinée à l'exportation pourrisse au soleil sans pouvoir sortir de Karni. Vous faites des lois antidiscrimination, mais les *routes ethniques*, interdites aux uns et permises aux autres (les Israéliens n'ont nulle envie de rouler sur les routes arabes, mais les Palestiniens n'ont pas le droit de rouler sur les routes juives), ne vous émeuvent pas. À moins que vous n'admiriez la canalisation des flux, en termes techniques de voirie. En marge du réseau capillaire principal, vous aurez bientôt un sous-réseau de tunnels qui nous permettra un jour, nous les indigènes, de passer d'une poche, d'un bantoustan à un autre, à travers un sas ou une valve fermable à tout moment.

J'ai étouffé le sanglot de l'homme blanc et tenté de répondre de mon mieux. — Un chef d'État, ai-je rétorqué, qui nie la réalité de la destruction des Juifs d'Europe a de quoi inquiéter le monde entier. Et eux-mêmes, peuvent-ils se rendre sourds et aveugles à l'histoire de l'Holocauste ? Et puis, il n'y a pas un Occident mais deux (allons-y au culot), et si l'Amérique est le premier donateur d'Israël (suivi aussitôt par l'Égypte), l'Europe est le premier fournisseur d'aide à la Palestine. 600 millions d'euros pour l'année en cours. Pas mal, non ? Sans ce tuyau de survie, qu'adviendrait-il de vous, myriades d'asphyxiés ? Les étudiants du Fatah en sont convenus tout en se moquant du contribuable européen pour son absence de rancune. Il consacre des années, des millions d'euros et les meilleurs experts à la construction d'une centrale électrique ici, d'un aéroport là, d'un laboratoire de police scientifique ailleurs, mais ces mêmes pays « n'ont pas souhaité protester » lorsque l'aviation israélienne a anéanti ces coûteux investissements en trois minutes.

Un autre étudiant, encore plus sarcastique — politologue, sans doute —, m'a fait observer qu'Israël était le premier bénéficiaire de notre aide à la Palestine, puisque c'est nous qui payons à sa place les frais d'occupation, lesquels, d'après les conventions de Genève, incombent à la puissance occupante (paiement des fonctionnaires, entretien des routes, fourniture de vivres et d'électricité, santé publique, etc.). En somme, d'après lui, notre générosité servait surtout à soulager les Israéliens des contreparties de leur politique de force, en leur laissant les avantages de l'annexion et en assumant, nous, à leur place, ses inconvénients financiers. Toute la salle a applaudi. Il m'est arrivé d'être plus à l'aise.

Me faudra-t-il bientôt planquer mon passeport UE ? Ce n'est pas un certain M. Solanas, « haut représentant de l'Union européenne » en visite dans la région, qui me permettra de relever la tête, tant il fait profil bas. L'Europe pourrait au moins se dire : « Je paie, donc je parle. » Non. Elle laisse faire l'Amérique et ne pipe mot. À la longue, c'est vexant. Vous vous dites français, l'Israélien de la rue vous fait grise mine et l'Arabe du coin vous sourit. Européen, vous voilà méprisé par les deux à la fois. Je comprends mieux la boutade entendue à Tel-Aviv : « L'Allemand, ça paie et ça ferme sa gueule. L'Européen, ça ronchonne et l'on s'en fout.

L'Américain, ça définit une ligne et l'on discute. » Entre l'émissaire américain qui va droit au but et le délégué européen, faux cul assis entre deux chaises et qui ne finit pas ses phrases, lequel est le plus respectable ? Un type du consulat US aurait dernièrement répliqué à un de ses collègues du Vieux Continent tâtant prudemment le terrain sur une possible levée du blocus de Gaza : « Arrêtez. C'est leur faute. Ils n'ont qu'à pas voter pour des voyous. Ils auront un peu faim. Et alors ? Ça leur apprendra où est leur intérêt. » L'autre l'a fermée, bien sûr. C'est l'ordre qu'il reçoit de ses autorités, même s'il n'en pense pas moins.

Nos faux-fuyants ont une explication toute simple, la Shoah. Elle ne rentre pas hélas dans le champ de conscience oriental parce qu'on a la conscience de son histoire, et que le nazisme est d'Occident. Le remords de l'extermination est un sentiment noble. La trouille du chantage à l'antisémitisme l'est moins. L'Europe des institutions, Église de France incluse (mais non les Églises nordiques qui ont là-dessus les coudées plus franches), croit réparer un crime contre l'humanité en fermant les yeux, cinquante ans après, sur un grave déni de justice. Pour expier son aveuglement, voire sa collaboration avec Hitler, nous avons trouvé le bon truc : la terre arabe comme moyen de paiement, avec, pour l'État hébreu, l'autorisation d'un fort découvert sur la légalité internationale. L'innocent éponge la dette du coupable. La Seine, le Rhin et la Vistule disent au Jourdain : « Lavez *notre* flaque de sang. Et gare à vous : on vous a à l'œil. »

Pusillanimité tous azimuts. L'Europe montre la

même couardise vis-à-vis de l'absolutisme musulman. Elle fait semblant de ne pas voir la condition faite à la femme, qui en beaucoup de pays ne peut hériter à part égale ni divorcer, ni même conduire une voiture, comme à Riyad. Les saints ont la faculté de donner sans recevoir, la gratuité est leur privilège. Il revient aux États d'exiger la réciprocité des droits et devoirs. Par exemple, en matière de mariage mixte et de liberté de conscience, face à des pays qui sanctionnent de mort l'« apostasie ». Pourquoi acceptons-nous si facilement de ne pouvoir faire chez eux ce qu'ils font chez nous ? Les églises sont interdites en Arabie wahhabite, qui ne s'interdit pas de construire des mosquées en Europe.

Fuyante Europe, qui toujours se dérobe. On s'attendait qu'elle forcisse en grandissant. Et plus elle prend de l'âge, plus elle baisse la tête. Plus elle s'enrichit, plus elle s'affadit. « Les géants regardent des deux côtés de la frontière » (Édouard Glissant). Les nains fixent le bout de leurs souliers.

✧

> *Il vient à une ville de Samarie, nommée Sychar, près du domaine que Jacob avait donné à son fils Joseph. Là était la source de Jacob. Jésus, fatigué du chemin, s'était assis contre la source. C'était vers la sixième heure. Une femme de Samarie vient puiser de l'eau. [...]* Jean, IV, 5-7.

Il n'y a plus d'eau dans le puits situé dans l'enceinte d'une église orthodoxe toute neuve. Naplouse est à sec, et il y fait terriblement chaud. Mauriac a écrit sa *Vie de Jésus* d'un peu loin : assez pour avoir placé ici le futur royaume de Dieu, celui où les femmes auraient le pas sur les docteurs. Dans l'immédiat, Naplouse, la « capitale du terrorisme » (les deux tiers des attentats en Cisjordanie seraient, au dire des militaires israéliens, planifiés dans ce gouvernorat de trois cent vingt-sept mille habitants), est entièrement bouclée et se vit en martyre, à tous les sens du mot, actif et passif. Il y a ici dix fois plus de tués et de blessés palestiniens que dans la région de Jérusalem, et quarante fois plus qu'à Jéricho. Près d'un millier de maisons ont été détruites en opérations punitives, sans compter les écoles, les mosquées, les usines de savon et d'huile d'olive (chiffres ONU). Elle est dominée par le mont Garizim, sanctuaire toujours en activité des samaritains chers à Jésus, qui se considèrent comme les descendants directs des deux tribus issues de Joseph mais qui ne reconnaissent pas exactement la même Thora que les juifs orthodoxes.

Discussion près du puits avec un missionnaire nordique. L'homme est connu pour son intransigeance et son abnégation. Il remplit méticuleusement son devoir de solidarité envers les habitants, qui ont eu, du 28 septembre 2006 au 26 février 2007, me précise-t-il avec une exactitude tout onusienne, six cent treize tués dont quatre-vingts enfants et vingt-neuf femmes. Scrupuleusement, il veut s'en tenir aux chiffres, aux gens, aux faits, mais le statut de victime n'excuse pas tout à ses yeux. Il me répond en passant qu'il n'a, au fond de lui-même, pas plus de sympathie pour un camp que pour un autre. Morgue, arrogance, brutalité, mépris d'un côté. Insensibilité, fermeture, tricherie, brutalité de l'autre, où l'on fait la manche en permanence. Deux ennemis qui s'entre-tuent depuis trop longtemps finissent par se ressembler : mêmes mots, mêmes rites. Ce juste appliqué et distant condamne les punitions collectives sans fin (les commandos de Tsahal ont rapté en pleine nuit et détiennent en otages quarante-deux députés du Conseil législatif palestinien, dont le maire de Naplouse et le président du Parlement). Mais si on le pousse dans ses retranchements, il n'est pas loin de renvoyer tout le monde dos à dos.

Accordons-lui que la souffrance n'est pas un argument. On peut la respecter sans en faire un piédestal, encore moins un marchepied. « La souffrance ne donne aucun droit, sauf celui d'aimer », aurait dit le père bénédictin, prieur d'Abu-Gosh, Gourion, juste avant de mourir. Et l'amplificateur émotionnel peut jouer dans les deux sens. Quand en voiture sur une route avec un Israélien je l'entends : « Tiens, juste ici, la femme d'un ami a été tuée au volant par une balle », et qu'il me raconte que toutes les familles de sa connaissance ont souffert du terrorisme, je suis effondré. Et quand le lendemain, j'écoute la femme palestinienne d'un détenu me rapporter les tortures subies par son mari, je le suis tout autant. J'entends des horreurs sur les mœurs palestiniennes quand je parle avec les uns, et des horreurs sur la répression israélienne quand je parle avec les autres. Dans les deux cas, et neuf fois sur dix, ce sont des vérités. Alors, que faire ?

Même embarras, l'autre jour à Jérusalem, en entendant la prise de bec, au demeurant surjouée — ces deux-là sont de vieux amis —, entre un religieux vivant à Jérusalem depuis quarante ans et un patriote israélien fort peu religieux. Chaque coup de torchon réveille leur *disputatio*. Ce qui donnait à peu près ceci :

— Dis donc, Schlomo, qu'est-ce que c'est que cette façon d'aller enlever et séquestrer des députés Hamas, des ministres élus ? Israël n'est vraiment pas à la hauteur. Et moi qui vous voyais en prêtres de l'humanité ! Un État voyou, oui. Il est où, le Mystère du peuple juif ?

— Antoine, tu nous emmerdes avec ton élection divine. On a le droit d'être un peuple comme un autre ! Avec ses pieds plats, ses ménagères, ses types bien, ses fachos, ses corrompus et ses incorruptibles. Laisse-nous vivre.

— D'accord. Mais alors, changez de références. On ne peut pas à la fois trouver dans les paroles divines ses titres de propriété et laisser tomber la morale qui va avec. C'est trop commode. C'est de la triche, et même du cynisme. La Bible ne se divise pas en rondelles. On prend le tout ou rien.

— Et après ? C'est immoral que de vouloir exister ? Qu'est-ce que tu ferais, toi, face à des gens qui veulent te détruire par tous les moyens ? Tu ne te défendrais pas ? Moi, je préfère un voyou vivant qu'un mort inattaquable, qui écoutera son *kaddish* dans une boîte.

— Ne viens pas me parler de légitime défense... Perdre son âme pour rester en vie... ? Peut-être, *in extremis*, quand on n'a plus le choix. Vous, cela fait quarante ans que vous êtes hors la loi.

— La loi ! On se doit peut-être des choses à nous-mêmes mais rien au droit international, qui nous a toujours laissés tomber dans les coups durs. Tu parles comme un de ces nobles juristes qui faisaient l'honneur de la SDN, et qui n'ont pas levé un petit doigt quand cinq millions des nôtres sont allés au crématoire. Eh bien, tant pis pour nous. Sans l'« usage disproportionné de la violence », comme vous dites, Israël n'aurait jamais survécu. Nous nous battons à un contre dix.

— Vous pourriez au moins respecter la loi du talion. Œil pour œil, dent pour dent. Mais vous, ce n'est plus sang pour sang, c'est cent Arabes exterminés pour un Juif prisonnier. Dix yeux pour un œil, et la mâchoire pour une dent. À Sdérot, avec les Kassam, le prix de l'immobilier s'effondre. Mais à Gaza, en face, ce sont les immeubles qui s'effondrent. Trois morts ici, en un an, et trois cents là...

— Nous tuons dix fois plus d'ennemis qu'ils n'en tuent chez nous. Et alors ? Les Palestiniens peuvent perdre deux, trois, dix guerres. Nous, si on en perd une seule, c'est fini. Tu vois la différence ? La moindre escarmouche, pour nous, est *existentielle*.

Le mot clé était lâché. On n'a pas demandé à naître, et encore moins à naître Antoine ou Schlomo, de ce côté de la frontière, ni de l'autre.

Pur hasard, dont tout le reste se déduit. Idiot à dire, mais que dire d'autre ?

Alors, kif-kif ? Jugement de Salomon ? Non. Ce médecin qui campe à Naplouse, il a l'excuse du dévouement et des risques encourus, à longueur de semaine. Moi, je ne fais que passer. Et puis j'ai toujours préféré accueillir côte à côte. Plutôt qu'un ni-ni, un et-et. C'est jouer sur du velours, là est l'embêtant. La tragique version Hegel — quand les deux camps opposés ont raison ensemble —, cela fait une assurance tous risques, aussi commode que de prêter au dominant une volonté mauvaise qui habiterait son cœur et inspirerait toutes ses actions. Finalement, je le trouve, lui, l'humanitaire, plus rigoureux, et moi, plus astucieux. Ami de tout le monde, messieurs ! « Guelfe chez les gibelins, et gibelin chez les guelfes. » Pas très reluisant, je l'avoue, ma posture belle âme.

Ce bon Samaritain qui prodigue ses secours sans idéaliser ses secourus remet en cause l'idée réflexe que toute barricade exige un bon et un mauvais côté. Lorsque deux parties en viennent aux mains, il nous faut de suite un vertueux et un infâme. Enfance du western, goût du mélodrame, résurgence des Lumières et des Ténèbres. L'idée que les deux puissent être également mauvais désespérerait le justicier occidental. Notre manichéisme n'est peut-être qu'une ruse de l'ego, un moyen de vanité. Le faraud interventionniste, au lieu de laisser les choses à leur propre pente se faire ou se défaire, à l'asiatique, simplifie pour gonfler le biceps en public. Le flambant s'attribue le pouvoir d'influer dans un sens ou un autre (la preuve que tu le peux, c'est que tu le dois, etc.). Bien et Mal peuvent permuter, peu importe pourvu qu'il y ait le noir et le blanc. On sera pro-israélien parce qu'on est juif ou libéral, ou les deux à la fois. On sera pro-palestinien parce qu'on est arabe ou progressiste, ou les deux à la fois. Chacun à bon droit, avec d'excellents arguments. Parfait. C'est dans l'ordre. Les quatre cinquièmes du spectre. Dans les marges, les gêneurs gênés, qui n'ont pas voix au chapitre.

L'âne de Buridan garde les pattes au sec, mais refuser de se mouiller tôt ou tard ne serait pas décent. De quel côté ? Je répondrais volontiers, en chrétien athée : du côté du plus faible, *hic et nunc*. Il nous faudrait une morale de l'instant *t*. Elle serait stoïque. Elle saurait d'avance ce qui se produira quand les vents auront tourné. La règle évangélique consiste à faire aux autres ce qu'on souhaite pour soi-même. C'est la règle d'or. Le bronze, dans les trois mille dernières années, est plus pratiqué : faire aux autres ce qu'on a soi-même subi. « Il faut se méfier des gens qui ont trop souffert », disait Voltaire. Dans tout persécuté sommeille un persécuteur. Il se réveillera à sa libération. Auréolé de sa condition de victime, le rescapé aura tout loisir d'inverser la donne à son profit. Trois mille ans. Communistes, libéraux, Arabes, libres-penseurs derrière les barreaux, je ne réponds pas de vous pour demain. Je m'engage pour votre élargissement, mais pas au-delà. Quand vous aurez franchi la porte de votre taule, ne comptez plus sur moi (pour avoir tâté de la chose, je sais de quoi il retourne).

Rencontré, deux jours plus tard, sur une belle plage au sud de Haïfa, un diplomate européen dubitatif. « Un État palestinien, dites-vous ? Vous semblez regretter que ce ne soit plus possible. Dans le principe, c'était légitime. Mais avons-nous vraiment intérêt à voir demain des Hamasland se multiplier souverainement dans la région ? On s'en mordra les doigts, non ? » Comment nier que si un coup de baguette magique était possible, un État palestinien issu d'élections libres ne serait certainement pas une Suisse au Proche-Orient ? Si c'est une raison pour ne pas transfigurer ces candidats aux problèmes en Spartacus ou en Zorro, en est-ce une pour les remettre demain entre les mains d'al-Qaida en les laissant aujourd'hui pourrir dans leur ghetto ? Il y a aussi des realpolitiks à courte vue, et contre-productives. Pour l'heure, ce sont les nôtres.

✧

> *Il entra dans Jéricho et parcourut la ville. Et voilà qu'un homme appelé Zachée, qui était percepteur en chef, et même riche, cherchait à voir qui était Jésus, mais ne le pouvait pas, à cause de la foule, car il était petit. Il courut en avant et monta sur un sycomore pour le voir, car il devait passer par là.*
> Luc, XIX, 1-4.

À droite de la route venant de Jérusalem, à la hauteur du *check-point* israélien qui filtre les entrées, une haute bâtisse blanche et intacte émerge au milieu du désert. Elle est abandonnée. Les rabbins interdisent les jeux de hasard à l'intérieur d'Israël. C'était l'hôtel-casino construit après les accords d'Oslo par un ancien communiste irakien ami de l'OLP, pour alimenter les caisses de l'organisation. Y venaient jouer nombre d'Israéliens modestes (les autres vont à Istanbul ou à Monte-Carlo), parce qu'il était juste à la limite, cent mètres au-delà de la frontière. Puis la zone a été bouclée par l'armée, et les citoyens israéliens n'ont plus eu le droit d'entrer dans les Territoires. Le casino a été transféré sur un bateau, au large d'Eilat, *off-shore*. La terre est sainte, non la mer. Et tant pis pour cette enclave dolente, d'une dizaine de milliers de Palestiniens ou plus. Elle ne compte aucun Israélien, et ne fut guère remuée par l'Intifada (ceci expliquant cela ?). Sans grande agitation, sinon un marché sur la place, des boutiques d'artisanat, et deux ou trois restaurants, où viennent déjeuner le dimanche les Palestiniens aisés de Jérusalem. Encore qu'un homme suspecté d'avoir vendu une maison de quatre étages sur le mont des Oliviers à un médiateur travaillant pour Israël soit mort, il y a peu, dans sa voiture incendiée. Tout est relatif.

*Jéricho*, que d'échos... « Lorsque la corne de bélier retentira... » Sept fois autour de la ville, et le septième jour, quand pointa l'aurore, les murailles s'effondrèrent, le peuple y fit son entrée, derrière Josué... Oui, quoi de plus envoûtant que ce nom biblique, hugolien, nervalien, qui sent le chofar et l'anathème, le vagissement de l'âme et le cri des fuyards ? Et quoi de plus désolé, de plus pelé que le Jéricho d'aujourd'hui ? Au bout d'une morne plaine semée d'épineux, on découvre une agglomération moderne éclatée, informe, aux maisons basses et sans grâce, non loin de laquelle les ruines elles-mêmes tombent en ruine. Couleur poussière, les restes de la plus ancienne cité du monde, briques crues sur lit de pierres, y retournent lentement, sans touristes et sans façons. Autour du célèbre tertre, on a aménagé pour la visite le site archéologique. Un vague rempart, une tour néolithique et bien écornée s'éboulent sous la pluie et le vent. Les piquets et garde-corps sont par terre, le gardien ensommeillé, les auvents de traviole, le parcours incertain. La source d'Élisée en contrebas, elle, est intacte, et la nappe souterraine bien canalisée irrigue les alentours de l'oasis. On aperçoit au loin, avec son monastère grec accroché à ses flancs abrupts, le mont de la Quarantaine, le désert où Jésus aurait jeûné quarante jours et quarante nuits, harcelé par le diable. Un téléphérique optimiste relie le sommet à la ville pour une somme rondelette. Qui peut bien l'emprunter ?

Les choses se passent autour du sycomore évangélique. Il a été planté dans un croisement au coin d'un jardin et au beau milieu de la ville. Des gamins tournent autour, guettent le pèlerin, rare, pour refiler la carte postale et faire la manche. L'anecdote était savoureuse, si l'emplacement est banal. Il est saugrenu de voir un notable riche et décoré grimper aux arbres. Pourquoi pas sur le toit, plus simplement, on n'est pas en rase campagne, non ? À la question de savoir si Luc est venu à Jéricho, peut-être nous reprendrait-il, du haut de son éternité, comme l'étudiant interrogé par son prof : J'y suis allé, oui, mais pas personnellement. Qu'importe si cela nous a valu la mésaventure chaplinesque d'un percepteur d'impôts bas sur pattes faisant le casse-cou pour rendre au quadruple les sommes extorquées au contribuable.

Au retour, arrêt dans la caserne délabrée, constellée de trous d'obus, où errent oisivement à portée de voix des Robocops hébreux, de supposés policiers palestiniens en petite tenue et les mains nues. Ils sont chargés du maintien de l'ordre à l'intérieur de l'enclave, nous expliquent-ils, mais interdits de port d'armes. C'est l'ancienne prison Arika où étaient détenus depuis 2002, avec deux cents autres prisonniers palestiniens, sous supervision internationale et suite à un arrangement entre Israël, l'Autorité palestinienne, le Royaume-Uni et les États-Unis, les « six de Jéricho ». C'est ainsi qu'on avait baptisé le commando du Front de libération de la Palestine accusé d'avoir assassiné le ministre du Tourisme israélien, en représailles pour l'assassinat d'un dirigeant de ce même Front par un commando israélien. Un beau matin de 2006, les gardiens américains et britanniques de la prison, observateurs neutres, ont décidé d'aller fumer une cigarette au loin, et dix minutes après, pure coïncidence, arrivaient en territoire palestinien hélicoptères et chars israéliens. Après quelques tirs de missiles, les six dont Mahmoud Hussein avait évoqué un éventuel élargissement furent prestement séquestrés, ligotés, déshabillés devant les caméras, et ramenés en Israël, pour plus de sécurité.

La prison n'a pas été reconstruite. Ses ruines font un logement social gratuit. Représailles et contre-représailles se poursuivent.

✧

« On peut se partager une Terre sainte, jamais un Lieu saint. » Les lieux chrétiens ne sont pas en copropriété et c'est en soi un privilège. Juifs et musulmans se partagent en principe deux tombeaux : celui de Joseph à Naplouse, de Rachel à Bethléem, mais un seul en réalité, celui des Patriarches à Hébron. Le propos de Mgr Sabbah, né à Nazareth, m'a rattrapé dans cette ville en état de siège, quand je fus témoin d'une scène surréaliste : la plus haute autorité religieuse de l'islam palestinien empêchée de pénétrer dans son lieu de culte. Debout dans le couloir latéral réservé aux musulmans, il s'arc-boutait en vain contre le tourniquet bloquant l'entrée. Le pioupiou israélien, posté dans sa casemate à dix pas derrière, regardait ahuri cet intrus en turban et refusait de débloquer sa herse en appuyant sur le bouton parce que l'heure était passée de deux minutes. Le règlement est le règlement. C'était la fin de l'après-midi. Le « juge des juges » avait accepté de me faire visiter sa mosquée. Ses objurgations ne furent d'aucun effet. Son humiliation m'a humilié. Entraîne-toi, me suis-je dit ; parfois, il est bon de plaisanter pour sauver la face de l'autre et la sienne. Au moins, quand tu verras l'archevêque de Séville interdit de Giralda par le sergent-chef d'une Force de défense islamique venue récupérer le patrimoine, cela te rappellera quelque chose.

Revenu le lendemain sur place, j'ai pu admirer le minbar, les tapis et le cénotaphe d'Abraham derrière sa cage, à double entrée visuelle, recouvert comme celui de Sara d'une tapisserie noire damasquinée. Par un minuscule orifice plongeant dans le sol, éclairée par une loupiote, j'ai même fait semblant de discerner la grotte de Makpela où Sara fut ensevelie. À deux pas mais derrière un grillage, côté juif, ceux d'Isaac et de Rébecca, de Jacob et de Léa, auprès desquels se dandinent des orthodoxes en manteau noir. Décidément, les tombeaux vides — pensons au cénotaphe du Ressuscité — font beaucoup de morts. Un patriarche à partager entre Israël et Ismaël, c'est déjà délicat. Mais deux amours-propres héréditaires dans dix mètres carrés, c'est meurtrier.

La ville depuis 1997 est divisée en deux zones, H1, théoriquement sous autorité palestinienne (en réalité après 6 heures de l'après-midi, la police et l'armée israéliennes peuvent pénétrer où bon leur semble dans n'importe quelle ville « palestinienne ») ; et H2, sous contrôle israélien explicite, incluant le Tombeau et la vieille ville. Jusqu'en 1967, quand une partie de la mosquée fut transformée en synagogue, les pèlerins juifs n'étaient pas autorisés à gravir l'escalier monumental de l'entrée principale au-delà de la sixième marche. Et en 1929, un célèbre pogrom a fait soixante-sept morts parmi les Juifs ashkénazes installés là, des centaines d'autres ayant été protégés par les familles arabes (les Justes palestiniens furent nombreux. Ils vivaient en osmose avec les Séfarades, qui donnaient parfois des noms arabes à leurs enfants). En sens contraire, en 1994, un colon de Kyriat Arba, Goldstein, a pénétré mitraillette au poing dans la mosquée d'Abraham durant la prière : vingt-neuf Palestiniens tués, près de deux cents blessés. Un fou, a-t-on dit aussitôt. Disons : un point de capiton dans une guerre de cent ans. Pour l'heure, les juifs orthodoxes l'emportent haut la main. Six cents d'entre eux, venus pour la plupart des États-Unis, depuis 1976, sous la protection de mille cinq cents militaires dans le Haret el-Yahoud, le quartier qui jouxte le Tombeau, rendent insupportable l'existence des quinze mille Arabes de la zone H2. Hébron compte près de deux cent mille habitants. Et le district plus de quatre cent mille. Quand des pèlerins étrangers viennent en visite guidée, il est interdit aux Arabes de sortir de leurs maisons. En janvier 2003, le couvre-feu a duré vingt-neuf jours. Tahseen Elayan raconte une scène de couvre-feu parmi d'autres : « Une jeune femme enceinte a commencé à sentir les douleurs et a demandé à son mari de la conduire à l'hôpital. Le mari lui a conseillé d'attendre parce qu'il est extrêmement dangereux de rouler la nuit avec le couvre-feu, mais, comme elle avait de plus en plus mal, ils sont finalement partis à deux heures du matin pour l'hôpital, accompagnés du père de la femme. À Rawarah, ils ont dû s'arrêter à un *check-point*. Un soldat a dit à la femme de relever sa robe pour vérifier qu'elle était bien enceinte. Puis, au bout d'environ un kilomètre, on a brusquement ouvert le feu sur la voiture. La voiture s'est arrêtée, et, le feu ayant cessé au bout de quelques minutes, la jeune femme s'est adressée à son mari pour lui demander de repartir, mais elle s'est rendu compte qu'il était mort. Son père était lui-même blessé. Des soldats sont arrivés et l'ont fait sortir de la voiture. De nouveau, il a fallu qu'elle soulève sa robe pour montrer qu'elle était bien enceinte et le soldat l'a fait se déshabiller entièrement. On l'a mise sur un brancard dans une voiture militaire avec son père blessé, puis on les a laissés là en attendant l'arrivée d'une ambulance palestinienne. Elle a demandé à pouvoir se couvrir, mais on ne le lui a pas permis malgré le froid. Finalement, son enfant est né. Le jour de la mort de son père. »

Le long de la rue al-Shuhada, qui descend vers les souks, les fenêtres et balcons des maisons arabes donnant sur la rue ont un filet métallique ou un bouclier à fines mailles, contre pierres et pavés. Les murs sont bombés de graffiti en anglais peu amènes. Des gamins à kippa, sous l'œil imperturbable d'un soldat israélien, se mettent à caillasser une Jeep civile qui passe par là, dans cette rue à l'abandon où plus grand monde ne se risque. Quatre bonshommes blonds et désarmés du *Temporary International Presence in Hebron*, observateurs civils venus de divers pays neutres, encaissent sans broncher. Ils s'arrêtent un peu plus loin, pour marquer le coup, puis repartent. Les colons riverains ont tous les droits, femmes et enfants au premier rang : renverser les étals, cracher, lapider, arroser. Les ruelles de la vieille ville, où les Arabes ont leurs échoppes, sont par endroits flanquées d'immeubles en surplomb. Ces passages ont des filets de protection au-dessus de la tête, parsemés de détritus, de canettes vides et de papier hygiénique, qui à contre-ciel font autant de taches noires. Ce que les maîtres des lieux jettent par la fenêtre tombent sur ce grillage. J'ai vu à Ad Deirat, en Cisjordanie, des volées de gamins palestiniens accueillir avec des hourras les bennes d'ordures des colons. Ils plongeaient de bon cœur dans les collines de détritus pour aider la popote familiale. Ici, la poubelle du riche s'adresse directement au pauvre mais pas pour le nourrir. Pour l'humilier.

Et tout cela à cause d'un arbre généalogique folklorique, sans doute transcrit d'un conte oral, il y a deux mille cinq cents ans, par un inconnu, baptisé par nos soins l'« auteur sacerdotal ». Une affaire de mots, qui ne résiste pas longtemps à l'examen des dates et des lieux. La construction *a posteriori* d'une « figure narrative », ou d'un personnage tutélaire, en clair une forgerie opportune. On fit sortir l'ancêtre putatif d'Our en Chaldée — un centre prestigieux, valorisant à souhait —, et arriver dans le Sud palestinien, où ledit narrateur prit soin de montrer qu'il se comporta en gentleman : fédérant les peuplades, écoutant tout le monde, et négociant poliment avec les autochtones, les fils de Heth, une sépulture pour son épouse. On lui offre une caverne *gratis*, il insiste pour la payer. Quatre cents sicles d'argent à Ephren le Hittite. Un paquet. Il ne se croit propriétaire de rien, il ne force personne, il négocie patiemment sa résidence et celle des siens. Abraham savait se conduire. Les Abrahimides d'Hébron, eux, ne lui ressemblent pas. Pas plus que ceux, en Cisjordanie, qui tirent au fusil sur les paysans du coin venant, sur leurs champs, récolter les olives.

Comme il avait bien reçu ses hôtes, Abraham, « sous les chênes de Mambré, alors qu'il était assis à l'entrée de la tente dans la pleine chaleur du jour » ! À peine les voyageurs inconnus sur le seuil, de suite, une bassine pour qu'ils se lavent les pieds, « Sara ! Des galettes, du lait et un veau bien cuit pour ces messieurs ». Pour réapprendre l'hospitalité de grand-papa, éviter Hébron H2 et relire Genèse, XVIII, 1-15.

## 4. Ramallah, ou le dernier sou

> *Sois vite arrangeant avec ton adversaire pendant que vous êtes en chemin ensemble, de peur que ton adversaire te livre au juge et le juge, au garde, et que tu sois jeté en prison. Oui, je te le dis, tu ne sortiras pas de là que tu n'aies rendu le dernier centime.* Matthieu, V, 25-26.

Un homme bien. La soixantaine. Un cacique du Fatah, qui a meilleure réputation que d'autres.

Milite depuis l'âge de quinze ans. Ne compte plus ses copains morts autour de lui. Passé des prisons d'Israël aux tables de négociations, de l'extrême gauche au centre de l'échiquier. À vingt ans, il lisait *Révolution dans la Révolution* ? Aujourd'hui, il a le *Herald Tribune* sur sa table dans son bureau, et rendez-vous avec Condoleezza Rice à Jérusalem, la semaine prochaine, pour un entretien *back door*. Ainsi va le monde. Il a élaboré et signé avec l'ancien ministre israélien Beilin les « accords de Genève », qui n'en sont d'ailleurs pas. Tous ont applaudi, peu les ont lus. C'est le bleu d'une usine à gaz.

— D'accord, me dit-il. Pour l'heure, inapplicables. Mais l'important, c'était le symbole. Pour la première fois, nous étions, Israéliens et Palestiniens, sur un pied d'égalité. À égalité de droits et de devoirs. D'habitude, on nous jette un os pour qu'on se tienne tranquilles. Là, pas de tabouret. Chacun un fauteuil. L'amour-propre, ça compte.

Il me montre un livre pour enfants, avec un oiseau sur la couverture. Le ministère de l'Éducation du Hamas vient d'interdire ce conte populaire, *Parle petit oiseau, parle encore* en raison d'un amour immoral entre un prince et une princesse (l'interdiction sera rapportée peu après). Tollé général.

— Vous vous rendez compte ? Ils en sont là, les intégristes. Et c'est avec eux qu'on doit gouverner.

Comme tous les libéraux sécularisés, et les chrétiens arabes, il se sent pris dans l'étau. Des ultras de chaque côté.

— Les Israéliens, enfin, les gouvernants, je n'en attends plus grand-chose.

— Mais vous êtes toujours prêt à parler avec eux ?

— Que faire d'autre ?

Nous allons à la fenêtre, attirés par un cri au-dehors. Toutes les collines coiffées de calcaire blanc et de toits rouges, pimpantes sous le soleil. Des blocs de villas juxtaposées, chaque bloc est un château fort dominant la cuvette où nous sommes.

— Tiens, je ne me souvenais pas de cela, lui dis-je. Il y a un an, quand je suis venu, cette forteresse n'était pas là. Ça pousse plus vite que les champignons.

Je n'aurais pas dû. Il reste muet et revient sans répondre à sa table, gêné.

— Israël veut avoir les meilleures cartes pour négocier le moment venu. Alors, ils mettent les bouchées doubles...

— Jusqu'au jour où les cartes seront tellement bonnes qu'il n'y aura plus rien à négocier, le coupe mon accompagnateur, israélien.

— Alors, il leur faudra officialiser l'apartheid, et cela dans le monde d'aujourd'hui, ce n'est plus tenable. Nos enfants grandissent et en feront d'autres, beaucoup d'autres...

Le bruit a couru que les médecins palestiniens procédaient à des implants dans les ventres pour atteindre l'objectif national, des triplés tous les neuf mois. *Se non è vero, è ben trovato*.

D'autres que moi lui diraient : « Mais qu'est-ce que vous avez libéré jusqu'à présent ? Une centaine de détenus de troisième zone, sur les dix mille qui restent en prison, pour les caméras de la propagande occidentale ? L'occupant de ses charges et devoirs, en collectant des fonds du monde entier, dont une partie se retrouve en Suisse ? À quoi elle sert, votre Autorité ? À entretenir l'illusion d'un peuple, à donner bonne conscience aux Européens et à couvrir les desseins du Likoud... Votre président est le président de trois voitures, et, pour sortir de la Moukata, il doit demander la permission au sergent du *check-point* d'à côté. Et si on cessait de jouer, vous et moi ? »

— Certains pensent même que l'État palestinien s'éloigne de plus en plus, lui dis-je, plus poliment.

— Je sais ce que certains racontent dans cette ville. Que nous sommes allés dans le mur, et qu'on devrait tous démissionner. S'auto-dissoudre. Remettre les clés. Vous occupez ? Alors payez et gérez. C'est cela que vous pensez, vous aussi ?

— Je ne me le permettrais pas, mais je l'ai entendu dire, c'est vrai.

— Une idée d'intello, me coupe-t-il. Irresponsable. Ce serait une capitulation, et un cadeau fait aux islamistes qui vivent de la force du désespoir. Cela voudrait dire que nos morts sont morts pour rien. On n'a pas le droit de priver ce peuple de son dernier atout : l'espérance. Nous ne sommes plus qu'un symbole, c'est vrai, mais c'est pour des symboles qu'on se bat depuis trente ans.

Et pour le symbolique, Arafat faisait flèche de tout bois. Reçu par Jean-Paul II, il lui lance : « Savez-vous, Très Saint-Père, que vous avez en ce moment deux Palestiniens au Vatican ? — Ah bon, qui ? — Saint Pierre et moi. » Tenu à bout de gaffe par les grands, il a livré jusqu'au bout la bataille des photos. Avec le pape, avec Mitterrand, avec Clinton. La bataille toponymique, pour maintenir sur la carte l'ancien nom arabe des villages occupés ou rasés (comme à Chypre, entre Grecs et Turcs). La bataille des emblèmes — drapeau, papier à en-tête, tampons sur le passeport. On trouve partout dans les échoppes une affiche années 1930 en français : « Visitez la Palestine. » Mode rétro ? Non. Le nom de pays, substantif, est interdit, l'Autorité administrative a seulement droit à l'adjectif « palestinienne ». D'où le recours à notre imaginaire colonial pour afficher le nom propre. Chaque détail compte. Mais la lutte pour les symboles doit-elle aller jusqu'à vendre son droit d'aînesse pour un plat de lentilles ? Perdre la face pour la sauver ? Mais après tout, en trente ans, ils ont accouché d'un sentiment national, d'une intelligentsia, d'un embryon de bureaucratie, d'un début d'économie, d'une multitude d'ONG (plus faciles à créer, il est vrai, que des entreprises). Et si moi-même j'étais quelque chose dans cette administration fantôme, accepterais-je de bon cœur de renoncer à mon titre, mon bureau, mon salaire, mon passeport, ma voiture, mes voyages, mes réceptions à la Maison-Blanche et à l'Élysée, bref à ma raison sociale ? Et qui fera bouillir la marmite à la maison ? Qui paiera l'école des enfants ?

Il revient à la fenêtre, contemple à nouveau le chapelet de nouveaux villages fortifiés qui court tout autour de la « capitale » palestinienne et maintenant c'est à lui-même qu'il s'adresse, à voix basse.

« Oui, ils occupent les points hauts, et ensuite, ils siphonnent la nappe phréatique pour eux-mêmes. Nous avons de moins en moins d'eau. C'est un cauchemar. Chaque fois que je rentre au pays, je ne reconnais plus le paysage. Nos espaces rétrécissent à vue d'œil. Les gens partent. Cela va devenir invivable, la Palestine. Viendra bien un jour, dans vingt ou trente ans, où un Israélien dira : *Enough is enough...* »

Il nous raccompagne à la porte, me regarde : « Quarante ans, une vie entière, enfin, on ne va pas baisser les bras, non... ? » J'ai cru voir des larmes dans ses yeux, et j'ai salué, à travers lui, tous les désespérés qui ne s'avouent pas vaincus.

✧

Visionné un portrait filmé d'Edward Said, tourné à New York quelques mois avant sa mort. La leucémie creusait ses traits, la barbe lui mangeait le visage. Pianiste, critique littéraire, historien, cosmopolite et patriote, il était de père égyptien, naturalisé américain et professeur à Columbia. Il avait rompu avec Arafat, démissionné de l'OLP, mais sentait toujours le soufre à Babylone. Chaque fois qu'il ouvrait la bouche et signait un article, la Columbia University recevait des centaines de lettres et de mails demandant son renvoi. Les médias lui donnaient une minute à la télévision pour répondre à l'inévitable : « Alors vous soutenez ou vous condamnez le terrorisme ? » Il a fini par ne plus y aller. Battu sur tous les fronts, et debout, magnifique, prophétique. Bel exemple de nègre blanc, seul contre tous, narguant l'enclume et le marteau. Un vrai chrétien, puisqu'il a choisi le camp des vaincus. Il annonce l'épuisement de la lutte armée, veut une Constitution, une Déclaration des droits, une lutte culturelle et politique.

— Ce qui est le plus difficile, dit-il à un moment, ce n'est pas l'isolement, c'est le discrédit. Être du côté des perdants, ça va, mais épouser le camp des méchants, comme on le pense à New York, c'est plus dur. Quand on essaie de s'expliquer, on finit par s'accuser.

Cette absence d'espace, cette sensation de ne pouvoir ouvrir la bouche sans faire le jeu de ses accusateurs, j'en ai tous les jours des témoignages, ici même en Palestine. À quel saint se vouer ?

— Entre les fachos du Hamas qui rêvent de la charia, et les collabos de l'Autorité, qui mangent dans la main des Américains, me dit un professeur de Birzeit, où voulez-vous qu'on aille ? Je ne veux ni des uns ni des autres. Mais tout se retourne contre nous. Si on est polis et gentils, on disparaît de la scène, et les gens pensent : « Ça va pas trop mal, il n'y a pas de répression, la preuve. » Si on prend le fusil ou une bombe, on est des terroristes, et l'on justifie la répression. Si on se tait, on nous oublie. Si on se manifeste, on nous déteste. Nos persécuteurs se vivent en victimes, et le monde entier les protège, avec la sollicitude qu'on doit à d'éternels persécutés. Que voulez-vous, on est coincés.

Ici, il est minuit dans le siècle, dont c'est l'aurore. Au-delà de l'impossibilité où sont les diplômés palestiniens de signaler leur délaissement aux seuls qui auraient les moyens de l'atténuer — Américains et Européens (sans revenir sur le fait accompli d'Israël qui a été, comme toute nation nouvelle, un acte de violence) —, le Palestinien ordinaire a de quoi devenir chèvre et c'est bien le propos. En ville, un logement construit sans permis s'expose à la destruction et obtenir un permis de construire est pratiquement impossible. À la campagne, une propriété non exploitée sera transférée à l'État hébreu en vertu d'une loi de l'époque britannique sur la propriété des absents. Mais si elle est exploitée, elle aura une chance sur deux d'être confisquée, pour des raisons de sécurité. Et les expulsés seront recasés dans une décharge municipale voisine.

— Pile, on perd. Face, on perd. Et il faut continuer de jouer, sinon exil ou prison. Nous sommes vraiment des pas-de-chance. Tous, les voisins arabes compris, souhaiteraient nous voir débarrasser le plancher. Le problème est le comment. Là ils auront du mal.

Ajoutons que l'affaire, chez nous, ne suscite plus grand intérêt. Les télés occidentales ne veulent plus d'ennuis avec leur public. « On peut faire un sujet anecdotique, deux minutes maximum, par exemple un cours de yoga dans l'autobus, me dit un correspondant français à Jérusalem. Mais pas au-delà. Vingt morts à Gaza, c'est comme deux cents à Bagdad : un plan, trois secondes et l'on enchaîne sur le loto. Trop compliqué, répétitif, lassant, et surtout poisseux. Si on fait un sujet sur la Palestine, on est sûr d'avoir dix lettres de protestation. »

Une saynète du terroir me revient à l'esprit. Repassant par Paris, je rencontre un ami écrivain à forte situation, auquel je fais part de mon gymkhana inter-factions avec le vague espoir de l'y intéresser.

— La paix au Proche-Orient, c'est une bonne cause, lui dis-je. Cela pourrait t'intéresser, non ?

— Le terrain est miné, pas touche, me répondil. Tu veux vraiment te rendre sympathique ? Il serait temps, je te l'accorde, mais va plutôt voir dans les Deux-Sèvres. Le chabichou et la vache maraîchère, ça, c'est le bon combat. Grand public. Écolo.

— Le front chlorophylle est archicouvert. Alors que les chrétiens d'Orient, qui s'en occupe... ?

— Ne va pas te mettre là-dedans, les vigilants tirent à vue. Si tu cherches du porteur, du tous publics, file plutôt au Darfour. Regarde le *Paris-Match* de cette semaine : les intellos, les vrais de vrais, c'est là-bas qu'ils se font prendre en photo.

Puis en tournant les talons : — Au moins, ne prends pas parti dans cette foire d'empoigne. Sinon...

Il se tranche le cou avec l'index, et me plante là en s'esclaffant.

Il n'a pas tort, l'ami qui me veut du bien, et raison de vouloir me mettre à l'heure du show-biz, boussole morale infaillible. Elle indique le couchant, non le Levant. Quand on se met à zigzaguer entre Tel-Aviv et Ramallah, Beyrouth et Damas, on tombe dans des pièges à conviction d'où l'on ne peut sortir, comme de l'ambiguïté, qu'à son détriment (cette trappe à chagrins semblant faite pour se brouiller avec soi-même et avec ses meilleurs amis). Dispenser chaque jour du bonheur à ses contemporains est un *full time job*, dont chanteurs, actrices, sommeliers, animateurs télé, écrivains à succès, couturiers et nouveaux philosophes s'acquittent à merveille, à grands coups d'indignations qui ne leur coûtent rien. Il n'est jamais trop tard pour apprendre.

Une cause peut se qualifier de porteuse quand aucun honnête homme, qu'il soit juif, athée, chrétien ou musulman, ne peut refuser d'apposer sa signature en bas de la pétition. L'effet de serre, la famine au Sahel et l'égorgement des nouveau-nés comptant peu de partisans déclarés, ces plus grands communs dénominateurs galvanisent tous les amis du genre humain, qui se bousculent à son chevet. On pourra toujours souscrire pour Noël « à l'appel à une juste paix entre les parties », marronnier bénisseur doté d'un bon filet de sécurité. En tout état de cause, sauf à donner dans le sulpicien et le cucul (en prenant la pose, comme je l'ai vu dans un magazine, sur les pas de la Vierge Marie, bras ouverts devant la mer Morte), mieux vaut pour le redresseur de torts esquiver ce marécage éthique que seules les parties prenantes peuvent voir en noir et blanc (« indémerdable », « rien avant cinquante ans »). Il faut aimer les gris, gamme mouvante aux nuances infinies, pour ne pas y perdre son latin.

À Tel-Aviv aussi, on a tourné le bouton. Les

grands journaux font l'impasse. Pour le jeune internaute israélien, le Palestinien de Ramallah ou l'Arabe israélien de Nazareth, à une heure de route, sont plus éloignés que l'Indien ou l'Australien avec qui il « chatte » en anglais par écran interposé. Surtout depuis le mur, le Palestinien est une abstraction qui ne se concrétise qu'en cas d'attentat. Si ce n'est pour la sécurité, la « question palestinienne » a, à peu près, à ses yeux, la même consistance que pour le *trader* new-yorkais la question guatémaltèque. Même dans les milieux intellectuels. « Ouais, on sait tout ça. Enfin, à quoi bon entrer dans les détails ? Toujours les mêmes jérémiades. Et puis, ils l'ont bien cherché tout de même. Si on changeait de sujet... » Les travailleurs palestiniens clandestins se cachent en Israël de leur mieux, et pour les petits métiers, infirmiers, serveurs, terrassiers, l'immigration en provenance du Soudan, des Philippines ou de Roumanie permet de combler les trous. Avec la mondialisation, la main-d'œuvre de remplacement n'est plus un problème.

Et puis, soyons franc : beaucoup de Palestiniens collaborent, et ce n'est pas un Français qui leur fera la leçon. Il faut bien survivre, se débrouiller. Difficile de faire autrement pour négocier un permis de circuler, décrocher un droit de sortie ou de rentrer, amener un parent à l'hôpital en dehors de l'horaire prévu, ou réclamer un raccourcissement de peine. C'est d'ailleurs une des raisons d'être des barrages et des enlèvements : obtenir de l'information. La détresse, on la ressent aussi quand on voit de pauvres hères faire la queue à un *checkpoint* afin de se faire embaucher à la journée pour construire le mur qui enfermera leur village. Ou de jeunes ouvrières qui taillent et cousent les uniformes de Tsahal. Ou quand on apprend que le mur se construit avec du ciment égyptien et des matériaux offerts par l'Europe et revendus à bas prix par des Palestiniens haut placés.

Alors, la parade, ce sera pour les paumés la rage d'impuissance et la fuite en avant ; pour d'autres, les débrouillards, un exil discret dans le Golfe ou en Amérique ; pour de vieux activistes, la retraite à la maison. Ce peut être aussi l'humour aristocratique. C'est l'option Nusseibeh, le président de l'université al-Qods, un ancien d'Oxford. Il a trouvé le truc : la distance intérieure et la parodie. « Fou, je le serais déjà avec ces casse-tête quotidiens, si je me laissais submerger. Alors, je déconnecte et j'en rajoute, pour faire de tout cela un jeu. À l'aéroport, la dernière fois, ils m'ont dit d'enlever mon pantalon. J'ai tout enlevé, devant tout le monde, les policiers ne savaient plus où se mettre. La honte n'était plus pour moi, mais pour eux. Tout ce qu'ils font pour m'ôter ma dignité, j'essaye de le retourner contre eux. Par exemple, quand en prison ils t'obligent de te déshabiller complètement, eh bien, tu ne te rhabilles pas, tu restes à poil les jours suivants. Surenchérir sur la brimade par la dérision. C'est un exercice mental, un pli à prendre. Les films de Woody Allen m'aident beaucoup. » Le meilleur remontant du Palestinien en dépression est à Manhattan, c'est l'humour juif.

## 5. Éternel retour

> *Vanité des vanités, a dit Qôhéléth. Vanité des vanités. Tout est vanité. Quel profit y a-t-il pour l'homme en tout son travail auquel il travaille sous le soleil ? Une génération s'en va, une génération vient et la terre à perpétuité subsiste. Le soleil s'est levé, le soleil s'est couché et vers son lieu il halète ; il se lève là. Le vent va vers le midi, tourne vers le nord, il tourne, tourne, va, et le vent reprend ses tours.* Qôhéléth, I, 2-6.

« Regain de tension au Proche-Orient... Onze morts à Gaza hier et vingt-deux blessés. À Sdérot, on compte un blessé grave... » France Inter ce matin, dans le taxi qui me ramène de Roissy à la maison. La ritournelle. Marée haute, marée basse. Depuis tant d'années. Qui s'en émeut encore ? Le ressac décourage jusqu'aux journalistes et diplomates, tout en renouvelant la morphine du dernier carré des accrocs aux « conférences de paix ». Pour échapper au syndrome de Roissy, c'est-à-dire à l'oubli quasi instantané des va-nu-pieds, blessés et piétinés dont le spectacle la veille encore nous glaçait le sang, souvenir instantanément recouvert, dès qu'on sort du taxi, par des choses infiniment plus sérieuses et graves comme l'écoute d'un répondeur surchargé, le paiement d'une taxe foncière oubliée ou la perspective d'un dîner en ville assez marrant, tant il est vrai que le sentiment d'une injustice insupportable a une vie très courte chez un homme normal et normalement occupé, je décide de m'enfermer à la bibliothèque de l'Institut du monde arabe avec des livres d'histoire. Comment c'était là-bas, hier ? Différent ? Semblable ?

Répétitif apparemment. Flavius Josèphe a planté le décor avec ses *Guerres juives*, un peu comme Trajan avec sa bande dessinée spiralant sur sa colonne. Quel Palestinien « rallié » nous racontera demain la guerre perdue de son petit peuple d'irrédentistes, avec la même lucidité rouée que le transfuge juif, la chute de Massada en l'an 70 de notre ère ? La guerre civile dans le camp hébreu assiégé — entre les jusqu'au-boutistes adeptes du suicide collectif et les pharisiens enclins à transiger — évoque d'assez près celle qui fait s'entre-tuer aujourd'hui radicaux du Hamas et bons bourgeois du Fatah. Les *puppet kings* de Rome ne donnent-ils pas la main aux monarques placés par Washington, de père en fils, aux mêmes endroits pour les mêmes fonctions ? Rome et les intégristes juifs, l'Amérique et les zélotes d'Allah... Ça tourne. La relève de la garde se poursuit, seules changent les enseignes. Les sentinelles israéliennes postées à la Porte de fer et à la Porte noire le vendredi pour interdire l'entrée de l'esplanade aux musulmans de moins de cinquante ans remplacent les sentinelles turques qui en 1900, sous les mêmes voûtes, interdisaient l'entrée aux visiteurs chrétiens, et ceux-là succédaient aux légionnaires romains qui l'interdisaient aux Juifs bannis de leur ville sainte.

Le destin, c'est « soi-même comme ennemi ». Rome creusait sa tombe en provoquant en Judée un vide de pouvoir, qui laissait le champ libre aux sectateurs du Christ. Exilés sur tout le pourtour méditerranéen, les rescapés de Jérusalem se feront par la suite les relais de la subversion chrétienne. Le feu allumé en Palestine par Jésus et les siens n'aurait jamais pu gagner tout l'Empire si le Temple était resté debout et le judaïsme maître chez lui. Et que fera demain la diaspora palestinienne ? Il en aura beaucoup coûté à Rome d'avoir écrasé le nationalisme juif, et Washington, en brisant le nationalisme arabe, a ouvert la porte à la déferlante de Mahomet. *Habent sua fata imperii.*

Quand l'histoire tourne bourrique, personne n'innove, mais au moins rien ne se périme, c'est l'avantage. L'année liturgique est une roue de moulin, chaque siècle également. Quand je lis chez Flaubert les plaintes des moines catholiques accablés par les surtaxes du pacha, j'entends celles de mes hôtes d'hier. Quand le petit Blanc de l'époque clame que « le bakchich et le coup de bâton sont le fond de l'arabe », j'entends mon député du coin. Et la « dédaigneuse animosité » que ressent le même Flaubert comme chrétien dans les ruelles arabes de Jérusalem, quel Arabe égaré dans les rues juives de la ville ne la prendrait pas pour lui ? Même scénario, même distribution. Le poignard a été inauguré par les sicaires, repris ensuite par les Hachichins venant assassiner les croisés à domicile, et la grenade qui a suivi n'a pas démérité. Les gouvernants anglais de 1946 qualifiaient de terroristes de futurs gouvernants israéliens (attentat du King David : cinquante-deux civils tués), lesquels repassèrent le mistigri au Palestinien Arafat, dont les héritiers remettent l'insigne aux nouveaux arrivants du Hamas. Quand l'obsession religieuse, névrose de répétition, disait Freud, sur-souligne les bégaiements de l'histoire, on peut lire l'heure qu'il est sur les vieux cadrans solaires. Le mur des Lamentations se contente maintenant d'être occidental. C'est qu'elles sont passées au-dessus du mur, sur l'esplanade. Quand l'un n'a plus de quoi se lamenter, un autre reprend le rôle. Comme s'il fallait toujours qu'il y eût un figurant pour les pleurs. Un tragique applaudirait l'unité d'action, de lieu et de temps. Protagoniste : Dieu le Père. Lieu : deux kilomètres carrés. Durée : entre la Révélation et le Jugement dernier. La « poésie de l'histoire » est un genre académique qui plaît aux amants de la rime riche. De Gaulle était à son affaire. Il avait des goûts rassis en matière esthétique : « Le Levant est un carrefour où tout passe : religions, armées, empires, marchandises, *sans que rien ne bouge* », écrivait-il à un ami depuis Beyrouth, en 1930. Chercheurs de frissons nouveaux, passez votre chemin.

Et le devin, qui prévoit tout et n'empêche rien, a toute sa place dans ce canevas. Comme le grand indianiste français Sylvain Lévi (1863-1935), délégué de l'Alliance israélite universelle en mission d'étude en Égypte, Syrie et Palestine, perce le futur à jour dans son rapport de mission de 1918, *Une renaissance juive en Judée*. « Les questions de

Palestine sont des questions mondiales », note-t-il d'entrée de jeu. Il évoque « les dangers d'une immigration trop rapide qui risquerait de provoquer une réaction violente et un soulèvement chez les Arabes », et en bon israélite français, le péril qu'il y aurait à confondre l'idée de nation avec celle de groupe confessionnel (« La nation juive serait alors l'ensemble des croyants de la Synagogue »). Il pointe le rôle capital de l'Amérique (« le sionisme, au lieu d'opposer deux nationalités antinomiques, relie la Palestine aux États-Unis dans un rapport de filiation réciproque et réversible »), cheville ouvrière, dit-il, qui fera un jour du sionisme américain un moyen pour les immigrants juifs d'Europe orientale de s'américaniser. Mêmes prémonitions dans le *Journal de voyage*, en 1923, de Leopold Weiss, le jeune Juif autrichien qui sillonnait le Moyen-Orient (et finira par se convertir à l'islam jusqu'à devenir ambassadeur du Pakistan à l'ONU sous le nom de Mohammed Assad). « "Juif ou Arabe". Ils sont ici obstinés dans leur haine intolérante, qui ne leur apporte rien de plus. Car ils n'ont rien à faire les uns avec les autres ; c'est une haine de la concurrence et pas une révolte du faible contre le fort, et pas une affirmation de soi du fort contre le faible. Et puis beaucoup de soutanes noires se promènent dans les rues et les nombreuses cloches sonnent et soulignent une autre distance, il n'y a pas un souffle d'air à Jérusalem. Trois voix se croisent en permanence et paraissent dire les unes aux autres : tu n'es pas à ta place ici. » Et Martin Buber, penseur du judaïsme, voyait dans la connivence du sionisme avec l'impérialisme européen le ferment de sa perte : « Nous voulons aller en Palestine en tant que médiateurs entre l'Europe et l'Asie, mais nous ne pouvons pas nous présenter à l'Orient, qui s'éveille d'un rêve accablant, comme les émissaires d'un Occident qui va faire naufrage... » Et le même, à Zurich, en 1929, au XVI^e^ Congrès sioniste : « Gardons-nous de considérer ce qui nous est étranger et insuffisamment connu comme inférieur et de le traiter comme tel ! Gardons-nous de faire à autrui ce qu'on nous a fait subir ! » La *Shoah* a rendu ces Cassandre inaudibles. Elle a aussi exterminé des Juifs antisionistes, et ratifié aux yeux de tous l'avertissement de Theodor Herzl : pas d'avenir pour les Juifs en Europe.

Les *security laws* britanniques en vigueur sous le mandat, dont le Yichouv avait été victime, sont appliquées à leur tour aux Arabes par les Juifs, arrosés arroseurs. Les décrets d'expulsion et d'expropriation s'encastrent les uns dans les autres avec un naturel parfait au point que les Palestiniens regrettent l'Empire britannique, parce qu'il avait intérêt à tenir plus ou moins la balance égale entre les deux populations, et les moyens d'imposer sa volonté (même si cette cote mal taillée n'a tenu que trente ans). Aujourd'hui, disent-ils, c'est le mandat en pire, à savoir les déchirements mutuels mais sans juge de touche. En clair : l'arbitraire sans l'arbitrage (l'ONU étant trop « machin » pour trancher quoi que ce soit). L'oppresseur anglais lui-même ne se faisait pas trop d'illusions sur l'avenir, si l'on en croit sa déclaration du 9 novembre 1938 (et non 2008, comme on pourrait le croire) : « Le Gouvernement de Sa Majesté, après une étude approfondie du rapport de la Commission de partage, est arrivé à la conclusion que les difficultés politiques, administratives et financières soulevées par la proposition de création, à l'intérieur de la Palestine, d'un État arabe et d'un État juif indépendants, sont si considérables que cette solution du problème est irréalisable. » L'aspect « chronique d'une catastrophe annoncée » retient moins que la prescience un peu lasse qu'en ont, de loin en loin, les acteurs eux-mêmes.

Le montage en boucle, aucun livre ne l'illustre mieux que *La Question de la Palestine* en plusieurs tomes de l'historien Henry Laurens, d'où je tire ces citations. Quand il relate dans son tome II *(Une mission sacrée de civilisation)* les péripéties des années 1920 et 1930 dans la région (construction d'un mur de séparation, destructions de maisons en représailles, attentats terroristes, interventions américaines) et, par exemple, les réactions indignées des Juifs de Palestine au Livre blanc britannique de 1939, on se frotte les yeux. « Le grand rabbin Herzog déchire publiquement la déclaration britannique. L'Irgoun sabote la station de radiodiffusion de Jérusalem, le bâtiment de l'immigration est incendié, une grève générale est proclamée. [...] Le 19 mai, lors d'une manifestation violente, un policier britannique est tué par des tirs issus de la foule. Le commandant en chef britannique convoque les *leaders* sionistes et les prévient que sa patience est à bout. Si de tels actes se reproduisent, il se comportera avec les Juifs comme il s'est comporté avec les Arabes. Il n'est pas écouté. Le

23 mai, un policier juif est assassiné par l'Irgoun, dont le chef David Raziel a été arrêté par les Britanniques. L'organisation se tourne ensuite contre la population arabe. Le 25 mai, elle ouvre le feu contre des habitants de Haïfa, tuant une personne et en blessant quatre. Le 29, quatre femmes et un homme sont assassinés par un commando juif dans un village de la plaine côtière. Le même jour, une bombe est placée dans un cinéma à Jérusalem faisant treize blessés (une bombe placée dans les toilettes des femmes n'a pas explosé). Le 2 juin, c'est un attentat dans un marché arabe qui fait six morts. Les jours qui suivent, l'Irgoun semble se spécialiser dans des attaques contre les installations téléphoniques du pays. Jabotinsky désavoue les actes contre les femmes et les enfants, mais n'est plus qu'une autorité morale incapable de faire respecter les consignes. Le 19 juin, à la suite de l'assassinat d'un Juif par un Arabe, l'Irgoun place une bombe dans un marché arabe de Haïfa, faisant une cinquantaine de tués et de blessés... » Mettons mufti à la place de grand rabbin, palestinien à la place de juif, et policier israélien à la place de policier britannique, on lit le *Jérusalem Post* ou le *Palestinian Times* de ce matin. Pas d'injure antisémite qui n'ait été employée dans les combats de chefs entre Israéliens pendant la guerre de libération (youpin, Shylock, nazi, etc.). Point d'occupants par destination ni de persécutés héréditaires. Ça tourne. *Eadem sunt semper omnia.*

« Les choses sont toujours les mêmes » : c'est Lucrèce qui parle, poète romain matérialiste et ennemi des dieux. L'écouter un peu plus nous éviterait nombre de désillusions sans motif et d'amertumes inutiles. Là me paraît être, au demeurant, la véritable pierre de touche séparant l'agnostique du croyant. L'exégète chrétien voit dans les noces de Cana les trois coups annonciateurs des temps nouveaux supposés être aussi différents et supérieurs aux anciens que le vin de Carmel par rapport à l'eau du robinet. Nos jours et nos nuits auraient-ils changé de goût depuis cette date ? Au Saint-Sépulcre, Lamartine s'est persuadé que le kiosque-tombeau représentait « la borne qui sépare deux mondes, l'ancien et le nouveau, le point de départ d'une idée qui a renouvelé l'univers, d'une civilisation qui a tout transformé ». Ce point de non-retour m'échappe. Je ne vois pas que les Bienveillantes qui veillaient sur les fellahs des empires achéménide, égyptien, romain et ottoman aient eu, après l'an 37 de notre ère, la main plus légère sur les sujets des empires espagnol, français, britannique, allemand, maintenant américain, demain chinois. Le train du monde a-t-il été remis sur ses rails au jour de la Résurrection ? S'entre-tue-t-on avec moins d'allant chez les Philistins ? Se croire différent de nos prédécesseurs parce qu'on est porteur d'une parole aux accents quelque peu singuliers, cette complaisance à soi, ce narcissisme du présent sert de méthode Coué aux enivrés de l'espérance. Et si l'humilité chrétienne jetait un manteau de Noé sur la vantardise commune aux trois Révélations : avoir ouvert par un coup de tonnerre non pas un chapitre, mais une ère absolument inédite dans l'histoire des hommes ? Où voit-on que l'Occident devenu chrétien ait changé ses allures de forban sentencieux ou diminué le taux d'iniquité ambiante, en Terre sainte comme ailleurs ? Le Messie est venu parmi nous et la Création continue de gémir ailleurs, aux lieux bénis entre tous où « le loup habitera avec l'agneau, le léopard se couchera près du chevreau ». Et où, n'en déplaise à Isaïe, ils se boulottent comme par-devant. Bûchers, ghettos, question, san-benito : la chrétienté, c'est un poncif, n'a pas fait honneur à la doctrine de son fondateur. Ce « scandale », dont le théologien exonère son Dieu en l'imputant à une créature lamentablement peccamineuse, a tout pour nous attrister, mais ne devrait pas scandaliser outre mesure dès lors qu'on admet la bête humaine pour ce qu'elle est, a été et sera. C'est sans doute vexant pour l'amour-propre, mais il faut bien prendre acte du fait qu'entre l'omnivore prédateur des savanes de 12 000 et l'homme numérique de +2000, mêmes guenilles, encéphale et dentition, le câblage neuronal n'a pas changé. Ni dégénérescence ni régénération. De la nature des choses, des dendrites et des hormones. Chaque vague, en Méditerranée comme ailleurs, est une surprise et la mer toujours recommencée. L'art modeste de la rengaine, de la chansonnette oubliée, reprise à la radio et qui nous fait savourer à l'improviste un pan de jeunesse retrouvée : voilà le minuscule mais consolant plaisir dont se privent les perpétuels éconduits de l'arlésienne Apocalypse.

## 6. Service inutile

> *Et il dit à ses disciples : Il est impossible que n'arrivent pas les scandales ; mais malheur à celui par qui ils arrivent ! [...] Prenez garde à vous-même. [...]* Luc, XVII, 1-3.

« La mère des crises ! Le cœur des crises ! Tant que le problème palestinien ne sera pas résolu, le Moyen-Orient ne sera pas en paix. Maintenant, nous avons bon espoir. Nous allons relancer le processus de paix. » Nos capitaines aussi ont droit à l'espérance, mais de là à tomber dans le fla-fla... Entre ce que j'ai vu là-bas, et ce que j'entends et lis ici à Paris où je fais escale, le hiatus gêne aux entournures. Cet inconfort m'a poussé à « faire un point » destiné à nos autorités en charge. Tant pis pour toi, petit présomptueux. Dans une région où ce qu'on nomme le culturel et non l'économie est l'infrastructure du politique, comment, sans se mentir à soi-même, passer outre tout l'instable qui s'échafaude par-dessus ?

### PALESTINE : POUR UNE CURE DE VÉRITÉ

À qui de droit (janvier 2007)

*« Le processus diplomatique ne s'est pas suffisamment préoccupé des évolutions sur le*

*terrain et de leurs conséquences. — Quelle évolution ? — D'abord la colonisation. » C'est ce qu'avait répondu en son temps le médiateur américain, M. Dennis Ross, à un journaliste qui l'interrogeait sur la principale erreur commise à Camp David en 2000.*

*Sept ans plus tard, il serait dommage que la même distraction réserve aux négociateurs les mêmes déconvenues. De 1994 à 2000, le nombre de colons juifs dans les Territoires palestiniens avait effectivement doublé. Depuis les accords d'Oslo, autant d'Israéliens se sont implantés en Cisjordanie que durant les vingt-cinq années précédentes. À l'heure où s'évoque de nouveau une conférence internationale, il serait néfaste de renvoyer derechef pour la bonne bouche* l'état des lieux, *ou la réalité actuelle. Inutile de nommer une commission. Ce relevé existe déjà, et plutôt dix fois qu'une (aucun conflit au monde n'étant aussi bien documenté, cartographié et archivé). L'OCHA* (Office for the Coordination of Humanitarian Affairs), *dépendant de l'ONU, tient à jour des cartes évolutives et précises des territoires en dispute, avec photos, recensements, graphiques, etc. Le visionnage prend une heure de temps, mais permet d'économiser les sempiternelles déclarations de bonnes intentions.*

*Que montre cette séquence ? Que les bases physiques, économiques et humaines d'un « État palestinien viable » sont en voie de disparition, en sorte que le* « Two-States solution », *le « divorce juste et équitable » (Amos*

*Oz), le territoire partagé entre deux foyers nationaux, l'un plus petit que l'autre, démilitarisé, mais souverain, viable et continu, ressemblent désormais à des mots creux, à écrire au futur antérieur. On pourra contester que le point de non-retour soit atteint, en faisant valoir que si les Israéliens ont gagné la bataille territoriale (seulement 22 % du territoire palestinien au moment du mandat britannique échappe encore à leur contrôle), les Palestiniens gagneront la bataille démographique. On pourra opposer la stupéfiante « résilience » des populations locales au calme rouleau compresseur qui, se hâtant lentement, met à exécution le plan Allon de 1968 et le « plan routier 50 » de 1984. Il n'en ressort pas moins des « évolutions sur le terrain » que :*

*1. La clôture de séparation n'a pas vocation, comme on le croit, à tracer une frontière peut-être illégale (puisque englobant plus de 10 % de la Cisjordanie) mais ayant au moins valeur, pensait-on, de démarcation internationale en pointillé.*

*2. Il est bien vrai (comme l'a dit Ehud Olmert à la radio de l'armée israélienne le 20 mars 2006) que les frontières stratégiques d'Israël se trouvent sur le Jourdain. La vallée a été déclarée « terre d'État » dans sa quasi-totalité (700 000 dunams). Le grignotage de la zone intermédiaire permet déjà, en quelques endroits, d'aller de la Méditerranée au Jourdain sans entrer en Palestine.*

*3. Les nouvelles routes dites de contournement est-ouest, sacrifiant l'ancien axe nord-*

*sud, dessinent clairement la carte d'un territoire en voie d'annexion admettant trois ou quatre bantoustans arabes (Jenin, Ramallah et Jéricho). Enclaves congestionnées, avec des ressources naturelles promises à épuisement, et déterminant donc à terme un exode plus ou moins massif (déjà, une bonne partie des élites, notamment chrétiennes, s'expatrient).*

*4. Avec la construction du mur, la judaïsation en cours de Jérusalem-Est, et surtout la reconfiguration de la municipalité, les condamnations réitérées de l'ONU, de pure forme, n'ont aucune incidence sur la poursuite de la mainmise sur l'ensemble de la ville.*

*L'écart entre ce qui est dit, parce que nous souhaitons l'entendre (retraits locaux, assouplissements des permis, levée d'un barrage sur vingt, inflexion du ton, etc.), et ce qui est fait sur le terrain, et que nous répugnons à voir (maillage des colonies, constructions de ponts et tunnels, encerclements des localités palestiniennes, expropriations des terres, destructions des maisons, etc.), prend les proportions les uns diront d'un double jeu, les autres d'une schizophrénie. Le vieux « un dunam de plus, une chèvre de plus » se passant hors caméra, sans faire événement et mieux encore sans « diktat colonial » explicite, personne ne se formalise, à supposer qu'il s'informe (difficile si l'on ne vieillit pas sur place). « Judée-Samarie » est le nom donné à la Cisjordanie par les cartes et les manuels scolaires israéliens, où l'effacement de la Ligne verte de 1967 est désormais un acquis légalisé, comme vient de le décider la Knesset en refusant la proposition d'une ministre de l'Éducation travailliste.*

*Plus qu'un hiatus épisodique entre le* de facto *et le* de jure, *c'est une méthode et une tradition qui remontent aux premiers pas du Yichouv, celles du* fait accompli, *et qui se sont toujours révélées payantes (l'État était là avant qu'il soit déclaré et reconnu, en 1947, tout comme l'armée) : un théâtre à deux scènes, où l'une, l'internationale, voit la redite de mots vagues au flou avantageux (retrait, coexistence, État), mais où les choses sérieuses (implantations, routes, tunnels, nappes aquifères) se passent à côté, sur le théâtre d'opérations qui décidera à terme (sans publicité).*

*Connaissant les rouages de la démocratie d'opinion, qui a besoin d'espoir et d'annonces euphorisantes, comme d'ailleurs tout un chacun, les gouvernements israéliens successifs (gauche et droite) veillent à lui administrer sa dose trimestrielle d'analgésiques (plans de retrait unilatéraux, démantèlements partiels, annonces jugées « intéressantes » mais toujours conditionnées et donc sans suite). Le médiatique vit au jour le jour et n'a pas de mémoire. Qui se souvient que la feuille de route stipulait « un règlement définitif et global du conflit israélo-palestinien d'ici à 2005 » ?*

*L'ex-processus d'Oslo, reconnaissons-le, n'est pas seulement resté lettre morte. Avec la réoccupation militaire des zones A et B en avril 2002, il déroule ses phases l'une après l'autre, mais à l'envers.*

*Si l'on ajoute au morcellement du territoire, qui déconnecte toute éventuelle direction centrale palestinienne des responsables locaux, et ces derniers les uns des autres, la destruction physique et méthodique des institutions « nationales », des infrastructures et des cadres politiques eux-mêmes par l'armée israélienne — garantie d'anarchie intérieure, de prolifération de gangs, clans et règlements de compte, bref d'un chaos sans fin ni fond —, il est clair qu'on n'a pas pris le chemin d'un* nation-building, *mais de la* déconstruction *de toute gouvernance possible de l'autre côté du mur. C'est l'envers logique d'une annexion programmée à moyen terme (trente ans) et qui sera entérinée le moment venu « au vu des nouvelles réalités sur le terrain ».*

*Dans ces conditions, le recours consensuel mais incantatoire à des déclarations communes (signes prometteurs et fenêtres d'opportunité) semble relever plus de la méthode Coué que de la sage appréhension d'une constante et cohérente transformation des choses. Cette dernière ne se voit certes pas depuis Genève, Paris, New York, mais se découvre à quiconque fait retour après quelques années d'absence, sillonne un pays militairement quadrillé de part en part, et où les « colonies » israéliennes ne dessinent pas des formes sur un fond palestinien, mais où les grumeaux palestiniens sont déjà une* forme *sur un fond hébreu solidement infrastructuré. Où la maison en dur remplace au bout de trois mois la caravane, où l'avant-poste « illégal » sera bientôt légalisé en « terres d'État », où les réserves d'eau sont préemptées, et où un rien sépare la restriction temporaire de circulation de l'interdiction pure et simple.*

*On peut, cela noté, se réconforter à l'idée que :*

*1. Si le retrait des colonies a été possible à Gaza, il le sera demain en Cisjordanie. C'est oublier que le retrait de 8 000 colons ici (avec un journaliste pour trois colons) a été suivi dans les mois qui ont suivi par l'installation à bas bruit de 20 000 colons ailleurs. Gaza ne faisait pas partie de l'héritage sacré, quand la Judée-Samarie en est l'épine dorsale. Et M. Sharon n'a jamais caché que ce désengagement à la marge avait pour contrepartie le renforcement de la présence israélienne au-delà de la Ligne verte (438 000 colons à ce jour, incluant 192 910 de Jérusalem-Est).*

*2. Qu'avec le démantèlement de quatre petites colonies au nord (1 000 colons) et l'hypothèse d'un regroupement des colons (60 000) dans les trois colonies-dortoirs les plus peuplées, Maale Adoumim, Ariel et Goush Etzion, un espace suffisant pour un micro-État se libérerait. Ce serait oublier qu'avec la mise en continuité des chapelets de colonisation, à l'abri de la clôture de sécurité, la Cisjordanie est bel et bien coupée en deux. Le mur sépare les Palestiniens les uns d'avec les autres autant et plus qu'il les sépare des Israéliens.*

*Se profile en résumé, au lieu de l'État palestinien annoncé et souhaité par tous, un territoire israélien encore inaperçu, avec, enclavées, trois municipalités palestiniennes autogérées.*

*Toutes les parties trouvent intérêt au maintien des faux-semblants et trompe-l'œil internationaux : les Israéliens, parce que l'histoire avance masquée. Les Palestiniens, parce qu'on ne peut pas dire la vérité à un peuple occupé, et qui espère, sans l'inciter à s'autodétruire ; et que notables, élus, fonctionnaires tirent de ce qui est devenu un vœu pieux gagne-pain, titulature, dignité et raison d'être. Les Européens, parce qu'ils ont choisi de s'acheter une conduite moyennant une aide financière et humanitaire importante, qui les exonère de leur passivité politique et de leur cécité volontaire. Et les Américains, mentalement plus redevables à l'Ancien Testament qu'au Nouveau, parce que leur lien existentiel avec Israël est de type filial et donc acritique. L'illusion autoprotectrice et partagée résulte ainsi d'une coïncidence d'intérêts opposés — là est l'ironie de l'histoire.*

*Dans l'immédiat. Est-ce tenable sur le long terme, disons la fin de ce siècle ? Il est permis d'en douter, tant son obsession sécuritaire recèle d'insécurité pour Israël, et d'inconscience des tendances lourdes de la région, notamment démographique, informatique, et religieuse. Un gouvernement européen, à défaut de plusieurs, ne pourrait-il signaler à nos amis israéliens 1) que nous ne sommes pas tous dupes et 2) que si duperie il y a, ses promoteurs pourraient être non ses premières en date, mais, trois fois hélas, ses dernières victimes ?*

✧

*Dixi et salvavi animam meam*. Ce *non-paper* sera un caillou dans l'océan. Pas le moindre scandale. Aucun écho à en attendre. Déphasé ? Trop cru ou trop précis ? C'est un secret de Polichinelle, sur place, qu'il n'y a plus d'espace pour un quelconque État croupion. On me fait savoir en haut lieu, à Paris, que ces choses sont vraies, mais pas du tout bonnes à dire. *The show must go on* : nouvelle conférence, nouvelle échéance, nouvelle poignée de main. Promesses, date butoir, tourne le manège et vive la pantomime.

L'énoncé à caractère politique partage avec le proféré religieux deux traits pittoresques : sa validité dépend entièrement du signataire (la phrase d'un prix Nobel fera gravement hocher la tête, la même dans la bouche de Tartempion sera un pet de lapin) ; et l'écho qu'il obtient, les reprises dont il s'augmente ou non au fil des semaines, dépendent du poids des intérêts qui y trouvent ou non leur compte. Avec une différence : une Cassandre séculière, qui peut faire mouche sur l'instant, retombe dans son trou avec ses circonstances, quand le prophète religieux, à infusion lente, résiste mieux à l'obsolescence parce qu'il répond à des intérêts plus viscéraux et pérennes qu'un programme de législature : guérir du néant et de la solitude. Feu de paille d'un côté, braise dormante de l'autre. Reste que l'échec ou le succès d'un dire revient à se demander qui aura intérêt à le redire, où, quand, et devant qui. Le refrain lénifiant du *Two-States solution* donne chez nous du grain à moudre aux diplomates, aux ministres, aux médias. Soutenir, chiffres et cartes à l'appui, comme peut le faire un onusien, que le dossier palestinien est clos sur le fond et qu'il ne reste qu'à mettre en scène sa dilution dans un pia-pia décent met au chômage technique trop de moulins créateurs d'emplois, et trop d'honorables meuniers. Qui voudrait tuer l'espoir ? Décommander des visites officielles déjà programmées ? S'abstenir de serrer la main sur un perron de personnalités qui ont un nom mais plus de prise sur rien ? Se priver de conférences internationales inutiles, de *papers* perspicaces et sans objet, d'éditoriaux intelligents, de colloques animés, etc. Le char de l'État roule sur des nuages ? L'important est qu'il roule. Toucher terre le ferait tomber en panne, et nul n'y gagnerait.

« La lucidité est le préalable de l'action efficace » : cueilli ce cliché dans une apostrophe ministérielle. Ça sonne bien. D'autant mieux que c'est faux. Les hommes d'action, pareils en cela à leurs chauffeurs, n'ont ni le temps ni les moyens d'approfondir — une « note au Président » ne doit pas dépasser la page et demie pour être lue. Et c'est une chance. Le goût de la vérité mène trop souvent dans le fossé et la lucidité est une vertu de vieux. Pour personne seule, et tombée du train. Elle conseille d'abréger des fins de vie douloureuses et de mourir dans la dignité, non de tenter une sortie hors des clous. Où irait-on s'il fallait dire ce qui est, tel quel ? On ne fonce jamais mieux que dans le brouillard, et tout me convainc, après un demi-siècle d'essais et d'erreurs, que la conscience du réel exacerbe la peur de se lancer, laquelle s'exorcise mieux avec des fariboles. Serait-on activiste sans un grain d'inconscience ? Qu'appelle-t-on crânerie, trempe ou *furia francese* sinon une certaine vertu d'aveuglement ? Qui pèse le pour et le contre avant d'agir se met à douter, « et la victoire, disait Lucie Aubrac, va à ceux qui n'ont jamais douté ». Que serait un *leader* qui inciterait ses gens à s'interroger sur le bien-fondé de leur parti pris ?

Observer une situation sous toutes ses facettes, c'est se priver des ressources énergétiques du simplisme, lesquelles sont de tous les temps et camps. Valéry a mangé le morceau avec son « tout ce qui est simple est faux, et tout ce qui ne l'est pas est inutile ». Les décideurs que j'ai pu approcher, à La Havane, à Paris ou à Muyopampa, et qui ont quelque peu pesé sur le cours des choses, je les classerais volontiers en deux catégories : les psychorigides et les illuminés (le naïf au courant ou le sceptique décidé faisant figure de perle rare). Quelle foi politique ou religieuse ne fonctionne pas à la mauvaise foi ? Et entre folie et foi, quel dieu verrait la différence ? Celle-ci ne soulève pas des montagnes à tous les coups — mais ce n'est pas en se munissant d'un altimètre et d'un théodolite qu'on arrivera au sommet. Je recommanderais plutôt au candidat héros l'*autosuggestion dynamique*. Qu'aurait décidé de Gaulle s'il avait, le 17 juin 1940, réuni un conseil des sages autour de lui ? J'ai longtemps été sidéré, avant d'en comprendre la profonde sagesse, par l'irresponsabilité de nos responsables, l'absence de « tout bien pesé » avec lesquelles se prennent des décisions vitales (et d'autant mieux qu'on ne les sait pas telles sur le moment), qui relèvent de contingences idiotes mais que l'adversaire ou le commentateur s'empresseront d'imputer à une ténébreuse machination ou à de machiavéliennes arrière-pensées, tant notre intelligence a de fierté. Elle se vexerait de devoir ramener de si lourdes conséquences à moyen et long terme à un coup de menton ou un moment d'absence. Le Che arrivant en Bolivie et entérinant *in extremis*, sur une rumeur, un changement de zone d'opérations, qui lui fit abandonner le Beni, prévu et préparé à cette fin (je l'avais sillonné en tous sens), pour filer au sud, à l'autre bout, vers des jungles impossibles... Mais serait-il remonté sur sa Rossinante s'il avait attendu d'avoir toutes les cartes en main ? Je ne vois vraiment pas pourquoi on fait pâlir les bacheliers chaque décennie sur la devise faussement profonde de Bergson : « Penser en homme d'action et agir en homme de pensée. » Cet homme fragile a beaucoup pensé et peu agi. Logique. Si ce n'est pas le même en nous qui pense et qui agit, de quel secours peut être Pierre qui cogite pour Pierre qui s'agite ?

On dit trop de mal en ce moment des passions partisanes, aurores mensongères et autres soleils trompeurs. Ces chimères auront au moins eu l'immense mérite, en nous brouillant la vue, de nous soustraire — un court, trop court moment — à la platitude des jours, à l'ordinaire affaissement des frocs jetés aux orties. Le fils prodigue « à qui on ne la fait plus et qui sait enfin regarder les choses en face », n'est-ce pas le triste sire, l'habile homme que nous rencontrons chaque matin dans la glace en nous rasant : ergoteur, ladre, précocement las, gagne-petit, calculateur, craignant l'avenir, obnubilé par ses points de retraite et l'état de sa prostate ? Il semble y avoir, variable selon les tempéraments, une marge d'erreur en deçà de laquelle, les dérèglements du sens commun venant à faire défaut, la mise en route matinale se grippe, la marche erratique du trublion s'arrête d'elle-même. C'est à peu près vers la quarantaine que

« l'ardent jouvenceau » quitte le camp des exagérés pour celui des essoufflés, et qu'une vue plus exacte des choses l'amènera à poser le sac. Les croisés du Saint-Sépulcre comme ceux de l'homme nouveau s'arrangeaient à bon escient, comme Jésus, pour mourir au seuil de la décrépitude blasée. L'allongement assez inquiétant de l'espérance de vie va-t-il diminuer le temps du don de soi ou, au contraire, reporter d'autant, dix ou vingt ans, l'âge moyen au-delà duquel la seule idée d'aller se battre pour ce qui ne nous regarde pas nous ferait aussitôt chercher l'adresse d'un psychiatre ? L'avenir nous le dira. En attendant : *Embrassons-nous Folleville !* Photo à la une ! Une nouvelle médiation ! Un nouveau processus de paix ! Un nouvel espoir ! Du mouvement !

Jésus n'entendait rien à la vie sociale, dont la vie internationale est un prolongement parmi d'autres. Aussi condamnait-il l'hypocrisie, cette huile indispensable aux rouages de l'une comme de l'autre. « L'État palestinien viable et indépendant » fait partie de ces faux-semblants de politesse dont la répétition mécanique nous évite de penser, de regarder et d'écouter, et surtout permet de laisser jouer tranquillement sur place les rapports de forces, jusqu'à ce que tout soit consommé. Ponce Pilate aurait bien aimé. Et Jésus eût fait un déplorable diplomate, alignant gaffes et catastrophes à force de sincérité mal placée. Pour aimer la politique, qui à la fin des fins est une tragédie, il faut d'abord aimer la comédie — savoir la jouer soi-même et l'apprécier chez les autres, en bon et valeureux professionnel.

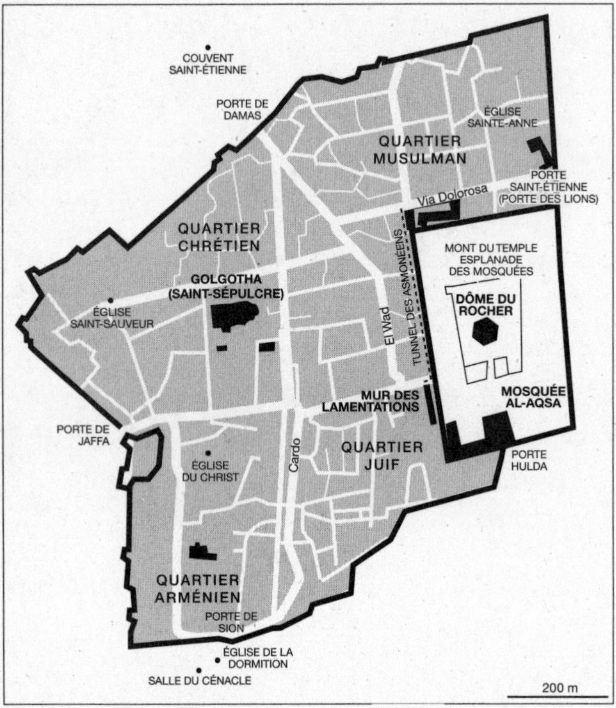


**Carte 7. La vieille ville de Jérusalem et ses principaux lieux saints**

# V

# *La dernière Pâque*

*[...] mais aujourd'hui et demain et le jour suivant, il faut que j'aille, car on ne conçoit pas qu'un prophète périsse hors de Jérusalem.* Luc, XIII, 33.

## 1. Le mont des Oliviers

*Jésus, après ces paroles, s'en alla avec ses disciples au-delà du torrent du Cédron. Il y avait là un jardin dans lequel il entra avec ses disciples.* Jean, XVIII, 1.

Le mont des derniers jours est une leçon de choses, c'est pierreux contre feuillu. Certes, il y a Le Cantique des cantiques — « Je suis la rose de Saron et le lis des vallées ». Certes, il y a les plantations d'arbres rituelles, la protection des forêts, les serres d'orchidées. Mais que le judaïsme et l'islam soient intimement liés par de communes accointances avec le règne minéral, tandis que le chrétien fraye avec le végétal — du bois de la crucifixion au lys marial —, rien ne l'atteste mieux qu'une vue plongeante depuis le mont des Oliviers, telle qu'on peut l'avoir du haut des Sept Arches, l'ancien palais du roi de Jordanie converti en hôtel, au déclin du jour. En face, on voit se dessiner à l'ombre des murailles de Saladin, le cimetière musulman ; en vis-à-vis, au bas de la colline où je me tiens, l'ancienne nécropole juive, partie intégrante du « périmètre sacré ». Les deux à claire-voie, de plain-pied, comme arrive la mort en ces parages, sans chichis, comme l'inhumation. Les plans inclinés se répondent en aridité, et se ressemblent (à l'orientation près, les unes vers La Mecque, les autres vers le Temple) : des parallélépipèdes de pierre dénués d'ornement pressés à plat les uns contre les autres. Cela ressemble de loin à une mosaïque de tessères blanches, tant les dalles sont rapprochées. À l'est de ces deux versants desséchés, pétrifiés, et à même hauteur, un quadrilatère de feuillées, caroubiers, oliviers, eucalyptus, que sais-je encore, où pointent çà et là bulbes, clochers et coupoles d'or. Comme une oasis de fraîcheur ombragée, un rien baroque, éclosant sans façon à flanc de coteau. Nettement délimité, le tapis végétal correspond au mètre près à l'emprise chrétienne, orthodoxe en l'occurrence, avec les deux églises russes. Côté Jacob, ce sont des cailloux qu'on dépose sur les tombes. Côté Jésus, des chrysanthèmes. Ici, Dieu s'appelle « le rocher d'Israël ». Là, on parle de l'Arbre de vie. La foi chrétienne sort de l'humus, quand la Loi mosaïque se grave sur des tables de pierre ou s'illustre par une météorite, la Pierre noire de La Mecque. Je ne peux m'empêcher, devant ce plan bicolore, d'opposer le Père qui pèse, coupe et tranche à la Madone qui penche la tête et sourit à l'enfant. Ravin contre jardin. Les pierres de la lapidation et le bois du supplice. L'écriture angulaire des seules consonnes et la grecque, plus ronde, que les voyelles assouplissent. Le Nord champêtre et le Sud désertique. Le Christ n'a pas voulu jeter la première pierre. Il venait d'une Galilée riante et dépierrée, où les pluies abondent et les collines verdoient, et non de la Judée grenue, rocailleuse, avec quelque chose d'âpre et de farouche.

Insolite : isolé à mi-côte en plein bassin sacré juif, le fluet fuseau d'un cyprès détonne au milieu des tombes. Un trait virgilien sur une tablette de cunéiforme. Comme un solécisme paysager. Lapsus ou clin d'œil adressé en voisin par l'ami du calcaire aux tenants du rosaire ?

Le mont des Béatitudes, au pays de Jésus, en Galilée, est un bouquet couleur coquelicot et jonquille, arrondi et toscan. Le mont Nébo, au pays de Moïse, en Judée, un mont chauve et escarpé, roc et caillasse à nu. Deux milieux, deux climats, deux tempéraments. Douceur humide contre sécheresse abrupte. Le chanoine en rondeur et le prophète anguleux... Autant de clichés, me dira-t-on, mais qui, face au jardin des Oliviers, s'imposent avec une netteté toute photographique.

✧

Dans le jardin de l'agonie, les oliviers ont des troncs minéralisés, burinés par l'âge. Un franciscain m'assure qu'ils ne sont que centenaires. Les « vrais », qui auraient aujourd'hui deux mille ans, ont été abattus par les Romains lors des deux sièges de Jérusalem, pour alimenter palissades et feux de camp. Qu'importe, elles ont une gueule de témoin oculaire, ces racines géantes et douloureuses, comme tordues par le remords et la souffrance d'avoir vu ce qu'on veut croire qu'elles ont vu. Le tronc le plus grêle et le moins convaincant a été solennellement planté en 1964 par le pape Paul VI. Un cartel en témoigne. C'est l'olivier le plus gradé, mais n'en déplaise au magistère, en matière de traces, la verdeur est rédhibitoire et l'autorité, inopérante : seuls les fossiles anonymes font foi et les plus humbles sont les plus persuasifs. Je veux dire : les signes que la terre et le temps ont exsudés laborieusement d'eux-mêmes au fil des ans, en négligeant de signer, comme poussent, sur un corps vieillissant, la corne, le durillon ou la verrue.

✧

En deçà du Cédron, au bas du jardin des Oliviers, la « basilique de l'Agonie, dite de toutes les nations », s'est construite sur le domaine de Gethsémani, de funeste mémoire. À l'intérieur patrouille un franciscain corpulent et suspicieux, peut-être pour marquer le territoire. De cet emplacement partent, au soir du Jeudi saint, les pèlerins en processions pour remonter la Via Dolorosa. La dernière en date, parce qu'il y en a deux : la vraie (ou historiquement la plus plausible) a été abandonnée parce que trop courte et impropre à une liturgie qui se respecte. Elle passerait, à gauche, par l'ancien palais d'Hérode prêté à Ponce Pilate, gagnerait le Golgotha, c'est-à-dire le Saint-Sépulcre, et s'achèverait à quelques mètres de là, au tombeau. Quinze minutes à pied, sans croix sur l'épaule. Pas assez pour une *via crucis* qui se respecte. Pour faire durer la douleur expiatrice et loger quatorze stations à la file, on a préféré tourner à droite, remonter par la porte Saint-Étienne, l'église Sainte-Anne, le couvent des sœurs de Sion, etc. Une bonne heure sans s'arrêter. C'est pour une *raison d'incommodité,* après les croisades, qu'une *via* liturgique chargée d'honneur et de symboles fut préférée par la tradition à une *via* historique trop peu démonstrative.

Reconstruite sur des ruines de ruines, l'actuelle église néo-byzantine (1924) a l'âge du Bœuf sur le toit et du *Manifeste du surréalisme*. Des mosaïques rouges, jaunes et bleues, légendées de citations en lettres dorées, racontent sur les murs de l'abside les scènes de la Passion. Ce kitsch un peu Ballets russes sert en fait à mettre en valeur un rocher lui aussi dit de l'agonie, banc rocheux enchâssé non loin du maître-autel et d'un grand orgue latéral. Il se découpe faiblement dans la pénombre ambiante. La basilique tout entière fait office d'écrin, non pour un bijou ou une pierre précieuse soigneusement ciselée, mais pour cet affleurement de granit à l'état brut. Que de fastes liturgiques pour un fragment de chose !

## 2. Un tombeau pour Judas

*Judas qui le livrait connaissait aussi ce lieu parce que Jésus y était souvent allé avec ses disciples. Judas prend la cohorte et des gardes fournis par les grands prêtres et les pharisiens, et il vient là avec des lanternes, des torches et des armes.* Jean, XVIII, 2-3.

Peut-on dire que l'Iscariote a fait le triomphe posthume du Sauveur ? L'histoire sainte l'a noté d'infamie, mais elle lui doit beaucoup. En lui permettant de regagner le Ciel comme annoncé, en agneau immolé, mais surtout en assurant son ancrage ici-bas. « Romain, catholique et Français », c'est du Judas tout craché. L'épisode des trente deniers — mais peut-on se fier à des apologètes trop contents de tenir le bouc émissaire ? — a scellé la *damnatio memoriae*. Judas gérait la caisse du groupe. Trésorier, il en faut toujours un. N'importe quel groupe a eu, a et aura son souffre-douleur. La fonction ne rend pas sympathique ; et quand il a tordu le nez en voyant la sœur de Lazare, Marie, oindre les pieds de Jésus d'une myrrhe de grand prix, l'économe restait dans son rôle. En réalité, Judas présente toutes les caractéristiques du zélote, le résistant juif à l'occupant romain. Il ne pouvait voir d'un bon œil la personnalisation de la foi et une lecture spiritualisante ou dépolitisée de la Bible telle que l'intronisait ce rabbi bizarrement détaché de son peuple sous le joug. À ses yeux, en dénonçant la lutte armée, en acceptant de faire sa part à César, en substituant le Messie sacerdotal au Messie royal, l'attente d'un ectoplasmique Royaume de Dieu à la lutte pour l'indépendance *hic et nunc*, Jésus s'alignait sur les collabos hérodiens en place. Pour lui, le traître, c'était le Christ, et c'est pour la bonne cause que le nationaliste déçu aurait livré *in extremis* le faux jeton à l'occupant. Judas voulait un chef et Jésus était l'homme qui ne voulait pas être chef. Mieux : il a fait de son mieux pour enfoncer un coin entre Dieu et son peuple, pour saper la base de la résistance nationale qu'était le Temple. Il a délibérément préféré le pas-encore au déjà-là. Pour s'emparer des âmes, il a délaissé les corps. Ce qui-perd-gagne lui a réussi, si l'on ose dire, après sa mort. Mais le christianisme, à plus long terme, n'aurait-il pas dégénéré en une éthique facultative et intellectuelle comme une autre, n'en parlerait-on pas aujourd'hui comme de l'épicurisme, s'il n'avait su accrocher son char spirituel à de petites et grandes locomotives terrestres ? Aurait-il remué le monde comme il l'a fait si ses successeurs n'avaient dans leur apostolat, leur pastorale et leur liturgie, fait leurs les vœux — cédé à la tentation — de Judas ? C'est en se fracturant, par schismes successifs, en Églises autonomes avec leurs juridictions propres, Rome, Alexandrie et Antioche, coulées dans les cadres de l'Empire romain, que le christianisme a pris racine et consistance, du Caucase jusqu'aux Pyrénées. Beaucoup de nations, à l'est de l'Europe, célèbrent aujourd'hui leur baptême comme leur date de naissance, et les appartenances confessionnelles ressemblent à des plaques tectoniques parce qu'elles étaient lestées d'une destinée ethnique. Perses et Asiatiques sont devenus nestoriens, Égyptiens, Arméniens et Abyssins monophysites, Byzantins chalcédoniens ? L'inverse peut se dire aussi bien. Le môle chrétien s'est ancré dans un grégaire immémorial, au prix de nombreuses fissures — pour ne pas se volatiliser en morale scolaire. L'enracinement-morcellement se paie au prix fort : si la Pologne, quoi qu'elle fasse, se rattache à l'Occident par son catholicisme, l'Europe orientale et slave a du mal à s'y agréger, derrière sa ligne de fracture orthodoxe. Mais que vaut-il mieux : l'universel à l'état gazeux, ou le particulier à l'état solide ? Se tapir en bibliothèque pour préserver sa vocation cosmopolite ou bien convertir le monde, qui ne se livre que par cantons, en devenant soi-même cantonal ? En tout cas, Jésus a eu deux fois besoin de Judas pour remplir son contrat salvateur : d'abord pour rejoindre son Père par la grande porte du sacrifice ; ensuite, pour revenir sur terre, par apôtres interposés, pour « aller enseigner à toutes les nations », et se laisser *ensigner* par elles. Qu'il n'y ait pas de sanctuaires, d'hymnes, de statues élevés à l'Iscariote aux quatre coins de la planète chrétienne me semble un signe d'inintelligence autant que d'ingratitude.

✧

Pantelis Kalaïtzidis, jeune théologien grec, dans un texte intitulé *La Tentation de Judas*, appelle l'orthodoxie à couper ses liens incestueux avec les États-nations. Grèce, Russie, Serbie, Roumanie, Ukraine... La charge est forte. De fait, la filière césaropapiste a forcé la note sur le sabre et le goupillon (« Grèce signifie orthodoxie »). Ce qui n'a pas empêché les Églises serbe et grecque de défendre les Juifs face aux nazis, mieux que les Latins. La fusion de la foi avec l'ethnie, risque de perdition, a beau avoir été condamnée comme une hérésie, le *phylétisme* (de *phulon*, la tribu), l'ADN byzantin, ne s'efface pas en un jour. Mais est-il seulement byzantin ? Ce que nous nommons aujourd'hui religion, n'était-ce pas à l'origine le nom noble d'une glorification tribale ? La vitalité d'une confession n'exprime-t-elle pas celle du bernard-l'hermite qui s'en fait carapace ? Et quand on voit encore flotter un bout de coquille, n'est-ce pas le signe d'un reste d'ancrage ou d'attachement patriotique ? Grande-Bretagne, anglicanisme, Pologne, catholicisme, Russie, orthodoxie... Le néologisme *théocratie* fut forgé par Flavius Josèphe pour caractériser le royaume de Judée. L'Orient orthodoxe, avec sa mosaïque d'églises autocéphales et son idée que chaque communauté locale manifeste le tout de l'Église, suggère de ne pas confier l'opération au Saint-Esprit. À chaque province son métropolitain, à chaque nation son patriarche. Quel credo peut se graver dans le temps sans le lest d'une nation, qui le stabilise et le plombe en même temps ? N'est-ce pas l'*accroche au sol*, et à des forces souterraines mal connues, qui permet à une foi de devenir une force — les bahaï, dissidence baladeuse d'élites cultivées, privée d'ancrage nationalitaire, apportent ici, tragiquement, une preuve *a contrario*. Le manichéisme a failli prendre — en Chine. Nulle tribu ne l'ayant durablement épousé, il s'est évaporé. Que serait devenu le chiisme si les Safavides, en Iran, ne l'avaient proclamé religion d'État — une secte pittoresque ? Le wahhabisme sans la maison des Saoud ? Et l'*oumma* des croyants ne s'est-elle pas brisée en morceaux opportunistes, avec, encore aujourd'hui, un accent irrémédiablement autochtone selon qu'on est pachtoun, anatolien ou marocain ? Certes, un prophète qui plonge dans la glaise se coupe les ailes prophétiques. Enfermer l'histoire du salut universel dans un Landerneau rétrécit l'économie divine en politique locale, et tue le spirituel dans l'œuf : on croit s'attacher à saint Pierre, à Ali, à David, à saint Serge, et l'on s'englue dans son trou, jusqu'à couvrir d'un manteau de pourpre de sales iniquités, de ridicules colifichets. Reste un acquis : ce qui rétrécit au lavage a le mérite de résister à l'usure. Le génie d'un peuple est plus tenace qu'un article de foi.

## 3. Le Royaume des clés

> *Je te donnerai les clés du règne des cieux, et tout ce que tu lieras sur la terre sera lié dans les cieux, et tout ce que tu délieras sur la terre sera délié dans les cieux.* Matthieu, XVI, 19.

Il est fermé au public, le verger pentu qui flanque, côté ouest, la basilique de l'Agonie. On aurait dit, de loin, le jardinet d'Éden. Un portillon en fer interdit l'entrée. Inévitable. *Hortus conclusus*, le paradis terrestre, comme son nom l'indique, est un enclos bouclé. Où est la clé du clos ? Avec le sacristain. Où est le sacristain ? Nul ne sait. Peut-être fait-il visiter moyennant finances. Je n'insiste pas et ne me rendrai pas coupable d'un bris de clôture — peur d'être banni comme l'autre ? Ce matin, au couvent Saint-Étienne, qui a la gentillesse de m'héberger, j'ai dû ouvrir avec une clé la porte intérieure donnant sur le patio pour aller respirer glycines, lilas et citronniers. Qu'est-ce qui n'a pas de serrures dans ce nid d'alvéoles qu'est la ville entière, où chacun met son sel à part, sous clé, pour qu'il garde sa saveur. Tant de portes étroites et si peu de passerelles ! La Terre sainte fait miroiter de loin les clés du Royaume, et quand l'oiseau est dans la cage, il découvre le royaume des clés, qui est un purgatoire. Chaque communauté, chaque secte, chaque sous-faction a son trousseau à la ceinture qu'elle ne partagera pour rien au monde avec sa voisine. Le Dieu unique n'est pas un passe-partout.

À Bethléem aussi, la basilique de la Nativité est un dédale de portillons ouverts à certains moines, fermés à d'autres. Une affaire de clés peut devenir une affaire d'État, et c'est ce qui s'est passé lors de l'escalade qui a conduit à la guerre de Crimée. Les moines grecs, en octobre 1847, ont arraché puis caché dans un monastère orthodoxe tout proche, à Abou Ghunaim, l'étoile de vermeil placée sous l'autel de la naissance du Christ. Elle avait le tort de porter une inscription en latin et non en grec : *Hic de Virgine Maria Jesus Christus Natus Est*. Protestation en ricochet du consul de France à Jérusalem, protecteur des Latins et par voie de conséquence des frères de la Corde, Paul-Émile Botta, encore lui, avorton de Flaubert. Suit une représentation auprès de la Sublime Porte, effectuée par le beau-père de Baudelaire, le général Aupick, ministre de France à Constantinople, qui met en demeure ses interlocuteurs de respecter les Capitulations. D'où nous vient, soit dit en passant, tu aurais pu lui en savoir gré, Baudelaire, le *statu quo* de 1852, toujours en vigueur, fondement de la paix et principal résultat de cette guerre. Le firman fixe les droits respectifs des Grecs orthodoxes, Arméniens et catholiques latins dans les différents Lieux saints et notamment la grotte de la Nativité. Voici ce que stipule le texte : « Les communautés chrétiennes exerceront leur culte, de la manière que cela s'est fait jusqu'à présent, dans la grotte de la Nativité de Jésus-Christ qui est dans l'intérieur de la grande église de Bethléem, et chacun gardera son rang. Comme il a été établi, de tout temps, que les Latins auraient aussi la clé des portes du nord et du sud de cette grotte et de la porte de l'église, cet usage sera encore suivi. Mais on ne permettra à aucune communauté de faire le moindre changement ou une innovation quelconque dans les coutumes et les règles établies et suivies depuis les temps passés et jusqu'à présent dans l'église, c'est-à-dire dans sa forme et son état intérieur et extérieur, ainsi que *dans l'état actuel de ses portes*. Il faudra établir un accord entre les Grecs et les Latins afin que personne ne puisse gêner et molester les Latins lorsqu'ils passeront, comme anciennement, de l'église et par l'église pour aller à la grotte ; et que ceux-ci évitent de même d'empêcher les Grecs, etc. » Ledit accord entre Grecs et Latins eut bien lieu. Il consista à autoriser les Latins à conserver les clés des deux portes de côté dans la grotte de la Nativité, les Grecs se voyant tenus en échange de remettre l'étoile à sa place, et les clés de la porte principale aux franciscains. Soit, pour ces derniers, le droit de célébrer le service divin à l'intérieur de l'église, en surface, et pour les Grecs, un simple droit de passage à la grotte, en sous-sol. Cette décision fut ressentie comme un affront par Moscou, qui menaça de dépêcher ses troupes et sa flotte vers Constantinople, laquelle ne céda pas à l'ultimatum et se tourna vers Paris, rejoint en l'espèce par Londres. Rupture des relations diplomatiques. Appareillage des frégates à vapeur occidentales pour la mer Noire. Les étripailles au canon vont durer deux ans et faire des dizaines de milliers de morts. Pour un trousseau de clés.

Le quartier des maniaques du rangement, des casseroles, des divins commandements et des êtres humains, Mea Shearim, est à Jérusalem, le mieux quadrillé et clôturé. À l'intérieur, on y tend des fils à l'approche du *shabbat*, ainsi que barrières et chevaux de frise à la frontière. Au début, la police voulait enlever ces obstacles à la libre circulation des véhicules et il y avait des bagarres. À la longue, l'ordre public a dû capituler. Que peut un règlement municipal contre la *halaka* ? Sacré veut dire « à part » (du latin *secernere*, séparer, mettre à part). Et pharisien, séparé. Tenir l'impur à distance est faire œuvre de piété, et c'est au nombre de personnes exclues du cercle des purs qu'on peut mesurer les degrés de religiosité individuelle chez les ultra-orthodoxes. Dans les concours destinés à stimuler l'esprit compétitif des athlètes de Dieu, le critère de classement n'est pas le temps passé à la prière ou le nombre de pages du Talmud apprises par cœur, mais le cercle de convives avec qui le talmudiste peut se mettre à table. Moins il y en aura, plus il marquera de points car plus il se sera montré strict sur le *cachrout* (il y a plusieurs niveaux de *cacher*). Plus on reste entre soi, mieux on aura satisfait au leitmotiv du Lévitique, qui est de conjurer en toutes choses l'abomination des abominations, le mélange. Entre le chevreau et le lait de sa mère, la laine et le lin, le fils de famille et le *goy*. Entre nous et eux.

La Ville sainte se découvre à un regard froid comme une *foire industrielle de la clôture*. Le visiteur y trouvera ce qui se fait de mieux en fait de palissade, muret, fossé, herse, porte métallique, vitre blindée, cage, tranchée, barrière, chicanes de ciment, casemate, portique (avec ou sans prothèses électroniques, type senseur, caméra, micro, au choix). Il y a le bas et le haut de gamme, par exemple le barbelé non plus piquant mais coupant, constellé de minuscules lames de rasoir quasiment invisibles (très tendance, m'assure-t-on). Cette inventivité, cette prolifération de techniques dernier cri me feraient presque regretter le temps consacré à la *médiologie*, qui est l'étude des moyens de traverser la rue, les siècles et les spécialités, alors que la moindre déambulation dans ce labyrinthe incite à une étude systématique des mille façons d'*obstruer le passage*. On pourrait appeler cela, soyons prétentieux, la *murologie*. Je ne vois pas de discipline plus urgente ni de plus grand avenir, à observer ce qui s'érige sur le Rio Grande, autour de Gibraltar, à Bagdad, et demain dans cent autres lieux. J'ignore si la névrose des enceintes est physiquement contagieuse ou encline aux jalousies mimétiques. Je sais seulement qu'elle peut alimenter les conversations du matin au soir, les travaux des cartographes (en Israël, une carte routière devient obsolète au bout de trois ans), et la migraine des automobilistes (les itinéraires étant à réinventer chaque mois). Chez tous les perclus de la clôture, reclus ou exclus, elle fait de l'emmuré un obsessionnel et de l'emmurant un paranoïaque. Pourrai-je passer ? Et si je tombe sur un barrage volant ? À quelle heure ferment-ils ? Par où prendre aujourd'hui ? Et comment faire pour revenir ? Ce n'est pas trop tard ? Tout protégé que je sois par mon passeport d'étranger de ces réflexes conditionnés de rat pris dans un labyrinthe, je me sens déjà rongé par l'anxiété du sésame de la bonne couleur, de la fermeture sans préavis, de la bonne ou mauvaise plaque d'immatriculation... Pour les Palestiniens, *le permis de circulation* en deçà et au-delà du mur, c'est la clé de papier indispensable à la survie quotidienne et confiscable à tout moment. Je n'ignore pas qu'en trois ans, de 2001 à 2003, plus de cent attentats ont été commis à Jérusalem, faisant près de cent cinquante victimes. Je me demande néanmoins si ces monstrueux attentats-suicides, si la deuxième Intifada n'ont pas eu pour effet de sur-souligner, avec le mur, un pointillé déjà inscrit dans toutes les têtes. Nous chez nous, eux chez eux. « Les bonnes cloisons font de bons voisins », espérait un Premier ministre. Elles font aussi de fâcheuses ségrégations, quand c'est le fort qui les érige, selon un tracé choisi par lui, sans demander son avis au voisin. « L'universel, c'est le local moins les murs », disait Miguel Torga pour nous faire plaisir. À Jérusalem, le trébuchet des fausses monnaies où le principe de réalité fait loi, le local, c'est les murs, moins l'universel. La devise de demain ? Saluons la ville aux mille chicanes : elle nous met sous les yeux une hypothèse d'avenir des plus sérieuses.

Le Malraux de sous-préfecture qui ne fait pas suivre le poncif du « XXI$^{e}$ siècle sera religieux ou ne sera pas » de son strict corollaire : « en quoi il sera emmuré et emmurant » devrait désormais être réputé joueur de pipeau. L'auteur de *L'Espoir*, c'est clair, n'a jamais mis les pieds à Jérusalem. Quelle autre ville, en tous ses quartiers, à chaque bout de rue, est aussi parcellisée, barricadée, délimitée, barbelée, quadrillée, cloisonnée ? Ce hérissement méticuleux, cette divisibilité à l'infini du moindre empan, l'argument sécuritaire, pour justifié qu'il soit par les *human bombs*, n'en vient pas à bout tout seul. J'ai bien vu à Guilo, extension de Jérusalem sur les terres conquises en 1967, les balcons israéliens remparés de sacs de sable et les rues extérieures de murets, parce que les Palestiniens les ont naguère mitraillés depuis Beit Jala, quartier chrétien de Bethléem situé en contrebas. Mais comment imputer aux seules circonstances le fait que la « Cité du Dieu vivant » ait pour centre nerveux un mur de soutènement, pour emblème touristique les murailles de Soliman (quatre kilomètres de remparts), et pour épine dorsale un mur en ciment de huit mètres de haut, avec un encorbellement de corbeaux métalliques et un rouleau de barbelé au sommet pour dissuader un éventuel lancer de grappin ou d'échelle de corde par un hypothétique gymnaste ou alpiniste égaré du mauvais côté ? Cette ultime prouesse technique, cette barrière (sept cents kilomètres de long) dite par les uns de sécurité, par les autres d'apartheid, on ne peut s'empêcher d'y voir la signature d'un destin autant qu'un brevet de savoir-faire.

Malédiction locale ? Ne jetons pas la pierre. Peut-être les trente-deux palissades, grillages et barbelés que j'ai pu décompter en me tenant au centre du Kotel ne sont-ils que l'éclatante épiphanie d'une fatalité — dès que nous nous réunissons, au choix, en thiase, hétairie, église, école, club, loge, parti, ethnie, nation ou communauté. La félicité des sauvés exige des réprouvés, le *in* et le *out* peuvent permuter, l'important, c'est la ligne à ne pas franchir : en être ou ne pas en être. Là où il y a un élu, il y a un exclu. Et si possible, beaucoup plus d'exclus que d'élus. Le sel de la terre est plus goûteux quand il est mis sous clé, et chacun se sent plus « choisi » en petit comité. On est plus snob qu'un autre quand on est religieux, et dans le snobisme des mondains, Guermantes ou pas Guermantes, il y a comme un retour profane aux jouissances oubliées du chancel, du chœur et du tabernacle. Interdit au profane. Quel plus exact expert en affaires religieuses que Marcel Proust ?

## 4. Maudit Sépulcre

> *Le soir venu, un homme riche d'Arimathie nommé Joseph [...] prit le corps, l'enveloppa d'un linceul pur et le mit dans le tombeau neuf qu'il s'était fait tailler dans la roche ; puis il roula une grande pierre contre la porte du tombeau et s'en alla. [...] Après le sabbat, à l'aube du premier jour de la semaine, Marie Madeleine et l'autre Marie vinrent regarder le sépulcre. Et voilà qu'il y eut une grande secousse [...].* Matthieu, XXVII, 57-60 ; XXVIII, 1-2.

« *Early fifty three ! Early fifty three !* » Sous la coupole étoilée, qui surplombe le Saint Tombeau, je ne sais pourquoi, l'inconnu me prend à témoin de l'affront, en clamant à haute voix ce chiffre énigmatique. Comme un cri d'indignation lancé tout à la ronde, en quête de témoins. La soixantaine, soutane lavande, croix pectorale, barbiche blanche et œil malicieux : un révérend anglican, mais eurasien et mulâtre de peau. Je viens de le voir se faire subrepticement mais rudement reconduire par un grand gaillard de moine orthodoxe, parce qu'il avait pénétré dans la chapelle de l'abside nord, derrière l'Anastasis. La file d'attente s'allonge devant le tombeau berceau, comme à la porte d'un cinéma (ils entrent par petits paquets de dix, sévèrement filtrés par un religieux faisant ouvreur). Le portillon du chancel était ouvert, l'Anglais a cru pouvoir avancer. Scandale. Violation de territoire. Bris de clôture. L'expulsé m'a vu l'avoir vu, et m'apostrophe.

— *Are you Christian ?*

— *I hope so.*

— *A Father ?*

— *Unfortunately no.*

Ce défaut irrémédiable *(too late)* ne l'empêche pas de s'épancher dans mon giron. En fait, il est indien. Il arrive par avion du Kerala, *via* Londres, à la tête de ses ouailles qui font le pied de grue dans la longue file d'attente. Il est évêque en fonction, m'explique-t-il dans un anglais parfait qui roule les *r*, au cœur du Kerala, et ne comprend pas pourquoi les siens n'ont pas ici quelques mètres carrés pour eux. Je saisis qu'il est de l'Église syro-malabare, à moins que ce ne soit de sa rivale, la syro-malenkare. Je m'embrouille. Compliqués, les chrétiens d'Inde. Entre catholiques, orthodoxes et jacobites, je m'y perds régulièrement. Certains, au Tamil Nadu et au Kerala, relèvent du patriarche syriaque d'Antioche, d'autres du siège de Rome. Impossible à trancher. Les Portugais en débarquant là-bas ont brûlé les archives de ces hérétiques. Le révérend montre de l'indulgence pour mes à-peu-près, et me martèle derechef sa juste plainte.

— Vous vous rendez compte ? Notre Église a été fondée par l'apôtre Jacques en 53, quand il a débarqué chez nous, sur la côte de Malabar. Et nous n'avons pas de place ici ! C'est une honte ! 53 ! Les premiers chrétiens sont les Indiens.

— Ne dites pas de mal des syriaques. Le roi Abgar avait offert son royaume à Jésus la veille du Vendredi saint. C'est lui le premier.

— Thomas venait d'Édesse. Il était l'envoyé de Thaddée, le Syrien. Et lui, il a été martyrisé. Pas votre roi.

Je lui concède ce point. Sans oser lui rappeler ce que notre Claudel national pensait de son pays : « L'Inde est le pays où le diable a établi sa domination de la manière la plus effrontément manifeste. » *(Sic.)*

— Saint Thomas, reprend-il, a débarqué à Cranganore, où je suis né, quand les Arméniens adoraient encore le soleil. Et ils m'expulsent comme un malpropre... Quelle injustice ! *Early fifty three !*

— Vous n'êtes pas les seuls qu'on a mis à la porte, lui fais-je remarquer pour apaiser son courroux. Les anglicans, les melkites, les luthériens, les calvinistes n'ont pas plus de place que vous.

— Oui, mais eux c'est des petits jeunes. Nous, on a rallié le Christ bien avant eux. C'est un scandale, non ?

Je le lui concède.

— *Too soon, my lord.* Il fallait prendre son

temps. Souvenez-vous, ce n'est pas moi qui le dis : les derniers seront les premiers.

Il sourit, me répond du tac au tac, l'humour anglais reprend le dessus. Le voilà qui repart bon pied bon œil vers les siens, en me souhaitant malgré tout une heureuse communion dans le Seigneur.

Mon Oriental, comme les Occidentaux d'antan, tient que la valeur d'une chose — ville, idée ou Église — se mesure à son antiquité. Et qu'antériorité vaut primauté (nous l'avons nous-mêmes cru pendant deux mille ans). Les grandes puissances qui ont inspiré le fameux *statu quo* ont brisé cette règle sacro-sainte. Les monophysites et les nestoriens (de l'Asie lointaine) — syro-indiens et assyro-chaldéens — n'ont pas de place attitrée autour du tombeau du Christ. N'y ont droit que trois confessions solidement remparées et protégées par l'article soixante-deux du traité de Berlin (1878) : les Grecs orthodoxes et les Arméniens orthodoxes, les catholiques romains latins représentés par les franciscains. Les syriaques occidentaux ont écopé d'une minuscule chapelle sur un bas-côté. Refoulés sur le toit, exposés aux intempéries, dans des sortes de bories qui seraient chez nous des abris d'animaux, les Abyssiniens. Et à côté de ces derniers, qui ont fière et hautaine allure dans leurs guenilles, à un jet de pierre, les coptes d'Égypte, un peu plus opulents. À en juger par les emprises au sol, les premiers convertis au christianisme sont les derniers sur la liste des ayants droit. Les coptes se réclament du voyage en Égypte de la sainte Famille, bien avant que le petit Jésus ne devienne le Christ ; l'Église orthodoxe d'Éthiopie se recommande du diacre Philippe, présent dans les Actes des apôtres, et plus lointainement de la reine de Saba. À une époque où Rome sacrifiait encore à Jupiter et où Constantinople n'était qu'un village de bouseux aux confins de l'Empire, ces grands civilisés étaient déjà chrétiens. Deux mille ans plus tard, les aînés mendient dans les escaliers et les cadets processionnent dans le chœur. Au plus près du Christ, titres d'ancienneté et titres de propriété sont en raison inverse.

De l'intérêt d'arriver en retard. Dans les dîners en ville, les palais de la République et les hiérarchies ecclésiales. Qui est mieux rétribué qu'un ouvrier de la vingt-cinquième heure ? L'écœurement des militants, gauche ou droite, quand ils voient arriver, les soirs d'élection dominicale, sur les plateaux de télévision de pétulants porte-parole qu'ils n'ont jamais vus coller les enveloppes ou rédiger les discours. Dans la formation qui suivra du gouvernement, les attentistes et ralliés éclipsent régulièrement les grognards (le tête-à-queue avec François Mitterrand devint franchement comique au deuxième septennat). Voilà ce que j'aurais dû rappeler au successeur pastoral de l'apôtre Thomas, tout légendaire qu'ait été son fameux voyage en Inde (car je crois me souvenir qu'il y a plusieurs Thomas, toujours confondus, qui ont fait chemin vers l'est, un Syrien parti d'Édesse, un manichéen arrivé chez les Chinois, et celui de l'Évangile, mais peu importe). Oui, ceux qui furent à la peine ne seront pas à l'honneur, et personne ne nous a mieux prévenus de ce grand classique que le Fils du charpentier. Quel flambard a dit que le monde appartient à ceux qui se lèvent tôt ? Utopie de boy-scout. Les circonspects qui attendent midi bien sonné pour hisser le drapeau ont plus tôt fait d'empocher les dividendes.

✧

À l'endroit même où le cadavre du Maître a disparu, se dresse un kiosque de bois sculpté bâti par les Grecs après 1808, lui-même coiffé d'un clocheton saugrenu. Le cénotaphe comprend deux pièces fort exiguës, la première, la chapelle de l'Ange, où l'on peut apercevoir un fragment de la pierre ronde roulée par Joseph d'Arimathie ; dans la seconde, le cœur du cœur, là où la mort est morte, on peut toucher de la main la paroi rocheuse du tombeau lui-même. Cet étrange édicule baptisé l'Anastasie serait le quatrième en date des petits mausolées construits là au cours du temps. Le dernier, seul visible, recouvre, telle une poupée russe, ses prédécesseurs disparus.

La basilique originale, édifiée sous Constantin, fut détruite par les Perses, en l'an 614, partiellement rebâtie sous les Byzantins, reconstruite par les croisés, durement secouée par un séisme en 1543, un incendie en 1808, un tremblement de terre en 1927, et finalement restaurée à partir de 1955. Pour sûr, l'édifice dont la porte resta fermée pendant de longs siècles tient son rang dans le chapitre grilles, chicanes et cadenas, d'autant plus sensible que des dizaines de religieux, las de payer les taxes d'entrée prélevées par le Turc, y ont élu domicile jour et nuit, avec W.-C., réchaud pour la tambouille et placard à balais. Toute son histoire, depuis le calife Omar jusqu'à aujourd'hui en passant par Saladin, peut se résumer en une bagarre de quinze siècles autour d'un trou de serrure. Et d'une question clé : qui peut ouvrir et fermer le portail d'entrée dont heurtoirs, judas, pênes et gâches s'offrent à la vue mais cachent bien des misères. Comment, en présence de qui, à quelle heure, pousser les deux vantaux de la porte principale devenue l'unique depuis que sa jumelle de droite, en entrant, a été murée ? L'ouverture simple, à 4 heures du matin, et la fermeture simple, à 11 heures du soir (malheur au franciscain pris d'une crise d'appendicite au milieu de la nuit), exigent la présence simultanée des trois hôtes principaux du sanctuaire, un père franciscain, un moine orthodoxe et un prêtre arménien. Le Jeudi saint, la basilique restant fermée pendant vingt-quatre heures, le même rituel devient une cérémonie diplomatique sous haute surveillance. Depuis l'an 638, l'objet clé, qui ressemble à un long et grêle décapsuleur, est confié à deux des principales familles palestiniennes musulmanes (aujourd'hui les Nusseibeh et les Judeh). À l'une, pour le garder à demeure, à l'autre, pour venir l'y prendre ou l'y déposer. Le *banc des portiers*, à gauche en entrant, leur est réservé. Saluons ces nobles et discrets personnages, qui depuis quinze siècles n'ont pas encore mis la clé sous la porte. La confiscation du trousseau, c'est le meilleur moyen qu'ont trouvé les califes successifs depuis le départ des Perses en l'an 629 (et la première restauration de l'édifice bâti par Constantin) pour empêcher que le sang ne coule entre chrétiens. Des musulmans commandent l'entrée de notre Saint des saints, que les enfants de Marie, sinon, se disputeraient tous crocs dehors. La chose ne se sait pas trop en Occident, tant mieux, d'aucuns pourraient prendre la mouche. On a prêché la croisade pour des motifs du même tonneau. Félicitons-nous, au moment où le ton remonte entre la Croix et le Croissant, que les descendants de Saint Louis et le successeur de Pierre lui-même ne s'avisent pas de cette incongruité : un infidèle, et même deux, ont la haute main sur le plus crucial, le plus honorifique de nos « sésame ouvre-toi », au cœur même de la chrétienté, là où ont commencé et où finiront les temps historiques.

✧

Toujours le même attroupement autour de « la pierre de l'onction ». C'est une dalle rectangulaire rougeâtre sur laquelle le corps du Christ aurait été allongé après sa descente de croix pour y être oint d'huile et embaumé. L'originale aurait été mise en place au XIVe siècle. Celle qu'on voit sous une grappe de luminaires, à hauteur du mollet, est un duplicata datant du début du XIXe siècle. Seul un objet qu'a touché le corps du Christ est réputé digne d'une « pratique dévotionnelle ». C'est une convention ecclésiale comme une autre. Un code. Il en faut. Quelle société n'en a pas ? Sauf que rien ne signale la rupture du contrat à la foule, pas seulement féminine, qui se bouscule tout autour avec des yeux hagards de noyé flottant dans les grands fonds. Le corps de Jésus n'a pas été lavé sur cette pierre, point final. Je n'ai à aucun moment vu un moine ou un prêtre dissuader les sanglotantes de venir s'y étaler tout du long, y coller le ventre et le front, y frotter mouchoirs et fichus en se passant la main sur la figure. Autant certain grenouillage de bénitier mérite l'indulgence, autant ces hystéries dévotionnelles et ces pieuses impostures me mettent mal à l'aise. Oui, nous sommes incorporés. Oui, nous avons besoin de matière pour nous souvenir. Mais trop, c'est trop. Il existe un mandement de l'Église romaine pour justifier ces paganeries. On est content de ne pas être pape.

La bigote ukrainienne me chiffonne encore plus que le coup de crosse confraternel entre le patriarche orthodoxe et son homologue arménien (qui en sont venus aux mains l'avant-dernier samedi de Pâques, au cours de la cérémonie du Feu sacré, pour trancher quel serait le premier à passer, par un fenestron de l'édicule où ils étaient enfermés tous les deux, la flamme de la torche symbolique aux fidèles postés à l'extérieur). Pas de règlement officiel pour les convulsionnaires laïques. Les clergés, plus posés, sont arrivés à des arrangements de copropriétaires qui réglementent l'usage des parties communes, les horaires des offices et le parcours des processions à l'intérieur de l'édifice. Mais sur le fond, rien n'a changé depuis Flaubert, même si le Grand Turc a depuis son passage remis un peu d'ordre dans ce caravansérail. « L'agglomération de toutes les malédictions possibles. Dans un si petit espace, il y a une église arménienne, une grecque, une latine, une copte. Tout cela s'injuriant, se maudissant du fond de l'âme, et empiétant sur le voisin à propos de chandelier, de tapis et de tableaux, quel tableau... L'hypocrisie, la cupidité, la falsification et l'impudence, oui, mais de sainteté, aucune trace... »

De retour à Nablous Road, je fais part de mon embarras au frère Eeckhout. Comment un lecteur de saint Thomas peut-il rendre compte de ce souk babélien ? Au moment où le pape lève contre l'islam l'étendard de la raison et de la cohérence ? Il m'a répondu sans joie particulière, mais loyalement. Par étapes. Je résumerais ainsi : 1) Qu'il y ait plus qu'une voie vers Dieu peut inspirer autant de joie que de tristesse. Il y a toujours eu plusieurs demeures dans la maison du Père. Trois islams, six ou sept judaïsmes, une dizaine de christianismes. Normal dès lors qu'il y ait des querelles de famille, surtout quand on s'enferme dans un même huis clos. On se bagarre au Saint-Sépulcre sur les notes d'électricité et les odeurs de cuisine plus que sur le *Filioque*. Les hommes de Dieu restent des hommes. L'important est qu'ils gravitent autour d'un même soleil. 2) Si Jésus a tellement prêché l'amour, c'est justement parce qu'il y avait de la haine autour de lui, et encore plus ici qu'ailleurs. Coincée entre les grands empires qui s'en disputaient la possession, perse, romain, égyptien, la Palestine fut dès le début un État tampon, où fait rage la guerre des autres. Ce qu'est le Liban aujourd'hui. Le Saint-Sépulcre paie le poids de l'histoire. C'est le prix de l'Incarnation. Il faut bien être quelque part. Un non-lieu serait pour les anges. 3) Nous habitons le temps. Nous sortons lentement de Babel mais nous ne sommes pas encore à la Pentecôte. Le Christ est ressuscité mais le mal n'est pas supprimé. Chacun attaque l'autre de peur d'être attaqué par lui. L'économie du salut doit nous rendre patients, et nous inciter encore plus à la vertu d'espérance. Remarque annexe : avec l'énergie de la foi, on peut aussi bien construire que détruire. C'est un choix politique. Or les politiques ne cessent d'utiliser le religieux à leurs propres fins.

Sans me convaincre, ce petit cours de théologie appliquée m'a au moins aidé à comprendre comment la foi dans la Jérusalem céleste de demain peut rendre supportable celle d'aujourd'hui.

Le même dominicain, topographe rigoureux et guide délicieux, qui répond à mes questions avec une infatigable gentillesse, a coupé court aux envolées interprétatives que m'inspirait jusqu'ici la vue de cette petite échelle posée à l'extérieur sur une corniche, au premier étage de la façade du Saint-Sépulcre, à droite. Une échelle de bois sous un vitrail, exposée aux intempéries, comme si le chantier n'était pas fini. En un lieu aussi sacré, à la vue de tous, ce clin d'œil ne pouvait qu'avoir une fine intention herméneutique, symbole de la montée aux cieux, une illustration de Jacob, que sais-je encore...

— Détrompez-vous. Les Arméniens étaient en train de laver leurs carreaux quand est tombé l'arrêt du *statu quo*. Ils ont tout laissé en plan et personne depuis n'ose y toucher depuis un siècle et demi. Un droit acquis ne s'abandonne pas. Simplement, quand elle pourrit un peu trop, nos amis arméniens en remettent une neuve à la place.

Il est bon, parfois, de prendre les choses comme elles viennent. Toutes bêtes.

## 5. Emmaüs en République

> *Le même jour, voilà que deux d'entre eux se rendaient à un bourg appelé Emmaüs, à soixante stades de Jérusalem ; ils s'entretenaient de tout ce qui était arrivé [...].* Luc, XXIV, 13-14.

Je ne m'attendais pas à voir reparaître la République au premier dimanche de l'avent, à l'abbaye bénédictine d'Abu Gosh. L'abbé, le jovial père Charles, infirmier de formation, l'ancien aumônier de la prison de la Santé, célébrait la *messe consulaire*. Pour une fois, l'Éternel ne s'est pas moqué de l'actuel. Une homélie pleine de substance nous entretient de tout ce qui s'est passé ces derniers mois. Cette belle et précise méditation sur « le mystère de Dieu qui se rend présent au monde » était l'œuvre en français d'un jeune frère libanais, Rafic Nahna. Tout en se gardant de trop politiser Jésus, voilà qu'il resurgit le long de la route où nous cheminons tous, en claudiquant.

Des diverses localités plus ou moins équidistantes (Amwas, Oubeibeh) prétendantes au site où Jésus réapparut pour la première fois après sa mort, la moins improbable est ce village circassien situé entre Jérusalem et la mer, à flanc de coteau, au milieu des terrasses de pins, de cyprès et de caroubiers. Il porte le nom d'un brigand qui écumait les environs au XVIII^e siècle. Venus de l'abbaye normande du Bec-Hellouin, des bénédictins français ont ramené à la vie cette abbaye longtemps à l'abandon. Les frères d'Abu Gosh, hébraïsants, sont, comme les sœurs de Notre-Dame-de-Sion, les plus ouverts à la cause d'Israël. L'ancien prieur Jean-Baptiste Gourion a même reçu à la Knesset le prix de l'Amitié judéo-chrétienne. Ils se sont donné pour mission, dans le cadre des services culturels des armées, de faire découvrir le christianisme aux conscrits israéliens. Le frère Olivier reçoit ainsi dans le jardin de la communauté des troufions plus ou moins rigolards pour nouer le dialogue. « Dix ou quinze mille soldats par an, me dit-il, mais je les vois de plus en plus réticents. La dernière fois, la moitié du car militaire est restée dehors. Même si d'après la *halaka*, il n'est pas impie d'entrer dans le jardin d'un monastère, les réflexes de rejet prennent le dessus. Comme s'ils refusaient d'apprendre une langue étrangère à la leur. Et une langue néfaste. Les plus orthodoxes nous voient comme une queue de comète du paganisme gréco-romain. Des idolâtres, à la fois dangereux et impurs. Je les ai étonnés, l'autre jour, en leur disant qu'on prie et chante, nous bénédictins, avec les psaumes de David. » L'oblique génuflexion à « la foi de nos pères » devient, chez les petits enfants, une affaire sérieuse. Chez les musulmans d'à côté aussi, la deuxième génération observe le ramadan, la troisième va à la mosquée. Et à Sarcelles, en France, au fur et à mesure qu'ils s'intègrent, les immigrants assyro-chaldéens arborent sur leur poitrine une croix de plus en plus grande.

On peut comprendre les réticences. Après la synagogue, le genre Saint-Sépulcre avec son fouillis de *mirabilia* et d'ex-voto, ses fétiches et ses dorures, cela fait un peu zoulou. Le griot chrétien doit manquer de sérieux aux yeux d'un Ashkénaze talmudiste, héritier des Lumières. Le mot qui le désigne, en hébreu moderne, voudrait dire sorcier. Cela étant, nous visitons bien le musée des Arts premiers, sans ménager nos marques de respect au sorcier papou qui passe par là, avec plumes et colliers.

Le monastère s'appelle, bien à propos, Sainte-Marie-de-la-Résurrection. Marie, la fille de Sion, fleurissant du rameau de Jessé, trait d'union entre l'ancien et le nouveau, entre les tables de la Loi et le Verbe fait chair... La restauration n'a pas défiguré l'église du XIIe construite sous le roi Baudouin Ier sur l'emplacement d'une source antique. Avec ses fresques byzantines aux couleurs estompées, elle reste d'un remarquable dépouillement, propre à rassurer les puristes de Dieu. Je ne sais exactement ce qui reste de l'église des croisés construite par les hospitaliers (avec en sous-sol une citerne romaine) mais l'ensemble respire une élévation de bon aloi. En haut de la colline qui surplombe la bourgade, une autre église, Notre-Dame-Arche-d'Alliance, rappelle que, dans l'ancienne Qiryat Yearim, David disposa l'arche d'Alliance en attendant de conquérir Jérusalem sur les Jébuséens. La communauté de prière catholique d'Abu Gosh, relancée en 1976 par trois moines olivétains appelés à la rescousse, entend renouer l'Alliance. L'office de *none* est chanté en hébreu.

La République est ici chez elle, depuis 1873, comme elle l'est à l'église Sainte-Anne des pères blancs, au carmel d'Éléona qui domine le mont des Oliviers et au tombeau des Rois acheté par les banquiers Pereire et donné à la France, d'ailleurs improprement nommé puisque l'hypogée abrite, dans quatre chambres funéraires, les restes d'une princesse syrienne et de sa famille. Tous ces lieux consacrés font partie du domaine national. Le mérite de la donation d'Emmaüs revient à la magnanimité du grand vizir Ali Pacha et du sultan qui voulaient nous dédommager d'une rapine grecque et consoler la France de la défaite de Sedan. Le comte de Vogüé, notre ambassadeur à Constantinople, s'est battu comme un lion pour décrocher le morceau.

Dépaysant, de voir le consul de France accueilli sur le seuil avec de l'eau bénite, baiser le Livre saint et, à l'offertoire, recouvert d'encens par le père abbé. Amusant d'entendre *in fine* résonner ces mots : *Domine, salvam fac Republicam*. Cela s'appelle les *honneurs liturgiques* réservés au représentant d'une République laïque (rares les pays occidentaux qui ne mentionnent pas Dieu dans leur Constitution ni ne le font figurer dans leurs liturgies civiles). Il a droit chaque année à une « messe consulaire » de ce type dans une trentaine d'églises ou couvents catholiques de Terre sainte, en sa qualité de protecteur des Lieux saints et des communautés chrétiennes. C'est un privilège que d'assister en 2007 à l'exécution d'un accord conclu en 1535 entre le roi très-chrétien et Soliman le Magnifique, sous le nom de Capitulation, et qui octroyait à la France le protectorat exclusif des Latins et de leurs établissements religieux au Levant. Le curieux n'est pas là, mais que l'accord ait été reconduit après que la fille aînée de l'Église fut devenue une République mécréante. Notre consul conserve, depuis Louis XIV, la primauté protocolaire aux messes latines de Pâques du Saint-Sépulcre et de Noël à Bethléem. Ce sont les sans-culottes qui ont le mieux veillé au maintien de ces solennités. Ainsi, sous la Révolution, le Comité de salut public a-t-il instruit en ce sens son ambassadeur à Constantinople, le sieur Descorches : « À l'égard des prérogatives attachées aux fonctions d'ambassadeur de France relativement à la religion et à la qualité de protecteur du culte chrétien dont nos ambassadeurs ont toujours été investis, le citoyen Descorches, sans attacher trop d'importance à ces prérogatives, n'en conservera pas moins tous les droits qui lui sont attribués, ne fût-ce que pour entretenir la considération dont les ministres de France ont joui jusqu'à présent. » Le Directoire fit de même, et les révolutionnaires de 1848. La République des Jules a emboîté le pas. Les franciscains furent exemptés des décrets de dissolution des congrégations religieuses afin de sauvegarder l'influence française dans la custodie, qui recrute exclusivement chez les frères de la Corde. Le petit père Combes s'est arrêté aux frontières. Grâce à quoi les victimes des lois laïques en métropole ont pu partir semer l'esprit critique au Levant et ailleurs, avec l'aide efficace et discrète des francs-maçons qui les avaient expulsées. Les libertés prises avec le dogme, on peut y voir le signe, la survivance d'un pittoresque colonial suranné. Personnellement, elles m'enchantent, comme tous les illogismes porteurs de vie.

Tout laïcard que je sois, et demeure, je ne vois pas l'inconvénient qu'il y aurait à ce que l'École biblique et archéologique française de Jérusalem, la première institution de ce genre autorisée par l'Empire ottoman, ait élu domicile dans le couvent Saint-Étienne des dominicains. Depuis 1890, les savants religieux arborent les trois couleurs en haut du clocher, à la Saint-Étienne et au 14 Juillet, tout comme la Maison d'Abraham, au-dessus du Cédron, où se tient le Secours catholique. L'École biblique nous a fait rattraper en un siècle le retard pris par les sciences religieuses dans une France catholique et romaine où, depuis la révocation de l'édit de Nantes, seule la Vulgate en latin était autorisée. Elle a contribué à réhabiliter le grec, l'hébreu, l'araméen et on lui doit pour beaucoup de nous avoir protégés du fondamentalisme, toujours appuyé sur une lecture idiotement littérale des Écritures, comme cela se passe encore en terre protestante. Elle mérite amplement les subsides de la République, au reste bien modestes.

La Laïque fait son devoir en promouvant la francophonie en dehors des frontières. Laquelle — puisque l'excellente Mission laïque n'a pas réponse à tout — a pour assise notoire les congrégations cathos : les sœurs de Sion, de la Charité, de l'Apparition, de Saint-Joseph, les frères des écoles chrétiennes. Depuis le siècle dernier, l'école française était l'invitée des religieux, avec la bibliothèque et le journal paroissial. Fermer le couvent, c'était fermer l'école. Il n'y avait pas que l'enseignement et les recherches savantes à préserver. Aux temps fervents de la Séparation, les « laïcards » avaient l'esprit large et les services d'intelligence de la République faisaient bon emploi des soutanes. Le frère de Tarragon m'a montré les pistolets d'ordonnance qui ont été retrouvés cachés dans un meuble de la sacristie. Ce sont ceux du père Jaussen, officier de renseignement durant la Grande Guerre, qui espionnait avec Lawrence les mouvements des troupes turques. C'était un épigraphiste arabisant, qui avait exploré le Néguev, le Sinaï, les sites nabatéens de Pétra, familier des tribus bédouines, à tu et à toi avec les cheiks de la région. Le pistolet ne servait qu'au campement, pour le bivouac. À dos de chameau, qui tangue beaucoup, on visait mieux avec des fusils à canon court. Ceux-là, qu'on voit sur les photos de notre agent en robe blanche, n'ont pas encore été retrouvés. C'est aussi bien. Cela ferait du joli, une carabine, dans une expo sur l'évangélisation des Bédouins.

## 6. Refus de statuer

Un étudiant franco-israélien m'a déstabilisé, il y a quelques jours, en me posant une question naïve et gênante, que je n'avais jamais affrontée. À la fin d'un séminaire savantasse d'anthropologie comparatiste, où l'on avait tenté une approche structurale des trois monothéismes, il m'a demandé vers lequel je penchais personnellement. Quand je lui ai répondu que je n'en épousais aucun, il a insisté, en faisant rire la salle :

— Oui, mais si on vous obligeait à choisir, revolver sur la tempe...

— Vous me mettez un peu dans le rôle de Pâris dans la mythologie grecque. C'est très dangereux, vous savez ! Mon avis n'a aucune importance, mais je vous rappelle que si la guerre de Troie a eu lieu, c'est à cause de lui. Je ferais tout pour voter blanc, mais si vraiment il n'y a pas le choix, je garderais celui de ma nourrice.

On en est restés sur cette pirouette. C'est un peu court. Il faudrait un deuxième séminaire.

Les faits d'histoire. Tous les dieux et déesses de l'Olympe festoyaient dans un banquet quand survint Éris, la déesse de la discorde (la vilaine n'était pas invitée). Elle fit rouler par terre une pomme d'or. Aphrodite se lève, la ramasse et voit qu'il est écrit dessus : « À la plus belle. » Deux autres dames se lèvent, Héra et Athéna, et veulent aussitôt la ramasser, chacune s'en jugeant plus digne que l'autre. Dispute. Problème. Soucieux de conserver la courtoisie qui s'impose entre les dieux, Zeus décide alors d'aller prendre pour arbitre un gandin qui gardait son troupeau sur une colline près de Troie. À lui de décider laquelle aura la pomme. D'Aphrodite la gracieuse, l'artiste, la volage, qui embrase tous les cœurs ; de Héra, beauté froide et sévère qui en impose, la première épouse du roi des dieux, la plus légitime (elle était là avant les autres) ; et d'Athéna, armée de sa lance, étincelante sous son casque mais irascible et qui fait un peu peur. Nous dirions aujourd'hui et dans le même ordre : les divinités chrétienne, juive et islamique. Pâris hésite. Il flirterait bien avec les trois. Chacune joue avec lui de ses avantages. Héra lui promet le pouvoir sur un vaste royaume, Athéna d'en faire le plus grand héros du monde, et Aphrodite, d'une voix capiteuse, en lui assurant la main de la belle Hélène, le meilleur amant qu'on ait jamais vu. Ce qui décida finalement Pâris à offrir la pomme à Aphrodite. Pour le plus grand malheur de ses contemporains, car Pâris s'en alla à Sparte enlever Hélène et l'on connaît la suite. Zeus croyait, en se défaussant sur un mortel, sauvegarder la paix des dieux, et ce fut tout l'inverse.

Il est vrai que le goût spirituel s'affine comme l'autre par des exercices de discernement, un entraînement gymnique aux menues différences. Et où trouver meilleur gymnase pour le *regard d'estime* que le Salon mondial des monothéismes qui se tient en Terre sainte et dans les environs ? Il offre au promeneur tous les jours de l'année, week-ends et août inclus, rassemblées côte à côte, des manières de prier, de s'alimenter, s'agglutiner ou s'excommunier, qui se boudent mais qu'il est difficile, pour un étranger qui ne donne sa foi à aucune, de ne pas mettre en regard. Et comme chaque religion sollicite une part différente de l'être humain, elle nous révèle un peu mieux à nous-mêmes. Autant dire que cette exposition d'œuvres d'art — si on peut ainsi appeler chaque constellation confessionnelle — est aussi un défilé de tentations refoulées, comme un miroir tendu, sinon à notre caractère, du moins à tout ce qu'il peut receler de virtualités inaccomplies, de penchants ou de regrets. Il y a en tout homme, fût-il athée, un musulman, un chrétien et un juif qui sommeillent, mais qu'une galerie archicomble de ce genre peut réveiller, en mettant au jour certaines allergies ou inclinations intimes et jusqu'alors insoupçonnées.

Au jeu des fleurs et des épines, il y a de mauvaises surprises : des bouddhistes brûlent des églises au Sri Lanka. Aussi, sur le marché mondialisé des biens de salut, doit-on prendre ses précautions. Quelques-uns jouent leur va-tout par une conversion. Certaines, par ici, sont forcées : ainsi en cas de mariage. Quand un chrétien est amoureux d'une musulmane, il doit, pour convoler, la religion du père s'imposant aux enfants, se convertir à l'islam. Un homme musulman peut épouser une femme chrétienne sans que celle-ci ait à se convertir, mais une femme musulmane n'a pas le droit d'épouser un non-musulman car ce serait mettre la transmission en péril. D'autres infidélités sont punies de mort : le musulman qui se fait chrétien doit prendre la poudre d'escampette ou célébrer dans une cave, s'il veut sauver sa peau. Mais il est des adultères librement assumés et débouchant sur un remariage en bonne et due forme. J'ai rencontré à Jérusalem des juifs israéliens qui sont entrés dans les ordres, Société de Jésus ou prêcheurs ; on m'a parlé de chrétiens qui se font juifs, et d'autres musulmans (le cas du juif converti à l'islam ne se présente pratiquement plus). Chaque variante du Père éternel a ses sortilèges, un électromagnétisme propre à telle ou telle sorte d'esprit. Parmi les attraits du judaïsme : l'absence de dogme, le culte en famille (la table faisant autel), le côté pratique des *mitsvoth*, observances sans obligation de croyance, la cohésion dans les périls, une ancienneté sans égale. Parmi les séductions de l'islam : la simplicité doctrinale et la conversion éclair (une phrase à prononcer), la polygamie (pour les hommes), l'absence de monopole clérical, la libre concurrence des écoles, l'ignorance du péché originel, le confort des consultations juridiques, l'agrément du paradis (houris ou bien éphèbes). Plus familières nous sont, en Europe, les aménités chrétiennes : un Dieu à tutoyer, la sensualité des images, l'ouverture au féminin, le moindre poids des Écritures, qui ne sont pas diktats divins mais seulement propos inspirés, la valorisation de l'individu et la faculté de négocier avec l'absolu, moins inconnaissable, inaccessible et implacable qu'Allah. Qui souffre dans sa chaussure peut en chercher une autre à son pied. Et ce n'est pas à la chaussure qu'il faudra s'en prendre, en cas de malheur, mais au pied. Un obsessionnel se sentira à l'aise dans une religion de la Loi, judaïsme ou islam ; la foi chrétienne s'entendra mieux avec un imaginatif ou un fantasque. L'individu qui aime agir en conscience trouvera plutôt son bonheur chez Luther. Le conformiste, l'homme d'ordre, à la mosquée. Aléa des caractérologies, mystère des affinités...

Sont-elles passibles, ces divinités concurrentes, d'un classement *ad vitam aeternam* ? J'en doute. D'un concours en vérité ? Surtout pas. Le vrai ne fait pas sens en ces matières, les croyances religieuses n'étant pas falsifiables. C'est bien en quoi elles sont grosses de périls, bien plus que de simples erreurs de jugement puisque l'indémontrable a partie liée avec l'inconciliable. Outre qu'il n'est pas de réponse juste à une fausse question, l'instinct de conservation pousse à la plus extrême prudence. On raconte que Haroun al-Rachid, le calife, demanda un jour au patriarche nestorien Timothée Ier quelle était la vraie religion. Si ce dernier répondait « la mienne, le christianisme », la corde n'était pas loin. S'il répondait l'islam, ne lui restait plus qu'à s'y convertir. Il déjoua le piège en répondant : « C'est celle qui est le plus à l'image de Dieu, lequel est le Miséricordieux. » Bonne porte de sortie.

Je me rallierais volontiers à ce terre-à-terre circonspect : la comparaison par les œuvres. Et surtout pas par les textes. Chacun sait que la Bible, le Coran et même les Évangiles disent tout et son contraire, et qu'à toute injonction tendre les Écritures font correspondre, trois pages plus loin, un permis de tuer. Cette contradiction, *tremendum et fascinans*, c'est la loi du sacré. Restons pragmatiques. Accommodons au plus près. Le faire, et non le dire. Même ainsi réduit aux acquêts, l'exercice restera bien désinvolte et douteux en ce qu'il force le cynique faisant office de juré à catégoriser et typifier. Il est insane, lui dira-t-on à bon escient, de mettre dans le même sac, ici, le soufi et l'ouléma, Abd el-Kader et le mollah Omar ; là, le « Juif de Kippour » et celui à robe de soie et bonnet de fourrure, Rabin et son assassin ; ou bien encore le Poverello et Torquemada, le prêtre-ouvrier et le prince de l'Église. Il n'est pas non plus sérieux de peser au même trébuchet des religions qui ont aussi l'âge de leurs artères : un prélat un peu ramolli, qui ne songe plus à convertir les Indes et dit la messe en sommeillant, avec un mollah qui a sept siècles de moins que son rival, forcément plus casse-pieds, ou avec un évangélique flambant neuf. Dans ce genre de bilan comparé, on ne tient pas assez compte des handicaps chronologiques. La souveraineté de Dieu primant celle des hommes, l'abomination des droits de l'homme et le sacrilège que représente la démocratie ? Ce que dit Ben Laden, non ce qu'il fait, se trouve en toutes lettres dans le *Syllabus*, encyclique de 1869. Faut-il rappeler que l'Inquisition, en Espagne, n'a pris fin qu'en 1824 ? Et qu'en 1825, trois décennies après la Déclaration des droits de l'homme et du citoyen, la France de Charles X approuva une loi punissant de mort le sacrilège ? Et stipulant pour la profanation d'une hostie le supplice des parricides, le poing coupé avant la décapitation ? S'il fallait noter concurremment les exploits de l'islam d'aujourd'hui et ceux de la chrétienté du XVe siècle qui était, elle aussi, à l'époque, une civilisation (soit à la fois une culture, une société et une politique) et pas simplement cette matière à option facultative que nous appelons aujourd'hui une religion —, on doute que le prix de tolérance aille à l'évêque Cauchon, et celui de la compassion au grand Inquisiteur. Les dieux sont comme les vins de garde : ils se bonifient avec les années. Laissons à Allah le temps de regagner son divan pour un peu s'assoupir. Et demandons à petit Pâris distance et retenue. Qu'il oublie un instant les extrêmes, intégristes, djihadistes et ultra-orthodoxes, pour considérer les moyennes et les constantes. Pas la « religion radicale » : le juste milieu, le bon bourgeois des Révélations écrites. Le contraire ne serait pas *fair play*.

Les atrocités ? Chacun son tour. Les volcans confessionnels ne se règlent pas sur la même horloge, la lave monothéiste sort tantôt par ici, tantôt par là. Le judaïsme a beaucoup donné en son temps, à en croire le Livre de Josué et pas seulement lui. Le Livre de Ruth est avec le Cantique des cantiques le seul où Iahvé ne parle pas de faire la guerre. Le premier kamikaze chroniqué s'appelle Samson (trois mille tués sous les colonnes du Temple). Ne revenons pas sur la deuxième éruption, tant sont connus ses siècles de gloire et de sang. Aujourd'hui, la troisième et dernière tient la corde. Les historiens nous expliquent que plus l'islam est en position de faiblesse, plus il se montre intransigeant et vétilleux. Il est vrai que la tolérance est un luxe que peuvent s'offrir les forts, mais qui peut coûter cher aux faibles. À l'âge d'argent d'*al-Andalus*, l'islam de Grenade pouvait sourire à tous parce qu'il dominait ses rivaux. Se sentant aujourd'hui dépassé, insécure, battu, asservi, humilié, il sort sa charia et son revolver, « durcit la position ». Soit. Il est parfaitement raciste de voir en tout musulman un violent et en tout Palestinien un terroriste en puissance. Il ne l'est pas de constater que pour ce siècle, le quatorzième de l'hégire, les annales de la non-violence ne mentionnent pas de héros musulmans. Gandhi, Martin Luther King, Lanza del Vasto, Joan Baez... Mais au temps des croisades, un non-violent à Paris ou à Londres eût connu le bûcher. Pas d'exclusive donc. Le « terrorisme », qui mène à tout à la condition d'en et de s'en sortir, demeure, à l'instar du bon sens, la chose du monde la mieux partagée. Le commando du groupe Stern qui a criblé de balles en 1948 le comte Bernadotte, représentant de l'ONU, dans sa Jeep découverte, était animé par Yitzhak Shamir, futur Premier ministre.

La bonté ? Miséricordieux s'intitule le Dieu des musulmans, et c'est bon signe. Ce qui ne l'empêche pas de réserver ses faveurs aux siens : nous d'abord. Les institutions caritatives musulmanes, nombreuses, soignent et soulagent les musulmans. Le Dieu juif s'intéresse aux Juifs, point final. Achille prend pitié de Priam. Josué n'a pas de compassion pour ses ennemis. Celui des chrétiens, moins exclusif, a des vues plus larges. Il veut que tous les hommes soient sauvés, les mongoliens inclus. Pas de saint Vincent de Paul, pas de Mère Teresa dans les religions de la Loi. Chez elles, le caritatif s'exerce à l'intérieur du groupe. Si un juif orthodoxe tombe sur un enfant abandonné au coin d'une route, l'homme en lui le secourra d'instinct, mais il devra triompher de l'orthodoxe : est-il de la Synagogue ou non ? Le musulman regardera aussi son entrejambe pour éclairer sa décision, et le chrétien, que l'enfant soit garçon ou fille, circoncis ou non, le mettra aussitôt chez les sœurs. Le Lévitique fait interdiction aux estropiés et aux handicapés de sacrifier au Temple ; Jésus invite les femmes, les estropiés et les lépreux à sa table. D'un Dieu monade sans portes ni fenêtres, il fait un Dieu monde, à claire-voie. C'est plus aéré, moins décourageant.

Facilité d'accès au cercle des élus ? S'il est aisé d'entrer en islam, en sortir est dangereux (et même physiquement dans la plupart des pays islamiques). En revanche, se convertir au judaïsme n'a rien d'une formalité, et il est difficile, mais non interdit, d'en sortir : un juif, fût-il un marrane, le reste toute sa vie. Il est facile en revanche d'entrer en christianisme et d'en sortir aussi. En ce cas, ces décisions n'intéresseront que leur auteur, en son âme et conscience. La religion est du groupe, la spiritualité de l'individu, et chaque message prophétique est comme un tronc d'où sortent deux branches, l'une pour l'esprit de corps, l'autre pour l'esprit tout court. Le chrétien a moins de peine à concilier le sens de l'intériorité et celui de l'organisation, et, en Ignace de Loyola, le mystique et le *manager* ne faisaient qu'un. Intéressant.

Possibilités de cohabitation ? Petit Pâris observe qu'au Liban il y a des villages mixtes chrétiens-musulmans, mais qu'il n'y en a pas qui juxtaposent en tête à tête sunnites et chiites ou bien sunnites et druzes. Le sens de l'absolu, sans doute. Juifs et musulmans ont en commun, au Liban comme en Israël, de fuir la mixité et d'interdire le mariage civil (que les chrétiens, qui ne l'aiment pas trop, tolèrent cependant). Plutôt la ségrégation que le métissage. Surtout pas d'intermariage. Malheur au couple mixte. L'intérêt du groupe passe avant l'amour entre individus. Au Liban, les chefs spirituels musulmans tant sunnites que chiites ont fait barrage au projet d'introduire le mariage civil (le Premier ministre Hariri également), auquel les maronites étaient près de se rallier (tout en exigeant l'engagement par écrit des fiancés d'élever les enfants dans la foi chrétienne). « Celui qui prend femme dans une autre communauté meurt dans les ennuis. » Tristes pays où il faut épouser une famille, et tout ce qui s'ensuit.

Dangerosité pour le voisin ? Islam et christianisme, religions universelles, ont une vocation expansionniste et par définition insatiable ; toute l'humanité étant appelée, la pastorale ne sera pas achevée tant qu'une tête de lard restera sur le seuil de l'église ou de la mosquée : mauvais point. Avantage du judaïsme, religion ethnique : il n'exporte pas ses fous de Dieu. Le zélote est sédentaire. Et le terrorisme d'État israélien, comme naguère, sur une moindre échelle, le français vis-à-vis des Algériens et le britannique vis-à-vis des Irlandais, s'exerce, sinon *intra-muros*, du moins, si c'est en dehors des frontières, dans l'orbite de ses intérêts nationaux. Un bon point. Oui, vraiment ? Ce serait oublier l'adage *corruptio optimi pessima*, la pire des corruptions est celle du meilleur. Une religion introvertie, qui a la bonne idée de ne pas s'ingérer dans les âmes lointaines, peut mieux dégénérer que ses jumelles en une sorte d'autisme plus ou moins assumé. Alors, qui sera le plus à craindre, le missionnaire ou le garde-frontière ? L'égocentrisme clérical du « hors de l'Église point de salut », ou l'ego national du « cette terre est à moi et à personne d'autre » ? Impossible de répondre dans l'absolu, sans faire jouer les circonstances.

Comparons les deux approches de la Terre sainte. Pour le juif, la terre retrouvée est une terre à féconder. Pour le chrétien, c'est une terre à contempler. Elle n'inclut pas, ou plus, une demande de souveraineté. Si cela ne fait pas du chrétien en tant que tel un patriote, du moins ne sera-t-il pas tenté d'exproprier son voisin. Avoir le Ciel pour seule et vraie Terre sainte permet de lever le pied ici-bas. L'indigène des environs n'aura pas à déguerpir parce qu'il souille la pureté d'un lieu prédestiné. Le Juif errant l'était par punition ; le chrétien, *homo viator*, l'est par définition. Dans notre vallée de larmes, il ne fait que passer, et peu importe où il a jeté l'ancre. Aucun pèlerinage pour lui n'est obligatoire — pas même à Rome pour le catholique romain. Les chrétiens, partout, se soucient moins d'occuper le terrain que les esprits, et le jésuite au désert plantera un collège plutôt qu'une tour de guet. Là où l'exercice de musculation spirituelle dispense des travaux d'agriculture, le chrétien se préoccupe de « garder les lieux », non de faire pousser des tomates ou d'irriguer les sables. Le pèlerin se promène et le religieux prie — économiquement improductifs, les deux. Des perdants, en termes d'emprise au sol. Le sionisme agricole des « Amants de Sion », qui lance les premières fermes vers 1880, a précédé, et permis, le sionisme politique, celui de Herzl. La conquête du sol garantit celle des droits. La terre et la charrue d'abord. On se retrousse les manches pour la mettre en valeur. Voltaire serait bien étonné s'il venait voir le peuple hébreu chez lui. Son méprisant : « Promettre et tenir sont deux, mes pauvres Juifs » serait bien penaud. La Terre promise est fort bien tenue. Oui, mais on voit les risques. Si le salut a besoin de surface, il va falloir le mesurer en nombre d'hectares plantés, de *mobil-homes* disséminés et de collines conquises. Et le peuple tout entier deviendra l'otage de ses pionniers. Le négatif de cette géophagie sacrée, on le condamne justement : le grignotage des colonies, la dilatation des frontières jamais clairement définies, un nettoyage ethnique à bas bruit en Judée-Samarie. Son positif, on le célèbre justement : le reboisement des collines de Jezreel, l'assèchement des marécages de Galilée infestés par la malaria, avec ses champs de coton et d'agrumes, les villes nouvelles du Néguev. Et un campement de toiles, sur une dune désertique, transformé à coups de pioche en métropole, Tel-Aviv — cent ans à peine. Quels immigrés, de nos jours, font aussi mal et lesquels ont fait mieux ?

Ces considérations moroses, incompatibles entre elles, perturbent petit Pâris, inhibent sa décision, même s'il doit s'avouer un penchant quasiment prénatal et génétique pour la chrétienne Aphrodite. Je la croise dans la rue depuis ma petite enfance. Mais je sais combien l'habitude brouille la vue, combien la force des choses dévie les trajectoires les mieux orientées ; je suis trop incertain de la valeur de mes penchants — je crains trop de prendre les grâces de la richesse pour les vertus d'une foi — pour me fier à mon premier mouvement. Et puis, au-delà des trois religions du Livre, plus à l'est, je ne suis pas sans savoir qu'il en est d'autres, plus accortes, moins jalouses, qui n'exigent pas un Dieu unique ni même un dieu tout court, apparemment plus propices à l'harmonie entre les hommes. En somme, je confirme au poseur de questions gênantes, petit Pâris fera le Suisse : vote blanc. La guerre de Troie n'aura pas lieu. Ou du moins, Croix-Rouge oblige, et puisqu'elle a déjà éclaté, se déroulera-t-elle sans vivats ni huées de sa part pour l'un ou l'autre des belligérants. Un témoin étranger, qui ne fait que passer au large d'un champ de bataille, doit imiter les Onusiens et garder ses sentiments pour lui. Qu'ils soient bons ou vilains, et à plus forte raison s'ils sont mêlés.

# POST-SCRIPTUM

## Ecce homo

*Jésus sortit avec la couronne d'épines et le manteau pourpre. Pilate leur dit : Voilà l'homme.* Jean, XIX, 5.

Le plus dur, c'est le retour. Qu'est-ce qu'on va bien pouvoir leur raconter ? Depuis une dizaine de siècles, depuis Tancrède et Guillaume de Tyr, gérer le désappointement du randonneur est le principal souci des gentils organisateurs de croisades, pèlerinages, tournées d'information, voyages d'études et de solidarité, etc. Certains, comme Flaubert, tournent la page ou passent de suite à plus réjouissant ou productif. D'autres, après un délai de décence, lèvent les vannes et se lâchent. C'est nul. Pathétique. Oublier Jérusalem. Ses chicanes et ses boyaux. Écrasons l'infâme : « Je hais les féroces imbécillités des croyances religieuses, je hais ces systèmes d'intolérance qui nous font prendre des messies pour des lanternes et notre *alter ego* pour un impur contagieux. Je demande une déséducation religieuse. J'exige la désinvention de la bombe atomique et la mise hors la loi de l'énergie électrique, ainsi que le rétablissement dans tous ses droits et sa supérieure dignité de l'homme sans Dieu. » Tu ne veux plus entendre parler de ces coupe-gorge ? Soit, mon ami. Mais ne dors pas pour autant sur tes deux oreilles, hypocrite censeur, mécréant dégoûté, mon frère. Si tu ne vas pas à elle, sois-en sûr, la Terre sainte viendra à toi.

Herman Melville fit un désenchanté plus discret mais plus secourable quand il confia ce pronostic à son journal intime : « Nul pays ne dissipera plus rapidement les prévisions romantiques que la Palestine — Jérusalem avant tout. Pour certains, la déception va jusqu'à l'écœurement. » Il imputait — on pouvait s'offrir ce dédommagement en 1857 — la désolation du pays à « l'étreinte fatale de la divinité ». Infortunés, pensait-il, sont les favoris du Ciel. Le journal de ce matin ne le démentira pas. Mais ceux qui depuis sont montés à l'assaut du Ciel ont-ils connu meilleur destin ? Se rendre sur les Lieux saints pour être comblés des bénédictions de Dieu est un pari risqué, mais où donc trouver celui des libres-penseurs où les bénédictions de l'homme sans Dieu feraient oublier les malédictions d'un Dieu inhumain ? On aurait bien envie de la fuir, cette terre de catastrophes et de vaines espérances. Mais alors, soyons logique, c'est nous qu'il faudra entre-temps déguiser, car en ce qu'il y a de barbare sur cette terre de haute civilisation, l'homme démasque sa propre barbarie, et il y voit la même chose que ce qu'il voit en son Dieu : lui-même. Est-ce la faute du miroir si nous ne sommes pas très beaux à voir ?

Avons-nous tant d'occasions de perdre nos illusions quant à l'illusion religieuse, dont la première, et la plus nocive de toutes, consiste à croire qu'une illusion vitale peut se corriger comme une simple bévue ? Et qu'un peu plus de science fera reculer la croyance ? Ces naïvetés ne sont plus de notre âge. Nous entrons dans une ère de haute précision technologique et scientifique qui va réveiller les ombres cruelles du mystérieux et du magique, ceci commandant cela.

Parmi les « prévisions romantiques » qui ne résistent pas à un voyage en « Palestine » — rendant l'excursion aussi redoutable qu'un forage en profondeur ou une remontée vers l'aube des choses humaines —, il en est de très contemporaines, chaque époque regonflant la baudruche selon son style et ses moyens. Nous avons du goût en ce moment pour une cohabitation des dieux, libre et saine concurrence. Les chevaux de herse nous ramènent à la réalité : la concurrence, c'est la guerre. Nous voyons dans l'idée de frontière la survivance d'un âge féodal révolu, et rêvons d'un monde humanitaire et lisse, joyeusement réticulé. Ce chaleureux parc d'attractions numériques ferait honneur à l'unité du genre humain et l'on y retrouverait la fraternité primordiale entre Sem, Cham et Japhet, les trois fils de Noé. Nous voudrions en quelque sorte le début sans la suite du mythe biblique : Japhet vient demeurer dans la tente de Sem et les deux s'entendent pour en chasser Cham, qui a commis le crime de voir Noé tout nu. Ils feront ensuite alliance pour maintenir le fils de Cham, Canaan, en esclavage. Et voilà la fraternelle humanité divisée entre « peuples bénis » et « peuples maudits ». Telle est la malédiction de cette terre, plus sensible qu'ailleurs, dont murs et attentats ravivent les stigmates. On la dit consacrée à Dieu, mais comme il n'y a rien de plus ni rien de moins dans la figure du Père que ce qui se trouve chez ses enfants, on peut la dire tout aussi bien experte en humanité. Et son exiguïté physique, qui autorise un maximum de haine dans un minimum de superficie, a la vertu de rendre patent ce qui ailleurs reste latent parce que diffus ou policé. Et il est vrai que le mur séparant Israéliens et Palestiniens (dont les panneaux de béton, remarque l'optimiste, sont posés sur le sol, non enfoncés ni scellés) y revêt une perfection technique à quoi ne peut prétendre tout ce qui se bricole dans le genre garde-barrière aux quatre coins de la planète. Mais ce qui donne à ce canton tout son saillant pédagogique, ce n'est pas seulement le côté « passage à la limite » d'une caractéristique universelle, c'est aussi, et plus amèrement, l'ironie d'une prophétie sarcastiquement renversée en son contraire. Les messianismes héréditaires qui s'y confrontent bord à bord nous ont tous fait miroiter, tel Isaïe, la grande levée finale des barrières tout au bout du chemin de nos peines. C'est la science qui remplit ce rôle, c'est elle, notre part bénie, qui aurait pu, si elle avait été seule aux commandes, ratifier pour notre bonheur à tous l'optimiste Héraclite : « Les hommes éveillés habitent le même monde. » Mais nul ne se tient éveillé vingt-quatre heures sur vingt-quatre. Il nous faut bien, entre deux éclairs de lucidité, faire sécession pour dormir, lâcher les chiens, délirer et fantasmer tout notre saoul. Et c'est se donner le change que de réduire le bipède chimérique à sa fugace capacité d'abstraire. La pluralité des mondes, la mosaïque des croyances font partie intégrante du jaillissement en gerbe du vivant, et sans elles on n'aurait plus qu'à bâiller ici-bas. Les religions entretiennent à leur manière l'animation dans l'espèce et rendent l'existence de l'*homo sapiens* plus dangereuse mais moins monotone et plus piquante qu'elle ne le serait si nous avions, de Pékin à Lima et du cap Horn à l'Alaska, pour seul livre de chevet un manuel de mathématiques. Le désagréable dans l'affaire, c'est le chaud-froid. Il arrive que certaines représentations de l'avenir, la lutte des classes par exemple, contribuent à faire advenir ce qu'elles annoncent. Les religions monothéistes, elles, font le contraire : elles annoncent la fraternité et déclenchent en son nom les carnages. D'autant plus impérieusement que le donneur d'ordres, Dieu, est sur l'orbite la plus élevée et est donc plus contraignant encore qu'une loi de l'histoire ou le caprice d'un dictateur fou. L'incomparable altitude de l'autorité de référence chauffe à blanc, sans pudeur aucune, et pour ainsi dire à la loyale, notre part maudite, celle qu'implique toute affirmation d'identité, et qui revient toujours à afficher à l'entrée de sa rue un « riverains seulement ». Que ce soit un « pas de porc ni de crevettes sur la table », un fichu sur la tête, tel jour de jeûne ou de fête et non tel autre, un autocollant sur sa vitre arrière, une barbe, une natte, une chaîne au cou, un signe de croix à droite et non à gauche, tout est bon pour leur faire voir, à eux, de quel bois on se chauffe, nous autres.

Qu'il faille un « eux » pour faire vivre un « nous » et que tout attachement émotionnel à un foyer de sens et de vie suppose qu'on se détache plus ou moins crûment de ceux qui en ont un autre, cette trivialité nous fait sourire mais les palissades que dresse un peu partout cette lapalissade nous font grimacer. Les religions regroupent, vive les scouts ! Mais comment s'unir aux uns sans se séparer des autres, *vade retro Satanas !* Les époques d'intense religiosité — premiers siècles de notre ère chrétienne ou siècle de la Réforme — furent celles des schismes et des guerres civiles, comme on le voit derechef aujourd'hui avec un islam en crue et en pleine *fitna* par là même. Notre IVe siècle chrétien — celui d'Augustin — a joint la plus haute spéculation théologique à la prolifération des hérésies et des Églises chrétiennes *séparées* (syriaque, copte, arménienne, assyrienne, etc.). Les siècles d'adhésion le sont aussi de sécessions. Et plus sincère sera le dévouement à une cause, une femme, un parti, un credo, plus vif sera l'éloignement envers les autres femmes, partis ou entreprises. Le bourgeois qui devenait stalinien se coupait de la société bourgeoise. Le chrétien qui se convertit à l'islam se coupe de sa famille chrétienne. Il est plus facile d'écrire des livres là contre que de faire autrement. Une Église, dit-on souvent, n'est jamais qu'une secte qui a réussi. Le terme a deux pères : *sequor*, je suis, et *seco*, je coupe. Pour faire triompher l'amour, Jésus enjoint aux siens de rompre avec leur famille, le

Temple, leurs amis et même leur peuple. Il saute par-dessus les murs de la circoncision et de la *cachrout*, mais ses disciples élèveront bientôt d'autres murs, faits de rites, de dogmes et de sacrements. « L'*unique* Église du Christ », répète encore le pape, en relevant les remparts autour de son credo.

Le judaïsme est né en décapitant les dieux cananéens. Jésus est devenu le Christ en injuriant les pharisiens ; et le prince Gautama, Bouddha, en rejetant les brahmanes. Pas une seule des confessions qui fendillent la croûte terrestre n'aurait vu le jour si elle n'avait, à un moment décisif, rompu en visière avec son aînée par un pied de nez ravageur (chez les chrétiens, l'accueil de tous, non-circoncis compris, autour de la table). On croit toujours contre une croyance antérieure, et l'histoire des religions a ceci de commun avec celle des sciences qu'elle progresse (dans le temps, non en sagesse) à coups de boutoir et à contre-pied. Les Juifs répugnent à toucher les morts et les *cohanim* attendent à la porte du cimetière, parce que les Égyptiens passaient leur vie à farcir des cadavres et construire des nécropoles. Ce « je ne puis » luthérien, indéfiniment relancé à travers les siècles (tant il y a de doubles dans une poupée russe), surgit du constat fait par le cadet que le dialogue avec l'aînée est devenu impossible et qu'il lui faut ses propres signes extérieurs de distinction pour ne pas succomber à la réconciliation. Les Pères de l'Église, comme Tertullien ou Clément d'Alexandrie, ont pensé et agi en poseurs de panneaux « entrée interdite aux non-résidents » *ad intra* (entre clercs et laïques, par exemple, dès le début du IIIe siècle) et *ad extra* (« l'exclusif dépôt de foi »). Tout cela avec le vocabulaire militarisé du *miles Christi*, et sous des titres sans équivoque *(Contre les idolâtres, Contre les hérétiques, Contre les Juifs)*. Le « dialogue interreligieux », cette invention hypocrite et lénifiante de la fatigue d'être soi, vaut sans doute mieux que la levée des ponts-levis entre châteaux forts, mais n'oublions pas que *religion* et *dialogue* sont des mots qui jurent. Si le dialogue leur avait été naturel, les religions se seraient épargné la peine de naître.

Nos Testaments n'ont pas été suivis de l'héritage promis. De deux choses l'une. Soit les monothéismes n'ont pu pénétrer l'âme des peuples, et c'est leur échec. Soit ils y ont réussi, et c'est leur faute. Dans les deux hypothèses, c'est à nous de plaider coupable. Si l'imprégnation religieuse nous a aussi mal civilisés, c'est sans doute que la civilisation n'est pas ce que nous croyons. Ne battons pas notre coulpe sur la poitrine du Créateur. Remercions-le plutôt de son sens pratique et de ses prémonitions. Ce qu'a fait Dieu le Père à grande échelle pour créer l'univers en six jours, c'est ce que fait le fiston à la sienne pour se forger, crise après crise, sa petite personne, son caractère bien à lui. Il se sépare de sa mère, puis de l'auteur de ses jours, de sa famille, de ses amis d'enfance, de son milieu. Il procède par retranchements successifs, il fabrique sa molécule en grattant l'une après l'autre les couches d'excipient dont l'enrobaient sa société, son entourage, ses préjugés. *Arte di levare*, disait Michel-Ange de la sculpture, l'art d'enlever par opposition à la peinture, *arte di porre*, l'art d'ajouter. La vie ne fait pas notre portrait, elle nous sculpte, nous extrait douloureusement de notre gangue, à coups de ciseau et de chagrins. Ainsi l'auteur du monde s'y est-il pris pour réussir sa Genèse. Il a enchaîné *mordicus* les ostracismes. En *séparant* la lumière des ténèbres, puis « les eaux d'avec les eaux », puis la terre de la mer, puis le soleil de la lune, et ainsi de suite. « Élohim vit que c'était bien », conclut la Genèse (I, 18). Cela : la dé-marcation, la dé-finition. Si bon que nous répétons indéfiniment ce geste immoral et cadastral, quand nous achetons une maison de campagne, dressons une liste d'invités, réglementons unc profession ou un club de supporters. *Religion* est le nom noble que nous donnons à cette discrimination, l'envers inséparable d'une communion. Dieu n'en est pas la cause : il souligne le trait, le solennise, le sublime en mystère, ou le dilue en doctrine. Mais l'acte premier de tracer, déplacer ou restaurer le *limes* séparant le licite de l'interdit, notre chez-soi de chez le voisin, le confrère du faux frère, l'authentique de la copie, le bon du méchant, le tolérable de l'inacceptable — c'est le propre du civilisé depuis le paléolithique, et ce ne le serait pas devenu si tel n'avait été le propre du vivant.

Opercule, carapace, pie-mère, cornée, armure, cortex, écorce, kératine vernissée ou coussinet de graisse : tout ce qui n'est pas simple matière inerte a une enveloppe. Une frontière. Un encapsulage. C'est pour nous le placenta, dans la poche utérine. La peau est le premier organe qui se développe chez l'embryon pour soustraire un début de milieu interne aux bruits de fond, et « plus une fonction est précoce, plus elle a de chances d'être fondamentale ». Le dedans et le dehors, pour distinguer un mien du tien, à l'odeur, à l'accent, au toucher, ne se confondent que dans la mort. Communauté est le nom qu'on donne aujourd'hui à ce *nous-peau*. Une muraille de huit mètres de haut bardée de senseurs et capteurs électroniques constitue une enveloppe cutanée plutôt antipathique, et moralement contestable. Cette aversion nous fait honneur, et donner droit de cité aux lois de la nature expose à l'horreur. La vie ne fait pas loi. Mais le pire, pour une culture comme pour un individu, n'est-il pas de perdre son volume propre, en devenant une surface plane, ouverte et sans contours ? Asservie à tous les vents et exposée à mourir de froid ? Substituts du ventre maternel, nous ne cessons de nous fabriquer des utérus de synthèse, entre-soi sécurisants et tièdes comme étaient jadis tribus et clans, puis Églises et nations, et maintenant clubs sportifs, entreprises et petite famille. Tout ce qui permet de fermer les écoutilles et de se rouler en boule, nous le jugeons bon et seyant. Et là où une bulle éclate ou se dégonfle, d'autres enclos prennent le relais, à caractère séculier, voire anticlérical : nations, loges, partis, associations, confréries, bandes, réseaux, amicales et chapelles. Ce sont nos sacs amniotiques de rechange. Après chaque crevaison, l'affirmation de notre *droit au retour* en bricole un nouveau pour remplacer la poche natale : moins bien, mais mieux que rien. Il va bientôt falloir inventer une politique de l'enceinte et une morale de la frontière. Autant dire des « catastrophes » au sens de la théorie du même nom, puisque toute surface de séparation est un lieu de catastrophe. Sacrés sont les murs et redoutables les sacralités — si nous sublimons sous ce mot tout ce qui, par un bord et une limite, circonscrit une identité collective. Vaste programme et dure rééducation, après un demi-siècle passé à fumer l'opium du « sans frontière ». Puisque tel est le suffixe que tout homme dans le vent accole désormais à ses titres et qualités, un peu comme Homère les yeux pers à Athéna et des doigts de rose à l'aurore.

✧

*Ecce homo*. Voici l'homme. Tel qu'en lui-même enfin l'Éternel le change. Avant-poste d'Occident en Orient et coin d'Orient enfoncé dans la chair d'Occident, cette terre pas comme les autres et qui les contient toutes, c'est notre métaphore, à nous croyants et incroyants, et qui faisons l'autruche. Soyons-lui reconnaissants de nous sortir la tête du sable, à ce miroir ardent qui porte à l'incandescence nos secrets maison. Le mieux gardé, le plus fatal à nos « prévisions romantiques » est aussi le plus dérisoire, comme la lettre cachée d'Edgar Poe. C'est le secret des énergies mutantes et des ambivalences de nos élans de foi. Au fond de tout rassemblement, avons-nous vu, gît une machine à refouler. Les chrétiens quand on est juif, les juifs quand on est chrétien, et les deux quand on clame

*Allah Akbar !* L'identité meurtrière est vivifiante et plus elle est l'une, plus elle est l'autre. « Ce n'est pas en Terre sainte, prévenait Flaubert, qu'il faut aller pour devenir dévot. » Certes pas. Mais pour se déniaiser et découvrir le pot aux roses, quitte à côtoyer la sagesse négative des nations, rien de mieux que d'aller y faire un tour. *Symbolique* est tout ce qui unit le séparé (du grec *sumballein*, mettre ensemble) et *diabolique* tout ce qui sépare les réunis (du grec *diaballein*). Eh bien, cessons de les opposer, ces deux-là. Ces ennemis sont des jumeaux. Quelle dilection peut se passer d'aversion ? Et comment aller vers la lumière sans s'écarter de ce qui nous porte ombrage ? Aussi bien Mister Hyde aura-t-il aussi longue vie que Doctor Jekyll, et les démons à cornes que les séraphins. Nos anges des ténèbres (nos Hitler, Staline, Milošević, Saddam Hussein, etc.) marchent du même pas que leurs doubles, nos princes des Lumières (l'abbé Pierre, Mère Teresa, le dalaï-lama), et nous devrions supplier nos ténébreux de ne pas quitter la scène : les cœurs dans la salle se morfondraient. Toute poussée de vie porte en son sein une force de mort. Toute réunion, une zizanie. De belles doctrines de sagesse universelle, René Guénon, Aldous Huxley et d'autres, nous font périodiquement miroiter le grain sans l'ivraie, le terroir sans la frontière, l'Esprit sans le dogme. Ces aimables propositions sont restées dormir bien sagement sous leur couverture de livres. Elles ne nous font ni froid ni chaud. De même que tout civilisé porte en lui un barbare, la vérité crue est que *Dieu et Diable font une seule et même personne*.

Et quand ce Janus bifrons nous présente son bon profil, sachons qu'un jour viendra où nous aurons droit à l'autre. Une pichenette suffit à le faire pivoter. Ainsi de nos bons sentiments et de nos meilleures actions, qui se retournent immanquablement contre nous. Avec la clé de l'énigme enfin trouvée, aussi bébête que le jour et la nuit, on peut soit se jeter par la fenêtre, parce que découle de là que jamais la Jérusalem céleste ne descendra intacte des nuées, soit, et je me rallie volontiers à ce dernier parti, s'aventurer avec une lampe de poche dans des caves peu fréquentées de notre tour de Babel. Il y a là pour l'intelligence des choses un petit moment de bonheur, qui nous console d'avoir à jouer les Sisyphe, de père en fils, jusqu'à l'extinction des feux, en courant toute sa vie après le mirage d'une bonté plénière et sans partage.

Quand Jésus se fut séparé d'eux, après l'Ascension, les apôtres «retournèrent en grande joie à Jérusalem. Et ils étaient continuellement dans le temple, à bénir Dieu ». Ainsi se termine l'Évangile de Luc, sur cet allégro bien tempéré qui mettra du baume sur les cœurs blessés de qui va au Temple et de qui n'y va pas.

# *Remerciements*

Outre les frères de l'École biblique et archéologique française de Jérusalem, je remercie tout particulièrement Jacques Huntzinger, ancien ambassadeur de France en Israël, ainsi que Jean-François Colosimo, professeur à l'Institut Saint-Serge, Olivier Salvatori, des Éditions Gallimard, Henry Laurens, du Collège de France, et Marie Seurat, écrivain.

J'exprime également ma reconnaissance, pour l'aide qu'ils m'ont apportée sur place, à Jean-Paul Ghoneim, conseiller de coopération à Jérusalem, Jacqueline Coulon-Lascaux, attachée de coopération, Jacquot Grunewald, rabbin, Michel Abitbol, professeur, Elie Barnavi, historien et diplomate, Esther Benbassa et Jean-Christophe Attias, historiens, Olivier Debray, directeur du centre Romain-Gary, le docteur Nakhleh, de Nazareth, Pierre Bessuges, directeur de l'OCHA (ONU), Tobie Nathan, conseiller de coopération à Tel-Aviv, Michel Warshawsky, écrivain, Slimane Zeghidour, journaliste, Pierre de Miroschedji, directeur du Centre de recherche français de Jérusalem, Alain Rémy, consul général de France à Jérusalem.

En Syrie, toute l'ambassade de France ainsi que Franck Mermier et les chercheurs de l'IFPO ; en Jordanie, Christophe Katsahian, diplomate, Mustafa B. Hamarneh, directeur du centre stratégique de l'université d'Amman ; au Liban, Bernard Emié, ambassadeur, Brigitte Curmi, diplomate, Denis Gaillard, conseiller de coopération, Walid Charara, journaliste, Henri Mamarbachi, de l'AFP, Joseph Maïla, professeur en sciences politiques, George Corm, ancien ministre de l'Économie, le docteur Kamel Mohanna, président d'Amel Association, Nahla Chahal, chercheur en sciences sociales, et bien d'autres, ont tous contribué à rendre un candide venu de loin un peu moins niais.

Qu'ils trouvent ici le témoignage de ma gratitude.

# *Table des matières (et lieux cités)*



1. Cartes réalisées par Édigraphie.

## DU MÊME AUTEUR

*Œuvres littéraires*

LA FRONTIÈRE suivi de UN JEUNE HOMME À LA PAGE, *nouvelles*, Le Seuil, 1967.

L'INDÉSIRABLE, *roman*, Le Seuil, 1975.

LES RENDEZ-VOUS MANQUÉS. Pour Pierre Goldman, Le Seuil, 1975.

JOURNAL D'UN PETIT-BOURGEOIS ENTRE DEUX FEUX ET QUATRE MURS, Le Seuil, 1976.

LA NEIGE BRÛLE, *roman*, Grasset, 1977. Prix Femina.

COMÈTE MA COMÈTE, Gallimard, 1986.

LES MASQUES. Une éducation amoureuse, *trilogie* « Le temps d'apprendre à vivre », I, Gallimard, 1988 (Folio n° 2348).

CONTRE VENISE, Gallimard, 1995 (Folio n° 3014).

LOUÉS SOIENT NOS SEIGNEURS. Une éducation amoureuse, *trilogie* « Le temps d'apprendre à vivre », II, Gallimard, 1996 (Folio n° 3051).

PAR AMOUR DE L'ART. Une éducation intellectuelle, *trilogie* « Le temps d'apprendre à vivre », III, Gallimard, 1998 (Folio n° 3352).

SHANGHAI, DERNIÈRES NOUVELLES. La mort d'Albert Londres, Arléa, 1999.

LE SIÈCLE ET LA RÈGLE. Une correspondance avec le frère Gilles-Dominique, o. p., Fayard, 2004. Prix François-Mauriac.

LE PLAN VERMEIL. Modeste proposition, Gallimard, 2004.

JULIEN LE FIDÈLE OU LE BANQUET DES DÉMONS, *théâtre*, Gallimard, 2005.

AVEUGLANTES LUMIÈRES. Journal en clair-obscur, Gallimard, 2006.

*Œuvres philosophiques*

LE SCRIBE. Genèse du politique, Grasset, 1980.

CRITIQUE DE LA RAISON POLITIQUE OU L'INCONSCIENT RELIGIEUX, Gallimard, « Bibliothèque des Idées », 1981 (Tel nº 113).

VIE ET MORT DE L'IMAGE, UNE HISTOIRE DU REGARD EN OCCIDENT, Gallimard, « Bibliothèque des Idées », 1992 (Folio Essais nº 261).

L'EMPRISE, Gallimard, « Le Débat », 2000.

I. F., Suite et fin, Gallimard, 2000.

DIEU, UN ITINÉRAIRE, MATÉRIAUX POUR L'HISTOIRE DE L'ÉTERNEL EN OCCIDENT, Odile Jacob, 2002.

LE FEU SACRÉ, FONCTIONS DU RELIGIEUX, Fayard, 2003 (Folio Essais nº 461).

LES COMMUNIONS HUMAINES. POUR EN FINIR AVEC « LA RELIGION », Fayard, 2005.

UN MYTHE CONTEMPORAIN : LE DIALOGUE DES CIVILISATIONS, CNRS Éditions, 2007.

UN CANDIDE EN TERRE SAINTE, Gallimard, 2008 (Folio nº 4968). Prix Nomad's.

## *Œuvres médiologiques*

LE POUVOIR INTELLECTUEL EN FRANCE, Ramsay, 1979 (Folio Essais nº 43).

COURS DE MÉDIOLOGIE GÉNÉRALE, Gallimard, « Bibliothèque des Idées », 1991 (Folio Essais nº 377).

L'ÉTAT SÉDUCTEUR. Les révolutions médiologiques du pouvoir, Gallimard, 1993 (Folio Essais nº 312).

MANIFESTES MÉDIOLOGIQUES, Gallimard, « Hors série connaissance », 1994.

TRANSMETTRE, Odile Jacob, 1997.

CROIRE, VOIR, FAIRE, Odile Jacob, 1999.

INTRODUCTION À LA MÉDIOLOGIE. Premier cycle, PUF, 1999.

*Écrits sur l'art*

ÉLOGES, Gallimard, 1986.

L'ŒIL NAÏF, Le Seuil, 1994.

L'HONNEUR DES FUNAMBULES. Réponse à Jean Clair sur le surréalisme, *L'Échoppe*, 2003.

SUR LE PONT D'AVIGNON, Flammarion, « Café Voltaire », 2005.

*Œuvres politiques*

LA RÉVOLUTION DANS LA RÉVOLUTION, Maspero, 1967.

LA PUISSANCE ET LES RÊVES, Gallimard, 1984.

LES EMPIRES CONTRE L'EUROPE, Gallimard, 1985.

CONTRETEMPS, Gallimard, 1992 (Folio actuel nº 31).

À DEMAIN DE GAULLE, Gallimard, 1990 (Folio actuel nº 48).

CE QUE NOUS VOILE LE VOILE, Gallimard, 2004 (Folio nº 4330).

SUPPLIQUE AUX NOUVEAUX PROGRESSISTES DU XXIᵉ SIÈCLE, Gallimard, 2006.

LE MOMENT FRATERNITÉ, Gallimard, 2009.

*Composition Cmb Graphic*
*Impression Maury-Imprimeur*
*45330 Malesherbes*
*le 15 septembre 2009.*
*Dépôt légal : septembre 2009.*
*Numéro d'imprimeur : 149992.*

ISBN 978-2-07-039800-3. / Imprimé en France.

**166884**